山田太一

装　幀　町口覚
本文組版　浅田農（マッチアンドカンパニー）

山田太一セレクション

早春スケッチブック

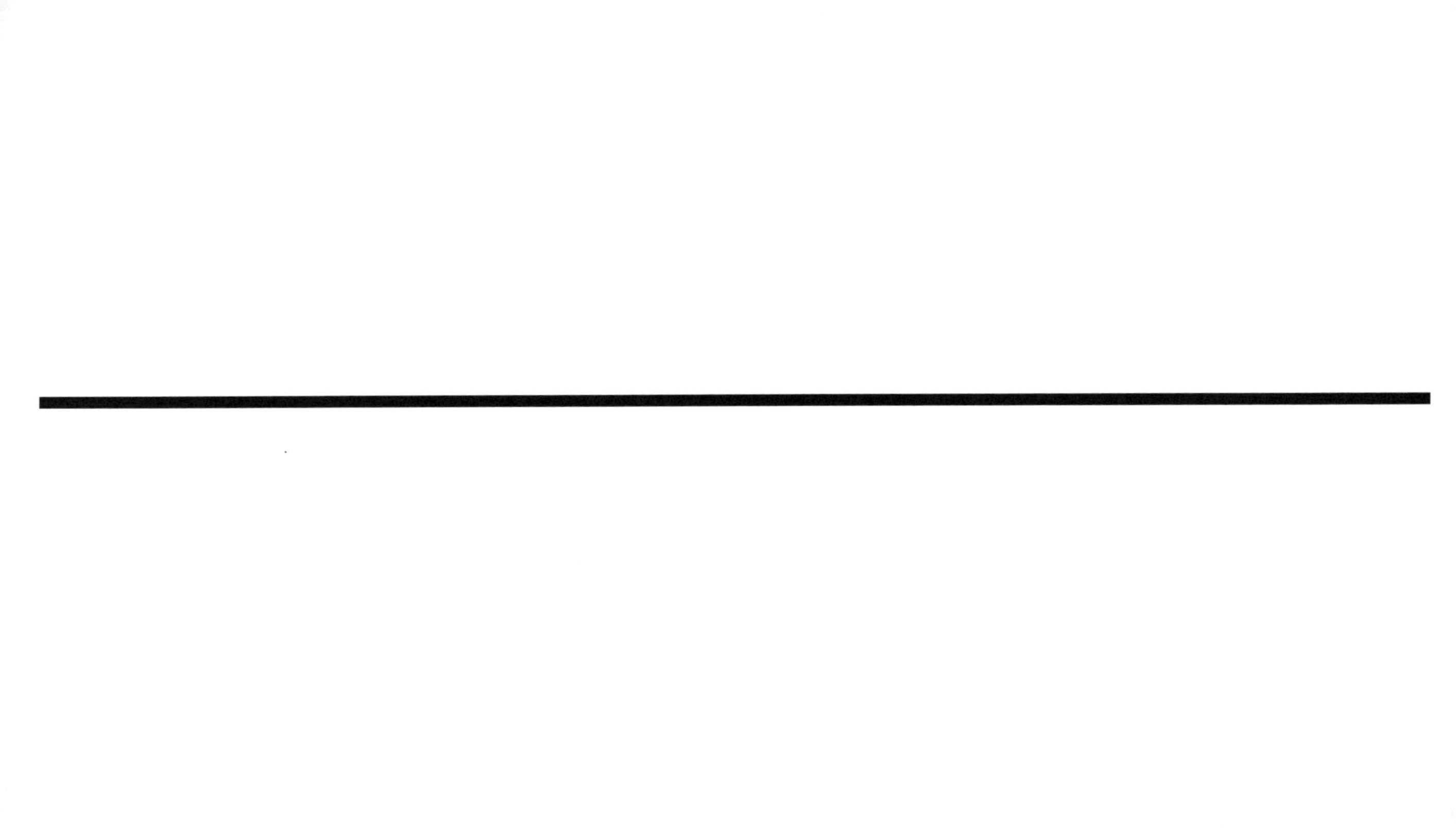

復刊に寄せて

一ワットの魂を持ち寄って

山田太一

「いつかは自分自身を、もはや軽蔑することのできないような、最も軽蔑すべき人間の時代が来るだろう」――(『ツァラトゥストラかく語りき』)

これはニーチェの言葉です。三十三年前、このドラマを書くころ――というか、もっとずっと前から、ひそかに自分を支える言葉でした。

私は大学を出るとき、就職難であちこち受けて、思いがけなく映画会社の演出部に採用されました。そこは戦前から沢山の名作やヒット作をつくり続けて来た老舗の撮影所で、どのセクションへ行っても(つまり大道具、小道具、衣裳部、結髪、フィルムの編集部、撮影部、照明部、宣伝部などなど)それぞれにヴェテランがいることに圧倒されました。自分はなにひとつ知らない、と思いました。事実何も知らないのでした。映画は大好きでしたが、つくる側に回るなんて入社試験を受けに行った時も現実感がありませんでした。

働き出して何作かの映画の助監督を終えたころ、ある先輩の助監督に忠告されました。「君は将来、映画監督になるつもりだろう。あまり小道具さんと友だちのようになってはいけない。彼らはひそかに自分と似た君を軽蔑してしまう。いざ君が自分の映画を撮るとき、彼らはついて来ないだろう」と。

ショックでした。しかし、にわかに彼らの敬意を呼びさますようなものは自分にはないという思いも強く、態度を変えようもありませんでした。

そして、つまるところ、自分の内心の一番の本音は「自分には何もない」というコンプレックスなのだから、それを根拠にして生きる他ないと思いました。その方が、ありもしない優越を装うより、少くとも私にとっては、情けないけど、正直に近いと。

そのころのいつだったか、はじめに引用したニーチェの言葉に出会いました。自己軽蔑のない人間こそ最も軽蔑に価すると——。

ニーチェという人は、その言葉の何もかもに共感するというタイプの思想家ではありませんが、矛盾かまわず語る個々の「本当」には、たびたび敬服していました。でまあ、勝手ながら、この言葉に励まされました。

その映画会社に七年間いて、監督にはなれずに退職してテレビドラマのライターになりました。

すると当時のテレビは映像は安っぽいし、カラーでもなかったし、録画もできないし、どしどし量産するし、コマーシャルは入るしで、自己軽蔑どころか通常のコンプレックスにも事欠かない世界でした。それだけに新しいメディアの可能性にプライドを抱いて挑戦する人たちもどしどしいて、決して暗いような世界ではありませんでしたし、私だって明るく振舞っていましたが、底辺にニーチェの「自己軽蔑を手離してはいけない」という言葉が、時には処世術の一端だかなんだか分らなくなったりしつつも、いつもありました。

そして、十八年ほどがたってこの「早春スケッチブック」を書きました。一九八三年でした。フジテレビとのはじめての仕事でした。プロデューサーの中村敏夫さんと会いました。連続ドラマを一作頼みたい。なにを書いてもいい、受けて立つ、と。新宿の喫茶店だったと思います。昨年亡くなってしまわれました。哀悼。少し私より年下でしたけど——。

自己軽蔑からは遠い自分をためらわずに展開する男を書いてみたいと思いました。自分の中に抑制をとると何をいい出すか分らない思いがあることは無論いい年でしたから承知していました。しかし、それをテレビドラマで持ち出すには技術も工夫も要することも承知していました。それでも、マイナスの言葉を口にしてみたかったのは、その種の言葉にいつも「本当」がひそんでいると思ったからです。しかし、それにテレビは触れない。触れられない。視聴者の気に触るようなことは何より敏感に避けなければならない。

でも中村さんは「何を書いてもいい」といった。無論それは私を大人のライターだと信じて、バカはやらないと信じての発言だろう。でもそうではないかもしれない。中村さんにもいまのテレビに閉塞感があって、私に風穴を開けることを期待しての発言かもしれない。それに応えないで、当り触りのない「いいドラマ」を書いてどうする？

「病気はなおしゃあいいのか？　長生きはすりゃあするほどいいのか？　そうはいかねえ。下らねえ自分を軽蔑することも出来ず、魂は一ワットの光もねえ。そんな奴が長生きしたって、なんになる？」

ここへちょっと引用しただけでも怖くなるような台詞を書いたのでした。いくらか自己軽蔑にも色目を使いながら、礫（つぶて）は何より書き手の私を打っていました。「魂に一ワットの光もねえ」のは私でした。

中村さんから一言の苦情もありませんでした。すべてを受けて立ってくれました。山崎努さんをはじめとして、キャスト、スタッフの集中にも心から感謝しています。そして、作品の主眼は、そんな罵詈雑言を通過したあげくの、お互いの一ワットかもしれない魂を、ひと時持ち寄って点（とも）し合う時を持ちたいではないか、という物語になっていました。気を配ったわけではありません。

目次

フジテレビ　一九八三年一月七日～三月二十五日 放映（全十二回）

早春スケッチブック

登場人物

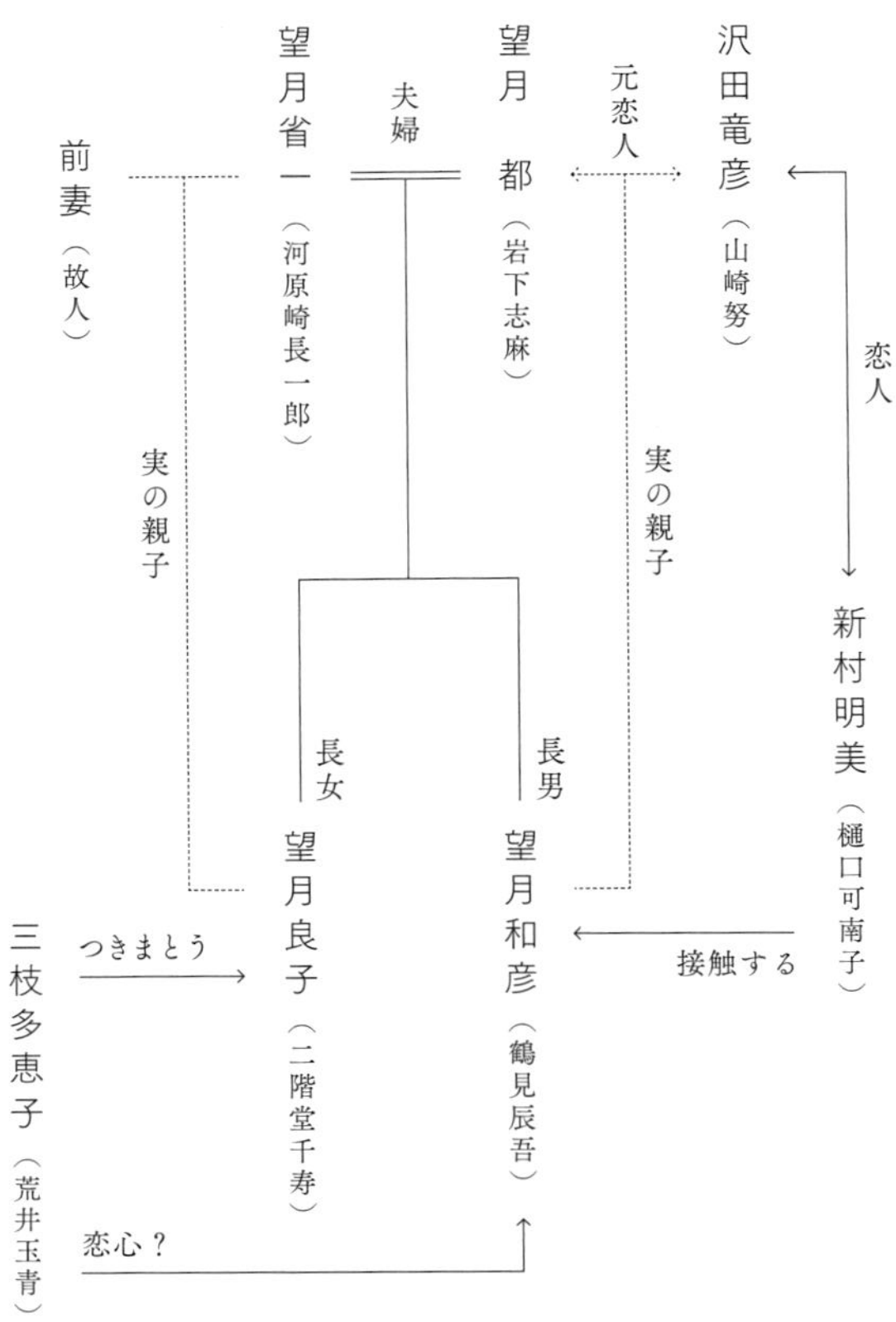

沢田竜彦（山崎努）
恋人
新村明美（樋口可南子）
接触する
元恋人
実の親子
望月都（岩下志麻）
夫婦
望月省一（河原崎長一郎）
長男
望月和彦（鶴見辰吾）
長女
望月良子（二階堂千寿）
前妻（故人）
実の親子
三枝多恵子（荒井玉青）
つきまとう
恋心？

1

「自分の、気持に正直だなんてのは、一番ラクな生き方よ」

■相鉄線沿線（昼）

鋭い電車の警笛。下り急行電車から見た天王町駅前のスカイビル第一第二第三と続くアパート群、見る見る角度をかえて行く。この短いが不安定で不吉な印象に続き、相鉄線下り電車が激しく接近して来る。そして目前を通過途中の横位置でストップモーション。

と、ここまでは不穏な印象あって、さわやかで甘いタイトル音楽と共に、メイン・タイトル。

走る電車。沿線の平和な風景にクレジット・タイトル。その間に、白黒写真が幾度かインサートされる。その写真は、平和な昼の郊外電車沿線とは似合わない刺青の裸体の男、ピンクサロンの男女、血だらけの喧嘩の男などである。それらにはタイトルはのらない。

クレジット・タイトルのバックは、電車をはなれ、登校する女子高生、男子高生、テニスをする人々、スーパー風景、幼稚園バス、下校する小学生など、希望ケ丘、二俣川あたりの平和で幸福な印象の生活描写のモンタージュ。

そして、希望ケ丘駅へ電車すべりこんで来て、クレジット・タイトル終る。

■高校（午後）

下校時のスケッチ。グラウンドで部活のラグビーをはじめている生徒たち。吠えるような声は、体育館のテラスで応援練習をはじめた男子生徒たちである。男女、大勢の生徒が、正門への坂道を帰って行く。十二月である。

■高校・自転車置場

自転車をひき出す生徒たち。その中に望月和彦がいる。

大沢「（ややはなれた自転車へ来ながら）望月よ」

和彦「（声をかけられたくなくて、自転車の向きをかえながら）うん？」

大沢「明日お前代々木行くだろ？」

和彦「なによ？」

大沢「俺も申し込んでんだ。一緒に行かねえか」

和彦「（自転車にひらりとまたがりながら）分んねえよ、俺（と逃げるように走らせる）」

大沢「分んねえって——申し込んでんだろ、テスト

（と人が好くその背に大声でいう）」

■高校・門への坂道

和彦、自転車で、下校する男女を追いぬいておりて行く。

■校門

和彦、自転車で出て来て、一方へ走って行く。

■住宅地への道

和彦、自転車で行く。

■住宅地の坂道

下から自転車で頑張って上って来る和彦。そのあたりも、土曜日のせいで、下校する小学生数人や、中学生らしき子などが、歩いている。和彦が荒い息で、のぼりきった時、

良子の声「お兄ちゃん！」

和彦「（その方を見る）」

良子、電柱につかまって、他校の生徒らしい女子中学生五人にとりかこまれている。二人ほどが、良子を電柱からひきはなそうとしている。

良子「（電柱につかまっていて）お兄ちゃん、助けて！」

忽ち五人の女子中学生の中の多恵子が和彦に迫力をもって向って来て、

多恵子「なんだよ、文句あんのかよ？」

和彦「（数秒のことで、なんの事か分らず）文句って——」

多恵子「（和彦の胸のあたりを容赦なく突き）行けよ、行くんだよッ」

良子「お兄ちゃん（と他の三人ほどに電柱からひきはがされてひっぱられて行く）」

和彦「（怖くなるが、ほっておけず）なによ、一体？（とちょっとへつらうような笑いが出てしまう）」

行子「（多恵子の援護に来ていて、その和彦を横からつきとばし）なによとはなんだよ！」

■人通りのない道

高い塀に沿った住宅のない道。五人の女子中学生が、塀を背にして立つ和彦と良子をとりかこんで「ほらよ、さっさとしないかよ！」「ほれほれ」「頭下げんだよ」などと声をあげている。和彦の自転車は倒れている。

和彦「（心を決め）すいませんでした（と一礼）」
良子「（顔をそむけるようにして動かない）」
多恵子「なにがすまねえんだよ？」
和彦「だから、こいつが、えらそうに」
良子「（その和彦へ）ただ歩いてただけよ」
行子「（その良子の髪の毛をつかみ）笑ったろうが」
良子「痛いッ（と行子に激しく抵抗し、塀に添ってちょっと走る）」
五人、バラバラッとその良子の行手をさえぎってかこむ。
良子「お兄ちゃん、やろう！　あやまることないよ！　やっつけちゃおう！」
多恵子「（このアマという感情が高まる）」
和彦「（その良子の前へ素早く立ち）俺があやまったじゃねえか」
行子「本人がなんであやまんねえんだよ！」
良子「なにもしてないもん！」
和彦「黙ってろ、バカ（と良子に怒鳴り多恵子に）あやまらせるよ。金も渡したし、いいじゃねえか」
多恵子「二千五百円で（せせら笑う）」
和彦「それっかねえもん。家へ帰ったってねえし、月末で仕様がねえよ」
行子「なんだよ、その口は！」
和彦「金持ってるのは、他にいるだろ。俺ンちなんか安月給で、二人とも金なんかねえよ！」
行子「だったら時計はずして行きな。二人とも腕時計はずすんだよ！」
多恵子「（行子へ）ちょっと黙んなよッ（と怒鳴り、和彦を見て）古時計とったって、仕様がないよ。こういうのは、追いつめると、サツへたれこんだりするからよ」
和彦「そんなことはしないよ」
多恵子「あやまんな。兄妹して、地べたに手をついてあやまんな」
和彦「いいよ」
良子「あやまんないわ」
和彦「（すかさず）あやまらせるよ（と多恵子たちを制するようにいい）その代り、こいつのことは忘れてくれよ」
多恵子「条件つけんのかよ！」
和彦「分ったよ（良子へ）いいから俺のいう通りするんだ」

良子「やっちゃおうよ、二人なら、やれるわよ（と目をそむけたまいう）」

和彦「いいから、いうこときくんだ（とその腕を掴んでゆする）」

多恵子「（その和彦を見ている）」

和彦「座れ」

良子「いや」

和彦「座るんだ」

良子「絶対いや」

和彦「いう通りするんだ（と頭を叩く）」

良子「（口惜しくて泣き出す）」

和彦「（多恵子を見て）俺だけで、勘弁しろよ」

多恵子「――（その和彦を見ている）」

和彦「（膝をつき）すいませんでした（一礼）」

行子「フン（どうするかな、とボスの多恵子を見る）」

多恵子「（和彦を見下ろしていて、その和彦の肩を蹴る）」

和彦「（ちょっとのけぞる）」

多恵子たちの笑い声、次のシーンへ。

■住宅地の道

ぐいぐい歩く良子。自転車で和彦やや後ろからついて、

和彦「おい、乗れよ、後ろへ」

良子「（ぐいぐい歩く）」

和彦「おい」

良子「（パッと立ち止り）さっさと行ってよ。お兄ちゃんなんか大嫌いよ（とぐいぐい歩く）」

和彦「（自転車を走らせ、追いぬきながら）勝手にしろ！」

良子「意気地なしッ！」

■望月家に近い道

和彦、自転車をとばす。

■望月家・表

二階二間は和彦と良子の部屋。階下に和室があり、そこが夫婦の部屋。他に居間、ダイニングキッチン、風呂場という一戸建て。カーポートのある玄関。いまは車はない。

和彦、スピードを出したまま、ドドンとカーポートへすべり込み、つきあたりのブロックに自転車をぶつけて停り、憤懣のやり場がなく、自転車にあたって、口惜しがる。

都　「（勝手口から顔を出し）なにしてるの、こわれちゃうでしょ！」

■ダイニングキッチン

野菜をいためている都。
食卓の前に腰かけて、両手で顔をおおっている良子。都、ガスを止め、フライパンを持って食卓にあらかじめ置いてある皿へ野菜いためを盛る。

良子「（パッと手をとり）どう思うの？　お母さんは、どっちが正しいと思う？」
都　「一口にはいえないけど――」
和彦「（居間のソファにころがっていたのが起き上り）いえると思うね、俺は」
良子「お兄ちゃんは高校三年よ。向うは、中学の女よ」
和彦「五人だろ。カミソリ持ってるかもしれないんだぞ」
良子「ヘエコラしちゃって。地べたに手をついちゃって」
和彦「お前は、ずるいんだよ」
良子「何処がずるいのよ？」
和彦「俺がいたから、つっぱってられたんだろ。俺が間へ入ると思って、いい調子で、恰好つけやがって」
良子「一人だって、同じよ」
和彦「同じなもんか。助けてェ、なんていってたくせに――」
都　「もうやめて。うるさい」
良子「（口の中で）なによ（お兄ちゃんなんか）」
都　「お母さんもう五十分だもの、行かなきゃならないから。二人で、喧嘩しないで食べるの（といいながらも、パートへ行く仕度で、身体を動かし続けながら）食べたもん自分で洗うのよ。それから（ひき出しから封筒に入ったお金を出して和彦の前のテーブルへ置き）夕方、保険の人が来るからこれ払っといて。良子は四時すぎたら洗濯物をとりこんでおいて（と玄関へ）」
良子「どっちが正しいと思うの？　お母さんは」

■玄関

都　「そんなこといまいってる暇ないでしょ（と靴をはく）」

■居間とダイニングキッチン

良子「分ってるわよ。お兄ちゃんが正しいのよ。そっちは本当の親子だもんね」

■玄関

都「（ハッとして）良子」

■居間とダイニングキッチン

和彦「バカ。なにいうんだ」
良子「分ってるわよッ（とパッと階段の方へ）」
和彦「おい！」

■玄関と階段

良子「（都を見ないようにして、駆け上って行く）」
都「良子！」

バタンと二階のドアが閉まる音。

和彦「（居間から追うように出て来ていて）下んねえこというなッ（と二階へいう）」
都「いいわ。喧嘩しないで。お母さんいま時間ないから」
和彦「あんなこと、いったことなかったのに」
都「大げさにしないで。夜、いうから」
和彦「うん――」
都「（下駄箱の上の手提げをとって、出て行く）」

■希望ケ丘駅前商店街

「歳末大売り出し」の看板や旗。ジングルベルが流れている。

■花屋

シクラメンなどの鉢が店先にあふれ、正月用の松なども売っている。

都「（その松を二本とって客に見せ）こんな感じで如何ですか？（と門の両側に打ちつけるのに、バランスのいい枝振りを示す）」
女客「いいんじゃないかな？」
別の女客「すいません、このシクラメン（と鉢を持ってさし出す）」
都「はい。ちょっとお待ち下さーい」

■望月家・表（夜）

カーポートへ車入って来て、止まり、ライト消える。エンジンを切る省一。ドアをあけ、外へ出る。
玄関のドアがあき、

都「（笑顔なく、小さく）お帰りなさい」

省一「おう（と車のドアを閉める）」

■和室

背広上下は脱いでいて、ワイシャツとステテコで、ネクタイをとり洋服簞笥のネクタイかけにかけながら、

省一「（疲れているのに情けなく）そんなこと、こんな時期にまいるな。年末っていうのは、信用金庫は一番忙しいんだぞ。一番疲れてんだよ、こっちは（と都に当りたくはないが、やや腹立たしくなりながら出て行く。行きながら、ワイシャツを脱ぐ）」

都「（続きながら）だけど、私だけでいったんじゃ、こじれるでしょ？」

■居間

省一「（風呂場の方へ行きながら）十一時だぞ、もう」

都「分ってるけど、お父さん明日前橋でしょう？」

■風呂場と洗面所

省一「行きたかないよ。日曜に行きたかないけど、本田さんが店たたんで帰るっていうんだ。手伝わないわけにはいかないだろ」

都「和彦も朝から日曜テストだっていうし、ちょっとでいいから今晩なんかいって」

省一「（裸になって風呂場へ入って行く）」

都「お汁粉つくったの。みんなで食べながら。
――ね」

省一「（風呂の中の湯を桶でかき回す）」

■ダイニングキッチン

四人がテーブルに向って、お汁粉を前にしている。
都は、お茶を入れている。

省一「（食べて）もう――随分、そういうことといわなかったじゃないか（良子へ）いうなよ、そんなこと」

良子「（黙ってお汁粉食べる）」

都「考える時期なのかもしれないけど」

省一「考えるのはいいよ。事実だもの仕様がないよ」

和彦「――（汁粉を食べている）」

省一「確かに、良子が二歳の時に、お父さんは、お母さんと再婚した。お母さんは、小学校二年の和彦と一緒に来た。それから、お前らは兄妹になった。血はつながっていない。しかし、二歳からだもん、兄妹と同じだよ。お母さんだって良子を勿論娘だと思ってる。俺だって和彦を、本当の息子だと思ってる。怒ったし、殴ったし、普通の親子とかわんないよ。それでも和彦が中学二年の時、ひがんだことをいい出した。そン時、もめたろ。それで、もう本当の親とかなんとか、そういうことというのはよそうっていったはずじゃないか。そりゃ、良子はまだ三年生だったけど、ずっといわなかったし、分ってると思ってたよ。急にいうなよ。そんなことで揉めるのはかなわないよ。みんな、ちゃんと、うまく行ってるじゃないか」

良子「──」

省一「そうじゃないかよ?」

良子「(悪いと思っているが、ふくれた顔で) じゃ、どっちが正しいと思う?」

省一「なにが?」

良子「お母さんから聞いたでしょ」

省一「そんなもん、和彦が正しいに決ってるよ」

良子「いうと思った」

省一「いうと思ったじゃないよ。そんなこと関係ないよ。あやまりゃあいいんだよ、そんなもん」

良子「悪くないのに?」

省一「そうだよ。向うは因縁つけてるんだ。そんなのまともに相手にして、どうするんだ? バカ相手にすりゃあバカになっちまうんだ。二人で、やっつけてみろよ。すぐ向うは仕返しを考えるだろ。そうなりゃ泥沼だよ。金でもなんでもやって。土下座でもなんでもして。そんなの相手にしないのが利巧ってもんだよ。大体和彦は、年明けりゃあ受験じゃないか。そんな時、怪我でもしたら、どうすんだ? あやまった和彦が正しいに決ってるよ」

良子「──」

都「こういうことというと、良子、気をつかってるなんて思うかもしれないけど」

省一「そんな事思ったら、バカだ」

良子「──」

都　「お母さんもね、頭では、和彦の方が正しいと思うんだけど」

省一「そりゃそうだよ」

都　「でも、私が良子だったら、やっぱり、やっちゃうな」

和彦「だって、そんなことしたら」

省一「そうさ。やったら、あとひいて大変だよ。やつら、なにすっか分らないんだから」

都　「それでも、やっちゃうと思うの。あやまんなかったと思う」

省一「そんなのは子供だよ。和彦が正しいよ」

都　「でも、良子の気持の方が（と一気にいって省一の口を封じ）お母さんは、ずーっと分るな」

和彦「――」

良子「――」

都　「フフ、良子と似てるのよ、私」

良子「――」

和彦「――」

省一「（苦笑し）見ろ。なんだか、ギコチなくなっちゃったじゃないか」

都　「ほんと（と薄く苦笑）」

良子「（情けないような苦笑）」

和彦「――（真顔）」

省一「いいか。二度と、そういうことはいうな。この件は、これで終りだ。俺たちは、立派に、ちゃんと、親子四人家族だ（良子へ）いいな？」

良子「――」

省一「いいな？」

良子「（うなずく）」

省一「（汁粉を食べる）」

都　「（食べる）」

和彦「（食べる）」

良子「（食べる）」

■玄関のドア・表

ドアに、クリスマスと正月兼用のプラスチック製の飾りがつけられていて、それが木枯しにゆれている。

■灯りの漏れる望月家・外観

■代々木・予備校（朝）

日曜テストのはじまる寸前で、混雑している校内のスケッチ。

大沢の声「じゃお前、私立受けないのかよ？」

■試験場

その隅にかけている和彦のところに、大沢来ていて、通路にしゃがんで、迷惑そうな和彦に話しかけている。周囲は、ほとんどもう座っていて、数人が入って来て席につく。雑談している者は少ない。

和彦「受けるよ」
大沢「何処？」
和彦「慶応と早稲田」
大沢「きめてるじゃない。慶応は経済かよ？」
和彦「うん」
大沢「あそこ試験早いだろ？　国立と両天秤かけると、入学金払い込んでパアにしなきゃなんないぞ」
和彦「もう行った方がいいよ」
大沢「大丈夫だよ。まだ、十二分あるよ」
和彦「俺、ちょっと見ときたいんだよ（とノートをめくる）」
大沢「（その和彦を叩き）ガリ勉になったなあ、お前も（と笑いながら立つ）」
和彦「（仕方なく苦笑）」
大沢「（まだかがんで）いいかよ」
和彦「うん？」
大沢「いうなっていわれてたけどよ」
和彦「うん？」
大沢「一昨日、宮本がよ、学校出たとこで、お前のこと聞かれたと」
和彦「誰に？」
大沢「あんた三年生？　っていうんだとよ」
和彦「誰が？」
大沢「望月和彦って子知ってるって」
和彦「だから、誰が？」
大沢「すげェいい女だとよ。気をつけろよ、お前（と和彦を叩いて行く）」
和彦「その手にのるか」
大沢「ほんとだって（とちょっと戻って来る。スピーカーからチャイム）」
和彦「いいよ。行けよ。頭、まとまんねえだろ（大沢を押し、自分の頭を両側から叩く）」

スピーカーの女性の声「テスト開始十分前です」

■廊下

テスト用紙を持って来る試験官たち、走って教室へ入る生徒。大沢、出て来て、別の教室へ。

スピーカーの女性の声「十分前です。受験生は、着席して下さい」

廊下に緊張した空気流れる間あって、賑やかな次のシーンの音。

■ハンバーガースタンド（昼）

受験生で溢れている。女の子の売り子が待ちかまえている大沢に、「お待たせしました。ツーハンバーガーにホットミルク三百六十円いただきます」

大沢「（もうカウンターに金を置いていて）はい、丁度ね」

■ビルとビルの間の狭い道

和彦、カバンとハンバーガーとジュースを持って逃げるように行く。

■ハンバーガースタンドの前

大沢「（手にハンバーガーとホットミルクを持って、さがす目で）あれ、何処だ？　あいつ」

■あるビルの前

昼休みらしいサラリーマンが二人ほど通る。ビルの入口が数段の石段になっていて、その石段に腰をかけてジュースをのみ、ハンバーガーをかじりながら参考書を見ている和彦。

自動車が通って行く。歩道のある道である。反対側の歩道に、ひとりの女が立つ。

勤め人たちの、まばらな通行がある。

女、和彦を見ている。新村明美である。

和彦、気がつかない。

明美、見ている。

和彦、ふと視線を感じ、何気なく顔を上げ、ドキリとする。

女が、こっちを見ている。美しい。

しかし、知らない女である。目を伏せ、口をうごかし、本を見る。

女が、ゆっくり、あまり広くない車道を渡って来る。

和彦、視野の外にそれを感じると顔が上げられないまま、動きが止まってしまう。
明美、歩道へ上り、和彦の方へ来る。
和彦、ハンバーガーをかじる。明美、ゆっくり来て立ち止る。
和彦、目を本に落したまま口を動かしている。
明美、和彦を見ている。

和彦「（無視する方が不自然で、ためらいつつ顔を上げる）」
明美「（まっすぐ和彦を見ている）」
和彦「――」
明美「――」
和彦「ぼくに――」
明美「――」
和彦「なにか？」
明美「（はじめて微笑して、目を伏せ）そうなの（と近づいて来る）」
和彦「なんでしょうか？」
明美「バイトする気ない？」
和彦「バイトって――」
明美「一時間六百円出すわ」
和彦「駄目です。ぼく、じき大学の受験で、いま暇ないんです」
明美「今日だけよ」
和彦「今日だけって――いま、あの、そこの予備校で日曜テスト受けてるんです」
明美「終るの何時？」
和彦「あと一課目だけど、でも、バイトは駄目です。そういうの、ちょっと余裕なくて」
明美「二時半には終る？」
和彦「あ、でも、バイトなら、そういうの紹介するとこあるんじゃないんですか？」
明美「君が、いいの」
和彦「いいって――」
明美「この辺来ると、男の子いっぱいいるでしょう。見て歩いてたの」
和彦「モデルかなんかですか？」
明美「モデル？」
和彦「いえ、ちょっと、その」
明美「自信あるのねえ」
和彦「そうじゃないです。ただどんなその、バイトかな、と思って」
明美「なんだと思う？」

和彦「さあ」
明美「往復入れて、四時間でいいわ。三時半、四時半、五時半、六時半（とかぞえる）」
和彦「でも俺悪いけど、ちょっと（カバンを持ち）試験前に見ときたいとこあるんで（立ち上る）」
明美「いや？（落着いている）」
和彦「すいません（と一礼して道へおり）すいません（と予備校の方へ走る）」
明美「（深追いせず見送る）」
試験官の声「はい、あと十五分」

■試験場

腕時計を見ながら、通路を行く初老の試験官。
一心に、鉛筆を走らせている和彦。
電車の走行音、先行して。

■山手線電車の窓外風景

■電車の中

ドアに寄りかかって外を見ている和彦。
視線を感じ、傍に立った人の方を見てギクリとする。明美なのである。

和彦「――あ」
明美「（微笑して目を伏せ一歩近づく）」
和彦「（目の前に髪がせまる）」
明美「私、わりとねちっこいのよ」
和彦「でも、ぼく――」
明美「次の駅で降りて」
和彦「――困ります」
明美「――（目を伏せる）」
和彦「あの――すいません」
明美「――（目を伏せたまま動かない）」

■走る窓外風景短く

■電車の中

和彦「――（固くなっている）」
明美「――（目を伏せたまま）」

■山手線のある駅

電車、すべりこんで来る。

■電車の中

明美「（和彦を急に見て低く）なにすんのよ」

和彦「え？」

明美「（和彦の腕をつかみ、大声で）なにすんのよ、あんた、ちょっといらっしゃい（と駅のホームへひっぱる）」

和彦「ぼくは――（抵抗する）」

明美「いいわけしないでよ。人のお尻触っといてなにいってるのよ（とひっぱる）」

和彦「（必死で）いい加減なこというなよ」

明美「ジタバタしないでよ。いいからおりなさいったらッ（とひっぱる）」

■ホーム

明美「（ぐんぐんひっぱる）」

和彦「俺は、なんにもしてないよ（とふり切る）」

明美「怒鳴るわよ。もっと怒鳴るわよッ（せまる）」

和彦「冗談じゃないよ」

明美「ついてらっしゃい。じゃないと、警察にいうわよ。そうすりゃ女の方が強いわよ。あんた否定したって、私が絶対やられたっていえば、大学どころじゃないから（とぐいぐいせまる）」

■走るタクシー

■その車内

憮然として乗っている和彦。

明美「あ、あの二つ目の信号、右ね」

■代々木に近い道

タクシー、来て停る。明美、おりて立つ。和彦、おりる。タクシー、ドアを閉め、走り去る。

明美「（和彦がおりたのを見ると）こっち（と歩き出す）」

和彦「（歩かない）」

明美「（気がついてふりかえる）」

和彦「なんのバイトですか？」

明美「（ゆっくり戻って来て）いつまでもジタバタしないでよ」

和彦「そんな――」

明美「いつだって、私、騒ぐわよ」

和彦「汚かないですか」

明美「いいから、来るの（と行く）」

和彦「――（こうなったら、心決めてやるよ、という気持で、続く）」

■駐車場

明美「（入って来て車の間を行く）」
和彦「（続く）」
明美「（立ち止り、派手なスポーツカーの鍵をあける）」
和彦「――」
明美「そっち（反対側）から乗って（と乗りこむ）」
和彦「（見ている）」

■明美の車の中

明美「（反対側のロックを解き、自分の側のドアを閉める）」
和彦「（ドアをあけ、明美に聞えるように）じゃ、もうジタバタしないよ（乗りこみ、ドアは閉めず）どんなバイトか、教えてくれないかな？」
明美「（エンジンをかける）」
和彦「そのくらい聞く権利あるんじゃないかな？」
明美「ドア、閉めて」
和彦「（その明美を見ている）」
明美「（和彦を見て）閉めて」

和彦「（目近で、ドキリとする美しさを感じ、目を伏せ、ドアを閉める）」

■駐車場

走って出て行く明美の車。キーッという音。

■明美の車から見た外

フロントグラス越しの道。

■明美の車の中

和彦「何処へ行くんですか？」
明美「――（返事をしない）」
和彦「――説明してくれたっていいんじゃないんですか？」
明美「――（ただ運転している）」

■フロントグラス越しの道

■郊外への道（昼）

たとえば世田谷通り。渋滞している。

■明美の車の中

明美「――（前を見ている）」
和彦「あの――もしかして、二、三日前横浜へ来なかったですか？」
明美「――（ただ、前を見ている）」
和彦「相鉄線の希望ケ丘です」
明美「どうして？」
和彦「学校の前で――ぼくのこと聞いていた人がいたって、友達から、聞いたもんだから」
明美「――」
和彦「その人、綺麗な――人だったって――」
明美「（車を動かす）」

■道

走り出す車の列。

■明美の車の中

明美「（運転しながら）知らないわ、そんなこと」
和彦「でも、おかしかないですか？　あんなに学生がいる中で、ぼくを選んで、断っても、こんな風に無理に連れて行くってのは、変じゃないですか？」
明美「気に入ったからよ」
和彦「どんなバイトか知らないけど、ぼくはそんな特別なところないし、平凡だし、特にぼくじゃなきゃいけないバイトなんて」
明美「（さえぎるように）今度は自信がないわけ？」
和彦「自信って――」
明美「自信ない奴、嫌いよ」
和彦「だって、どんなバイトかいわなきゃ、自信のありようがないじゃないですか？」

■道

支線へ入って行く明美の車。

■フロントグラス越しの道

緑の多い、住宅地の道である。
明美の声「どんなバイトだと思う？」
和彦の声「分るわけないです。何処まで行くんですか？」

■明美の車の中

明美「怖い？」

和彦「（そんな、という顔）でも――ちょっと失礼なんじゃないですか？」

■道

更に支線へ入って行く車。

■フロントグラス越しの道

古くからの住宅地で、あまり明るくない。道の真中に、やや不気味な老人が杖をついて立っていて、車が来たので不自由な足で脇へよける。車、その傍を徐行して通る。老人の不気味な目が、和彦の方を見る。

■明美の車の中

和彦「（なんだか、不安になって、目をそらす）」

■道

明美の車行く。

■フロントグラス越しの道

■明美の車の中

黙りこんでいる二人。

■樹木で暗い道

明美の車、やって来て停る。

■明美の車の中

明美「（エンジンを切り）着いたわ。帰りは、都合のいい駅まで送ってあげる。出る時、ロックして（と自分の側のドアをあける）」

■西洋屋敷の門前

古い鉄の門があり、その向うに、古く荒れた印象の屋敷がある。ドアの閉まる音、二つして、足音あって、明美、さっさと通用門の小さな鉄扉を押して中へ入りかけ、振りかえって、

明美「（和彦へ）どうしたの？」
和彦「（ややはなれて）いえ――」
明美「怖くないんでしょ？（と微笑でやさしくいって、さっさと庭を歩いて行く）」
和彦「（心を決め、普通の足取りで通用門を入り、鉄扉を

明美「（玄関の方向へ曲るところに立って和彦を見ていて）早く来て。もう料金のうちよ（玄関のある方へ去る）」

和彦「（荒れた道を行く。行きながら屋敷を見上げる）」

崩れそうな瓦屋根。曲った樋。大正時代を思わせるステンドグラス、張り出した応接間らしい一画。

手入れのしていない庭。枯葉の道。

和彦、玄関の見える位置まで来る。

■ポーチと玄関

明美はいない。和彦、ポーチに近づくと、靴脱ぎの石の上に、明美の美しい派手な靴が脱ぎ捨てられていて、玄関のガラスの引き戸が明美の入った形であけられている。

和彦「（どうしたものか、と思う）」

明美「（玄関を上ったところのスペースを右から左へ横切りながら）上って（と小走りに去る）」

和彦「（前へ出る）」

■玄関の中

和彦「（上る）」

はなれてバケツに水を入れる音。

和彦「（ちょっと右手へ行ってみる）」

■廊下

和彦「（その端に立つ）」

暗い廊下。シンとしている。正面のドアがあいている。

控えめに中を見る。

応接間で、調度に白い布がかけられている。その布も、日に焼けて時代を感じさせる。バタバタと背後で音がして、明美、バケツと雑巾を持って来て、

明美「じゃ、そこ入って（といいながら、慌てて身をひいた和彦の前を応接間へ入って行く）」

■応接間

明美「（バケツを置き）この床、拭いて頂戴（と雑巾を和彦にほうり）窓をあけてね。ほんとは、ちょっと、ハタキではたくといいんだけど（と家具を指でなぞり、その埃を見ながら）まあ、いいわ」

和彦「濡れたんでいいんですか？」
明美「え？」
和彦「から拭きじゃなくて」
明美「あら、そういうもん？（としゃがんで床を掌で撫で）あ、そうかもしれないね。私、ここのもんじゃないからよく知らないのよ（立ち上りぐるりと部屋を見回し）それじゃ窓のところとかさ。そういうとこ、ちょっと拭いといて。とにかくなんかくさいでしょ？　窓あけて、風通して。私、ちょっと奥行って来るから（と廊下へ出て、立ち止る）」
和彦「（見送っていたので、そのまま見ている）」
明美「（振りかえる。すると、ちょっとキサクな感じがあったのが元へ戻り深い目になっている）」
和彦「は？」
明美「やってて（といって廊下を去る）」
和彦「（カバンを傍の白布をかけた椅子にほうる）」

■応接間の外

和彦、窓をあける。次々とあける。
ハッとする。
奥で、ドドッと廊下を逃げるような音と、壜がたたき割られたような音。
バタバタと廊下を走って来る足音。
和彦、その方を見る。

■応接間

あいたドアから見える廊下へ明美が来て立ち止り、傍の廊下の隅へ置いていたハンドバッグをとりに短く見えなくなる。
和彦、バケツの方に目をやり、その方へ行こうとして、ハッとまたドアを見る。
明美「（ハンドバッグからお金を出していて）悪いけど、電車で帰って。掃除はどうでもいいわ（金をさし出しながら）　一時間ぐらいここにいてみて」
和彦「（金はとらず）　一時間？」
明美「（手をおろし）奥の男が、来るかもしれないし、来ないかもしれない。一時間たったら帰っていいわ。交通費とも、五千円でいい？（とまた金をさし出す）」
和彦「そんなにいいです」
明美「いいの（と和彦の胸のあたりにつきつけるように

して、和彦をじっと見て）感じ悪いかもしれないけど、いい人なの（と和彦の胸ポケットに千円札五枚つっこもうとする）」

和彦「（それに手を添え）どういうことなんだか――」

明美「いいのよ（とやや返事にならない答えをして廊下へ）」

和彦「どういうお宅なんですか？」

■玄関

明美「（来て）知らなくていいの（と外へ）」

和彦「――（来て立つ）」

車の音、先行し。

■西洋屋敷の表

やや乱暴にスタートする明美の車の動きあって――。

■応接間

和彦、車の去る方を見ている。車の走り去る音。

■廊下

しんとしている。

■応接間

和彦「（胸ポケットからはみ出ている千円札を見て、つっこみ、腕時計を見て、バケツへ行き雑巾をゆすぎ、しぼる。しぼりながら、あ、となり手を止める）」

■廊下の奥の階段

男の足が、酔っていて一歩一歩しっかりしようとしているようにおりる。

■応接間

和彦「（音を押さえてしぼり切り、その雑巾を持って立ち上る）」

■廊下の奥の階段

男の足、下までおりて立ち止る。

■応接間

和彦「（立って耳をすましている）」

■廊下

男の足、しっかりしようとするように歩いて来る。

■冬木立

鋭い鳥の声。

■応接間

和彦「（廊下の方向を見ていて、雑巾を見、窓を見て、窓の方へ行きかかる。急に気配を感じて、ふりかえってドアの方を見る）」

男、沢田竜彦が立っている。

和彦「（あ、と思い、一礼）」

竜彦「――（和彦を見ている）」

和彦「（竜彦の不愛想で怖いような目をさけ）バイト、させて、貰ってます（と小声でいって一礼し、窓へ行く）」

竜彦「（見ている）」

和彦「（窓のあたりを雑巾で拭く）」

竜彦「――（見ている）」

和彦「（拭いている）」

竜彦「よく、バイトをやるのかい？」

和彦「いいえ。いま、高三で受験なもんで、そういう暇ないんです（拭く）」

竜彦「じゃあ、なぜやってる？」

和彦「やりたかないけど、さっきの女の人に無理矢理連れて来られたんです」

竜彦「女は行っちまったろう」

和彦「ええ」

竜彦「だったら勝手にやってるんじゃねえか」

和彦「お金置いてったんです。だからちょっと帰るわけにもいかなくて」

竜彦「金は、そこらへほうって帰ることも出来る。ちがうか？」

和彦「ええ（まあ、そうだけど）」

竜彦「大体が無理矢理なら、なにも義理を立てることはねえ。金いただきで、さっさと帰りゃいいじゃねえか」

和彦「そういやあそうだけど――」

竜彦「なんだ？」

和彦「は？」

竜彦「そういやあそうだけど、なんだ？」

和彦「一時間ぐらい此処にいてくれって、あの人が」

竜彦「いったって、嫌だということも出来る」
和彦「ええ（そうだけど）」
竜彦「要するに、お前は自分の意志で此処にいるんだ。そうじゃあないか？」
和彦「そうです」
竜彦「だったら、仕様がなくているような、あの女のせいのような、愚痴っぽい口をきくな（白い布のかかった椅子に乱暴にかける）」
和彦「――（いかにも、そうだと思う。どうしようかと思う）」
竜彦「（手に持っていたウイスキーの瓶に口をつけてのむ）」
和彦「ここの御主人ですか？」
竜彦「――（唇を手の甲で拭いている）」
和彦「帰ります（金を出し）交通費と時間とられた分、千円貰って、四千円返します（とテーブルなりなんなりに置く）」
竜彦「留守番だ」
和彦「は？」
竜彦「俺は留守番だ。金は持ってけばいい」
和彦「いえ、それだけのことをしてないんだから」
竜彦「かまうもんか」
和彦「そんなの気分悪いし」
竜彦「気分？」
和彦「ええ。なんにもしてないんだから、五千円は多いです（とカバンをとる）」
竜彦「なんだ、それは？」
和彦「は？」
竜彦「それで、いい格好したつもりか？」
和彦「いい格好って」
竜彦「そういうのはムカつくぜ。やるっていってんだから、とっときゃあいいだろう」
和彦「いりません」
竜彦「ケッ。五千円ぐれェのことで、胸はるんじゃねえ」
和彦「ぼくは小遣いひと月一万円です。五千円は大金です。理由もなしに貰えません」
竜彦「おう、おう、そういう子供かよ、お前は」
和彦「子供かもしれないけど――」
竜彦「善人め！」
和彦「――（なにを、と思う）」
竜彦「気の小っちゃい、善良でがんじがらめの正直者め！」

和彦「芝居の台詞かなんかですか?」
竜彦「ハハ。それで、きりかえしたつもりか?」
和彦「別に。議論する気はないですよ(一礼して出て行こうとする)」
竜彦「何故頭を下げた?」
和彦「(立ち止る)」
竜彦「何故こんなに不愉快な男(と自分を指し)に、頭を下げる?」
和彦「理由なんてありませんね」
竜彦「理由もなく、お前は、癪に触った相手にも頭を下げるのか?」
和彦「お前だなんていわれたくありませんね」
竜彦「アハハ(と顔は笑っていなくて)それがお前のプライドか。安っぽくて下らんプライドだ」
和彦「そうは思いませんね。知らない男に、お前だなんて、なめたこといわれたかないよ」
竜彦「それだけ誇り高いなら、ウジウジ雑巾がけなんてするな。千円貰って、あとは返すなんてェ、みみっちいことをいうな」
和彦「みみっちいとは思わないね。たとえ百円だろうと、わけの分んない金を恵まれたかないし」
竜彦「無理に連れて来られて、人のいいこった」
和彦「そうかもしれないけど、ぼくはそういう気持を大事にしてるんだよ」
竜彦「なにをだと?」
和彦「なにを?」
竜彦「なにを大事にしていると?」
和彦「気持ですよ。理屈はともかく、貰いたくないものは貰いたくないっていう——」
竜彦「フン」
和彦「さよなら(と一礼せずに行きかかる)」
竜彦「ちょっと待て」
和彦「(振りかえる)」
竜彦「——(じっとしている)」
和彦「(戻って)なんですか?」
竜彦「気持なんてものはな、大事にするもんじゃねえんだよ(静かにいう)」
和彦「——」
竜彦「とりとめないもんだろうが。そんなもの大事にして生きてたら、何処へ行っちまうか分らねえ。そうじゃないかよ、若いの」
和彦「——」

竜彦「自分の、気持に正直だなんてのは、一番ラク
——な生きようよ。自慢たらしくいうこと
じゃねえ」
和彦「そうかな——」
竜彦「ためしに、あんた、嘘で固めて生きてみろ。気
が弱けりゃ強いふり、バカは頭のいいふり、鈍
感は敏感のふり、嘘八百で生きてみろ。こい
つは大変だぜ。正直に生きるなんてより、余
程精神の鍛練を要する。四六時中緊張してな
きゃボロが出る。とても気のいい善人にゃあ
（といって絶句し）つとまらねえ」
和彦「——」
竜彦「（掌で鼻のあたりを押さえる）」
和彦「——（ハッとする）」
竜彦「（口で息をする）」
和彦「どうか——（しましたか？）」
竜彦「（荒い息）」
和彦「大丈夫ですか？」
竜彦「（ハッハッとなり、それから、くしゃみをする）」
和彦「——」
竜彦「このうちは、下手なところへ腰をおろすと埃
りが立つ。へへ、それで、くしゃみが（くしゃ
みをする。三度）あー、はじまった（と立ち上
り）はじまりやがった（またくしゃみを三度）
あー、アレルギーなんだ。へへ（と廊下へ）」

■廊下
竜彦「あー（と鼻の下をのばすようにして）もう帰りな。
気が向いたら、また来るといいや。五千円ぐ
らいなら、いつでも払うぜ（と階段の方へ歩い
て行き階段下で立ち止る）」
和彦「（見ている）」
竜彦「（背を向けたまま）」
和彦「（見ている）」
竜彦「（ふり向く）」
和彦「（見ている）」
竜彦「（間あって、手をあげて、階段をあがりはじめる）」
和彦「ちょっと待ってよ（とその方へ走る）」
竜彦「（階段の途中で止る）」
和彦「（見上げて）なんですか、お宅は？　あの女の
人はなんですか？　ぼくを何故ここまで連れ
て来たんですか？」

竜彦「雑巾がけのバイトだろうが」
和彦「ちがうね。なんか別の理由があるんだ。そのくらい感じるよ」
竜彦「知らんね。帰りな、バイトのお兄ちゃん（邪慳にいい、上りながら）ハッ、ハ――ッ、ハッ（ハックションとくしゃみ）あ――、まいった（ハクションハクションと二階へ上って行ってしまう）」
和彦「――（見上げている）」

■電車から見た夕陽
小田急線もしくは相鉄線。電車の音。

■希望ケ丘の道Ａ（夜）
帰って来る和彦。

■希望ケ丘の道Ｂ
帰って来る和彦。

■望月家・居間の掛け時計
十一時十二分すぎ。

■居間
都がひとり、型紙を脇にして、良子のワンピースの裁断をしている。

■二階・廊下
和彦の部屋のドアのノブが回る。
和彦「（ドアをあけ半分顔を見せ、どうしようか、と思う）」

■居間
都「（裁断をしている）」

■二階・廊下
和彦「（出て、階段へ行き、おりはじめる）」

■階段下
和彦「（おりて来て、止る）」

■居間
都「（裁断していて、足音が止ったのを気にして）和彦？」

■階段下

和彦「（立っていて）うん」

■居間

都「お風呂入って。良子も入らなかったし、誰も入ってないのよ（手は動かしている）」

■階段下

和彦「（ゆっくり居間の方へ行く）」

居間のドアをあける。

■居間

和彦「（ドアから都を見て）もうじき、お父さん帰ってくるんじゃない」

都「いいわよ。どうせあなた早いんだから」

和彦「いいよ（と都を見ている）」

都「（手を動かしている間あって）どしたの？」

和彦「うん？」

都「入って閉めて。寒い」

和彦「（入って閉める）」

都「テスト、よくなかったの？」

和彦「（椅子へ）そんなことないっていったじゃない（と腰かける）」

都「だって、なんか変なんだもの」

和彦「――」

都「お腹でもすいた？」

和彦「――」

都「うん？」

和彦「お母さん――」

都「うん？」

和彦「嫌がるから聞かなかったけど」

都「なに？」

和彦「――」

都「なに？」

和彦「ヒップいくつ？」

都「なにいってるの（と苦笑）」

和彦「フフ」

都「頭ポーッとしちゃったんじゃないの。ジョギングでもしてらっしゃい（と手を動かしている）」

和彦「お母さん――」

都「うん？」

和彦「いつ頃まで煙草すってた？」

都　「お父さんと一緒になる頃かな」

和彦「お酒も？」

都　「お酒は、いまでものむじゃない」

和彦「でも、ちょっとでしょ。昔は、すごかったんでしょ？」

都　「やあねえ。おばあちゃんは、よくそういったけど」

和彦「手に負えなかったのが、よくまあって」

都　「安っぽいスケバンだったみたいだけど、そんなんじゃないのよ」

和彦「うん（分ってるけど）」

都　「多少、自由にしてただけ。絵描きになろうか、なにになろうかなんて」

和彦「（思い切って）ぼくのお父さんは」

都　「――」

和彦「のんだ？」

都　「――」

和彦「酒、のんだ？」

都　「なんの話？（とさえぎるように言う）」

和彦「――」

都　「他に、お父さんはいないわ」

和彦「だけど、本当はいるわけじゃない」

都　「死んだし、もう、ずっと前だし、いないと思わなきゃいけないって、そういう風に、いったはずだわ」

和彦「――」

都　「そんな人はいないのよ」

和彦「お母さん、すぐそうやってカッとなるから、いつも、聞けなくなっちゃうけど」

都　「あなたは、お母さんが一人でうんだの。結婚もしてなかったし、勝手に、うみたくてうんだの。父親は関係ないの。私だって、どんな人か忘れてるわ。ひどいいい方のようだけど、ほんとに忘れてるの。あなたのお父さんは、いまのお父さんしかいないわ」

和彦「――」

都　「知りたいと思う気持も、分らなくはないけど、とっくに死んだ人だし、お母さんは、忘れたの」

和彦「――」

都　「（自制し）ちゃんとした人よ。あなたが、はずかしがるような人じゃないわ。それだけ。それだけで、忘れて」

和彦「――」
都「――死んでるんだし」
都「忘れて」
和彦「分ったよ（と立つ）」
和彦「お風呂、いいよ（とおだやかにいって、階段の方へ。ドアをあける）」
都「和彦」
和彦「うん？」
都「どうして、急に、そんなこと」
和彦「急じゃないさ。ずっと、聞きにくかっただけだよ（とドアを閉める）」
都「――」

■望月家の車
運転している省一。

■望月家・居間
都、ぽつんといる。

■和彦の部屋
ベッドにころがって天井を見ている和彦。

■西洋屋敷・応接間
白い布のかかった椅子にかけて、一点を見ている竜彦。酒がある。

2

「なんか自分が、あったかくないなって、そういうこと感じます」

■スナップ写真

まず十年前の省一の写真。それから並んで十年前の良子の写真。

良子の声「私の父は、十年前、二歳の私を連れて、いまの母と再婚をした」

都の十年前の写真。それから並んで十年前の和彦の写真。

良子の声「母は結婚ははじめてだったけれど、小学校二年の子供がいたのだった」

現在の四人一緒の素人写真、二枚ほど。

良子の声「十年たって、いまは殆んどそういうことは意識しなくなって、大抵の時は、普通の家族より家族らしいんじゃないかと思う。今晩のお話は、去年の十二月二十七日からはじまる。兄も私も、もう冬休みに入っていた」

■メイン・タイトル

以下、クレジット・タイトル。

■望月家・表（昼）

良子の声「（電話をかけている）えッ？　知ってるよ、知ってる」

■望月家・居間とダイニングキッチン

良子「（電話をかけている。電話は、居間からもダイニングキッチンからもとれるような位置にある。こぼれるように笑う）」

都「（ダイニングキッチンで、カツ用にパン粉をつけた肉四人分をのせた皿にサランラップをかけていて）長い（いい加減にしなさい、というようにいう）」

良子「そうなの、吉田がね、ミーちゃんにカセットあげるっていうんだって。なんのカセットよ？　ってきいたらね、ユーミンとか来生たかおっていうんだって（と笑う）」

都「（ダイニングキッチンから居間へ行きながら、良子の方へ身体を傾け、電話の向うにも聞えるように）いい加減にしてよ」

良子「（まったく反応せず）だからね、そんなら貰ってもいいわって、貰ってェ、家帰ってェ、聞いたんだって。そしたらね、ユーミンの歌を、吉田が唄ってるテープなんだって。アハハハハ」

都「（前掛けはずし、居間から出て来て）良子。お母さん、もう行かなきゃならないから（と洗面所の方へ）」

良子「じゃね、いま、お母さんちょっと怒ってるから——うん——切る」

■洗面所

都「（鏡の前に立ちながら）お休みだと電話ばっかりかけてるじゃない」

■ダイニングキッチン

良子「（切って）そんなに長くないじゃない」

■洗面所

都「（パートへ行く前の身づくろいをしながら）長いわよ。お昼食べてから、ずーっとじゃない」

良子「（来ながら）二十分かそこらでしょう」

都「二十分しゃべれば沢山よ」

良子「向うがかけて来たんだもの、お金だってかかってないし」

都「お話中ばっかりじゃ困るの。どっから、どういう電話がかかって来るか分らないし（とダイニングキッチンへ）」

良子「うちなんか、何処から、かかって来るっていうの」

■ダイニングキッチン

都「ちょっといらっしゃい（野菜入れからキャベツを出しながら）パート年末で忙しくて、五時半に帰れないかもしれないから、そしたら、これ、ちゃんとパン粉もつけてあるから、この油で、あげて頂戴」

良子「分った」

都「キャベツは、これ刻んで。コーンスープがここにつくってあるから、あっためて。御飯は（電話のベル）タイマー、セットしてあるから」

良子「（電話の方へ行きながら）分った」

都「やあよ、また長いの」

良子「（電話に出て）望月です」

都「ほんとに勉強しないんだから」

良子「いるわ。ちょっと待って（都へ）お父さん」

都「なあに、こんな時間に（と来て受話器をとり）はい、私です」

■公衆電話ボックス

省一「なんだよもう、ずうーっと話中じゃないか」

■望月家電話と公衆電話のやりとり

都　「良子よ（良子へ）ほら、みなさい。お父さん、怒ってるから（電話へ）切れっていったって切らないのよ。お父さんからもいってよ、少し」

省一「それどこじゃないんだよ」

都　「なに？」

省一「車のスペアキーあるな？」

都　「あるけど――？」

省一「いいか、それ持ってな」

都　「やだ、閉めちゃったわけ？　キー中へ置いて」

省一「そんなんじゃないよ。黙って聞けよ」

都　「なに？」

省一「支店長に車で通勤してるのがバレちゃったんだ」

都　「だって、年末はいいんだって」

省一「俺がそう思っただけだよ」

都　「やだ」

省一「駅の反対側の、伊藤屋って酒屋の駐車場にあるから、来て、持ってってくれよ」

都　「これからパートだもの」

省一「終ってからでいいよ。パートパートっていうな（と切る）」

都　「一回いっただけじゃない（とふくれて切る）」

良子「どうしたの？（といいながら、インターフォンへ行く）」

都　「お父さんの電話の切り方大嫌い（と玄関へ）」

良子「（インターフォンへ）はい。どちらさまですか？」

チャイム。

■望月家・玄関

都　「（来ながら）あー生協かな？（とサンダルに足をかけて）はい（と玄関のドアをあける）」

■玄関の表

多恵子が、インターフォンの前に立っていて、都の方を見る。

■ダイニングキッチン

良子「（インターフォンの受話器を、緊張した顔で切る）」

■玄関の表

都　「良子、かしら？」

多恵子「はい」

都　「良子、分ってるわね（と低い靴をはきながら奥へいう）」

■玄関の内側

良子「（サッと来て真顔で低い声で）お母さん、コロの鎖、どっかにしまったわよね？」

都　「鎖？」

良子「（外へ聞かれたくなく）死んだ時、また飼うかもしれないって」

都　「ああ、裏の物置きの棚にあるわ」

良子「（ダイニングキッチンの方へ素早く戻る）」

都　「道具箱の横のクッキーの箱の中」

■ダイニングキッチン

良子「（裏へ出るドアをあけながら）分った」

■玄関の表

都　「（多恵子に）ちょっと待ってね（ドアを閉め）なんか、さがしてるらしいから」

多恵子「――（うなずく）」

都　「（自転車の方へ行きながら）犬飼うの？」

多恵子「犬って（はっきり口をひらかない）」

都　「うちは一度飼ってこりごり。小さい時はいいけど、大きくなると大変だし、死なれた時が、また可哀そうだし（と自転車を押して外へ出ながら）鎖はちょっと重いけど、つないでおく時は紐だと嚙み切っちゃうのよねえ」

多恵子「――」

都　「じゃ、ちょっと仕事行くから（と自転車にまたがりながら）さよなら（と去る）」

多恵子「（見送って呟く）鎖かよ」

■裏の物置きの前

良子「（物置きの戸を閉め、キッと表の方向を見る。手に犬用の鎖を持っていて、手に巻きつけるようにしながら）お兄ちゃん（と大声を出す）」

■玄関の表

多恵子「――（ピクリとする）」

良子「お兄ちゃん、聞える？（と横手から出て来る）」

■和彦の部屋

机に向っている和彦。

和彦「（うるさいな、と思いつつ）なんだよ！（と大声）」

良子の声「私」

■玄関の表

良子「ちょっと出掛けるから、誰か来たら、お兄ちゃんだけだからね」

■和彦の部屋

和彦「分ったァ！」

■玄関の表

多恵子「（良子を見ている）」

良子「（その多恵子を見る）」

多恵子「（来な、というように顎をしゃくって、先に一方へ歩き出す）」

良子「――（続く）」

■和彦の部屋

和彦「（勉強している）」

■坂道

多恵子と良子、歩く。

多恵子「一対一なら負けねえって、いったそうだな」

良子「（うなずく）」

多恵子「いい度胸じゃねえか」

二人、歩いて行く。

■望月家・和彦の部屋

和彦、勉強している。

チャイム。ちょっと手を止めるが、また書き進める。

和彦「（口の中で）うるせエなあ。誰だ（といいながら立ち上り、窓をあけ、門の方を見る）」

■門前

明美「（前回とはうってかわって、ジーンズに皮ジャンパーを綺麗に着こなしていて、和彦の方を見上げる）」

和彦「（ハッとする）」

明美「こんちは（と微笑）」

和彦「（迷惑だな、と思うが会釈）」
明美「ちょっといい？」
和彦「（うなずく）いま（と戸を閉める）」
明美「（目をはずす）」

■玄関

和彦「（階段をかけおりて来て、サンダルをひっかけ、ドアの鍵をあけ、ドアをあけ、軽く会釈）」

■玄関の表

明美「そこらまで出られない？」
和彦「ぼくしか、いないんです」
明美「だと駄目？」
和彦「そういうわけでもないけど」
明美「勉強？」
和彦「どんな用でしょうか？」
明美「しゃべったそうね？　あの人と」
和彦「――ええ」
明美「（微笑し）変な人でしょ？」
和彦「――いえ」
明美「どう思った？（と近づいて来る）」
和彦「別に――」
明美「別に、なんにも？」
和彦「（ちょっと苦笑し）いま、ぼく、受験の前なもんで、他の事は考えないようにしてるんです」
明美「いつ試験？」
和彦「共通一次は一月十五と十六日です」
明美「そう」
和彦「時間あんまりないし、よっぽどの用事なら、あれだけど――」
明美「よっぽどの用事なの」
和彦「でも、ぼくなんかに――」
明美「お母さん、花屋さんへ勤めてるのね？」
和彦「（そんなこと）どうして――」
明美「変でしょ？（目を伏せる）」
和彦「え？」
明美「そんなこと知ってるなんて変よね？」
和彦「ええ」
明美「ここまで来たのも、しつこすぎると思わない？」
和彦「――ええ」
明美「なんだと思う？」
和彦「さあ」

明美「もう一度、あの家へ行って貰いたいの」
和彦「――」
明美「（目を上げ）いや？」
和彦「悪いけど、そういう暇ないんです。それに――」
明美「それに？」
和彦「あの人、ぼくなんか、うるさそうだったし」
明美「そういう口きくのよ。本当は、そうじゃないの」
和彦「――」
明美「暮のうちに、もう一度、行ってくれないかな？」
和彦「行って、なにするんですか？」
明美「話相手」
和彦「そんなの――」
明美「好奇心湧かない？　あんな古い家で、なに者か分らない男が」
和彦「暇がないんです。正直いうと、こういう時間も困るんです。追い込みだし、予定をちゃんと立ててるんで」
明美「とっても大事なことだといっても？」
和彦「大事って――」
明美「これ以上いえないけど、大事なの。こういえば、なんか感じない？　感じるでしょ？」
和彦「なんの事だか」
明美「鈍感なふりしても分るわ」
和彦「ふりって――」
明美「そんなに試験が大事？」
和彦「当然じゃないかな？」
明美「坂の下に車置いてあるの。よかったら今日一緒に行って」
和彦「駄目です。そんな暇、ほんとにないんです」
明美「そんなにして大学入って、なんだっていうの？」
和彦「そんなのこっちの勝手だし」
明美「結局は、どっかへ勤めるだけでしょう」
和彦「どっかって、そのどっかが問題だから、みんなキーキーやってるんじゃないかな」
明美「（和彦を急に押して玄関の中へ）」

■玄関の中

和彦「（よろけるように、あとずさる）」
明美「（あっという間に、和彦の首に手を回して、唇のやや脇にキスをしている）」
和彦「（慌てたこともあって、ちょっと邪慳に押しはなれて）なにすんですか？（と上へあがってしまう）」

明美「一緒に来て」

和彦「嫌です。帰って下さい。迷惑です。帰って下さい（と羞恥や狼狽で大声でいう）」

明美「お願い――」

和彦「いいから、帰ってくれよ」

明美「――（和彦を見ている）」

和彦「（自分をおさえ）帰ってくれよ」

明美「後悔するわよ（と急に誇りを傷つけられたような、腹立たしい声でいい、さっと出て行き、バタンとドアが閉まる）」

和彦「（そのドアを見て、小さく）冗談じゃねえよ（はじめて、キスされたあたりに指をもって行く）」

電話のベル。

和彦「なんだよ、これじゃ、なんにも出来やしねえじゃねえか（とダイニングキッチンの方へ）」

■花屋

都　「（電話に）あ、和彦。良子、どうしてる？」

花屋の主人「（金をしまいにレジへ来ながら）ありがとうございました」

■望月家・ダイニングキッチン

和彦「さっき出てったけど」

■花屋

都　「二人で？」

■望月家・ダイニングキッチン

和彦「二人って――」

■花屋

都　「さっきの女の子と？」

■望月家・ダイニングキッチン

和彦「見てないもん」

■花屋

都　「見てるとよかったんだけど」

■望月家・ダイニングキッチン

和彦「なによ？」

■花屋

都　「ちょっとね、心配になって来たの。さっき来た子、もしかすると、この間あなたと良子にからんだ子じゃないかと思って」

■望月家・ダイニングキッチン

和彦「（迷惑で）え？」

■花屋

都　「見たことない子だったし、良子、鎖を出そうとしたの」

■望月家・ダイニングキッチン

和彦「鎖って？」

■花屋

都　「いいから、ちょっと外出てみてくれない？　その辺ちょっと走ってみて」

■望月家・ダイニングキッチン

和彦「勉強してるんだよ」

■花屋

都　「良子が怪我するかもしれないの」

■望月家・ダイニングキッチン

和彦「なに急にいってんのさ」

■花屋

都　「いいから、ちょっと一回り見て来て」

■望月家・ダイニングキッチン

和彦「そんなこと」

■花屋

都　「文句いわないで、見て来て。なんだか気になって仕様がないんだから」

主人「（店先で客の相手をしていて）いらっしゃいませ。ちょっとお待ち下さい（ともう一人の客にいう）」

都　「ちょっと見るぐらい、なんでもないでしょう。兄さんでしょう。やって（と切り）いらっしゃいませ」

■望月家・ダイニングキッチン

和彦「（切り）なんだと思ってんだ、人の受験を」

■高い塀のある道

多恵子「――（一歩出る）」

良子「（手の鎖を握りしめる）」

多恵子「――（かまえる）」

良子「（かまえる）」

ジリジリっと近づく。

多恵子「ウォッ（とおどしをかける）」

良子「（振り回しやすい長さにしてある鎖をさっと一振する）」

多恵子「（ひるまない）」

良子「（パッパッパッと夢中で鎖を振り回して前進する）」

■望月家・玄関と階段（昼）

チャイムが、続けて鳴る。誰もいない。

二階のドアがあく音がして、

和彦の声「（腹立たしく）はいッ（とドドッとおりて来て）どちらさまですか？（相手によっては断ろう、と思っていう）」

大沢の声「オレ。大沢」

和彦「（迷惑で）――なによ？」

大沢の声「ちょっとよ、悪いな」

和彦「（仕方なくドアをあけ）なに？」

大沢「お前んとこ、日曜テストの結果、来たかよ？」

和彦「来たけど――」

大沢「俺ンとこ来ねえんだよ。いつ来たかと思ってよ」

和彦「二、三日前かな」

大沢「お袋がうるさくて仕様がねえんだよ。行かなかったんじゃないかなんてよ」

和彦「来るんじゃない、もう」

大沢「お前なんか順位いいんだろうなあ」

和彦「そんなことないよ」

大沢「やってんのか？（と鉛筆でなにか書く仕草）」

和彦「うん。仕様がねえもん」

大沢「えれェよなあ（ちょっと玄関前をウロつきながら）俺なんか、三科目だけなのによ、気が散っちまってよ」

和彦「フフ（と仕方なく立っている）」

大沢「これでまた正月が来るだろう。どうしたらいいんだ。オチオチ勉強なんかしてらんないよ」
和彦「フフ」
大沢「どうだよ？　ちょっと、そこら、歩かねえかよ。たまには、しゃべりてェじゃねえか」
和彦「悪いけど」
大沢「駄目かよ？」
和彦「留守番してなきゃなんないし」
大沢「じゃ、上るか？」
和彦「スケジュールあっから」
大沢「——そうか」
和彦「悪いな、お互い、入ったら遊ぼうじゃない」
大沢「ほんとかよ（と門の方へ行く）」
和彦「なにがよ？」
大沢「国立入っちゃってよ、俺なんか相手にしなくなるんじゃねえのか？」
和彦「そんなことないよ」
大沢「まあ、せいぜいガリガリやってくれよ。じゃあな（と行ってしまう）」
和彦「——悪いな（と見送り、目を伏せ、ドアを閉め）邪魔する奴のが悪いに決まってるじゃねえか（とドアを叩く）」

■明美にキスをされる瞬間

■玄関
和彦「（その思いをふりきるように上る）」

■明美（反復）
明美「そんなに試験が大事？」
明美「後悔するわよ」

■階段
かけ上る和彦。

■都（反復）
都　「良子が怪我するかもしれないの。ちょっとさがしてみて」

■和彦の部屋
和彦「（入って背中で、ドアを閉める）」

■明美にキスされる瞬間

■和彦の部屋

和彦「ああッ（といらついて、情けない顔）」

チャイムの音。

和彦「なんだってんだ。これで、どこ受かれっていうんだよ、まったく」

チャイム。

和彦「（バッとドアをあけて階段へ）」

■階段と玄関

和彦「（ドドドッとおりて来て）どちらさまですかッ」

しんとしている。

和彦「（ムカついて）どちらさま？」

ドアを、やや力なく叩く音。

和彦「なによ、返事したら、いいじゃないか（と小さくいいながら、ドアをあける）」

良子「（おでこのあたりから血を流していて、洋服も破れて汚れていて、青ざめて立っている）」

和彦「良子」

良子「お兄ちゃん（と倒れてくる）」

和彦「（抱きとめ）良子（とガタガタしてしまう）」

■玄関と階段（夜）

省一「（居間の方から、ワイシャツにネクタイ姿で現われ、ネクタイをとりながら二階へ）」

都　「（続く）」

■和彦の部屋

和彦「（机に向っていて、その足音を聞き、手を止める）」

■二階・廊下

省一「（良子の部屋のドアを軽くノックして）良子」

都　「――（耳をすます）」

良子の声「なに？」

省一「（あけ）どうだ？　頭（入って行く）」

■良子の部屋

良子「（頭に繃帯して、ベッドにいて）大丈夫（と読んでいた『JJ』を伏せる）」

都　「少し眠った？」

良子「ううん」

省一「そんなお前、自分から求めて、そんなのと喧嘩する奴があるか」

良子「口惜しいんだもの」
省一「やって負けたんじゃなんにもならないじゃないか」
良子「そうかな？　やらないよりいいと思うけど」
省一「大怪我したら、どうするんだ？」
都「そうよ。頭なんて場所によっては大変なんだから」
良子「この家は駄目よ」
省一「なにが駄目だ？」
良子「お兄ちゃんみたいに、ビクビクして、自分のことばっかりで、勉強してりゃいい子なんだから」

■和彦の部屋

省一の声「（小さく）聞えるだろ。受験中は、仕様がないよ（バタンとドアの閉まる音。あと、なにかいっているが、意味が分らない）」
和彦「――（手を止めている）」
都の声「どうなの？　本当に良子をさがしたの？」

■回想・町の外科医院・待合室（昼）

和彦「さがしたよ」
都「何処を？（声をひそめている）」
和彦「何処って、家の周り、あっちこっち」
都「何処まで？」
和彦「なにいいたいのさ？　見つかんなかったんだもの、仕様がないじゃない」
都「――」
和彦「大体、喧嘩なんかする良子が悪いんだよ。さがし方が悪いなんていわれたかないよ（と語尾で一方を見る）」
良子「（診察室のドアをあけ、頭に繃帯を巻いて出て来て）終った」
都「（近づきながら）どうだった？」
良子「（玄関の方へ行きながら）どうってことないって」
都「ちょっと（と良子の肩に手を置き）お母さん、お礼いってくるから（とドアの方へ行き、入りながら）ありがとうございました」
良子「やだわ、大げさで（と独り言めいていい、繃帯に手をやりながら玄関の方へ歩き出す）」
和彦「薬、貰うんじゃないのか？」

良子「（立ち止り）うん――」
和彦「（その良子の背を見て、なにをいっていいか分らない）」
良子「（和彦に背を向けたまま）バカだと思ってるんでしょ？」
和彦「別に――」
良子「私は、でも、あんなのに侮辱されて、じっとしてるんじゃ、生きてる甲斐ないのよ」
和彦「――」
良子「お兄ちゃんは、いいんだろうけどね。妹が殴られたって」

■望月家・和彦の部屋（夜）

和彦「――」
良子の声「ただ、じっとして、頭のいいことしかしないんだろうけどね」
ノックの音。
和彦「――はい」
省一「（ドアをあけ）いいか？」
和彦「――なに？」
省一「いや（と入ってドアを閉め）仕様がないな、あいつは、良子は（とベッドに腰をおろす）」
和彦「――」
省一「（その和彦に目を置き）どう思ってる？」
和彦「なにを？」
省一「良子さ」
和彦「別に――」
省一「だったらいいが、お母さん、気にしてるんでな」
和彦「気にって？」
省一「お前も、なんかするんじゃないかってさ」
和彦「――」
省一「しないよな？」
和彦「して欲しい？」
省一「なにいってる」
和彦「――」
省一「スケバンにバカにされて、いちいちカッカしてたんじゃ、生きていけないよ。大人になりゃあ、もっとひどいことがいくらでもある。それでも、みんな我慢してるんだ」
和彦「――」
省一「さっさと忘れて勉強するこった（と立ってドアの方へ）」

和彦「どんなこと？」
省一「うん？」
和彦「お父さんが、我慢してることって」
省一「そりゃいろいろさ」
和彦「どんな？」
省一「勉強しなくていいのか？」
和彦「よかないけど、どんなことかと思って――」
省一「うむ。ま、あんまり、子供にいいたかないが」
和彦「だったらいいけど」
省一「勝手な客もいるしな。ま、しかし、そんなことを、いちいち気にしちゃいらんない。フフフ（とドアをあけ）我慢は学生のうちからしといた方がいい。そりゃあ、お前ぐらいの時は、スケバンにバカにされて」

■一回目の反復

和彦「（膝をつき）すいませんでした（一礼）」
行子「フン」
それらの声は聞えず、
省一の声「（前シーンと直結で）ただ黙ってるのは、意気地がないような気がするだろうが、そんなことはない」

■望月家・和彦の部屋

省一「我慢をしないで来ちまった奴は、勤めはじめて大抵おかしくなる。お前は、バカにはさからわなかった。なかなか見所あるよ（と出てドアを閉める）」
和彦「――」

■階段

省一「（おりはじめる）」
支店長丸山の声「（怒鳴り声で）俺より部下だよ」

■回想・信用金庫・支店長室（朝）

丸山「渉外課長として釈明しろよ。なにをしたか、なぜしたか、それをどう思っているか、はっきり部下の前でいってみろよ」
省一「はいッ（部下八人の方を向き）支店は、マイカーの通勤を禁止している。にもかかわらず、私は、課長という、君らに、範を示さねばならない位置にありながら、ひそかに、十二月、十三日間にわたって、マイカーで通勤をした。すまんと思っている」

丸山「すいませんでした、というべきじゃあないのか」

省一「すいませんでした（と一礼）」

丸山「何故そんなことをしたかをいって貰おう！」

省一「はい、十二月は、渉外体制強化拡充預金増強運動中であり、当信用金庫では、月間一億五千万を目指している。渉外課長として、私は通勤ラッシュによる体力の消耗を出来るだけ避けたかった」

丸山「つまり、楽をしたかった」

省一「その、マイカー通勤の禁止は、渋滞による遅刻のおそれ、夜の飲酒運転の危険、及び駐車難によるものですが、私は渋滞しない道を見つけており、それから酒をやりませんので、酒酔いの心配はなく、駐車は、伊藤酒店の主人が、ひと月ぐらいならと」

丸山「だったら禁止を破っていいのか？」

省一「いいえ」

丸山「駐車場なんて、只で借りてどうするんだ？　そういうのが、不正貸付けを呼びこむんだよ」

省一「そういうことは決して、いたしませんッ」

大山「懲罰もんだよ。課長失格だよッ」

■望月家・ダイニングキッチン（夜）

省一「（大福を二つに割りながら）たいしておこられやしないさ」

都「（お茶を入れながら）そうなの」

省一「おこれねえもん」

都「どうして？」

省一「俺が渉外課長を機嫌よくやってるから、あの支店で、月間一億五千万なんて預金を獲得できてんだよ。支店長は、バカじゃないよ。そういうことは、ちゃんと頭にあるから、俺を怒るわけにはいかないやな。〝駄目だよ、マイカーは〟それだけだ。へへ」

都「だったら、車に乗って帰ってくれれば、いいじゃない」

省一「それが、女の世間知らずっていうんだよ。支店長が怒らない。だからって、こっちがつけ上っちゃいけないんだよ。ハイッといって、帰りは車を置いて、電車で帰る。車は女房がとりに来る。ちゃんと支店長を立てる。そういうとこで俺なんか、信用を得てるし、商売もしてんじゃないか」

丸山の声「奥さん、呼んで」

■回想・信用金庫・支店長室

丸山「車、持って行かせろよ」

省一「はいッ」

丸山「以後一切自分の車には近づかないって、部下に誓えよ」

省一「はいッ」

丸山「（人情っぽく）そうすりゃあ、ここだけの話にしてやるよ」

省一「（涙ぐんで）ありがとうございます（部下に）すまなかった。申訳けなかった（と頭を下げる）」

■望月家・ダイニングキッチン（夜）

省一「あーあッ（とのびをし）さ、寝るか。明日は電車か（と立ち上り）あッ（とまたのびをする姿勢になる）」

都「（湯呑みや小皿を片付けている）」

■和彦の部屋

和彦「――（動かない）」

省一の声「あーッ（とのびをする声）」

■キスされる瞬間

■和彦の部屋（夜）

和彦「――」

明美の声「そんなにして大学へ入って」

■反復

明美「なんだっていうの？」

和彦「そんなの、こっちの勝手だし」

明美「結局は、どっかへ勤めるだけでしょう」

■和彦の部屋（夜）

和彦「――」

良子の声「妹が殴られたって」

■医院・待合室（昼）

良子「ただ、じっとして、頭のいいことしかしないんだろうけどね」

■反復

大沢「まあ、せいぜいガリガリやってくれよ」

■キスされる瞬間

■望月家・和彦の部屋

和彦「——」

都の声「どうなの？　本当に良子をさがしたの？」

和彦「——」

電車の走行音。

■電車・窓外風景（昼）

■電車の中

和彦「——（外を見ている）」

竜彦の声「善人め！」

■一回目の反復

竜彦「気の小っちゃい、善良でがんじがらめの正直者め！」

■電車・窓外風景

■電車の中

乗っている和彦。

■西洋屋敷・門前

和彦「（立ち止る）」

古い屋敷は、しんとしている。

和彦「（通用門をあけて入って行く）」

■玄関の外

和彦、来る。玄関の戸、閉まっている。

和彦、近づき、ちょっとためらってから、戸に手をかける。あく。

和彦「こんちは（と小さくいう）ごめん下さい。ごめん、下さい」

しんとしている。庭の方で、枝を折るような音がする。和彦、その方を見る。

■庭

荒れた庭で、竜彦、焚火をしている。
枝を折る。火に入れる。

竜彦「(顔を家の脇へ向け、手を止める)」
和彦「――(立っていて一礼)」
竜彦「――(見ている)」
和彦「――(どうしていいか分らず)あの――女の人が、もう一度あの、来てくれっていったもんだから(語尾は小さくなり、目を伏せる)」
竜彦「おいで(と小さくいい)おいで(と聞えるようにいい、また火を見る。ひどい孤独感におそわれていたので、一回目のような鋭さはない、酒ものんでいない。終始、おだやかである)」
和彦「――(近づいて行く)」
竜彦「(火をいじっている)」
和彦「(近づく)」
竜彦「(火をいじっている)」
和彦「(来て)こんちは(一礼)」
竜彦「(和彦を見ず)ああ」
和彦「――時間が、出来たもんで」
竜彦「そうか――」
和彦「なんか、やりますけど――」
竜彦「切株がある(と指す)」
和彦「はい」
竜彦「持って来て、かけてくれ」
和彦「はい(と切株を動かそうとする。重い)」
竜彦「(その和彦を見る)」
和彦「よッ(と持ち上げる)」
竜彦「(目が合わぬように、火に目を戻す)」
和彦「――(ドドッと来て、ドスンと切株を火の傍へ落す)」

■冬木立

ピピピピッと鳥の声がわたる。

■庭

時間経過。パチパチと焚火が音をたてる。竜彦、それを少しいじる。
炎。向き合って、切株にかけて、その火を見ている和彦。

竜彦「――(火を見ている)」

和彦「——」

竜彦「——」

和彦「あの——」

竜彦「うん？」

和彦「なにか、しますけど」

竜彦「いいんだ」

和彦「でも、こうやって黙って——座ってても、仕様がないんじゃないんですか？」

竜彦「——」

和彦「どうせ来たんだし、なんか、やります」

竜彦「どうして——」

和彦「え？」

竜彦「どうして、また、来た？」

和彦「だから——その——あの女の人が、横浜のぼくの家（うち）まで来てもう一度って」

竜彦「家まで？」

和彦「ええ」

竜彦「なんていって？」

和彦「だから、もう一度此処へ——」

竜彦「そうじゃない。自分を、何者だといってだ？」

和彦「別に、なにも——」

竜彦「家（うち）の人は、なんだと思った？」

和彦「誰もいませんでした。なんだか、ぼくしかいない時を狙ってたみたいで」

竜彦「そうか」

和彦「それだって随分神経を使うことだし、そんなにして、なぜぼくを此処へ来させたいのか、訳分らないし」

竜彦「——」

和彦「あの人が、どういう人か、このお宅が、どういうお宅か、あなたが、どういう人かも分らないし」

竜彦「——」

和彦「なんだか意味あり気で、気になって仕様がないから来たんです」

竜彦「——」

和彦「本当いうと、時間はないんです。この前いったように、受験勉強中で、ここへ来る余裕なんか、ないんですけど、来たんです」

竜彦「——」

和彦「あなたは、誰、ですか？（目を合せずにいい）ぼくと、どういう関係があるんですか？」

竜彦「関係は――ないよ」

和彦「でも、それじゃあ、ちょっとおかしかないですか？　あの女の人、ここへ、ぼくを来させるのに、すごく熱心でした。なんの関係もないぼくを、あんなに、熱心に、来させようとするでしょうか？」

竜彦「人間は、いろいろさ」

和彦「それにしたって、なんか訳があると思うな。ただ、訳もなく、家まで来るはずないと思います」

竜彦「分らんね」

和彦「え？」

竜彦「なんの事か、俺にも分らん」

和彦「本当ですか？」

竜彦「焚火をしたことあるかい？」

和彦「――そりゃ――あります」

竜彦「そうか」

和彦「家ではないけど――キャンプで――中学の頃」

竜彦「いいもんだ。こうやって、じーっと火を見てるなんてことが実になかった」

和彦「――」

竜彦「俺は、カメラが商売でね」

和彦「カメラを売ってるってこと（ですか？）」

竜彦「いや、撮る方だ」

和彦「ええ」

竜彦「随分フイルム使って、よく撮ったよ」

和彦「はあ」

竜彦「手あたり次第撮ったといってもいい。いつもこう、カメラ三台ほど肩から提げてね」

和彦「（うなずく）」

竜彦「光線がいいと撮り、人間が面白くて撮り、角度がいいといっちゃあ撮り、犬も撮り猫も撮り、ビルも撮りゃあ、車も撮り、酔っぱらいも撮り、ヤクザも撮り、頼まれてモデルも撮り、なにを見てもあんた、この角度で、この絞りで、このレンズで行きゃあ、いけるなんてことばかり頭にある」

和彦「ええ」

竜彦「物を見ても人を見ても、光線とレンズと角度なんてことが、すぐ頭をかけ巡る。こう撮りゃあ、絵になると思う。面白い、と思う。受ける、と思う」

和彦「ええ」

竜彦「朝から晩まで、あっちへ行っちゃあ撮り、こっち行っちゃあ撮り、次々といろんなものに向き合っちゃあ、撮りまくる」

和彦「（うなずく）」

竜彦「フッと――気がつく」

和彦「ええ――」

竜彦「物でも人でも――じっくり見たことがない」

和彦「――」

竜彦「たとえば、この枝と向き合う（と枯枝を拾ってかかげる）すると、たちまち、こうやって、こっからとったらどうか？　いや、こうやって、こっからとった方がいい、というように頭が働く。そして、バシャリバシャリと撮りまくる」

和彦「――」

竜彦「撮り終えると終りだ（と枯枝を捨てる）もう枯枝のことは忘れて、他に目をやっている。ほんとうに枯枝をじっくり見ることがない」

和彦「（うなずく）」

竜彦「人でも物でも、本当には見ていない」

和彦「（うなずく）」

竜彦「そういうことが続くと、どうなるか分るかい？」

和彦「いえ――」

竜彦「胸ン中、からっぽになるのさ」

和彦「――」

竜彦「魂がうつろになるんだ」

和彦「――」

竜彦「なにかを、心から好きになるなんて事もなくなっちまう」

和彦「（うなずく）」

竜彦「カメラ売り払ってね」

和彦「（うなずく）」

竜彦「このボロ家の、留守番させて貰って、こうやって、たとえば、火を見てる。じーっと見てる。するとと、随分長いこと、なにかをじーっと見たことがなかったと思う。しかし、ジリジリして来る。根気がない」

和彦「――」

竜彦「我慢して座ってる。フフ、あんたも、たまには、いいだろう。つき合って、この、火でも見てってくれ」

和彦「――」

竜彦「煙でもいい（と煙ののぼる空を見る）」

和彦「名前、聞いてもいいですか?」
竜彦「——」
和彦「なんていうんですか?」
竜彦「そんなことはいいよ」
和彦「でも——」
竜彦「知らなきゃ、口がきけないってもんでもないだろう」
和彦「——」
竜彦「詮索はよそうじゃねえか」
和彦「——」
竜彦「黙って、あたっていきゃあいい」
和彦「——」
竜彦「——」
和彦「いまのこと」
竜彦「うん?」
和彦「分ります」
竜彦「そうかい」
和彦「ぼく、中学の頃から、いろんなもの集めるのが好きで、古銭とか切手とかも集めてたけど」
竜彦「うむ」
和彦「ほんとに、いい切手だな、綺麗だなって、じっと見たりしてるの、はじめだけなんですよね」
竜彦「——」
和彦「段々、あの記念切手は、なかなかないとか、あれをワンシート買っとくと、あとで高く売れるとか、そんなことばっかりになって、切手をじっと見たりすることなくなってるんです」
竜彦「うむ」
和彦「高校に入ってからは、展覧会に狂って、あの展覧会にも行ったこの展覧会にも行ったって、一時カタログを一杯あつめて、友だちに自慢なんかしたけど、気がつくと、一枚の絵だって、じっと見て、好きになったりしたわけじゃないんです」
竜彦「——」
和彦「時々、ちょっとちがうんじゃないかって思ったりもしました」
竜彦「——」
和彦「そのうち受験で、それどころじゃなくなったけど、気持、分ります」
竜彦「そうかい」
和彦「なにかを心から好きになることが、なくなっちゃうって感じ分ります」
竜彦「うむ」
和彦「ちがうかもしれないけど」
竜彦「高校生なんてものと、しゃべったことがないんでな」
和彦「ええ」
竜彦「話が通じるかどうかと思ったが」
和彦「（目を伏せ、口の中で）へえ」
竜彦「ちっとは、通じるな」
和彦「ええ。ぼく――受験の勉強も、そういうこと感じます。勉強っていうのは、もともとは、なにかを不思議だと思って、どうしてだろうと思って、調べたり考えたりして、段々分って行くっていうようなもんだと思うけど、受験のは、知りたい気持とか、そういうことは関係なくて、ただテストに必要なことを、毎日毎日頭へ詰めこんで、他のことをする余裕がぜんぜんなくて、友達ともつき合わないし、兄妹の心配もしないし、頭の中は一杯だけど、胸のあたり、スカスカって感じあります」
竜彦「――」
和彦「なんか自分が、あったかくないなって、そういうこと感じます。安っぽいような――」
竜彦「――そうかい」
和彦「こないだと随分ちがいますね」
竜彦「うむ」
和彦「こないだは、怖いようだったけど」
竜彦「（苦笑）」
和彦「今日は――こんなに、しゃべったの、久し振りです」
竜彦「――」
和彦「自分で、変です」
竜彦「気が向いたら、また、来るといい」
和彦「はい」
竜彦「芋でもつっこんでおきゃあよかったなあ（と焚火をつつく）」
和彦「フフ（と火を見る）」
竜彦「（つついている）」
和彦「（そっと竜彦を見る）」
竜彦「（つついている）」

■望月家・良子の部屋（朝）

ベッドに横になっている繃帯の良子、窓の外を見ながら身体を起こす。

窓の外、煙がもうもうと立ちのぼっている。

良子「やだ（と窓へ行き、あけ、ちょっと見えず、それから）なにやってるのお兄ちゃん」

■庭

うまく燃え上らず煙が立つ焚火を棒でなんとかしようとしている和彦。

和彦「うるせェ」

■階段

良子「（二階でドアをあけ）お母さん（ドドッとおりて来ながら）お兄ちゃん、庭で大変。煙もうもうだから」

■洗濯機のところ

都　「（洗濯機を使いながら）煙？」

良子「そう。あれじゃ近所迷惑よ。もうもうだもの（とかけて来ていい、すぐ庭へ向いながら）絶対、隣のおばあさん文句いってくるから」

都　「そんなこと、大きな声で（と声押さえて、たしなめる）」

■庭

和彦「（煙にむせて咳込む）」

良子「（居間のガラス戸をあけ）バカねえ。燃やすことないでしょう、なにも（とおりる）」

都　「やだ、和彦。なに燃やしてるの。焚火なんかしちゃ駄目よ、近所迷惑でしょ」

和彦「（咳込んでいる）」

良子「おう（とこれも咳込む）」

都　「バカねえ、これじゃ、燃えるわけないでしょう（と咳込む）」

■花屋の前（夜）

「いらっしゃいませ、シクラメン、お安くなってますよ」と主人が大声。

都　「（奥から大きな花束を持ってやって来て客に渡しながら）ありがとうございました。四千円のお返しです。毎度、どうも」

■夜の住宅地の道Ａ

和彦、本屋の紙袋に入った雑誌を持って、家の方へ急ぐ。

■道Ｂ

和彦、急ぐ。

■望月家・ダイニングキッチン

良子、ひとり野菜をいためている。

バタンとドアが玄関で閉まる音。

良子「お兄ちゃん？」

■階段の下

和彦「そう（とドドッと上って行く）」

■ダイニングキッチン

良子「もうじき御飯よ」

バタンと二階のドアの閉まる音。

良子「手伝ってよ、少しは」

■和彦の部屋

和彦「（袋を破るようにして雑誌を出しながら）いま行くよッ（と雑誌をめくりながら膝をつく。『写楽』風の雑誌である）――（ハッとする。じっと見る）」

明美がカラーで載っている。

和彦「やっぱり――そうだ（と小さくいい、めくる）」

ヌードの明美である。

和彦「ウワ（めくる）」

ヌードの明美がまだある。

和彦「ギャ、スゲエ（とちょっと息荒く）」

■キスされる瞬間

■和彦の部屋

和彦「（尻をつき、ヌードを見て）知ってる人のヌードって、はじめて見たな（と小さくいい、めくってはめくり返し）新村明美かあ（とちょっと腕をのばしてヌードを見て、ギクンとドアの方を見る）」

良子「（ドアをさっと大きくあけ）やだ、裸見てる！（とさっと階段へ）」

和彦「う、うるせェ。いま時、裸なんか、めずらしくねえやッ！」

■住宅地の公衆電話ボックス（昼）

中に和彦いる。ダイヤルを回す音。

■ボックスの中

和彦「（回し終え）あ——あ、あの、そちらで出してる雑誌の、モデルの人の住所、ちょっと聞きたいんですけど」

良子の声「お母さん」

■望月家・庭

洗濯物を干している都と良子。

良子「お兄ちゃん、ここンとこちょっと変じゃない？」

都「変て？」

良子「出てって、四、五時間帰って来なかったり、焚火をしたり」

都「いいじゃない」

良子「ヌードの写真、こうやって見たりして、勉強たるんでるのよ」

■公衆電話ボックスの中

和彦「あ、プロダクションの、ビューティスポットさんですか？——あ、あの、出版社で聞いたんですけど、そちらに所属している新村明美さんの電話番号か、住所、教えて貰いたいんですけど——あ、あの、迷惑かけるようなことはしません。知り合いなんです。——あ、あの、もし、あれだったら、望月っていって下さい。望月和彦です。連絡とりたがってるって、新村さんに、いって貰えませんか？——だったら、あの、番号はいいんです——あの、ちょっと急用なんです——ほんとです——嘘じゃありません——はい——はい」

電話のベル。

■望月家・居間

電話、鳴っている。

■階段

和彦「（自室のドアをあけ、かけおりる）」

■居間

都「（受話器をとり）はい。望月です」

和彦「（パッと入って来る）」

都「はい、おりますけど――」

和彦「ぼく？」

都「どちらさまでしょうか？」

和彦「ぼくなら（と手を出す）」

都「ちょっとお待ち下さい（和彦へ）良子（二階に向い）良子、電話よ。石川君！」

良子の声「はーい」

和彦「（出て行こうとする）」

都「和彦」

和彦「（とまらず出て行きながら）なに？」

都「なんの電話、待ってるの？」

■階段

和彦「（上りながら）用事」

良子「（入れちがいにドドッとおりて行く）」

都「（来て）なに用事って」

和彦「（二階で）なんでもないよ（とドアを閉めてしまう）」

都「ソワソワして、そんなことじゃ、勉強出来ないでしょ！」

■横浜駅・付近（昼）

情景。混雑。

■ある喫茶店

出入りの雰囲気、やや混雑の印象あって、奥のテーブルで和彦、ドアの方を見ている。

和彦「（あ、という感じになる）」

明美「（入って来て、さがす目で立ち止る）」

和彦「（立ち上り、口の中で）あ」

明美「（気がつき、微笑してやって来る）」

和彦「すいませんでした。こんな所まで（一礼）」

明美「あら、低姿勢ね」

和彦「はい。あの」

明美「（かけながら）すごいわね、横浜混んで――」

和彦「ええ。このあたりは、わりと（かける）」

ウェイトレス「いらっしゃいませ（とおしぼりと水を明美の前に置く）」

明美「えーと、紅茶貰うわ、レモンティ」

ウェイトレス「かしこまりました（と行ってしまう）」

和彦「（もうコーヒーが来ている）電話すいませんでした」

明美「妹さん？」

和彦「ああ、ええ」

明美「フフ、うまくいってあげたでしょ？」

和彦「ええ」

明美「中学生よね？」

和彦「ええ」

明美「そのくらいの女の子って、お兄さんに女性から電話かかると、さわぐでしょ？」

和彦「ええ」

明美「だから咄嗟に、代々木の予備校ですけどって」

和彦「フフ」

明美「なあに、急用って——」

和彦「ええ——」

明美「ま、予測はつくけど——」

和彦「そうですか」

明美「なあに？」

和彦「いえ、あの、いわれた通り、ぼく、一昨日、あの人ンところへ行きました」

明美「そうなの。なんにもいわないのよ、あの人」

和彦「はじめて逢った時と、全然ちがって、ちょっとしゃべりました」

明美「そう。優しい時は、いいでしょ、あの人」

和彦「ええ」

明美「でも、油断しちゃ駄目よ。急に、ものすごく荒れるんだから」

和彦「誰ですか？　あの人」

明美「——（目を伏せる）」

和彦「どういう人ですか？」

明美「いうなっていわれてるの」

和彦「ぼくとの関係じゃなくてもいいんです。名前だけでもいいんです」

明美「——」

和彦「それも、いけないんですか？　いけないっていってるんですか？」

明美「ほんとは、あなたに、逢わしちゃいけない人なの」

和彦「カメラマンらしいけど」

明美「——」

和彦「そうですか？」

明美「——」
和彦「ぼくと逢わしちゃいけないって」
明美「——」
和彦「あの——」
明美「——」
和彦「父ですか？」
明美「（見る）」
和彦「ぼくの（目を伏せ）父ですね？」
明美「——（目を伏せる）」
和彦「死んだって、いわれてたけど——分りました」
明美「——」
和彦「そうなんですね？」
明美「怒るわ、あのひと」
和彦「名前、なんていうんですか？」
明美「私だって、女だし、あなたのお母さんのことを思ったら、こんなこと出来ないんだけど」
和彦「カメラマンだったんですね？」
明美「いい？　あの人も、あなたに逢いたいって、いったわけじゃないの。私が察したの」
和彦「——」
明美「察したって、普通なら、逢わせやしないけど——あの人、いま、大変なの」
和彦「——」
明美「ひとりで、耐えてるけど、でも、見ちゃいられないの」
和彦「スランプとか、そういうことですか？」
明美「そんなんじゃないの。そんな事なら、あなたを連れて行きやしないわ」
和彦「——」
明美「もっともっと大変なことなの」
和彦「——」
明美「——そうよ。あの人、あなたのお父さんよ」
和彦「——」
明美「でも、お母さんにいっちゃ駄目よ。いったら、今のお家、めちゃめちゃになるかもしれないし」
和彦「——」
明美「あなただけ、時々、逢ってあげられたら、と思ったの」
和彦「どんなことですか——大変なことって、どんなことですか？」
明美「——」

■西洋屋敷・廊下

やや旧式の電気掃除機で掃除をしている竜彦。

■住宅地の道

自転車でパートに向う都。

■西洋屋敷・廊下

掃除を続ける竜彦。

■住宅地の道

自転車で行く都。

3

「生きるってことは、自分の中の、死んで行くものを、くいとめるってこったよ」

■スナップ写真
まず十年前の都の写真。それから並んで十年前の和彦の写真。
和彦の声「ぼくの母は、十年前、小学校二年のぼくを連れて、いまの父と結婚した」
省一の十年前の写真。それから並んで十年前の良子の写真。
和彦の声「父の方には、二歳になったばかりの良子がいた」
現在の四人一緒の素人写真。
和彦の声「そして十年。いまは、ごく平凡な家族だ」

■喫茶店（夜）
和彦、ひとり腰をかけ、暮の商店街を見ている。
和彦の声「ぼくの本当の父は、とっくに死んだといわれていた。その男は、母と適当に遊んで、母から逃げ出したのだった。結婚もしなかった。母は、しかし、そいつの子供を生んだ。それが、ぼくだ」

■焚火をしている竜彦
二回目の映像で。
和彦の声「それから十八年。今更、ぼくらの前に現われる資格はない」

■喫茶店（夜）
和彦。
和彦の声「どんな事情があろうと、そんな男に、今のぼくらの家庭を、かき乱す資格はない。そう——そうぼくは思った（そう思わなければいけないという気持をこめていう）」

■メイン・タイトル
以下、クレジット。

■望月家・二階廊下（夜）
日は落ちているが五時頃である。

良子「（ガラスクリーナーと乾いた雑巾を二枚ほど持って、和彦の部屋のドアをノックし）お兄ちゃん、お母さんがね、大晦日なんだから、窓ぐらい拭けって（ノブを回そうとするが、鍵がかかっている）

あけてよ。返事しなさいよ。さっきから、なによ（とノックをする）」
都の声「（階下から）良子」
良子「（その都にいいつけるように）お母さん」

■ダイニングキッチンの前
都　「良子が拭いてあげればいいでしょ」

■階段の上
良子「（憤然として）拭いてあげればって（ドドッと階段をかけおりる）」

■ダイニングキッチンの前
良子「（来ながら）さっきから私が拭いてあげるっていってんのよ（ダイニングキッチンの前に立ち）誰もお兄ちゃんに拭けっていってないわ」

■ダイニングキッチン
都　「じゃ、なに怒鳴ってるの？（と鍋の中へ小芋を入れたりする）」
良子「鍵かけてんのよう。返事も全然しないで、勉強してると思う？」

■夜の道
和彦、ひとり急ぎ歩いている。

■階段の下
都　「また、ほんとにあの子も（とダイニングキッチンから出て来て二階へ向って）和彦。鍵ぐらいあけなさい」
良子「返事ぐらいすべきよッ」

■西洋屋敷・門前
外灯の灯り。和彦、ちょっと立ち止り、気持を固めて、通用門を押す。

■望月家・階段
家の各所のスペアキーをひとまとめにつけてあるキーホルダーの中から、和彦の部屋のキーをさがしながら、
都　「（階段を上って行く）」
良子「（すぐ続きながら）眠ってるのよ、絶対。ひと

が勉強してると思って遠慮してりゃあいい気になって」

都　「ちょっと黙って（と和彦の鍵を見つけ）おかしいわよ、こんな騒いでるのに（と鍵をさし込む）」

良子「お兄ちゃん（とちょっと不安になる）」

都　「（ドアをあける）」

良子「（中を見て）やだ」

都　「——（いないのは一目で分るが、つい）和彦（部屋に灯りはついている）」

■西洋屋敷・玄関

暗い。

和彦「（あがっていて、暗い廊下・階段に向い）こんばんは——こんばんは（返事がないので、外の灯りで見える脇のスイッチをさがしてつけ）こんばんは」

二階で、バタンとドアをあける音がして、ゆっくり。

竜彦の声「誰？」

和彦「——（なんといったものか、と思う）」

パチンと階段の灯りがつく。

和彦「（その下へ行き）ぼくです。望月和彦です」

返事がない。

和彦「先日伺った、あの、もんです。ちょっと話があって来ました」

返事がない。

和彦「大晦日だし、あの、来年になる前にちゃんとして、キチンとしとかないと、困ると思って来ました」

返事がない。

和彦「あの——」

竜彦の声「なにを、キチンとするんだ？」

和彦「——あがってっていいですか？」

竜彦の声「（ドンドンとおりて来て姿を見せる。酒瓶を持っている。酔っている）」

和彦「——こんばんは」

竜彦「二階のストーブは（おりはじめ）石油きらしてな。おいで（と台所の方へ行く）」

和彦「（ついて行く）」

■廊下

竜彦、台所のドアをあけ、灯りをつける。和彦、続く。

■台所

竜彦「（鍋をとり水を入れる）」

和彦「（食卓の上の汚れた食器、パンのかけら、スーパーの袋からこぼれた即席ラーメン、罐詰、流しの汚れたフライパンや食器にちょっと呆然とする）」

竜彦「（水を入れた鍋をガスにかけ）そこ、ドア閉めな（といって椅子をひく）」

和彦「（背後のドアを閉める）」

竜彦「（椅子へ掛けながら）ここの、石油も、とっくにねえが、フフ、それ煮立ってくると、湯気があがる。あったかくなる（とのむ）」

和彦「――（その父を見ている）」

竜彦「（立っている和彦を見て）なぜ立ってる？」

和彦「いえ――」

竜彦「かけろ、ほら（と酒瓶をテーブルに置き、流しへ水をのみに行く）」

和彦「（手近かの椅子をひき、腰かける）」

竜彦「（コップをほうり）あーッ（と口のあたりを手の甲で拭く）」

和彦「あの、実は――」

竜彦「待て（と手で制す）」

和彦「は？」

竜彦「のむか？　ウイスキー」

和彦「いえ、ぼくはまだ――」

竜彦「フン（と椅子へ行く）」

和彦「あの、実は、新村明美さんに逢いました」

竜彦「待てよ（その話題を避けたい）」

和彦「は？」

竜彦「いま、なんとかいったな？」

和彦「は？」

竜彦「ウイスキーをのむか？　といったら、まだ、といった。ぼくは、まだ、といった」

和彦「ええ。でも（大した意味は）」

竜彦「まだ高校生だから、ということか？」

和彦「下らなく思えるでしょうけど」

竜彦「いやあ」

和彦「法律がどうのというんじゃなくて、実際問題として受験があるし」

竜彦「（よせ、と手で制し、その手を振って気をしずめさせるようにし）俺は、ちっとも下らないなんて思っちゃいねえよ」

和彦「そうですか（そうでもないでしょう）」

竜彦「いやあ――自分をおさえるってことはいいことだ。そうやって、少しずつなにかを諦めたり、我慢したりする訓練は、しなきゃいけない。そういうことをしねえと、人間、魂に力がこもらねえ。しょっ中、自分を甘やかして、好きなようにしてるんじゃ、肝心な時に、精神にあんた、力が入らねえ。なにかをドカンとやることが出来ねえ」

和彦「はい」

竜彦「高校生だから酒をのみません、女房がいるから他の女とは寝ません、立小便はしません、満員電車で屁はたれません」

和彦「――」

竜彦「そんなことは、みんな、くだらないことだ。守る値打ちはねえ。しかしな、そういう、小っちゃなことで、自分を押さえる訓練をしておくことは、絶対に必要だ。そういう訓練をしなかった奴は、肝心な時にも自分をおさえることが出来ねえ。これだけは、いっちゃあいけねえなんてことも、しゃべっちまう。しゃべらないまでも、顔に出ちまう。そういう、安っぽい人間になっちまう」

和彦「（うなずく）」

竜彦「毎日、自分をおさえる訓練をしなきゃいけない。自分をおさえる。我慢をする。すると、魂に力が貯えられてくる。映画が見たい。一本我慢する。二本我慢する。三本我慢する。四本目に、これだけは見ようと思う。見る。そりゃあんた、見る力がちがう。見たい映画全部見た奴とは、集中力がちがう」

和彦「（うなずく）」

竜彦「そういう力を貯えなきゃあいけない。好きなように、やりたいようにしてちゃあ、そういう力は、なくなっちまう」

和彦「（うなずく）」

竜彦「しかしだ。それにはあんた限度ってェものがある。見たい映画を三本我慢し四本我慢し六本七本八本我慢してるうちに、別に見たくなくなっちまう。なにが見たいんだか分らなくなっちまう。欲望が消えちまう。それじゃああんた、力を貯えることになりゃあしねえ。力を、生命力を、むしろつぶしちまうことになる」

和彦「（うなずく）」

竜彦「我慢をしすぎて、力をつぶしちゃあいけねえ。自分の中の、生きる力をな」

和彦「（竜彦を見ている）」

竜彦「生きるってことは、自分の中の、死んで行くものを、くいとめるってこったよ。気を許しゃあ、すぐ魂も死んで行く。筋肉もほろんで行く。脳髄もおとろえる。なにかを感じる力、人の不幸に涙を流す、なんてェ能力もおとろえちまう。それを、あの手この手をつかって、くいとめることよ。それが生きるってことよ」

和彦「――」

竜彦「――」

和彦「――」

竜彦「（のむ）」

和彦「あの、ぼくの方の話に、戻すと」

竜彦「待て」

和彦「は？」

竜彦「キチンとするといったな？」

和彦「はい」

竜彦「大晦日だから、キチンとする」

和彦「いえ（別に大晦日じゃなくても）」

竜彦「なにをキチンとしたいか知らないが」

和彦「だから（これから、あの）」

竜彦「キチンとするなんてことは、くだらないことだ（制するようにいう）」

和彦「――そうでしょうか？」

竜彦「人間は、わけの分らねえもんだよ。頭じゃこう考え、やることはそっぽで、思ってることはあっちだなんてことは、しょっ中だ。悪はずっと悪ってもんでもねえ。好きだ嫌いだなんてことも、ひとっとこでじーっとしてやいない」

和彦「（竜彦を見ている）」

竜彦「そんな人間相手に、なにをキチンとしようというんだ？　キチンと出来るとすりゃあ、そりゃあ、安っぽい、ロボットみてェに、わり切れた人間だけだろうぜ」

和彦「そうかもしれないけど――」

竜彦「お茶のんで、帰りな」

和彦「――」

竜彦「なんだって、キチンとすることがあるんだ？（と気弱な、優しさが横切る）」

和彦「――」

竜彦「コーヒーでも、いれようじゃねえか（と立とうとする）」

和彦「ぼくが、なにをいいに来たか」

竜彦「――」

和彦「見当がついてるみたいですね」

竜彦「――」

和彦「コーヒーはいいです」

竜彦「――」

和彦「新村さんから、あなたが、ぼくの父だってこと、聞きました」

竜彦「――」

和彦「あの人を、怒ったりしないで下さい」

竜彦「――」

和彦「あの人は、あなたが、ぼくの前に出たがったわけじゃない、あの人が勝手に、あなたの気持を察して、ぼくと逢せたんだって、何度も、強調してたし、あなたに責任はないです」

竜彦「――」

和彦「ぼくは、自分の父が、どんな人かって、小さい時から思ってました。母は、死んだ、としかいわなくて」

竜彦「――」

和彦「それ以上聞くと怒るから、聞かないようにしてたけど、どんな人か、と思ってました」

竜彦「――」

和彦「生きてて、こうやって逢えたの、よかったと思ってます」

竜彦「――」

和彦「でも、ぼくにはいま、父がいるし」

竜彦「――」

和彦「母も、そりゃあ夫婦だから喧嘩なんかもするけど、基本的には、いまの父とうまく行っているし、そういうとこへ、あなたが、現われるの、よくないと思います」

竜彦「俺は――」

和彦「現われる気は勿論ないでしょうけど、でも、こうやって、ぼくと逢ったりしてれば、いつか分ったりすると思うし」

竜彦「――」

和彦「ぼくも、今日限りで、逢わない方がいいと思います」

竜彦「――」
和彦「冷たいようだけど――十八年もほっておいたんだから、仕様がないと思います」
竜彦「――」
和彦「考えて――それだけ、いいに来ました」
竜彦「――」
和彦「病気、なおして下さい」
竜彦「――」
和彦「眼が、段々悪くなってるのに、精密検査するの嫌がって、病院へ行かないって、聞きました」
竜彦「――」
和彦「あの人、本気で心配しています。孤独すぎるから、治す気力もなくなってるんだって、そう思って、時々、ぼくのことを話すんで、ぼくを、さがしたそうです」
竜彦「――」
和彦「病院へ行って下さい」
竜彦「（小さく）たいしたことはないのさ」
和彦「でも、カメラマンが眼が悪くなるなんてショックだし、治して貰いたいと思います」
竜彦「――」

和彦「三度、逢っただけだけど、話面白かったし、もっと話したいような気持、なくもないけど――いまの父、こっそり、ぼくが、逢ってたなんて知ったら、嫌な気がするだろうし、そんな思いさせたくないし、やっぱり、逢わない方がいいと思ったんです」
竜彦「――」
和彦「一つだけ、お願いがあります」
竜彦「――」
和彦「あの人から、あなたの写真集が出てるって聞いて、本屋さがしたんだけど、ありません」
竜彦「――」
和彦「図書館も、もう、暮で休みで――」
竜彦「――」
和彦「あったら、一冊、貰えないかと思って――」
竜彦「――」
和彦「――」
竜彦「ここへ留守番で入る前に、みんな捨てちまってな」
和彦「――（見る）」
竜彦「ないんだ」

和彦「——そうですか」
竜彦「あんたの、いう通りだ。逢わない方がいい」
和彦「——はい」
竜彦「帰りな」
和彦「（うなずき立つ）」
竜彦「——」
和彦「ぼくが、思ってたより、いい人でした（と一礼して出て行こうとする）」
竜彦「おい」
和彦「——（立ち止る）」
竜彦「あんたを、あの女が勝手に連れて来たのは事実だが」
和彦「——（振りかえる）」
竜彦「そうし向けたのは、俺だ（目は合せない）」
和彦「（うなずく）」
竜彦「逢って、みたかった」
和彦「（うなずく）」
竜彦「頑張って、いい大学、入りな」
和彦「——（目を伏せる）」
竜彦「お互い、忘れよう」
和彦「（見る）」

竜彦「さよなら」
和彦「——」
竜彦「（酒をのむ）」
和彦「——さよなら」

■走る小田急線

■乗っている和彦

■テレビ画面

昭和五十七年NHK紅白歌合戦のオープニング。

■車から見た商店街

テレビの音、小さく聞える。

省一の声「おう、はじまったな、紅白」

■車の中

渡辺「（省一の部下。運転していて）ええ。やってますね」
省一「まったく何年、紅白を見ないかねえ」

■ある酒屋

省一「（外から両替金の入った袋を持って、渡辺を従えて入って来て）今晩は、おそくなりまして」

五十代の主人「（お年始用の一升瓶二本に、のし紙をはりつけていて）ああ、御苦労さん」

その女房「（お年始用の酒の箱を包んでいて）御苦労さま（奥へ）光子！　ちょっと手伝ってェ」

客が待っている。

省一「どうぞ。待ってますから」

五十代の主人「そうもいかないやな。光子！」

その女房「大変なんでしょう、両替で」

省一「いやあ、暮は例年のことでもう」

五十代の主人「はい。こういうことで、いいかな？（と客に一升瓶二本、祝儀の紙を貼ったのを手渡す）」

近所の客(女)「はい。すいません、お世話かけまして」

五十代の主人「毎度どうも」

女房「ありがとうございました」

省一「ありがとうございました」

渡辺「ありがとうございました」

■ある和菓子屋

省一「（金数えていて）はい。たしかに、頂戴いたしました」

渡辺「では、これ、領収と、つまらないもんですが（と小さな箱の包みを添えて、ガラスケースの向うの老主人に渡す）」

表は、わずかな部分以外、カーテン。

老主人「（暗く）ああ（と領収をたしかめる）」

省一「本年は、ほんとに、秋ちゃんのことといい、大変な年で、御苦労さまでございました」

渡辺「お世話になりました」

老主人「――（領収を見ている）」

省一「来年は、きっとよい年でありますように、私共、心からお祈りをしております」

渡辺「お祈りいたしております」

老主人「そんなこといったって、いざとなりゃあ、つめてェんだ、信用金庫は」

省一「そんなことは、ありませんよ、お父さん。銀行に比べたらですね、私ら、どれだけ、お客さんの身になって、やってるか分らないですよ。頼りにして下さいよ。なんでもいって下さいよ、来年は、来年は心機一転盛り返しましょうよ、お父さん」

■和風ののみ屋

閉店後。三十代の小肥りの主人、御機嫌で、ウイスキーをカウンター越しに省一の持っているグラスに注ぐ。

省一「駄目駄目、もう駄目。そんな、とんでもないよ」

女将「(渡辺相手に金勘定をしていて)パパ、課長は、のめないんだから」

パパ「いいんだよ、めでてえんだから、そうだろ、課長」

省一「そうです。よくやったよ、旦那。今年は、本当に、よくやったよ。まいった。敬服した。おめでとうございました」

パパ「口ばっかじゃなくて、のめよ、ほら」

省一「だって、これから、まだ六軒あるのよ。両替が、そりゃもう、大変なんだから」

■乾物屋

三十代の女主人が、ワーッと泣いて、しゃがみこむ。歯のぬけたように商品のない棚。手のほどこしようもなく立っている。

省一「――女将さん」

渡辺「――女将さん」

■車の中

渡辺、運転している。省一、隣でじっと前を見ている。

省一「あ、奥さん、予定日、二日だったか?」

渡辺「ええ。おとついから実家で、私も正月は、そっちです」

省一「そうか」

渡辺「まったく、晦日っていっても、いろいろですねえ」

省一「ああ。いろいろだねえ」

■テレビの画面

紅白歌合戦。

■望月家・居間

良子「(それを姿勢悪く見ている)」

都の声「（先行して）どこなの？」

■和彦の部屋

都「何処へ行って来たの？」

和彦「――」

都「おかしいじゃない、灯りつけたまま、こっそりなんて」

和彦「――」

都「行くなら行くっていえば、お母さんなにもいわないわよ」

和彦「そうかな」

都「文句いったことないじゃない」

和彦「――」

都「なぜあんなことしたの？」

和彦「何処へ行くとか、いいたくなかったんだよ」

都「どうして？」

和彦「そういうこともあるさ」

都「――」

和彦「いいじゃない、もう」

都「いいけど、この頃お兄ちゃん変だって良子もいってたから、受験で、少し疲れてるのかな、と思って」

和彦「そんなことないよ」

都「そう。分った（ゆっくり立ち上り）うるさいようだけど、これで、なんにもいわなかったら、どう？（と窓へ寄り）あんな風に出てって、それ知ってて、お母さんがなんにもいわなかったら」

和彦「――」

都「（外を見ながら）なんとなく淋しいような気がするんじゃない？」

和彦「どうかな（と参考書を見る）」

都「（窓の外を見ていて）あーあ、今年も終りか。やんなっちゃうなあ、どうってことなくて、年ばっかりとって」

和彦「――」

都「（半ば独白のように）あーら、お向い、今日になって松飾ったわ、あの奥さんじゃ、一夜飾りだってなんだっていいんだろうけど」

和彦「――」

都「フフ邪魔ね」

和彦「――」

都　「さて、お風呂に火をつけて、蒲団をひいて、一応終りかな（とドアをあけかける）」

和彦　「お母さん」

都　「うん？」

和彦　「お母さんて、横浜の喫茶店やバーじゃ顔だったんでしょう？」

都　「フフ、そんな五、六軒よ。よく行ってただけ」

和彦　「喧嘩なんかした？」

都　「喧嘩って――（と閉める）」

和彦　「したって、おばあちゃんいってたけど」

都　「二、三回よ。こっちも生意気だったし、外人相手に渡り歩いている変なのがいたりして、表へ出ろ、なんてね」

和彦　「想像つかないな」

都　「なに急に？」

和彦　「どうして、お父さんと結婚したの？」

都　「どうしてって――」

和彦　「お父さん堅くて野暮くさいし、似合わないじゃない」

都　「遊んでたのは昔のことでしょう（とベッドに腰をかけ）お父さんと逢った時は、もうあなたいたし、あっちこっちのショーウィンドウの飾りつけやって、フーフー働いてたもの」

和彦　「お母さんて」

都　「うん？」

和彦　「もし、ちがう相手と結婚してたら、すごくちがう生活してたんじゃないかって思うな」

都　「女は、誰でも、そういうところ、あるけど」

和彦　「そうじゃなくて、お母さんは、なにか、すごくちがう一生をかかえてて、でも、それはおさえて、今みたいに暮してるっていうか」

都　「なに、いい出すの？」

和彦　「――」

都　「なに？　一体」

和彦　「ちょっと思っただけだよ」

都　「ちょっとって（なんかおかしいわ）」

和彦　「いいよ、もう」

都　「え？」

和彦　「もう下行っていいよ」

都　「勝手なこといって（と立ち上り）少しやっぱりおかしいんじゃない？（やや冗談めいて和彦の後ろへ立つ）」

和彦「そんなこと（ないよ、といいかかるのに）」
都　「（いきなりパッと両脇を後ろからつつき）ちょっと騒げ」
和彦「（くすぐったく、腹立たしく）なにすんだよ」
都　「（ワッとふざけかかり）さわげ！　さわげ！　発散しないから、あんた、変なんだ！　ワー（と髪の毛かき回したり、拳固をくり出したりする）」
和彦「よせったら、ウワッ、やめろよ、バカ、お母さん！」
ドアがあき良子、見て、
良子「やだ、怒ってんのかと思ったら、ふざけてる。人がひとりでテレビ見てんのに（バタンと閉める）」
都　「良子（一瞬真顔になっているが、これはふざけてしまおうと思い）行こう、下へ（とドアをあける）」

■居間

ソファへころがる良子。
良子「なによう（と不満のかたまりのような声）」
そこへドドッと都おりて来て、
都　「アハハハ（と読んでいるようにいって良子にせまり）この、ひがみ女め、いつから、そうなった（と両手を脇の下へ）」
良子「やだ（と顔をそむける）」
都　「いつから、ひがみ出した、この娘は？（くすぐる）」
良子「やだ、やだったら」
都　「プロレス！（ドスンと良子の上にのり）ワー（とゆする）」
良子「痛いでしょう」
和彦「（現われ）お母さん（と呆れる）」
都　「（笑いながら立ち上り）あばれようよ、みんなで。昔、よくやったじゃない、タイガーマスクゥ（と大声でいいながら和室の方へ）」
和彦「よしなよ」
良子「急に」
その間も襖を大きな音をたててあける音などして、ドドンところぶ音。
和彦「お母さん（と行く）」

■和室

灯りはついていない。都、ないと思っていたお膳にぶつかって倒れたらしく「痛ァ」と足をおさえている。

和彦「バッカだなあ」

良子「急に、どうしちゃったのよ（と来る）」

■その和室（朝）

省一「（和服でやって来ながら）そりゃヒステリーだよ、お母さんの」

都　「そうじゃないわよ（とあまりありきたりではないオセチ料理の重箱を持ってちょっと足をひきずって来る）」

良子「（四人の雑煮をお膳の脇でよそっていて）気が変になったかと思ったわ」

都　「時々そういうことした方がいいと思ったの」

良子「そうかなあ」

都　「そうよ。みんな大きくなって、あばれなくなったし、お父さんともあばれないし（とダイニングキッチンへ）」

省一「変なこというな」

良子「アハハ」

■ダイニングキッチン

都　「（来て、なにかをとり）たまには、とっくみ合いでもした方がいいと思ったの」

■和室

良子「お兄ちゃん、どこ？」

■玄関の中

大型の本をハトロン紙に入れ、荷造りテープで封をしたものを手にしていて、

和彦「玄関」

■和室

良子「ずるいんだから手伝わないで」

■玄関の中

和彦「（その紙袋を階段に置きながら）年賀状とりに行ってたんだろ（年賀状の束も持っているのである）」

■和室

良子「あら、来てた？　さっき見た時、来てなかっ

たのよ」

和彦「(年賀状持って来ながら) 去年より多いんじゃない (百枚ぐらい)」

良子「ほんと?」

都「さあ、座って」

省一「さあ、年賀状はあとだ」

良子「どうせお父さんのが多いんだしね」

都「そう、お母さんなんか、二、三枚」

和彦「あー、腹へった」

省一「さあ、じゃみんなちゃんとして。一年のはじめだ」

都「はい。和彦 (ちゃんとしなさい)」

省一「えー、今年は、とにかく和彦が大学へ入ることが一大目標だが、これは、あんまりいうとプレッシャーになるからな。ハハ、ま、頑張ってくれ」

和彦「——(一礼)」

省一「良子は、中学二年へすすむ。ま、あの、こないだの不良みたいのと、なんかするのは、もうやめてくれ」

良子「うん。向うがよけりゃね」

省一「よくても悪くても、さからうな」

良子「分った」

省一「あとは、ただ、みんな病気をしないで、なんとか仲良く、平和に、一年、送れたら、と思う」

都「よろしくお願いします (一礼)」

省一「じゃ、あけましておめでとう」

「おめでとうございます」と口々にいって「いただきます」が、それに続く。

■階段

紙袋。郵送ではない。マジックで「望月和彦くん」明美らしい女文字で書いてある。

■和彦の部屋

ドアがあき、和彦が紙袋と自分宛の年賀状二十枚ほどを持って入って来てドアを閉め、鍵をかける。

和彦「(急ぎベッドで紙袋をあけにかかる。本は更に袋に入っていて、折りたたんだ便箋がベッドに落ちる。すぐ、ひらく)」

明美の声「昨夜十二時すぎに、漸く仕事が終って、あなたの——お父さんのところへ行きました。

するると、いきなり、本はないか、というの」

■この回の竜彦

つまり和彦と話している時の竜彦で。

明美の声「俺の写真集を持っていないかというのです。勿論持ってるわ、というとあなたに、すぐにでも見せたいようなことをいうの。強がって」

■和彦の部屋

和彦「(読んでいる)」

明美の声「本だけ渡して、もう逢わないことに決めた、なんていってたけど、本心ではないと思います。あなたが、本を欲しがったこと、とても嬉しかったようです。それで、元日の」

■高速道路(夜)

フロントグラス越し。すいている。

明美の声「まだ暗い道をとばして届けに来ました」

■運転する明美

明美の声「一体私はなにをしてるんだろうと思うわ。うるさがられながら、お節介やいているの。でも、やめたくないのは、あの人が、ほんとうに一人きりで、他の誰とも似ていなくて、糞真面目で。男と女ということを抜きにしても、魅かれてしまうからだと思います」

■望月家・和彦の部屋(朝)

和彦「(読んでいる)」

明美の声「簡単に、逢わないなんて決めないで欲しいと思うの。あの人は、口でどういおうと、あなたを必要としているのです」

「明美」という署名。和彦、写真集の封を切る。

「沢田竜彦写真集。標的」というタイトル。

めくる。繁華街の人々の、やりきれない陽気さ、暗さなどの写真が、強烈に何枚か重ねられて——。

■玄関(昼)

省一「(年始にやって来た若い課員磯山夫妻が玄関で帰るというのを)いいじゃないか、ちょっと上れよ。折角来てくれたんじゃないか」

都「お上りになって、ほんとに(年始に貰った菓子折を持っている)」

磯山「いえ、ほんとに、これから親父ンとこへ行きますし(と一歩下る)」

夫人「待ってますから」

省一「そうかい。いや、一杯のんでってくれるといいのになあ」

磯山「いや、ちょっと課長のお顔だけ見たくなって」

省一「調子よくなったなあ、お前も」

■和彦の部屋

和彦「(勉強の姿勢で、手を止めている)」

階下のハハハハと大笑いの声。

■竜彦の作品・一枚

刺青の男。きびしさ。

省一の声「(見送って外から戻りながらの声で)あいつもまあ」

■玄関

省一「(外から入って来ながら、続く都に)俺の顔見たいわけないじゃないか」

都「(続いて入って来て)でも、嬉しそうよ、お父さん(ドアを閉める)」

省一「バッカヤロ、そんなに人がよかあないよ」

都「そうかなあ(と下駄箱の上に置いておいた、いまの年始の品をとる)」

省一「(ちょっと居間の方へ行きかけて)あ、なに持って来た? あいつ」

都「のりかしら?」

省一「二本だろ、罐入り。バカだなあ、そんなに。俺なんかに奮発して、どうすんだよ(居間へ)」

都「そりゃ、お父さんが出世すると思って、狙いつけたのよ(と居間へ)」

■居間

省一「うるさいよ。すぐ人をバカにしたようないい方して」

都「バカになんかしてないでしょ(と来る)」

省一「(ソファへ座り)日頃しごいている部下がだな、元旦のイの一番に、挨拶に来るっていうのは大変なことなんだぞ。こんな管理職、さがしたって、そうそういるもんじゃないんだよ」

都　「だから、はめてるんじゃない」
省一「本来なら、会社の奴になんか、全く逢いたくない日にだよ」
都　「お父さんも行った方がいいんじゃない？」
省一「何処へ？」
都　「それだけ嬉しいんだもの。支店長だって、行けば喜ぶわよ」
省一「そんなね。そんな――そこまでして俺はね」
都　「そりゃそう思うけど」
省一「そんなこというなよ。気になってくるじゃないか」

■明美のマンション（夜）
2DKぐらいの小さな部屋。電話のベル。暗い。
ベッドから手が出て、受話器をとり、
明美「（眠い声で）もしもし」

■公衆電話ボックス（夜）
和彦「あ、ぼくです。望月です」

■明美のマンションの電話と公衆電話のやりとり
明美「ああ（スタンドをつける）」
和彦「昼間から、何度か電話したんですけど」
明美「用？」
和彦「いえ、お礼をいおうと思って」
明美「――そう（眠い）」
和彦「とっても、とってもいい写真ですね。ああいう人たちをとるの大変だったろうし、みんな気持よく撮られていて、撮った人の人柄みたいなもんが、分るような気がして（と興奮している）」
明美「そう」
和彦「あの。家のもんに、見せるわけにいかないし、感想、誰かにいいたくて電話しました。ありがとうございました」
明美「――行ってよ」
和彦「え？」
明美「こっそりならいいじゃない。行ってあげなさいよ。そんなこと、私にいわないで、あの人にいってあげりゃいいのよ（と切ってしまう）」
和彦「――（そうかもしれないけど、そんなことをしていると、いつか分ってしまうし、と思う。切る）」

■望月家・玄関の中（朝）

チャイムが鳴る。

■ダイニングキッチン

食卓で勉強をしている和彦。きりのいいところまで鉛筆を走らせようと腰を浮かしながら手を動かしている。チャイム、連続して押される。

和彦「（インターフォンへ行き）はい、どちらさまですか？（返事がない）もしもし、どちらさま？」

■望月家・表

多恵子「（インターフォンの前で立っている）」

■ダイニングキッチン

和彦「（故障かな、とも思い）もしもし」

■望月家・表

多恵子「なんでもねえよ（といってはなれる）」

■ダイニングキッチン

和彦「あ、あの野郎（ドキンとしていて、パッとインターフォンを切って玄関へ）」

■坂道

多恵子、おりて行く。「おい」と和彦の声。

多恵子「（立ち止る）」

和彦「（走って来て立ち止り）ちょっとそこで待ってろよ。家、鍵かけてくっから（とパッと戻って行く）」

多恵子「――（淋しい目で、しかしつっぱった顔つきで、フンという感じあって）」

■高い塀のある道

和彦「（来て振りかえり、あまり刺戟しないように努めて）いいたかないけど」

多恵子「（はなれて、うつむいたまま立ち止る）」

和彦「うちのなんかいじめたって、仕様がねえじゃねえか」

多恵子「――」

和彦「こないだ、殴るだけ殴ったろう。それでいいじゃねえか」

多恵子「――」
和彦「ほっといて、やってくれよ」
多恵子「――」
和彦「あいつも、ちょっとさからうようなとこある
けど、よくいっとくからよ」
多恵子「――」
和彦「頼むよ」
多恵子「――」
和彦「じゃあな（悪いけど帰るぞ、というニュアンスで
いって、戻りかける）」
多恵子「（和彦が横に来た時）待ちなよ」
和彦「う？」
多恵子「そんなことで、すむと思ってんのかよ？（淋
しさと気弱さがにじむ。目は伏せたまま）」
和彦「そんなに――あいつ、なんかしたわけ？」
多恵子「何処行ったよ？」
和彦「あ、今日は、親父とお袋と三人で川崎大師
行ってるよ」
多恵子「お前は？」
和彦「俺は、ちょっと、受験だからよ。ちょっとヤ
バクて。それに初詣なんて趣味ないしよ」

多恵子「――」
和彦「フフ、あんなの、ほっといてやってくれねえ
かなあ。まだ、子供だしよ。中学ったって、小
学生みたいなとこあるし」
多恵子「コーヒー、つき合いな（と歩き出す）」
和彦「あ、俺――（断るとまずいか、とも思う）」

■コーヒー店

もうコーヒーが出ている。和彦の方のは、半分以
上なくなっている。多恵子、やはり目を合さず、窓
の外を、ちょっとすごむように見ている。
和彦「フフ（チラと腕時計を見て）なんにもいわねえ
んだな」
多恵子「――（動かない）」
和彦「いうことあるなら、聞くっていってるじゃな
い」
多恵子「――」
和彦「悪いけど、あんまり、こういうとこいるの困る
んだよ。もう、十二、三日で共通一次だしよ」
多恵子「お前が呼びとめたんだろう」
和彦「（口の中でいうのでよく聞えず）え？」

多恵子「（目はあくまで合さず）お前が追っかけて来たんだろう。こっちは帰ろうと思ってたのによ」

和彦「だから、それは、一言、妹のこと、頼もうと思ってよ」

多恵子「――」

和彦「フフ、コーヒー代、払っとくから（とレシートをとり）君は、ゆっくりしてきゃあいいよ（腰浮かす）」

多恵子「行くなよ（と急にキッと和彦を見ていい、すぐ目をそらし）冗談じゃねえよ」

和彦「だって、こうやってたって、君、口きかないし、なんで、いなきゃなんないのよ？（周囲の目を気にして小声でいう）」

多恵子「――」

和彦「用があったら、いってくれよ」

多恵子「――」

和彦「黙ってるの――困るよ」

多恵子「――」

和彦「――」

多恵子「――」

和彦「中学三年だろ？」

多恵子「――」

和彦「今年は、高校だよね」

多恵子「――」

和彦「高校、何処よ？」

多恵子「行かねえよ」

和彦「――」

多恵子「おかしいかよ？」

和彦「おかしかないよ」

多恵子「手エついて、あやまりやがって」

和彦「（またよく聞えず）え？」

多恵子「手をついてよ」

和彦「手をついて？」

多恵子「地べたに手をついて、あやまりやがって」

■一回目の反復

短く。和彦、土下座してあやまる。

■コーヒー店

和彦「フフ」

多恵子「そんなのが兄貴じゃよ」

和彦「うん？」

多恵子「妹は、つっぱりたくもなるじゃねえか」

和彦「ああ（口の中で）」

多恵子「男のくせに、しっかりしろってよ。かわりに、つっぱりたくもなるじゃねえか」

和彦「（ちょっと多恵子に目を置く間あって）君ンとこも、兄さんいるの？」

多恵子「ああ」

和彦「フフ、その兄さんも、俺みたいなのかな？　それで、つまり、イライラして、つっぱってるわけ？」

多恵子「関係ねえよ」

和彦「兄さん、いくつよ？」

多恵子「ゆすりと強姦でよ」

和彦「（ギクリと小声で）ゆすりと強姦？」

多恵子「ムショ入ってるよ」

和彦「──ああ（ショック）」

多恵子「（急に幼い口調になり）お父ちゃんは──」

和彦「──（見ている）」

多恵子「──寝てるよ」

和彦「病気？」

多恵子「お母ちゃんは──つとめてるよ」

和彦「──」

多恵子「（泣きたくなり）お前なんか、あんな家住んで、妹思いのふりしやがって、関係ねえよ。行けよ。子供は、行けよ。行けよ、子供は（と泣く）」

みんな見ている。和彦困って、「まいったな。フフ」とぼくのせいじゃない、という顔してしまう。

■望月家・玄関（夜）

靴が四足並んでいる。居間の方から、省一の声が、「北国の春」を唄っている。

■居間

四人は、渉外課課員である。

手拍子を打っている。

都「（徳利を三本ほど小盆にのせてダイニングキッチンの方から）はい、お待ちどおさまァ」

渡辺「あ、すいません」

■和彦の部屋

和彦「（机に向っている）」

省一の唄声、小さく聞えている。合唱する声もある。

■二回目の竜彦

ポッンと焚火をしている姿。そこへも省一の唄声は流れる。

■居間

省一「(いい気持そうに唄っている)」

■竜彦の作品

省一の唄声、居間のボリュームで。

■三回日の反復

竜彦「(さようなら、といったあとの酒をのむ姿)」

■居間

省一「(唄っている)」

部下たちの手拍子。

■和彦の部屋

和彦「――(その歌を聞いている)」

ノック

和彦「なに?」

良子「(ドアをあけ)下、うるさいね」

和彦「仕様がないよ、正月は」

良子「(入って来ながら)テレビ見たいのに、やんなっちゃうわ(ドアを閉める)」

和彦「なんだよ?」

良子「いいじゃない、ちょっとぐらい(とベッドに腰をおろし)勉強ばっかりしてるわけじゃないんでしょ(と仰向けにころがる)」

和彦「してるさ、なにいってんだ」

良子「お父さんも、よく唄うよね、全然のんでないのに」

和彦「しらけてるわけにもいかないだろ」

良子「大体さ、あいつら、四日からはまた一緒に働くんでしょう? どうしてお休みに家へ来るのよ?」

和彦「親父が上役だもの」

良子「じゃ無理して来てるわけ?」

和彦「そうだろ」

良子「バッカみたい。お父さんだって、あれであとで必ずブーブーいうんだよ。休みぐらいしーんとして、本でも読みたかったとかさあ」

和彦「仕様がねえさ、社会へ出りゃあ」
良子「分ったようなこといっちゃって」
和彦「うるせえなあ。行けよ」
良子「あーあ、お兄ちゃんも、いまにああなるのか（と立つ）」
和彦「なるか、バカ」
良子「だって、つとめりゃ仕様がないんでしょ？（ドアの方へ）」
和彦「ああいう会社ばっかりじゃねえもん」
良子「そんなこと外からじゃ分らないじゃない（ドアをあける）」
和彦「いいだろ、うるせエな」
良子「あ（と急に和彦の机のあたりを見てしゃがみ）ほら、お兄ちゃん、そんなのかくしてェ（とパッと和彦の方へ行き、一方へ手を出そうとするので）」
和彦「（そっちへ気をとられた時）」
良子「（機敏に、逆の側から、ノートの下にあった竜彦の作品集をとってしまう）」
和彦「おい、バカ（と本気でとりに行く）」
良子「勉強してるとかいって」
和彦「返せよ。そんなんじゃねえんだ」
良子「へへッ」
二人、とっくみ合い、和彦、良子をベッドに押し倒し、その手の本をとる。
和彦「（荒い息で）バカヤロウ（と良子の身体からはなれようとしてドキリとする）」
良子「（目を閉じ、顔をそむけている。荒い息。突然、男女を意識してしまったのである）」
和彦「（身体おこし）つまんねえことすんな（と良子の足の方を見る）」
良子「（スカートがめくれている）」
和彦「（顔をそむけ）行けよ。行けよ」
良子「（猛烈に起き上り、パッと外へ出て行き、バタンとドアが閉る）」

■西洋屋敷・表（昼）

門から玄関に向う道の奥で、枯草を集めて、大型の汚れたポリバケツにつっこんでいたらしい竜彦が、身体をおこして門の方を見ている。

竜彦「――おう」

鉄の門の外に和彦、立っている。

竜彦「――おいで（といってまた枯草をバケツにつっこ

む）」

和彦「――（急がず通用口の門を押し入り）あの（それからドンドン竜彦に向って歩き、ややはなれたところで立ち止り）もう来ないっていいましたけど、もう一回だけ来ました。あの、写真集、ありがとうございました。ぼくは、いい写真集だと思いました。どこがいいのかよく分らないけど」

■竜彦の作品

池袋の繁華街の人々が、キャメラに向ってポーズしている写真を数枚。

和彦の声「とられてる人たちが、とってるあなたに、とっても打ちとけてるっていうか、そういう感じがして」

■西洋屋敷・表

和彦「ああいうとこの人と、仲良く出来るっていうのは、やっぱり本当の優しさ、というか、そういうものを持った大人じゃないと駄目だと思うし、ぼくなんかがとりに行ったら、水ぶっかけられちゃうだけだろうし、ぼくは、自分が子供のせいか、とってもいいと思いました。撮った人がいいと思いました。それだけいいに来ました。さよなら（といって行こうとする）」

竜彦「待ちな」

和彦「――」

竜彦「お茶のんで行きな」

和彦「でも、もう来ないっていったのに」

竜彦「言葉に、しばられることはない（と玄関の方へ）」

和彦「（振りかえる）」

良子の声「お母さん」

■望月家・洗面所

洗濯機を使っている都。のぞくようにして声をかけた良子に、

都「うん？（手は動いている）」

良子「バカみたい、お兄ちゃんて。フフフフ」

都「なにが？」

良子「昨夜、変な本読んでたから、とろうとしたら、すごかったの」

都「あなたもすぐそうやって」

良子「だって、やたら勉強してるような顔するんだもの」

都「ほっとくの。あのくらいになれば、男は変な本読みたがるの」

良子「そう思うでしょ?」

都「え?」

良子「もう必死で、とりかえそうとしたのよ。だから、どんな本かと思って、いま、ちょっとさがしたら、ベッドの下にかくしてあるのよ」

都「余計なことしないの」

良子「これ（と竜彦の作品集を見せる）」

都「いや。見たくない」

良子「たいしたことないのよ（ぺらぺらめくって）全然どうってことないのに、すごくアワをくうんだもの」

都「元のところへ戻してらっしゃい」

良子「ちょっとお兄ちゃんて育ってないのよ。ヌードもなんにもなくて、沢田竜彦作品集なんて（と階段の方へ）」

■玄関

良子「全然どうってことないのに」

■洗面所

都「――（ギクンとした形で手を止めている。音楽）」

■西洋屋敷・台所

お茶を二つのちがった湯呑みに注いでいる和彦。その湯呑みを椅子にかけて見ている竜彦。音楽。

■望月家・居間

テレビを見ている良子。その傍で眠っている省一。音楽。

■階段

都、ゆっくり上って行く。音楽。

■和彦の部屋

都、あけ、静かに閉める。音楽、終って――。

都「（ベッドを見、膝をつきベッドの下をのぞき、手をつっこんで、本をとる）」

見る。「沢田竜彦作品集」という活字。音楽。

■西洋屋敷・台所

黙ってお茶をのむ二人。

■望月家・和彦の部屋

写真集を、汚いもののように発作的にほうる都。

■居間

笑っている良子。その傍で、うるさそうに動いて眠っている省一。

■西洋屋敷・台所

竜彦。和彦。黙ってお茶をのむ。

■望月家・和彦の部屋

へたり込むように座っている都。

4

「お前らは、骨の髄まで、ありきたりだ」

■前回までの映像で

和彦の声「ぼくの本当の父は、母と結婚もしなかった。母はひとりでぼくを生み、十年前、いまの父と結婚をした。父の方には良子がいた。でも、その頃は二歳だったし、十年たつと本当の兄妹のようだった。四人家族で、うまく行っていた。そこへ父が現われたのだった。正確には、ぼくの前にだけ現われた。ぼくはそんな父を拒否すべきだった。しかし父には拒否しきれない、なにかがあった」

■メイン・タイトル

■西洋屋敷・表（昼）

明美が車から降りてドアを閉める。

手にスーパーの袋をかかえて、門へ行く。

通用門を入りかけた時、家の方でたてつづけにコップと魔法瓶かなにかを投げつけた音がする。

明美「（ハッとして、小走りに玄関へ）」

■玄関

和彦「（走り出て靴を急ぎひっかけるようにして履いて外へ）」

明美「（来て）どうしたの？」

和彦「（興奮していて）いいんです（と一礼して走る）」

明美「ちょっと」

■西洋屋敷・表

和彦「（通用門をぶつかるようにあけて走り出て行く）」

■台所

竜彦「（立っていて、打ちのめされたように目をおよがせ、椅子にかける）」

明美の声「何処？　台所？」

竜彦「――」

明美「（小走りに来て、急須や魔法瓶がころがっているのを見て）どうしたの？　あの子になにいったの？」

竜彦「――」

明美「どしたの？（とスーパーの袋をテーブルに置く）」

竜彦「（手近に辛うじて残っていた、たとえば土瓶敷きのようなものでもいい、つかんで壁に投げつける）」

■電車の窓外風景

■電車の中
　外を見ている和彦。
竜彦の声「（電車の音、消えて）ありきたりな――」

■西洋屋敷・台所（時間逆行）
竜彦「（和彦に向い）ありきたりなことをいうな」
和彦「（怒り出したのでドキンとしている）」
竜彦「お前らは、骨の髄まで、ありきたりだ（湯呑みをぶつける）」

■電車の中
和彦「――」
明美の声「（走行音、消えて）なにをあの子がいったの？」

■西洋屋敷・台所
明美「え？」
竜彦「（しょんぼり）早く、目をなおせ、と」
明美「目をなおせ？　あたり前じゃない。そんな事で怒ったの？」

竜彦「どんな事だって怒りてェ時は怒るんだ（カッとなる）」
明美「なにいってるの。臆病で、怖くて精密検査を受けられなくて」
竜彦「――」
明美「人がいうと、すぐいきり立って」
竜彦「――」
明美「誰がきいたって、バカみたいよ（いいながら動く）まるで子供じゃない」
竜彦「――」
明美「（竜彦の真横ぐらいに、ややはなれて立ち）そのまま動かないで」
竜彦「――（一点を見ているまま）」
明美「どう？　私が見える？」
竜彦「――（動かない）」
明美「（やや視野の中へ入るように動き）見える？」
竜彦「――（動かない）」
明美「ここなら、どう？（とまた少し動き）ここでも見えない？」
竜彦「余計な世話はやかんでくれ（と部屋を出て行く）」
明美「なにが余計よ。私がなんか買って来なかったら、あんたなんかとっくに干乾しになってるわよ！」

■廊下

竜彦「（立ち止り）干乾しにしろ。俺なんざ、干乾しにしちまえッ（と怒鳴る）」

■希望ケ丘の坂道

和彦、ゆっくりのぼって来る。間あって、

竜彦の声「（静かに）病気はなおしゃあいいのか？　長生きはすりゃあするほどいいのか？」

■西洋屋敷・台所

竜彦「（一つ湯呑みを投げつけたあと）そうはいかねえ。身体が丈夫だって、長生きしたって、なんにもならねえ奴はいくらでもいる。なにかを、誰かを深く愛することもなく、なんに対しても心からの関心を抱くことが出来ず、ただ飯をくらい、予定をこなし、習慣ばかりで一日をうめ、下らねえ自分を軽蔑することも出来ず、俺が生きててなにが悪い、とひらき直り、魂は一ワットの光もねえ。そんな奴が長生きしたって、なんになる？　そんな奴が病気治したって、なんになる？（急須をほうり、魔法瓶をほうる）」

■高台

和彦、立ちつくしている。眼下を新幹線が通って行く。

■望月家・居間

省一「（ソファにころがってテレビを見ていて）ふあーッ（とあくびをしながら立ち上り）ああ、テレビもつまんねえなあ（とあくびの涙を拭きながらテレビを消し）身体なまっちゃったよ。明日から仕事だっていうのに。ウッチョオッ（と体操まがいのことをはじめる）ウオッ、オッ、オッ」

■ダイニングキッチン

都、夕飯の仕度をしている。

省一の「ウォッ、オッ、オッ」の声。

■玄関

和彦「（ソッとドアをあけた感じで、省一の声を聞いていて、入ってそっと閉める）」

良子「（突然、階段の上から）あ、お兄ちゃん今頃帰って来た。出歩いてばっかりいていいの？　勉強しなくて（とおりてくる）」

和彦「（一刻も早く部屋へ逃げたくて階段へ）うるせエ」

良子「お母さん、お兄ちゃん、やっと帰って来たァ」

和彦「（高校生らしく、兄妹喧嘩の感じで）うるせエ、うるせエ、うるせエ（バタンと自室のドアを閉める）」

■ダイニングキッチン

都　「（その音の方を見ていて、目を伏せる）」

省一の声「良子、あんまりいうな、こら」

良子の声「だって少しいわなきゃ駄目よ。この頃さぼってばっかりいるんだから（と居間へ行く感じ）」

■望月家・表（夜）

情景。テレビの音が聞える。

■居間

良子、テーブルの前にぺたりと座って宿題をやっている。テレビの方は見ていない。ソファで、またた省一は眠っている。都がかけたらしい毛布がかかっている。

■階段

都、大福を二つのせた小皿とお茶の盆を持ち、上りきり、ドアを見る。近づき、ノック。

和彦の声「誰？」

都　「――（ノブを回してあけようとすると鍵がかかっている）」

和彦の声「誰よ？」

都　「――お母さん（小声）」

和彦「（立って来る間あってドアがあき）なに？」

都　「食べない？」

和彦「食べたきゃ下行くっていってるのに（と机の方へ）」

都　「（入りながら）そうだけど」

■和彦の部屋

都　「（入ってドアを閉めながら）みんな、お父さん甘いもん好きだと思って、お菓子ばっかり持ってくるから、食べないと固くなっちゃうし」

和彦「冷凍しときゃあ保つっていってたじゃない」

都　「なにもいいでしょ。そんな風にいわなくたって（と机に盆を置く）」

和彦「部屋でなんか食うの嫌なんだよ」

都　「だったらお茶だけのみなさい（床にほうってある枕と『FMファン』トレーナーなどを拾いながら）どうしてこう床になんか置くの？　気分悪くないのかしら、これで」

和彦「出てってくれないかなあ、悪いけど」

都　「二、三分でそんなこといわないの。昼間勝手に出歩いてるくせに」

和彦「出歩いたから、今やってるんじゃない」

都　「（決心してベッドの下をのぞき）あら、やだ、ベッドの下にも本が（と手をつっこむ）」

和彦「お母さん（慌てて立つ）」

都　「（とれず、手を止め）なに？（と手をひく）」

和彦「人の部屋かき回すのやめてよ」

都　「そんな。なんかあったから」

和彦「あとでとるよ。出てってよ」

都　「――」

和彦「出てってったら」

都　「――（立ち上る）」

和彦「（自制し）ごめんよ。ちょっとどうかしてるんだ。お茶はありがたいけど、でもいいんだよ。あとで、下で貰うよ（と椅子にかける）」

都　「和彦――」

和彦「（また強くなり）悪いけど、邪魔しないでよ」

都　「――」

和彦「悪いけどさ」

都　「あのね（と小さくいい、あいているドアを閉め）お母さん、ほんとは、昼間、ベッドの下の本、見ちゃったの」

和彦「（ドキンとする）」

都　「どうしたの？　あの本、どうして、あんなところにあるの？」

和彦「――」

良子の声「（階下から）お母さん」

都　「――」

良子の声「お母さん、二階?」

都「(つとめて普通に)そう。二階よ」

良子の声「川谷さんから電話!」

都「はーい(ドアをあけ、出て行き閉める)」

和彦「——」

良子の声「十五日どうしますかって——」

都の声「だって十五日は、お兄ちゃんの共通一次だっていったのに」

良子の声「私にいったって知らないわよ」

■望月家・表(朝)

■玄関

出勤する省一がダイニングキッチンから出て来る。なんとか元気一杯で行こうとしている。

省一「ああ、波辺んとこうまれたかな? あれっきりなんにもいって来ないな」

都「(気持が他所(よそ)にいっていて)ほんとね」

省一「(靴をはきながら)月末にゃあ岡田がかみさん貰うし、仕様がねえな、金が出て」

都「うん」

省一「(ドアをあけ)おい」

都「うん?」

省一「仕事はじめで亭主が出て行くんだよ。もうちょっと景気よく送れ、バカ(と、バタンとドアを閉める)」

都「(パッと土間へおり、ドアをあけ、大声で明るく)行ってらっしゃい」

■信用金庫・店内(開店前)

支店長丸山「(整列している店員を前にして大声で)新年あけまして、おめでとう」

一同、大声で「おめでとうございます」。

丸山「えー、今朝はまず、渉外課長をみろ、渉外課長を(と省一を指す)」

省一「(また怒られるかとハッとし)は?」

丸山「今朝もっとも明るく意気に燃えてニコニコと現われたのは渉外課長だった」

省一「いえ(とニコニコする)」

丸山「この笑顔を見習おう。みんなこのようにニコニコして仕事を始めよう」

省一「いやあ(笑わざるを得なくて)ハハ、ハハハ、ハハ」

みんな笑ってしまう。

■望月家・玄関

良子「（買物袋を提げ、洗面所の方から小走りに来て）分った（とサンダルをはく）」

都　「あ（と洗濯してたらしく前掛けで、手を拭きながら洗面所から現われ）ついでに、料理用のね、お酒買って来て（と前掛けのポケットから財布を出す）」

良子「ワイン？」

都　「ううん、日本酒」

良子「そんなのあるの？」

都　「二級酒の二合瓶でいいの。こんなにしないけど（と千円渡し）えーと、あと」

良子「もういいわよ。トイレットペーパーだけだって、こうじゃない（と出て行く）」

都　「なにいってるの。お母さんなんか、しょっ中両手に提げて坂のぼってくるんだから」

■表

良子「（門のあたりで）じゃ、なによ？」

都　「パン。食パンの六枚切り」

良子「いちどきにいえばいいのに（と小走りに去って行く）」

都　「スーパーのパンはやあよ（と怒鳴る）」

■和彦の部屋

和彦「（ベッドにあお向けになって天井を見ている）」

■玄関

都　「（ドアを閉め、一瞬動きをとめ、二階を見る）」

■和彦の部屋

和彦「（天井を見ている）」

■玄関

都　「（どうしようかと思いつつ上り、ちょっと階段を見る）」

■和彦の部屋

和彦、パッと起き上る。

■玄関

都　「――（居間の方へ動きかける）」

■二階

和彦「（バッとドアをあける）」

■廊下

都「（音で立ち止る）」

■階段

和彦「お母さん（といってから、かけおりて来る）」

都「（振り向く）」

和彦「どう思ったか知らないけど、あの人もう関係ないし、逢う気もないし、気にしなくていいんだよ」

都「――（やはり、と思いショック）」

和彦「それだけだよ（とかけ上る）」

都「和彦」

和彦「（立ち止る）」

都「逢ったの？　あの人に」

和彦「――ああ」

都「誰がそんなことを？」

和彦「――」

都「誰も知らない筈よ。おばあちゃん死んだし、誰にもお母さんいってないし」

和彦「――」

都「まさか。あの人が、あんたに」

和彦「そうじゃないよ。いいじゃない、もう逢わないんだから（とドアをあけ入ってバタンと閉める）」

都「――」

■洗面所（昼）

都「（洗濯機のダイヤルをきりかえ、脱水をはじめる。目は考えている）」

電話のベル。はじめ、ちょっと気づかず、あ、と思い、ダイニングキッチンへ。

■ダイニングキッチン

都「（来て、電話をとり）もしもし、望月でございます」

■明美のマンションの部屋

明美「（電話に）あ、あの、代々木の予備校の事務のもんですけど、和彦さん、お願いいたします」

■望月家・ダイニングキッチン

都　「代々木の事務の方？」

■明美のマンションの部屋

明美「そうです」

■望月家・ダイニングキッチン

都　「ちょっとお待ち下さい（なにか変だと思いながら）和彦」

■階段下

都　「代々木の予備校から電話」

和彦「（返事なくドアをあけ、ドドッとおりて、ダイニングキッチンへ）」

都　「（見送る）」

■ダイニングキッチン

和彦「（置いてある受話器をとり）もしもし――あ――ええ――」

■廊下

都　「（一歩出て、和彦の方を見ている）」

■ダイニングキッチン

和彦「あ、ええ――いいけど――ええ――」

■廊下

都　「（和彦の方を向いている）」

■ダイニングキッチン

和彦「はい――じゃ――はいはい（と切る）」

都　「（来て、つとめて普通に）なあに、予備校から？」

和彦「こないだのテストのことだよ（と階段の方へ）」

都　「なんだって？」

和彦「たいしたことじゃないよ（と行く）」

都　「でも変ね（と追う）」

■階段

和彦「なにがさ？（と上る）」

都　「代々木の予備校って、変ないい方じゃない？普通なら、代々木ゼミとか駿台予備校とか、そういういい方するんじゃない？」

和彦「そんなこと向うに聞いてよ（とドアをあけ、またバタンと閉める）」

都「――」

■洗濯物が陽を浴びている

良子の声「ううん、みえみえなのよ」

■ダイニングキッチン

良子「（ハンバーグの肉をボールで、刻んだ玉ネギやスパイスなどと一緒にこねながら）だから、清美が原田の悪口いい出すと、みんな、シラーッとしちゃうの」

都「（同じく夕飯の仕度をしながら）男の子のことばっかりじゃないの」

良子「あーら、うちの学校なんて可愛いもんよ。好きな子の悪口いってるぐらいがせいぜいで、実際になんかするって事ないもの」

都「当り前でしょ。中学一年でなにいってるの（玄関の音に気づく）」

良子「でもねえ、お母さん知らないけど」

都「ちょっと黙って（角が立たぬように）」

■玄関

和彦「（もうスニーカーをはいていて）出て来るよ、ちょっと（と大声でいい、ドアをあけてとび出す）」

■ダイニングキッチン

都「何処へ？（と大声）」

良子「（大声で）何処へ？　お兄ちゃん」

都「あの子――（と玄関へ）」

■カーポート

和彦「（逃げるようにとび出して行く）」

都「和彦（と、玄関のドアをあける。しかし、いない）」

■ダイニングキッチン

良子「（両手が汚れてるので行くに行けず、入口のあたりで）だから、怒った方がいいっていったのよ。このごろ勉強してないわよ、絶対」

■コーヒー店

明美「（和彦と向き合っていて、目を伏せたまま）逢って貰えないかと思ったわ（見る）」
和彦「いえ」
明美「私、うんと怒ったの。甘えるのもいい加減にしなさいって」
和彦「――」
明美「あの人、口じゃえらそうなことというけど、臆病で、自分勝手で、人の気持分らないのよ」
和彦「――」
明美「目をなおせっていったら怒るなんて、おどろいちゃうわよねえ」
和彦「いえ、ぼく――」
明美「え？」
和彦「あの時はただおどろいたけど」
明美「そりゃそうよ」
和彦「あとで思うと、たしかに、ありきたりなことといったと思うし」
明美「だって（他にいいようないじゃない）」
和彦「ぼくは本当にありきたりに生きてると思うし、周りもありきたりだし、将来もありきたりだし、あの人が、なんだか怒鳴りたくなった気持分ります」
明美「――へえ（からかうような所はない）」
和彦「病気なおして下さい、なんて、そういうこと、決まり文句でいってたし、ほんとにぼくは、心から物を本気で考えるなんてこと、ずーっとなかったし、ぼくはいま、ちっとも怒っていません」
明美「やっぱり（あとに続く言葉の感じで）」
和彦「え？」
明美「血とか、そういうことってあるかしら？」
和彦「チって？」
明美「ううん（目を伏せ）あの人のこと、お父さんだなって思う？」
和彦「いえ――そういうことは思いません（と、固くいう）」
明美「そう」
和彦「ぼくは、いまの父が父だと思ってます。十年、ほんとに、差別なんかしなかったし」
明美「そう」
和彦「ただ、一人の男として、あの人に、逢って――

ああいう人に逢ったことなかったんで教わったなって思ってます」

明美「そう」

和彦「——」

明美「喜ぶわ、あの人。しょげてたの。あなたに、ひどいこといしたって」

和彦「目のこと——」

明美「え?」

和彦「悪いようには、見えなかったけど——」

明美「そうね。いまんとこ、まだ、それほどじゃないんだけど」

和彦「ええ」

明美「普通、目ってほら、このくらいまで見えるでしょ（と両手を目の高さに上げ、視野の限度のあたりを示す）」

和彦「ええ」

明美「多分あの人、いまこのくらいになってるの」

和彦「で——」

明美「少しずつ悪くなってるのよ」

和彦「（うなずく）」

明美「あの人、カメラ売り払ったでしょう」

和彦「ええ——」

明美「いろんな理屈いってるけど、そのせいなのよ。物が二重に見えたりしてるんじゃないかと思うの」

和彦「どうしてお医者へ」

明美「何度も、あちこち行ったのよ。それからバタリと行かなくなっちゃったの。大きな病院で精密検査しろって多分いわれたの。行かないのよ。怖いのよ、あの人」

和彦「でも、ほっとけば、見えなくなるでしょう」

明美「だから、全然バカバカしいのよ。頑固で、ひとりでとじこもって」

和彦「——」

明美「私じゃ手におえないから、あなたさがしたの。息子とつき合いでも出来れば、生きるはりも出来るかなって」

和彦「——」

明美「ごめんね（はすっ葉ではなく）」

和彦「いえ——」

明美「勉強の邪魔さんざんしちゃったわね」

和彦「いえ——」

■望月家・階段（夜）

省一、階段上って来て、ノック。

■ダイニングキッチン

省一のおそい夕飯の片付けをしている都と良子。

良子「大丈夫よ。お父さんあんまり強いことといわないから」

都「（苦笑して）いったっていいけど」

良子「いえないの。お兄ちゃん大きくなっちゃったから、お父さんちょっと怖いのよ」

都「なにいってるの」

良子「ほんとよう」

■和彦の部屋

省一「（ベッドへ腰をかけ）正月だし、多少は外へも出たくなる。いちいちいうことはないんだが」

和彦「（机に向っている）」

省一「良子が、うるさくてな。お兄ちゃんには甘いとかなんとか。あいつ、この頃少しひがんで来たな」

和彦「うん――」

省一「年頃なのかな？」

和彦「うん――」

省一「ごく公平に可愛がって来たつもりだけど――」

和彦「うん――」

省一「変にグレたりすると困るよ」

和彦「大丈夫だよ（省一にすまない気もあるので、このシーンで和彦は素直である）」

省一「フフ（と立ち上り）お前より、あいつの方が余程心配だ。フフ、邪魔した（とドアをあける）」

和彦「お父さん」

省一「うん？」

和彦「――」

省一「なんだ？」

和彦「――呼んだだけだよ」

省一「バカ、なにいってる（と笑ってドアを閉める）」

和彦「――」

都の声「ええ、そうです（どことなく声をひそめた感じ）」

■公衆電話ボックス（昼）

都「そちらで、二年前にお出しになった写真集です」

■ある出版社・編集室

若い女「ちょっとお待ち下さい、分る人とかわりますから」

■公衆電話ボックス

都「相すみません」

■ある出版社・編集室

四十代の男「沢田さんの住所ですか?」

■公衆電話ボックスと出版社の電話のやりとり

都「はい。知り合いのもんなんですが」

四十代の男「実は私も気にしてるんですがね、なんかインド行ったなんて話もありますが」

都「インドへ?」

四十代の男「いや、世田谷あたりにいるっていう人もいますしね。住所不定なんじゃないかなあ」

都「どういうところに伺えば、分るものでしょうか?」

四十代の男「さあ。団体に入るなんて人じゃ、なかったし、カメラやめちゃったっていうし」

都「やめたっていうと——」

四十代の男「売っちゃったっていう話ですよ、みんな」

都「で、いまは?」

四十代の男「蒸発というかなんというか、なんか、誰も知らないようですよ」

■花屋

働く都。

四十代のキャメラマンの声「ええ。あの人の仕事は」

■あるアパート・部屋

四十代のキャメラマン「(電話に出ていて)ちょっとしたもんだったし、個展の手伝いをしたこともありますけどね、去年の春ごろからかなあ。仕事、どんどん断ってるって噂があって」

■希望ケ丘の道

自転車で行く都。

四十代のキャメラマンの声「鬱病じゃないかなんていう人がいたけど、なんかいなくなっちゃったようですよねえ」

■ある事務所

三十代のキャメラマン「（電話で）ちょっと分らないなあ。あの人大体、つき合いのいい人じゃなかったしね」

■バー（開店前）

バーのママ「（電話に出ていて）分んないわねえ。うちへ来てたの、去年の三月頃までだったかしら？」

■雑誌社・編集部（昼）

編集者「（電話で）写真がもう撮れなくなったとかいう話は聞きましたけどね。しかし」

■望月家・ダイニングキッチン（夜）

洗いものをしている都。

編集者の声「写真なんてのは、絵とちがうんですからねえ。ある程度、技術を持ってりゃあ撮れないってことはないですよねえ。シャッター押しゃあいいんだから」

■公衆電話ボックス（夜）

都「何処へ聞けば分るか、お心あたりありませんでしょうか？」

■ゲイバー（開店直後）

ゲイボーイ「（電話に出ていて、酔ってはいず、ごく普通に）あんたさあ、この頃、あの人をさがしてる人？（三十代である）」

■公衆電話ボックス

都「ええ、電話で、何人かの方に」

■ゲイバー

ゲイボーイ「恋人？」

■公衆電話ボックス

都「そんなんじゃありません」

■ゲイバー

ゲイボーイ「本当？　あの声は、恋人さがしてる声だって」

■スーパー（昼）
買い物をしている都。
ゲイボーイの声「みんな、いってるわよう。フフフフ
（台詞終って音楽）」

■希望ケ丘の坂道
買い物を一杯さげてのぼって来る都。
都の声「ちょっと、子供のことで、お目にかかりたい
用があるだけです」

■望月家・ダイニングキッチン（夜）
和彦、良子と都。夕食をとっている。都、笑った
りしている。

■希望ケ丘の坂道（昼）
自転車で行く都。

■花屋
働く都。明るく働いている。

■希望ケ丘の道（朝）
和彦が、後ろに良子をのせて、自転車で走る。
学校がはじまったのである。

■分れ道
登校する中学生が多い。
和彦「（自転車で来て止る）」
良子「サンキュー（とおり）じゃあね」
和彦「ああ（と行こうとする）」
良子「お兄ちゃん」
和彦「うん？」
良子「どうしちゃったのよ？」
和彦「なにが？」
良子「少しは笑いなさいよ」
和彦「バカ（と苦笑して走って行く）」
良子「（見送る）」
「お早う、良子」とはなれて女友達三人ほどが来る。
良子「（その方を見て）お早う（と明るく手をあげる）」
電話のベル、先行して、

■望月家・居間

誰もいない。ベル、鳴っている。和室の方から、洗濯するシーツと省一と自分のパジャマをまるめて持って走り出て来る都。汚れものを床へほうりながら受話器をとり、

都　「もしもし、望月です」

■ゲイバー

ゲイボーイ　「(店に寝てしまった、という顔で) あ、私、分る?」

■望月家・電話とバーの電話のやりとり

都　「は?」

ゲイボーイ　「ロマン派の信代」

都　「ああ、先日あの」

信代「沢田さん、さがしてるんでしょ?」

都　「はい、この間は、ぶしつけにお電話して」

信代「いいのよ。ちょっとね、昨夜、人から聞いたもんだから」

都　「はい。あの (なにをでしょうか?)」

信代「新村明美って、モデル知ってる?」

都　「新村明美——さん」

信代「この頃ね、売れ出してる子なの」

都　「さあ」

信代「その子がね、きっと知ってるんじゃないかっていうのよ」

都　「そうですか。それは、御親切に」

信代「じゃあね」

都　「あ、あの——その方の電話番号とか」

信代「電話番号?」

都　「いえ、あの、何処へ聞けば、そういうこと分るもんか、と思って。プロダクションとか、そういうところなんでしょうけど」

信代「あんた主婦?」

都　「は?」

信代「うちにいる主婦?」

都　「ええ——まあ」

信代「その子に電話かけようなんて駄目よ」

都　「——そうですか?」

信代「誰も知らないでしょ?　沢田さんのこと」

都　「ええ」

信代「ちょっと前まで、景気のよかったカメラマン

を、誰も何処にいるか知らないっていうのはね」

都　「はい」

信代「自分で消えたのよ。居場所かくしてるのよ」

都　「——ええ」

信代「電話で教えるわけないじゃない」

都　「——ああ」

信代「家庭の主婦って、そういうところイライラすんのよ（ガチャンと切ってしまう）」

都　「——（仕方なく切る）」

大根おろしをつくっている音。

■望月家・ダイニングキッチン（夜・五時すぎ）

良子「（頑張って大根をおろしていて）お母さん」

都　「（ブリを焼いていて）うん？」

良子「お兄ちゃん、少し落着いて来たんじゃない」

都　「そうね。この二、三日」

良子「やっぱり、明後日共通一次じゃ、そうそう浮わついていられないわよね」

都　「ほんとよね。どうしようか、と思ってたけど、ま、なにもしなくてすみそうだわ」

■和彦の部屋

和彦、勉強している。

良子の声「（台所のボリュームで）世話がやけるね」

都の声「ほんと。フフ」

書いている和彦。手が止る。

竜彦の声「ありきたりなことをいうな」

■反復（四回目）

竜彦「お前らは、骨の髄まで、ありきたりだ（湯呑みをぶつける）」

■和彦の部屋

和彦「——（手を止めている）」

省一の声「いやあ、集めた集めた」

■居間（夜）

省一「（帰って来てパジャマに着替えながら）あっちこっち頼んどいたらな。見ろ。十二個も集まった」

和彦「（二階から呼ばれて来た感じで、テーブルの上を見ている）」

都　「へえ。みんなこれ、受験のお守り?」

テーブルの上に並べられた学業成就のお守り。

良子「へえ。強力じゃない」

省一「ああ、この頃は、いくらでもあるんだな。これなんか、京都の伏見だよ。本社の営業課長が、とって来てくれたんだ」

都　「へえ」

省一「いや、会社でも有名になっちゃってな、お前の共通一次は」

和彦「へえ。フフ、これなら、絶対だね」

良子「あ、気のないいい方」

和彦「そんなことあるかよ（と笑ってみせる）」

■希望ケ丘の道（昼）

和彦、自転車を押して坂道をのぼって来る。

和彦の声「このところ、父に対して、今まではなかった感じを受けてしまう。とても他人に思えるのだ。ぼくとちっとも似てない、と思う」

■酒屋

主人になにかいわれて、まいったまいったと頭を叩いている省一。

和彦の声「そんな事は当り前で、もっと小さい時に感じてもいいはずなのに、小さいぼくは、すぐ本当の父のように思ったのだった」

■望月家・和彦の部屋（夕方）

窓の外を見ている和彦。

和彦の声「きっと本当の父だと思おうと努めたのだ。うちとけよう、父に気に入られようと努めたのだと思う。その結果ぼくは」

■和彦の部屋（夜）

和彦、ノートに書いている。

和彦の声「あまり面倒をかけない子供になって、随分長いこと自分をおさえて来たのだと思う」

■竜彦の今までのショット

■和彦の部屋（夜）

和彦、ノートの手を止める。

和彦の声「そんな事を、この頃、時々考えている。考えている？　なにをしてるんだ。共通一次の前日に、ぼくは、なにを考えてるんだ」

参考書を無理矢理のように棚からとり、パッパッとめくって行く。和彦のちょっと暗い気分に添った音楽はじまり、

■表（朝）

和彦「（ドアをあけ）行って来ます（と道へ）」
都　「行ってらっしゃい」
良子「頑張って」
省一「慌てるなよッ」

■坂道

小走りにおりて行く和彦。

■共通一次試験会場

学生の群れ。「昭和五十八年度共通一次試験会場」の看板。和彦、同じ学校の生徒と、笑ったりしている。他の学生たちのさまざまな姿。ここまで、和彦の気持に添った音楽が続いて——。

■希望ケ丘・高台（昼）

休日である。省一、バットを持って、素振りをしている。

良子「（傍にいて数えている）六十八、六十九、七十！」
省一「あーッ（とバットを杖にし）駄目だ。フーッ、あーッ弱くなった（としゃがむ）あーッ」
良子「大丈夫？」
省一「あー（と肩を揉む）」
良子「明日腕痛いわよ、やりすぎよ」
省一「このくらい、なんでもなかったんだけどなあ（立つ）」
良子「年だもの」
省一「ひでェことというなよ（またバットかまえ）随分やらないからなあ（とまた振る）」
良子「よして、もう」
省一「和彦が（とまた構え）今頃頑張ってんだ（と振り）こっちも、多少つき合わなきゃな（とまた構える）」
良子「あーら、それで頑張ってたの？」
省一「ひがむなよ。お前ンときだってやってやるから（と振る。振る。振る）」

都の声「お父さん」

良子「（見る）」

省一「（見る）」

都「（崖下から駆け上って来る）」

良子「なに？」

省一「どうした」

都「（上って来て、そう大声を出さなくてもいいところまで来て荒い息で立ち止り）いまね、落合先生から電話があってね（とショックを受けた声）」

省一「高校のか？」

都「うん。和彦が」

良子「どしたの？」

省一「どうした？」

都「試験場からいなくなったらしいっていうの」

省一「いなくなった？」

良子「どういうこと？（ショック）」

■帰り道

都「とにかくすぐ先生は、大学の方へ行ってみるって（どんどん歩く）」

省一「（続いて）しかし、いなくなるったって」

良子「怪我してるのかもよ、何処かで」

省一「高校へ電話して来たのは、誰なんだ？」

都「黒田君とかおっしゃってたけど、とにかく同級生よ。試験の寸前まで、みんな一緒にいて、さてはじまるっていう時に、いなくなったんだって」

■望月家・和室

ネクタイはしめないが、替上衣に着替えながら、

省一「試験場のその大学の方の連中もさがしてるんだろうな」

都「そりゃあ、してると思うけど」

省一「ちょっと電話番号、さがせよ。行く前に一度かけてみる」

都「うん（と居間へ）」

省一「（着ながら続き）しかし、見つかったって一課目めは、もう駄目だよな」

■居間

都「（電話帳を出しながら）そう。一課目終って、その子、高校へ電話して来たっていうから」

省一「高校で待ってないで、先生も試験場へ行ってればいいじゃないか」

良子「(コートかかえて、二階から来た感じで居間へ来て)私も一緒に行く」

省一「駄目だよ。お母さんとここにいるんだ。なにがあったんだか分らないんだから」

■道

望月家の車、走る。乗っているのは省一である。

■大学の廊下(昼)

大学の職員の男に先導されて、省一、急ぎ歩く。

■応接室の前

職員「(やって来て、ドアをノックする)」

落合先生の声「はい」

職員「(ドアをあけ)お父さんがお見えです(といって省一へ)どうぞ」

省一「はい。どうも、御厄介かけまして(一礼)」

職員「すぐまいりますから(と一礼して来た方へ急ぐ)」

省一「はあ(と一礼して、中を見)あ、あの、落合先生でいらっしゃいますか」

■応接室

落合「(五十代)はあ、どうも(一礼)」

和彦「(その傍にうつむいて腰掛けている)」

省一「和彦の父でございます。今日は、とんだことで、御心配をおかけいたしまして」

落合「いえいえ。すぐ見つかって何よりでした。あ、どうぞ」

省一「はぁ」

落合「(和彦の横へかけながら)いやあ、来るのに一本間違えましてね、この先で、ぐーっとこう大学を見ていながら、ちょっと大回りをしましてね。それが、よかった。下の寺の前を通りながら、なに気なく境内をのぞくと、しょぼんと、樹の下に。ハハハハ(と和彦の膝を叩く)」

和彦「――(うつむいている)」

省一「そうですか(和彦を見て)和彦。どうした？おどろいたぞ」

和彦「――」

落合「なにもいいたくないようなんですが――」

省一「誰かに無理にひっぱって行かれたとか、そういうことじゃないのか?」
和彦「(かぶりを振る)」
落合「いや、こういうことは予想もしなかったんで、私も、すぐ誰かにやられたというように思ったんですが」
省一「ちがうのか?」
和彦「(うなずく)」
省一「脅かされていえない、とかそういうことじゃないんだな?」
和彦「(うなずく)」
省一「事実を言わなきゃ駄目だぞ。これは一生にかかわることだ。今日受けられなかったってことは、少くとも一年後じゃなきゃ国立は受けられないってことだ。誰かのせいなら黙っていちゃいけない」
和彦「——」
省一「どうなんだ?」
落合「私も何度か聞いたんですが」
和彦「ほんとに——」
省一「うん?」
和彦「誰のせいでもないよ。ぼくが自分でしたことだよ」
省一「何故だ? 何故こんなことをした? (カッとなり) 理由をいえッ!」
落合「お父さん。とにかく私立の願書も出しているんです。いまは、このことを追求するより、気持を一日も早くしずめて、私立に挑戦した方がいいでしょう」
省一「しかし、理由も分らずに——」
落合「(なだめるように) 怒ってみても、とりかえしはつきません。したことはしたことです」
省一「——」
落合「立ち直って、さしあたっての受験を、なんとかしようじゃありませんか」
和彦「——」
省一「先生」
落合「は?」
省一「そんなことを言わないで、明日の試験は受けて、今日の分は追試とか、そういう扱いは出来ないんでしょうか?」
落合「ええ——まあ、私もそこんところは考えたんですが――」

省一「お願いします。七百七、八十点は固いと聞いてましたし、なんとか、チャンスをあたえていただけませんでしょうか？　お願いいたします（と強く一礼し）お願いします」

■望月家の車の中

和彦。運転する省一。

■窓外風景

■走る車

■望月家・表（夜）

都の声「（電話をかけていて）はい――はい――さようですか」

■居間

都「（電話に出ていて）――はい――それは、ほんとに、いろいろと御尽力いただきまして――はい――」

省一「――（椅子にかけている）」

良子「――（椅子にかけている）」

都「いえ、当人がいたしたことですから、仕方がないとは思っております――ありがとうございました――はい、そういたします。本当に、夜分まで。改めて、お伺いいたしますが――はい。ありがとうございました。ごめん下さいませ（と切る）」

省一「――」

良子「駄目だって？」

都「うん。校長先生も、随分動いてくれたらしいんだけど」

省一「――」

都「自分の意志でしたことだって、大学の人にも言っちゃったし、今更、事故ってわけにもいかなくてって（と椅子にかける）」

良子「（がっかりしていて）どういうんだろ、一体」

都「（省一へ）新聞に書かれたりしないように、その点は注意して下さったって、おっしゃってたけど」

省一「うむ」

都　「気をかえて、私立を狙いましょうって」

省一「あの先生は、やたらにそういうけど、理由が分らないんじゃ、私立の試験だって、投げ出さないって保証はないんだ」

都　「(うなずく)」

省一「ただ、そっとしといてやれっていわれても、それですむことじゃないだろう」

都　「――」

省一「どういうことなんだ(と残念でたまらずにいう)」

都　「すみません」

省一「うん?」

都　「お父さんも良子も、あの子の受験には、ずーっと気をつかってくれて、ほんとに今日まで大変だったのに、肝心な日に、こんな事するなんて」

良子「――」

省一「そういう――水くさいこというなよ。なにもお母さんが、あやまることはない」

都　「でも――」

省一「じゃあ、良子が悪いことをしたら、俺がお前にあやまるのか? そんなことしてたら、いつまでたったって、本当の家族になれないよ」

良子「――」

都　「ほんとね」

良子「見てくる?(と、うつむいたまま言う)」

都　「うん?」

良子「お兄ちゃん」

都　「そうね(どうしよう)」

省一「ああ、見て来い。お前の方がいい。俺たちは、さんざんいっちまったからな」

■和彦の部屋の前

良子「(来て)お兄ちゃん――(返事がない)お兄ちゃん、あけるよ(と、ノブを回し、ドアをあける)」

■居間

都と省一。二階で、ドアが閉まる音。

■和彦の部屋

良子「(背中でドアを閉めた感じで立っていて)眠った? 少し」

和彦「(ベッドに仰向けになっていて)――(目を天井に

向けている)」
良子「いいじゃない。いいわよ。なにも東大や一ツ橋じゃなくたって——どうってことないわよ」
和彦「あとでいいからよ」
良子「うん?」
和彦「パンかクッキーか、なんかないかよ?」
良子「やだ(クスッと笑い、小声で)お腹すいたの?」
和彦「——ああ」
良子「そりゃそうよ。夕御飯、全然食べないんだもの」
和彦「(苦笑して)あんなことして、パクパク食っちゃ悪いじゃないか(ふてぶてしくはない。むしろ淋し気)」
良子「安心したァ。どうなっちゃったかと思ったんだから」
和彦「フフ」
良子「口きかないし、頭おかしくなっちゃったのかと思ったわ」
和彦「フフ(かすかに)」
良子「ほんとは、なに? どうしたの?」
和彦「まいったよなあ」
良子「うん?」
和彦「これで国立パアだもんな」
良子「なにいってんの。自分でしたんでしょ」
和彦「うん——」
良子「なぜよ? なぜ受けなかったの?」
和彦「分んないよ」
良子「分んないってことないでしょ」
和彦「ただ——」
良子「うん?」
和彦「俺が、試験受けないなんて、誰も思ってなかったろ?」
良子「うん」
和彦「俺だって思ってなかった」
良子「うん」
和彦「試験を受けるに決ってるって、みんなが思ってて、他のことをするなんて夢にも思ってなくて」
良子「当然でしょ」
和彦「でも、その気になれば出来るんだよな」
良子「うん?」
和彦「みんなと、すごくちがうこと、しようと思えば出来るんだ」

良子「なにいってるの？」

和彦「俺は、そんなことしないタイプだと思ってたし、ずっと、まあまあの線で、そんなに変ったことしないで生きて行くと思っていたけど」

■反復（四回目）

竜彦「お前らは、骨の髄まで、ありきたりだ（湯呑みをぶつける）」

■和彦の部屋

和彦「ありきたりじゃあ——ないわけよ（と、静かにいう）」

良子「（よく分らず）熱とか、計った？」

和彦「（微笑し）ないよ」

良子「どうするの？　これから」

和彦「——」

良子「慶応、受ける？」

和彦「——」

良子「受けなよ」

和彦「——」

良子「ね？」

和彦「——」

良子「——ね？」

和彦「——」

良子「（和彦の耳のあたりを）コチョコチョ」

和彦「よせ」

良子「コチョコチョコチョ（と脇の下あたりもくすぐる）」

和彦「（笑って）よせ、バカ。よせ（と笑ってしまう。下には聞えない声）」

■居間

さっきのまま腰かけている都と省一。

省一「なにか——」

都　「え？」

省一「なにかあったんだろうなあ」

都　「——ええ」

省一「気が散り出したの、暮からだろう？」

都　「ええ」

省一「なにが、あったのかなあ」

都　「——ええ」

音楽となり——。

■明美のマンション附近（昼）

都、さがしながら歩く。

■別の道

都、さがしながら歩く。

■エレヴェーターの中

都、ひとり乗っている。

■マンション・廊下

エレヴェーターの扉ひらいて、都、おりる。明美の部屋をさがす。立ち止る。「新村」という表札。都、ちょっと気持を整えて、インターフォンを押す。音楽、終る。

返事がない。都、また押す。やはり返事がない。仕方なく、腕時計を見て、しかし、どうしたらいいか分らず、エレヴェーターの方を見、考えて、その方へゆっくり歩き出す。エレヴェーター前へ立つ。エレヴェーターの下りのボタンを押す。どこかで、ドアがあき、バタンと閉まる音が反響して聞える。都、待っている。チン、と音がする。

あくな、と思う。あく。

都「（入ろうとして、出る人がいるので身をひく）」
竜彦「（出て来る）」
都「（入ろうとして、ドキンとする）」
竜彦「（明美の部屋の方へ歩いて行く）」
都「（振りかえり、ふるえるような気持で見る）」
竜彦「（明美の部屋の前へ来て、インターフォンを押す。しかし、うまく押せずにそれる。今度は、気をつけて押す）」

返事がない。もう一度、竜彦が押そうとした時、

都「沢田さん」
竜彦「（ギクリとする）」
都「――」
竜彦「（ゆっくり、その方を見る）」
都「――」
竜彦「――」
都「しばらくです」
竜彦「ああ――しばらくだね」

5

「努力して、みんなより少しでもいきいき生きようとしていた」

■四回目の反復

竜彦「お前らは、骨の髄まで、ありきたりだ（湯呑みをぶつける）」

■四回目の反復

省一「（ソファにころがってテレビを見ていて）ふあーッ（とあくびをしながら立ち上り）テレビもつまんねえなあ（とあくびの涙を拭きながらテレビを消す）」

このあたりで音なくなって、

和彦の声「本当の父から、ありきたりだといわれて、そういう目で見ると、わが家の生活は、実になにもかもありきたりに見えた」

■共通一次の試験場などで

和彦の声「共通一次試験の一日目に、ぼくが突然試験場から外へ出てしまったのは『ぼくはありきたりじゃあないぞ』と本当の父にいいたかったためかもしれなかった。母はその事情をうすうす察し、長い間逢うことのなかった、ぼくの本当の父に逢おうとしたのだった」

都「沢田さん」

竜彦「（ギクリとする）」

都「——」

竜彦「（ゆっくり、その方を見る）」

都「——」

竜彦「——」

都「しばらくです」

竜彦「ああ——しばらくだね」

■メイン・タイトル

以下、クレジット・タイトル——。

■あるスナック（昼）

明美のマンションの近くである。誰もいない。薄暗い。

竜彦「（外からドアをあけ、中に誰もいないのを見て、どうしようかと短く迷い）やってますか？　こんちは（返事がないので、ドアを閉めかけた時）」

女主人（40代）の声「はーい（行ってしまう客をとにかくとどめるように）」

竜彦「いいらしいや（と外へ小さくいって入り、ドアをおさえる）」

都「（そのドアをおさえて、現われる）」

女主人の声「すいません、ただいま」

竜彦「（見回し、テーブル席へ行き椅子にかける）」

都「（向き合う席へ行ってかける）」

腰掛けるまでに、トイレの水音があって、ドアの音あって女主人現われる。

女主人「相すいません、お待たせして（とカウンターの中へ入り）いらっしゃいませ（とコップを二つとる）」

竜彦「よく手を洗ってよ」

女主人「あ（トイレに入っていたことを気づかれたか、と気がつき）フフ、すいません、よく洗います（と手を洗う）」

竜彦「（都に）コーヒーでいいかな？」

都「ええ」

竜彦「コーヒーを二つね」

女主人「はい。かしこまりました。ただいま（とおしぼりを出したりしながら）昼間はひとりなもんで、すいませんねえ（客にいうというより、半ば愚痴かヒステリーの軽度で）ほんのちょっともあけられないもんだから」

竜彦「（煙草を出す）」

都「――」

竜彦「（都にすすめる）」

都「（かぶりを振る）」

竜彦「（くわえる）」

女主人「（コップとおしぼり持って出て来て）すいません。ただいま、すぐコーヒーをいれますんで（と置く）」

竜彦「一度、夜来たこともあってね」

女主人「あらそうですか。それは、ありがとうございます（と戻って行く）」

竜彦「旦那だったな」

女主人「ああ、夜は、二人でやってるんです。昼間は、主人ちょっとつとめてるもんだから」

竜彦「いい男だったなあ」

女主人「そんな、おぼえてるんですか？」

竜彦「年下だろ？」

女主人「いいえェ。同じなのよ。だけど主人若く見えるもんだから、いつも私若いのつかまえたみたいにいわれて、フフ」

竜彦「フフフ（と都を見る）」

都「（固い顔で目を伏せていて）和彦と、どうやって逢ったんですか？（小声だが、女主人の口を封じる鋭さがある）」

竜彦「――（見て）うむ（目を伏せる）」

都「今更、逢う資格ないでしょう」

竜彦「――ああ」

女主人「（コーヒーを入れている）」

都「なんだっていうの？　十八年もたって――」

竜彦「――」

都「どういうこと？」

竜彦「逢わないよ、もう」

都「あの子に、なにをいったんですか？」

竜彦「なにって――」

都「受験の真最中に動揺して、迷惑してるわ」

竜彦「――そう」

都「ありきたり、とか、そういうこといったんでしょう？」

竜彦「どうして？」

都「あの子が、そんな風なこと、妹にいったっていうの」

竜彦「――」

都「すぐピンと来たわ。あなたの、お得意の台詞だったわ。あいつは、ありきたりな奴だ。あの男は、ありきたりじゃあない。よくいってたわ」

竜彦「――」

都「ありきたりな受験なんてやめろとでもいったんですか？」

竜彦「――」

都「いい年して、おかしいわ。まだそんなこといってるの？」

竜彦「――」

都「（口調かえ）幸せに、なんとかやってるの」

竜彦「――」

都「邪魔されたくないわ」

竜彦「――（うなずく）」

都「ほんとに、もう逢わないでくれるわね？」

竜彦「ああ」

都「それだけ、はっきり確かめたかったの。さよなら（と立つ）」

竜彦「コーヒーを、のむぐらいいいじゃないか」

都　「――」
竜彦「折角、いれてるんだ」
都　「（うなずいて、座る）」
竜彦「――（都を見ている）」
都　「――」
竜彦「――（見ている）」
都　「（その視線がいやで）相変らずね」
竜彦「うん？」
都　「女性の部屋の前で逢うなんて」
竜彦「いやあ（苦笑で）内情はひどいもんでね」
都　「――」
竜彦「しかし、ほんとに、しばらくだ（と見つめる）」
都　「――ええ」
竜彦「――（見ている）」
都　「そんなに見ないで（と固くいう）」
竜彦「いいじゃないか」
都　「老けるのは当然でしょ」
竜彦「（目を伏せ）旦那は、信用金庫だって？（と見る）」
都　「――ええ」
竜彦「面白い人？」
都　「面白いって――そんな事で結婚はしないわ」
竜彦「どんな人を選んだかな？」
都　「和彦がいたのよ。選ぶとか、そういう結婚じゃないわ」
竜彦「仕様がなし？」
都　「そうじゃないけど、和彦を大事にしてくれる人じゃなきゃ困るでしょ」
竜彦「――」
都　「いい人だし、幸せに、やってるわ」
竜彦「そう」
都　「――」
竜彦「そりゃあ結構だ」
都　「――なんていい方」
竜彦「うん？」
都　「結構だなんて、思ってもいないくせに」
竜彦「そうかな？」
都　「あなたの考えてることぐらい分るわ。ありきたりの、つまらない男の女房になって、なにが幸福なもんかって」
竜彦「つまらない男なの？」
都　「そうやって人の気持かき回すとこ、ちっとも変ってないわ。その手で和彦にもなんかいったんでしょ?」

竜彦「――」

都「あの子、共通一次の試験、試験場まで行って、受けないで帰って来たのよ」

竜彦「――そう(意外)」

都「そんな事する子じゃないのよ。素直で、成績もいいし、そんなバカなことをする子じゃなかったの」

竜彦「――」

都「あの子にしてみれば、実の父親が突然現われて、なにかいって、きっと動揺したんだわ。思い当るんじゃない?」

竜彦「――」

都「あなたには言葉の遊びでも、あの子には一生がかかってるのよ」

竜彦「俺のせいかどうか聞いてみたいね」

都「――」

竜彦「俺如きが、そんな影響をあたえるとは思ってもいなかった」

都「――」

竜彦「そう――」

都「喜んでるの?」

竜彦「いや――」

都「共通一次を受けなかったのよ」

竜彦「大変なこと?」

都「当り前じゃない。少し大げさにいえば、小学校の頃から、あの試験を受けるために勉強して来たようなもんだわ」

竜彦「そう」

都「大学がちがえば、入る会社だってちがってくるし、そうすれば一生のことじゃないの」

竜彦「――」

都「あの子に、なにをいったんですか?」

竜彦「横浜で」

都「横浜?」

竜彦「風を切って歩いてた都さんが」

都「そんな事聞いていないわ」

竜彦「子供をいい会社へ入れたいか」

都「二十(はたち)の頃と同じじゃないわ」

竜彦「県庁の前の通りでキスをしたことがあったね」

都「忘れたわ」

竜彦「通勤してくる連中が、おどろいてよけたり、照れて笑ったりした」

都　「つまらないことをしたわ」

竜彦「そうかな？」

都　「わけもなく勤めてる人をバカにして。バカにする資格なんて私たちにはなかったわ」

竜彦「ああいう連中は、本当には生きていないという気がしていた」

■通勤の人々の映像で

竜彦の声「幸せだと思ったり、真面目に生きていると思ったり、自分をいい人間だと思ったりしている。しかし、本当に幸せかといえば、ただ自分の中の不幸を見ないふりをしているだけ。真面目に生きているつもりが、実は成り行きで生きている、他のことをする活力がないだけ。いい人間のつもりが、流れからはずれた奴には平然と冷たかったりする」

■スナック

竜彦「そういうことに、あの頃は敏感だった」

都　「自分を棚にあげてね」

竜彦「いや、努力して、みんなより少しでもいきいき生きようとしていた」

都　「いきいき私から逃げ出したわけね」

竜彦「――」

都　「子供が出来たって聞いて慌てて」

竜彦「――」

都　「よく綺麗なことといってられるわ」

竜彦「そうかな？　あれでも俺は、気を励まして、努力して、あんたから逃げ出したんだ。あんたに惚れてたからね」

都　「便利ね、口は」

竜彦「子供を二人で育てよう、ともう少しで口から出そうだった。しかし、あの頃の俺が子供とあんたをかかえたら、撮りたいものを勝手放題狙ってるわけにはいかなくなる」

都　「その分成長したわ、きっと」

竜彦「俺は何度も頼んだ。しかし、あんたは、おろさなかった。何故だ？」

都　「子供が欲しかったのよ。ほんといって、あなたなんかどうでもよかった」

竜彦「嘘だ。生むといいはれば、俺をつかまえておけると思ったんだ。子供は脅迫の種だった」

都　「なにをいうの」

竜彦「あんたが子供を可愛がる柄かい？」

都　「可愛がったわ。立派に育てて、その子にあなたは逢いたがったんでしょう？」

竜彦「立派に育てたか。仕様がなしに育てたんだろうが」

都　「なぜ、そんないい方をするの？」

竜彦「本当だからさ」

都　「どうして分るの？」

竜彦「俺はあんたを知っている。赤ん坊を抱きたくて子供をうむなんてェ女じゃない。もっと自分中心の女だよ」

都　「よくも、そんな」

竜彦「亭主と子供と幸せに暮してるだと？」

都　「なにが悪いの？」

竜彦「掃除して洗濯して飯つくって、退屈な亭主と暮して幸せなわけがないじゃないか」

都　「幸せだわ」

竜彦「だったら自分をごまかしてるんだ。思い込もうとしてるんだ！」

都　「バカ気てるわ（と立ち）二度と、和彦に逢わないで頂戴」

竜彦「（スルリとドアの方へ行き）もしあんたが」

都　「どいて頂戴」

竜彦「もしあんたが、自由に生きてたら、おそらくいまの十倍は綺麗だろうぜ」

都　「どいて」

竜彦「亭主への不満、子供や金の心配、退屈、ヒステリーが顔にこびりついて」

都　「（昔の奔放さを見せるあざやかさで、竜彦を蹴とばす）」

竜彦「ウオッ」

都　「（その髪をつかんで、ドアの前からひきはなし）ごめんなさい、ママ（と見事にさっと出て行く）」

竜彦「ああ、やりゃあがった（と足をおさえている）」

■道

ぐいぐい歩いて行く都。

■スナック

竜彦「（カウンターの止まり木に、苦笑しながらかける）」

女主人「強い人（溜息と共にいう）」

竜彦「そうだろ？　フフ、あんなのが、信用金庫の亭主と、幸せだなんて、笑わせるぜ」

■道

ぐいぐい歩く都。

省一の声「いやあ、いろいろ聞くとさ」

■望月家・和室（夜）

省一「（背広を脱いで衣紋かけにかけながら）共通一次ってのは相当問題があるらしいじゃないか」

和彦「（呼ばれておりて来て、立っていて）うん」

省一「国立は、あの試験で駄目になっちまうっていう説もあるそうだよ（ズボンを脱いで、かける）面白い奴はみんな私立へ行っちまってさ。これから世の中でのして来るのは私立の二、三流だって、本気で支店長ぶってたよ」

■風呂場・脱衣所

都「（湯加減を見た感じで、風呂場の方から顔を出して）お父さん、いいです、お風呂」

■和室

省一「はいよ。いやあ、あんなものは受けなくてよかったかもしれないよ。私立で、頑張りゃあいいよ（と風呂場の方へ）」

■風呂場の前

省一「（風呂場の足拭きの位置をなおしている都に）今日はお前、帰る前に、支店長と渡辺と預金課長と共通一次大議論だよ」

都「受けなかったっていったの？」

省一「お守り貰っちゃったしな。ちょっと身体こわしたってな（とあとから来て、ややはなれて立っている和彦に）大丈夫大丈夫、その方がいいくらいだって、大変だよ、みんな」

都「そうよね、受けて、浪人する子も沢山いるんだし」

省一「そうだよ。とにかく、気にしないこったよ。お父さん、今日は、ワーワー励まされて、まるで俺が受けるようだったよ（と風呂場へ入ってドアを閉める）」

都「フフ（和彦を見て）頑張ってどっか受かっちゃっ

て（とダイニングキッチンへ）」

■ダイニングキッチン

都「（電気釜の中釜をとって、米びつから米をはかりはじめながら）落合先生も、早稲田の政経ぐらいなら、充分入れるっておっしゃってたし」

和彦「――」

都「それなら大威張りじゃない」

和彦「――（黙って階段の方へ）」

都「（手を止め、釜を置く）」

■和彦の部屋の前

和彦、かけ上って来て、ドアをあけ入って閉める。すぐ足音をひそめながら急ぎ足で、都、階下へ現われ、上って来る。

■和彦の部屋

和彦「（窓をガラッとあける）」

都「（ドアをあけて、小さく）和彦（といって、動作はキリリと入ってドアを閉める）」

和彦「（窓の外を見ている）」

都「お父さん、いい人じゃない。本当に心配してくれてるわ。授業料、私立は高いし、大変だけど、そんなことおくびにも出さないし」

和彦「――」

都「ああいうお父さん裏切るの、よくないわ」

和彦「――」

都「結果は、どうあれ、慶応と早稲田は本気で受けて」

和彦「――」

都「いいわね？」

和彦「（うなずく）」

都「それだけ（目を伏せ、さっぱりと出て行く。ドア、閉まる）」

和彦「――」

■西洋屋敷・表（昼）

和彦「――（立っている間あって、通用門をあける）」

■応接間

竜彦「（カメラを分解して掃除をしている。レンズも二本ほど大切そうに置いてある。カメラの蓋をし、シャッターの具合をたしかめる）」

和彦の声「こんにちは」

竜彦「（ハッとする）」

■玄関

和彦「（ポーチに立っていて、閉まっているガラス戸に）こんにちは（といって前へ出る）」

■応接間

竜彦「（——どうしようかと短く迷う。玄関のドアのあく音にドキンとする）」

■玄関

和彦「（あけたドアから）ごめん下さい」

竜彦の声「駄目だ」

■応接間

竜彦「駄目だよ（立ち上りながら）あんたの、お袋さんに、約束をしちまってな。もう、あんたとは逢わないっていっちまった」

■玄関

和彦「母と逢ったんですか？」

■応接間

竜彦「ああ、逢った。あんた、共通一次、ほっぽらかしたんだってな？」

■玄関

和彦「——」

■応接間

竜彦「そんなことするなよ。親不孝するな。俺は、あんた、しっかりやれっていったんじゃないか」

■玄関

和彦「——」

■応接間

竜彦「大学受けるな、なんて、そんなことをいったおぼえはないぞ」

■玄関

和彦「そうかもしれないけど、ここへ来なかったら、ぼくは、あんなことしなかったと思います」

■応接間

竜彦「――」
和彦の声「ちょっとあがります」
竜彦「おい、俺は（と玄関の方へ行きかけてハッとする）」
和彦「（あいているドアの向うに立つ）」
竜彦「フフ、内緒だ」
和彦「（うなずく）」
竜彦「おいで（とソファの上にあったカメラを別の椅子へ移しながら）この部屋は、天気がいいと、よく陽が入ってな。あったかい。かけろよ、ここへ（と背中に陽を浴びる席をすすめる）」
和彦「ぼくは着てるから、そちらが掛けて下さい」
竜彦「そうかい。実をいうと、ここ以外は寒いんだ。あ、ドアを閉めるか」
和彦「（うなずいて、ドアを閉める）」
竜彦「（腰をかけ）どうしたい？」
和彦「――ええ」
竜彦「試験を投げちまっちゃ、大変だったろう」
和彦「――」
竜彦「かけな」
和彦「（うなずき、椅子へ行く）」
竜彦「お母さんに怒られたか？」
和彦「いえ――」
竜彦「（信じないで）あの人は、怒るとすごいからな」
和彦「カメラ、持ってなかったんじゃないんですか？」
竜彦「ああ、実は、昨夜から猛然と撮りたくなってな、さっき、金かき集めて質流れを買って来たんだ」
和彦「なにを、撮るんですか？」
竜彦「――うむ」
和彦「なにってことはないかもしれないけど」
竜彦「いや、大いに、なにってことはあるんだが――どうしてだ？」
和彦「ええ」
竜彦「思い切ったことをしたもんだ」
和彦「いえ」
竜彦「そんなことをする子じゃないって、お母さんいってたぞ」

和彦「母は、どうして？」

竜彦「ひどく怒ってた。二度と逢うな、といわれた」

和彦「──」

竜彦「そんなに影響をあたえたかな？」

和彦「ぼくは試験を投げた時、すごく大変なことをしちゃったと思いました」

竜彦「うむ」

和彦「これで、ぼくは、なんか随分、普通の人とは、ちがった生き方をすることになるだろうって」

竜彦「うむ」

和彦「でも、みんなでたいしたことじゃないっていうんです。私立を受ければいいって。やったことを忘れて、いい私立の大学へ入れって、はげましてくれてます」

竜彦「そうか──」

和彦「誰も、どうして試験を投げたかなんて聞きません。ただ、忘れろって」

竜彦「ま、それが大人ってもんだ」

和彦「──」

竜彦「コースからはずれかけたら、コースへ戻すことが先決だからな」

和彦「これで私立に入って、どっかの会社へ就職するなら、共通一次を投げたって、たしかに、たいした意味はないし、多分そうなるような気がするんだけど」

竜彦「それでいいさ」

和彦「ほんとにいいと思ってますか？」

竜彦「俺がどう思おうと、いいじゃないか」

和彦「そりゃそうだけど──お前らは、ありきたりだ、っていわれたの、こたえたんです。ほんとに、ありきたりだな、と思って」

竜彦「──」

和彦「試験場で、大勢の学生が、みんな、同じようにいい大学へ入ろうとしてるのを見ていて、なんだか、みんなとちがうことを、心からしたくなったんです」

竜彦「──」

和彦「そういうのは、ただ、どうかしてたってだけのことでしょうか？」

竜彦「──」

和彦「どうかしてたんだって──忘れて──私立を一生懸命受験すればいいんでしょうか？」

竜彦「他に、どうする?」
和彦「え?」
竜彦「受験しないで、なにをする? 高校だけで、どっかへ勤めるかい? だからって、格別変った生き方が出来るってもんでもないだろう」
和彦「――」
竜彦「大切なのは、一見みんなと同じだろうと、実は周りのみんなよりずっといきいき生きてるかどうかだ」
和彦「――」
竜彦「というのは建て前でな」
和彦「(見る)」
竜彦「実は、わけもなく俺は、人と同じじゃあ嫌だってェところがある」
和彦「――」
竜彦「素直でいい子のあんたにも、多少、遺伝しちまったかもしれない」
和彦「――」
竜彦「よッ(と片手を鶴の首を模したように上に上げる)」
和彦「(なんだろう、と見る)」
竜彦「やってみな」
和彦「え?」
竜彦「(もう一度下から)いよッ(と手を上げて)やってみな」
和彦「(訳分らず、模して手を上げる)」
竜彦「(別の手も)いよッ(と上げる)」
和彦「(つまりやれってことかと、不器用にもう一つの手をあげる)」
竜彦「(そのまま立ち上りながら)アリャアリャアリャサ(と腰をふりはじめる)」
和彦「(どうしちゃったのか、と手をおろしかける)」
竜彦「どうした? やってみな。アリャアリャアリャアリャ」
和彦「あのー(気味が悪いような気がする)」
竜彦「(奇妙に踊りながら)ハハ、普通の人間は、こういうことはしない。そういうことをやってみるんだ。すると、その分魂からこわばりがとれる。こんなバカなことが出来るか、と思ってるってのは、ありきたりってェもんだ。やってみろ、やってみろ」
和彦「――」
竜彦「理屈じゃあないんだ。やってみりゃあ、あんたが小さくまとまってたことが分る。アリャアリャアリャアリャアリャアリャ。自分を少し滑稽な立場においてみるんだ。そうすると、気取っていたことが分る。こんなことひとつでも、人がやらねえことをやると、気持がひろがるんだ。やれやれェ。やれやれェ（と踊っている）」

和彦「（両手をゆっくりあげる）」

竜彦「アリャアリャアリャアリャ（とそそのかすように踊る）」

和彦「（照れ笑いで、手を振りながら立ち上る）」

竜彦「アリャアリャアリャアリャアリャアリャ（と大声を出して、おどけ振りで踊る）」

電話のベル、先行して。

■望月家・ダイニングキッチン（夕方）

電話のベル。

良子「（受話器をとり）はい、望月です」

■西洋屋敷・電話

竜彦「ああ（なんといおうか、と思う）」

■望月家・ダイニングキッチン

良子「ああ……（ダイニングキッチンで都が夕飯の仕度）」

■西洋屋敷・電話

竜彦「いや、お母さんいるかい？」

■望月家・ダイニングキッチン

良子「（ムッとして）どちらさまですか？」

■西洋屋敷・電話

竜彦「沢田だ」

■望月家・ダイニングキッチン

良子「（受話器をおさえて）お母さん。感じ悪い電話」

都「聞えるでしょ（と小さくいいつつ手を拭いて急ぎ来る）」

良子「沢田だって」

都「（ドキンとしながら、それをかくそうとして）もしもし」

■西洋屋敷・電話

竜彦「切らないでくれ。本気で頼みがある」

■望月家・ダイニングキッチン

都「――（文句はいいたし、良子の手前があるし）」

■西洋屋敷・電話

竜彦「半年前俺はカメラを捨てた。いや、正確には売り払っちまった。しかし、いま猛然と撮りたくなった。あんたを撮りたくなったんだ」

■望月家・ダイニングキッチン

都「勝手なことをいわないで下さい（と切る）」

良子「なんなの？　誰なの？」

■玄関

和彦「（戸をあけ）ただいま」

■ダイニングキッチン

良子「お帰り」

都「お帰りなさい」

■玄関

和彦「（戸を閉める）」

■ダイニングキッチン

良子「なんなの？　誰？　沢田って」

都「いいの、勝手な奴。セールスマン」

良子「なんの？」

都「なんのって――今更、私たちになにをしようっていうの？（とやりきれなく、ついいら立つようにいってしまう）」

■玄関

和彦「アリャ、アリャアリャサ（と身振り大きく、声をひそめて、真顔でやってみる）」

■慶応大学入学試験風景

構内の学生たち。現実音で。「入学試験場」の表示。

音、消えて――。

省一の声「どうだ？　別に、なんにもないか？」

■望月家・電話

都　「ええ。いまのところ」

■公衆電話ボックス

省一「じゃあ、大丈夫だ。ちゃんと受けてるさ」

■望月家・電話

都　「ええ」

■公衆電話ボックス

省一「頼んだの、三人だろ？　なんかありゃあ、誰かが電話くれるさ。今度はちゃんとやってるさ」

■望月家・電話

都　「ええ。そう思ってるけど」

■中学校の近くの道

下校の中学生たち。その中を二人ほどの女子生徒と来る良子。

都の声「そう。良子も、心配して、二度も電話よこしたわ。ええ」

良子「（笑いながらしゃべっていて、しかし心急ぎ二股道まで来て）じゃあね」

友達「バアイ」「じゃあね」という。

良子「明日返すね（と手にしたユーミンかなにかのレコードを小走りになりながら振って走る）」

■石段

良子「（かけて来て、かけ上る。上へ上半身出るあたりでギクンとする）」

上に、多恵子がひとりで立っているのである。

良子「――私？（に用？）」

多恵子「（うなずく）」

良子「今日は困るわ。早く帰りたいの」

多恵子「（急に階段をおりて来る）」

良子「（パッとよけ）なあに？（と思わず悲鳴のようにいう）」

多恵子「（良子よりやや下まで階段を降りて背を向けたまま）来な」

良子「やあよ」

多恵子「（キッと振り向き、良子にせまって行く）」

良子「（逃げられず、すくむように顔をのけぞらせる）」

■喫茶店（昼）

ウェイトレスが、わり合いゴテゴテしたケーキ一皿とコーヒー二杯を持って歩き、

ウェイトレス「お待たせしました。ケーキはどちら（さまですか？）」

多恵子「（向き合って腰掛けている良子を顎で示し）そっち（といってそっぽを向く）」

良子「（その多恵子を見ている）」

ウェイトレス「ありがとうございましたァ（と行ってしまう）」

良子「どういうこと？」

多恵子「やんなよ」

良子「やんなって？」

多恵子「（そっぽを向いて）食えよ」

良子「どうして？」

多恵子「好きだろ、どうせ」

良子「好きだけど、どうして、ここで、食べんのよ？」

多恵子「――（そっぽを向いている）」

良子「分んないじゃない」

多恵子「――」

良子「肥らせようっていうの？」

多恵子「――」

良子「そうはいかないわよ」

多恵子「バカ」

良子「なにがバカよ。私、ずっとダイエットしてるもの。ケーキなんか、ここ、半月以上食べてないもの。これひとつぐらい食べたって、肥らないわよ」

多恵子「だったら食やあいいだろ」

良子「やあよ。意味わかんないもの」

多恵子「（そこまでそっぽを向いていたのが、ギロッと良子を見る）」

良子「なによ（とひるむ）」

多恵子「受験、行ったのかよ？（目をそらす）」

良子「受験？」

多恵子「お前の兄貴だよ」

良子「それがなによ」

多恵子「つっぱるんじゃねえよ！　素直にこたえろよッ（とカッという）」

店の他の客、見る。

良子「（ビビって）行ったよ。受験、お兄ちゃん」

多恵子「――（手をのばす）」

良子「(ピクリとする)」
多恵子「(砂糖をとり、コーヒーに入れる)」
良子「(見ている)」
多恵子「(気がついて) いくつ?」
良子「え?」
多恵子「砂糖はいくつ?」
良子「あ、いいわ」
多恵子「いいよ(と入れようとする)」
良子「いいの。あの、私、ダイエットしてるから」
多恵子「(とめ、砂糖壷へ戻す)」
良子「フフ、どうして、お兄ちゃんの、受験の、ことなんか――」
多恵子「そんなによ」
良子「え?」
多恵子「ダイエットすることねぇよ。ちっとも肥ってねえじゃねえか(と目を合さずボソボソいう)」
良子「そうじゃないの。私、下半身デブなのよ、脂肪がすぐおりてっちゃうの」
多恵子「(可笑しくなり) フフ」
良子「フフ」
多恵子「(人が好く笑う)」
良子「(ややほっとして笑う)」

■望月家・表(夜)

大沢「(中からドアをあけて出て来ながら) ええ。どうも、お邪魔しました」

■玄関の中

都「(見送るように立っていて) ありがとう」
和彦「さよなら」
良子「さよなら」
大沢「ああ(とドアを閉めながら都へ) 失礼しまァす」

■表

大沢「(ドアを閉める)」
都の声「さようなら」
大沢「(門を出て行く)」
良子の声「(先行して) 人がいいねえ、あの人」

■ダイニングキッチン

都「(来ながら) そんないい方しないの」
良子「悪口じゃないもん。お兄ちゃんなら、絶対心配しないよね、人の受験なんか」

■階段

和彦「うるせェよ（と階段をあがって行く）」

■ダイニングキッチン

良子「だってそうじゃない（と階段の方へ）人が受験したかどうか、心配しっこないわよねぇ」

都「（大沢とのんだ湯呑み四つを片づけながら）そうねぇ」

良子「私もそうだな（出してあったクッキーをタッパウェアに戻しながら）自分の受験があったら、人どこじゃないな、きっと」

都「親友でも？」

良子「そりゃすごい親友ならちがうかもしれないけど、私、親友っていないのよね」

都「生田さんは？」

良子「うーん。そこらの度合いがね、私どうも分んないの。よくさあ、親友沢山いるなんていう人いるじゃない？　私そういうの本当かなあって思うちゃうわ。そんなにさ、なんでも打明けて、ぴったしっていう親友っているもんかしら？」

都「そうねえ」

良子「誰でもみんな親友持ってないとおかしいみたいにいわれると、そうかなあって思うわ。そんなにぴったしの人と逢えるわけないわよねぇ」

都「喧嘩でもしたの？　生田さんと」

良子「そうじゃないけど、あの人この頃郁子なんかとキャアキャアはしゃいじゃって」

都「誰、郁子って？」

良子「すっごくかっこつけてんのよ。勉強出来ぶって、休み時間に教科書ひらくなんて考えられる？」

都「あなたも一緒にひらけばいいじゃない」

良子「そんなみっともないこと」

都「大体あなたはちょっと勉強しなさすぎ。本ていえば『ＪＪ』とか『マーガレット』とか」

良子「（立ち上りながら）普通よう」

都「普通なもんですか。『嵐が丘』だって、『ジェーン・エア』だって、あなたみんな読みかけじゃないの」

良子「（階段の方へ）馬鹿馬鹿しいんだもの」
都　「天下の名作よ」

■階段

良子「名作だって、馬鹿馬鹿しけりゃ仕様がないと思うわ」

■ダイニングキッチン

都　「漢字の書き取りだって毎日やってないんでしょ？（と大声）」

■和彦の部屋の前

良子「これからやるとこでしょう（と和彦の部屋のノブを回すがあかないので小さくノック）あけて（ノック）私（せわしく小声で）お兄ちゃん」

ドアがあく。良子、素早く入る。

■和彦の部屋

良子「（ドアを閉めて）大体さ、二人とも自分の部屋へさっさと上っちゃって、いっつも一人っきりだっていうから、ちょっと相手をしてやれば、すぐ勉強しろとかなんとか（と椅子へかける）」
和彦「（ベッドへころがって）なんだよ？」
良子「（受けとめ、それから）フフフフ」
和彦「行けよ、自分んとこ」
良子「お兄ちゃんがね、今日、受験したかどうか、全然思いがけない奴が、心配してたんだから」
和彦「（憂鬱そうに）フン（どうでもいいよ）」
良子「誰だと思う？」
和彦「受験したって、うかるかどうか分らないんだ。いい事があったみたいに、ニコニコすんじゃないよ」
良子「受けないよりいいじゃない」
和彦「――」
良子「そいつもね、すごくホッとしてるの」
和彦「――」
良子「誰だ？」
和彦「――」
良子「女」
和彦「――」
良子「ウフフフ」
和彦「行け、バカ」

良子「三枝多恵子」
和彦「バッカヤロ（信じられない）」
良子「やだ。誰だか分った？」
和彦「分るさ」
良子「あいつの名前なんかどうして知ってんの？」
和彦「お前を殴った奴じゃないか」
良子「分んないね、男と女って」
和彦「冗談じゃねぇよ」
良子「あいつね、私にね、ケーキおごったのよ、こんなケーキ。そいで、お兄ちゃん、共通一次受けなかったそうだけど」
和彦「そんなこと、どうして――」
良子「今日は受けに行ったかって」
和彦「知るわけないだろ、そんなこと」
良子「しゃべったんでしょ、お兄ちゃんが」
和彦「なんで俺が」
良子「とにかくね（と手を振って口を封じ立ち上って、多恵子を真似て）いいかよ、気にかけてるって、いっとけよッ、って」
和彦「（バッカバカしいという顔）」
良子「アハハ（次のシーンへこぼれる）」

■バス停

良子の声「あいつ、絶対お兄ちゃんが好きよ。おどろいちゃった。フフフ」
ベンチにひとり、コートをぴっちり着て、制服とは分らぬようにした感じで、腰をかけ、煙草をふかす孤独な多恵子。電車の音、先行して。

■電車の窓外風景（昼）

■電車の中

外を見ている和彦。

■西洋屋敷・表（昼）

また和彦、来てしまっている。通用口のドアをあけ中へ。

■玄関

和彦「（門の方から来て、あ、となる）」
明美「（入口に腰をかけていて見る）」
和彦「こんちは（と頭を下げる）」
明美「（微笑して）いいの？　来て」

和彦「（微笑して）内緒です」
明美「いないのよ」
和彦「そうですか」
明美「上って、ストーブでもつけようか（と立ち上る）」
和彦「いえ、いないなら、また」
明美「いいじゃない。お茶ぐらい、のんでいきなさいよ（と上る）」
和彦「——ええ（と続く）」

■台所

石油ストーブが赤く燃えている。

明美「（コーヒーを二つのカップに入れながら）帰って来ないねえ」
和彦「（ストーブに近く掛けていて）ええ」
明美「ここを一歩も出ないような事いってたくせに、うちへ二、三度来たらしいよ」
和彦「へえ」
明美「私、急に仕事でカナダに八日間行ってたの」
和彦「へえ（いいなあ、という気持）」
明美「はい、のんで。ミルク、これね」
和彦「すいません」
明美「邪魔みたいなこというから、ほっとくと寄ってくるのよ」
和彦「（返事に困るので、目を伏せ、フフ）」
明美「強がりばっかりいってるくせにね」
和彦「ぼくなんか、よく分らないけど」
明美「うん？」
和彦「恋人とか、そういうことなんですか？」
明美「フフ」
和彦「そうだと思うけど」
明美「私の方は、好きなわけ」
和彦「でも、向うも、そうやってお宅へ行くくらいなら」
明美「一人でしょ」
和彦「え？」
明美「いま、こんなとこにいて、他に女出来ようもないからね」
和彦「——（目を伏せる）」
明美「私で間に合わしてるのよ」
和彦「——（なんといっていいか分らない）」
明美「性欲なのよ」
和彦「そんな——」

明美「でも、こっちは惚れてるから仕様がないわ」

和彦「そうかな（となにか慰めたい）」

明美「どうなの、あんたは」

和彦「え？」

明美「ひどいことといわれて。よく来るじゃない」

和彦「ええ――」

明美「来たい？」

和彦「ええ。やっぱり、いろんなこと、どんな風に思うか、聞いてみたくて」

明美「口うまいからね」

和彦「いえ――」

明美「やな奴で――癪に触わるけど、魅力もあるんだよね」

和彦「――フフ」

明美「帰って来た（と静かにいう）」

和彦「（全く気づかず）え？」

明美「いま、門に入ったとこ」

和彦「へえ――分らないけど」

明美「フフ、いま、そこ、歩いてる（とその方向を指さし）フフ（とコーヒーを置き）分る？ 惚れてると、聞えるのよ、フフ（と冗談めいていい、ドアをあけ、バタバタと玄関の方へ）」

和彦「――」

明美の声「（玄関のガラス戸をあける音がして）お帰り」

竜彦の声「よう」

和彦「（ゆっくり立ち上る）」

明美の声「どこ行ってたの？」

竜彦の声「スーパーへな、買い出しだ」

明美の声「息子、来てんのよ。いらっしゃい、坊や」

和彦「――（行く）」

■玄関

竜彦「（台所の方を見て、かげりのない笑顔で）そりゃあいいや。三人なら、鍋で一杯やろうじゃねえか（とあがる）」

明美「いいわねえ、やろう」

竜彦「（来た和彦に）おう。よく来た。内緒だろうな、おふくろさんに（とちょっとおどけていう）」

和彦「はい」

明美「（ほぼ同時に）そうだって」

竜彦「よおし。これ、みんな、ぶちこんで、大騒ぎだ（とスーパーのビニールの袋をもち上げ、かげりなく笑う)」

■台所(時間経過)

脇によせたテーブルの上のカセットレコーダーから音楽。たとえばチロルの民族音楽。竜彦、不器用ながら一応それらしく、ためらわず踊りはじめる。明美、様子を見て、入る。うまく行って、はじめて笑い声をたてる。二人、いよいよ、調子よく踊る。踊りながら、手拍子をやれ、と竜彦、立っている和彦に短く仕草する。和彦、手拍子を打ちはじめる。竜彦、楽しんでいる。明美も。
和彦、控えめに、しかも微笑で手拍子を打っている。

■望月家・居間(夜)

省一が、パジャマに綿入れの半てんのようなものでソファで横になり、毛布をかけている。

都　「(その省一をゆすり)お父さん。お父さんもう蒲団行って」
省一「う」
都　「風邪ひくから」
省一「帰って来たか?」
都　「まだ」
省一「(身体を起こしながら)何時だ?」
都　「十一時二十分」
省一「(立ち上り和室の方へ行きながら)ああ、駄目だもう、眠いや」
都　「(ほんとに和彦は)仕様がないわ(といいながら、先に和室へ)」

■和室

都　「(蒲団をめくって)連絡なしに、こんなことなかった子なのに」
省一「(来て)あんまりいうなよ(と半てんをほうり)今まで少し出来すぎだったんだ(と蒲団へころがる)」
都　「(掛け蒲団をかけながら)他の時ならいいけど、よりによって受験の真最中に」
省一「大丈夫。あいつはバカじゃないから(と蒲団をかぶるようにひきよせる)」
都　「(ちょっとその省一に目を置き、ほうり出された半てんをとり、たたみかけてハッとする)」

■玄関
　鍵、カチャリと音がしてあく。

■和室
都「――」

■玄関
和彦「（音をひそめてドアをあけ、閉め、鍵をかける。それから、靴を脱ぎ、階段へ）」
都の声「（小さく）お帰り」
和彦「（短く立ち止るが）ただいま（と口の中でいって、さっと階段をあがって行く）」
都「（すぐ来て）和彦（とあがって行く）」

■和彦の部屋の前
和彦「明日にしてよ（とドアをあけ、逃げるように入ってドアを閉める）」
都「和彦」
和彦「（細くあけ）なによ？　小学生じゃないんだから（と閉める）」
都「（ノック。一回、二回。低く）」
和彦「（ドアをまた細くあけ）なにさ？」
都「入れて、ちょっと」
和彦「（うんざりだと思う）」
都「入れて」
和彦「（細くあけたままドアからはなれ、窓の方へ）なにさ？」

■和彦の部屋
都「（入って来てドアを閉め）何処でのんだの？（問いつめる感じではなく）」
和彦「（窓をあける）」
都「うん？（と反撥を避けたい口調）」
和彦「ちょっと――したとこだよ」
都「閉めて。寒いわ」
和彦「（閉める）」
都「大分のんだの？　玄関で匂ったわ」
和彦「――」
都「こんなこと、はじめてじゃない」
和彦「いいじゃない、別に」
都「いいわよ、普通の時ならお母さんなんにもいわないわ。でも、お酒のむ時じゃないでしょ？

慶応の一次がやっとすんだだけじゃない。早稲田も、上智だって願書出してあるんじゃない」

和彦「――」

都「そういう時お酒なんかよくないわよ」

和彦「今日だけだよ。ワッってハメはずす時があったっていいんじゃないかな！」

都「受験中に（それはないでしょ）」

和彦「うちなんか、いつだってビクビクしてるじゃない。一回だって、心からワーッて騒ぐことないじゃない。旅行したって、ここは高いとか、ぼられたとか、そんなことばっかりいって、一日思い切って遊ぼうっていう時だって、お父さんは半分はしゃいでいないし、ちょっとなんかやろうとすると、よせっていうし、ハングライダーやらしてやるって佐古さんがいった時だって、あぶないあぶないって、とうとうやらせなかったし、いつもなんかケチケチしてて、今日は思っきりなんてこと一回もなかったじゃない」

都「――」

和彦「ワッてさわぐと、よく分るよ。ちぢまって生きてたの、よく分るよ。千円と八百円のもんがあれば必ず八百円のにしろっていうし、松竹梅とかあれば、梅か竹で、特上なんて、とったことないし」

都「お金のことで」

和彦「お金のことといってるんじゃないよ。気持だよ。そんなこと分るでしょ。ある日は芋食べて、ある日はワーッと贅沢するってことがないんだ。いつだって、ほどほどで、ビクビクしてて、一応体裁はつくってて」

都「よして」

和彦「――」

都「いいたいこと分るけど、そんな風にいうの、感じよくないわ」

和彦「――」

都「お父さんは、そりゃあ、ハメをはずすところないし、お母さんだって、不満なときがないわけじゃないけど、でも、お父さんなりには、あなたのこと、そこらのお父さんより余程親身になってくれてるし」

和彦「いつだって、そうだ」
都　「——どういうこと？」
和彦「いいお父さんだよ。びっくりするくらい、本当のお父さんみたいだよ。世話にもなってるよ。だけど、なんにもいっちゃいけないのかな？」
都　「——」
和彦「お父さんに合せろ。お父さんが気を悪くする。お父さんが喜ぶ。お父さんを裏切るな」
都　「そんなこと、十八にもなっていうことじゃないでしょう」
和彦「仕様がないよ。いま、そう思うんだもの」
都　「誰とのんだの？　誰とハメをはずしたの？」
和彦「友だちだよ」
都　「どういう友だち？　受験の最中にそんなことする人いる？」
和彦「いるさ。いくらだっているさ。そうそうみんな、ぼくみたいに温和しかないよッ」
都　「——」
和彦「——」

■走る電車の窓外風景（昼）

■電車の中
乗っている都。
現実音の中で電話のベル。そして、現実音、消える。
ベルの音。
都の声「もしもし」

■西洋屋敷・電話
竜彦「あ、俺です。切らないで」

■電車の中
都　「——」

■西洋屋敷・電話
竜彦「たちまちすげなくされちまったんだが、まだ諦めていないんだ」

■電車の中
都　「——」
竜彦の声「写真に、とられてくれないかね？」

■西洋屋敷・電話

竜彦「もしもし」

■電車の中

都　「──」

竜彦の声「こないだあんたを十何年ぶりで見て（といいかかるのを）」

都の声「何処へ行けばいいかしら？　逢いたいと思ってたの」

現実音、大きくよみがえる。間あって──。

■西洋屋敷・表

都、立っている。通用門をあけ、入って行く。門を閉め、歩こうとする時、シャッターの音。一瞬の間に、行手に望遠をつけたカメラを持った竜彦が立っていて、シャッターをまた押す。

都　「（立ちつくし、手で顔をかばい）よして。よして」

レンズ「（シャッター音、連続して）」

都　「なにをするの（と手で顔をかばいながら、竜彦の方へ急ぐ）」

レンズ「（シャッター音、連続して）」

都　「（かなり近づき）いい加減にして（とキッと見る）」

レンズ「（シャッター音、連続）」

都　「（ハンドバッグで殴りかかって行く）」

竜彦「（パッとカメラを背後にかばうので、ハンドバッグで殴られてしまう）」

都　「勝手なことしないでよ（と低く、興奮をおさえ込むようにいう）」

竜彦「これが、まず最初の写真（と玄関へ）」

都　「（にらんでいる）」

■玄関

竜彦「（振りかえって）昔とったのが残っていりゃあいいんだけどね（と玄関へ）みんな捨てちまった。なにも（振りかえり）君の写真を特別捨てたわけじゃない。ネガというネガをみんな捨てちまった（と入る）」

都　「（ややはなれて立つ）」

竜彦「（振りかえりながら）あの頃の写真が残ってりゃあ、今のと並べるだけでも、ちょっとしたもんになる」

都　「（立っている）」

竜彦「上ったら、閉めてくれ（とガラス戸を叩き、奥へ行ってしまう）」

都「――（玄関へ進む）」

■応接間

竜彦「（フラッシュを急ぎカメラにつけながら）あんたを歓迎してね、はじめて家具のカバーをとったよ。ほら、白い布が、みんな、かかってたんだ。ハハ（カメラかまえて）さあ来てくれ、こっちだ。あがって右だ」

■玄関

都「（上ったところで立っている）」

竜彦の声「さあ、来て、そこを曲って」

都「――（応接間の方へ曲りかかると、フラッシュを浴びる。顔をそむける。しかし、浴びる）よして。やめてよッ（と戻ってしまう）」

竜彦の声「いいよ。もう撮らない。ほら、キャメラ、ここへ置いたよ」

都「写真のために来たんじゃないわ」

竜彦の声「――」

都「大体、キャメラマンなら、なにとってもいいの？権利でもあるみたいに。ムカムカするわ」

竜彦の声「来てくれ」

都「和彦に、お酒のませたの、あなたね？」

竜彦の声「――」

都「あなたね？」

竜彦の声「――そうだ」

都「ずるいじゃない。もう逢わないっていったはずじゃなかった？」

竜彦の声「――」

都「私たちを、どうしようっていうの？」

竜彦の声「――」

都「どうもさせやしないわ。あんたなんかに、かき回されてたまるもんですか！」

竜彦の声「――」

都「これ以上、和彦に逢ったら、ただじゃおかないわ」

竜彦の声「――」

都「私も二度と逢う気はないわ」

竜彦の声「――」

都「それだけを、はっきり、いいに来たのよ（いい切って、靴へ。靴を履く）」

竜彦「（走って現われる）」

都　「（逃げるように外へ）」

竜彦「都」

都　「――」

竜彦「そんなこというなよ」

都　「――（行きかかる）」

竜彦「（静かだが、心から）助けてくれ」

都　「――（その声に一瞬立ち止るが、行く）」

竜彦「――（立ちつくしている）」

■表

都　「（来て、通用門をあけ、外へ出て閉める）」

五十代の男の声「失礼ですが――」

都　「（見る）」

五十代の男「ここの沢田さんのお知り合いで？」

都　「――ええ。でも、あの――」

五十代の男「いや、特にお親しくなくてもいいんです。私は、あの（と背広の胸ポケットから数枚の名刺を出し、その中の一枚をとりながら）この地区の民生委員の伊沢と申すもんです（とさし出す）」

都　「民生委員の方――」

伊沢「ちょっとお時間をいただけませんか？」

都　「でも、私――」

伊沢「重大な事をかかえこんでおります」

都　「重大な事？」

伊沢「お願いします（と一礼して、自転車の方へ行き、スタンドをはずし）そこらの喫茶店まで、おねがいします（と一礼して、自転車を押して道へ）」

都　「――（仕方なく、続く）」

■西洋屋敷・玄関

竜彦、都に去られ、力を失くしてそのまま正座をしてしまったという感じで、弱い視線を外に向けて動かない。

「死ぬことを受け入れようとする人間がいても
いいじゃないか」

6

■五回目の反復

都　「（来て、通用門をあけ、外へ出て閉める）」

五十代の男の声　「失礼ですが――」

都　「（見る）」

五十代の男「ここの沢田さんのお知り合いで？」

都　「――ええ。でも、あの――」

五十代の男「いや、特にお親しくなくてもいいんです。私は、あの（名刺を出し）この地区の民生委員の伊沢と申すもんです」

都　「民生委員の方――」

伊沢「ちょっとお時間をいただけませんか？」

都　「でも、私――」

伊沢「重大な事をかかえこんでおります」

都　「重大な事？」

伊沢「お願いします。そこらの喫茶店まで、おねがいします（行く）」

都　「（続く）」

■メイン・タイトル

以下、クレジット。

■喫茶店二階（昼）

経営者の若夫婦が住んでいる狭い部屋である。細い階段をマスターが、盆にコーヒー二つ、砂糖、ミルクをのせ上りながら、

マスター「お父さん」

伊沢「（炬燵の階段寄りにいて）おう、悪いな（と行く）」

マスター「（顔出し）散らかってて」

伊沢「いやあ、商売やってりゃあ仕様がないよ（と盆を受けとる）」

マスター「ほっときますから、ごゆっくり（とひっこむ）」

伊沢「おい」

マスターの声「え？」

伊沢「変な想像すんじゃねえぞ」

マスターの声「するわけないでしょ、そんな美人と（とからかうようにいう）」

伊沢「あ、バカにしよってェ。ハハ（とコーヒーを炬燵に置きながら）いやあ、今のが、ひどい悪(わる)でねえ」

都　「はあ」

伊沢「これもひでえ不良少女と一緒になって（とコーヒーを都の方へ）」

都　「すみません」

伊沢「なんとか真面目にね、これで三年この店やってます」
都「そうですか」
伊沢「民生委員なんてのは、にくまれたり、うるさがられたり。あ、どうぞ、砂糖。私はブラックだから」
都「はあ」
伊沢「しかし、たまには、ここのみたいに、お父さんなんて、いってくれるのもいてね。ハハハ」
都「フフ」
伊沢「いやあ、ちょっと無理に来て貰ったけど」
都「いえ」
伊沢「あそこは、あの人ひとりでしょう」
都「はあ」
伊沢「女性が時々来るとは聞いたけど、どうもうまく逢えなくて」
都「その人、私じゃないんです。私は、今日はじめて、行ったんです」
伊沢「いや、それでもいいと思ってね（とコーヒーを飲む）」
都「どんなことでしょう？」
伊沢「ただ、あまり親しくないんだったら、直接あなたにお話していいかどうか分らんのですがね」
都「ええ」
伊沢「病院から連絡がありまして——」
都「病院から？」
伊沢「つまり、この地区の身寄りのない人の場合ですね、本人以外に知らせることがあると、私らに連絡があるんですわ」
都「本人以外に（というと？）」
伊沢「身寄り、あの人、本当にないんですか？」
都「ええ。親戚とか、そういうことでしたら、ないも同然だと思います」
伊沢「あの年じゃ珍しいよねえ」
都「ええ。両親が十歳の時だったかに、台風で、なくなってるんです」
伊沢「台風で？」
都「ええ。土砂くずれで、お姉さんもその時」

■西洋屋敷・玄関

立つ気力がなく正座している竜彦。

伊沢の声「十歳でねえ」

都の声「施設を転々として、戦争が終って間のない頃ですから、いろいろつらいことが」

■喫茶店二階

都「あったようで」

伊沢「そう」

都「ほとんど昔のことは話さないんです。くわしいことは知らないんですけど」

伊沢「いや（そういう人ですか）」

都「本人に、いえないことがあるんでしょうか？」

伊沢「ええ。いや。お宅さんが親しくないんだったら、そういうことを伝えていい人を、知りませんか？」

都「――ええ（考える目）」

伊沢「あの人は、私が行くと、ひどいんだよねえ」

都「（ひどいって？　という目）」

伊沢「一度なんか、スチールで出来たこんな靴ベラをビューッて投げてよこしてね」

都「まあ」

伊沢「狂ったようになるもんだから、二度行って懲りちまって――」

都「それは、どういう、あの」

伊沢「――（都を見る）」

都「病気ですか？」

伊沢「いいんですか？　あなたに話して」

都「――いえ（迷う）」

伊沢「いいなら、私は、重荷がおりるんで」

都「いえ。あの。もっと――もっと親しい人をさがして、その人に、お宅へ連絡するように申します」

伊沢「そう。ま、あんまり親しくないなら、その方がいいね。余計なことを聞いちゃうと、やっぱり負担になるもんねえ」

都「ええ――ほんとに（と一礼）」

■望月家・ダイニングキッチン（夜）

炊事の仕度をする都。半ば無意識なのだが、それでもてきぱきと動いていて、しかし思いが溢れて来て、動きが止る。

伊沢の声「ま、病院から、本人にいえないことといえば、大体、察しはついちゃうだろうけど」

都「――（ハッと一方を見て）うん？」

良子「（玄関から来た感じで立っていて）ただいまっていったの（といって二階へ）」

都「お帰り（と大きくいい、また仕事に戻る。水道をひねり、水音）」

■明美のマンション・部屋

明美「（電話に出ている。来ている男客に聞かれたくなく）――どういう、ことかしら？」

■望月家・ダイニングキッチン

食後。テーブルの上は、綺麗になり、しかし、流しは食器がまだ汚れたままである。

都「（小声で）ごめんなさい。ぶしつけで。実は、民生委員の人に頼まれたんです」

■明美のマンション・部屋

明美「民生委員？」

■望月家・ダイニングキッチン

都「いま、沢田さんと一番親しくしている人に、話したいことがあるって」

■明美のマンション・部屋

明美「――」

■望月家・ダイニングキッチン

都「もしもし」

■明美のマンション・部屋

明美「ええ」

■望月家・ダイニングキッチン

都「いまのあの人のこと、私ほとんど知りません。見当ちがいの方にお電話してるのかもしれませんけど」

■明美のマンション・部屋

明美「いえ」

■望月家・ダイニングキッチン

都「一番親しい方、もしあなたじゃなければ、どなたか、教えていただけないかと思って」

■明美のマンション・部屋

明美「――」

■望月家・ダイニングキッチン

都　「もしもし――」

■明美のマンション・部屋

明美「私だと思うわ」

■望月家・ダイニングキッチン

都　「そう」

■明美のマンション・部屋

明美「で、どんなことかしら？」

■望月家・ダイニングキッチン

都　「それはあの、その人に聞いて下さい。私も聞いていないんです」

■明美のマンション・部屋

明美「そう」

■望月家・ダイニングキッチン

都　「おまかせしていいですね？」

■明美のマンション・部屋

明美「――」

■望月家・ダイニングキッチン

都　「もしもし」

■明美のマンション・部屋

明美「いいわ。どうぞ、電話番号、いって下さい――ええ――ええ」

明美にぞっこんの健康な青年実業家といった印象の男が、グラスを見ていて、のむ。

省一の声「（笑い声で）バカ、はずみだよ」

■望月家・玄関（朝）

省一「（急ぎ靴をはきに行きながら）わざとやるわけないだろ」

良子「わざとよう（と追いかけて来て省一の背中をぶち）いやらしいんだから」

省一「いいだろ、親がちょっとさわるぐらい（とドアをあげる）」

良子「よかないわよ、人のお尻」

都　「嫌、大きな声で（と紙袋を持って来て）お父さん、いいの？　これ」

省一「ああそうだ。仕様がないな、この頃は忘れっぽくて（と受けとり）お前のおむつなんか、しょっ中とりかえたんだ、今更文句いうな（と笑い声でいってドアを閉める）」

良子「ウワ（よくそういうことを）」

都　「いってらっしゃい」

良子「やあねえ、中年て（とダイニングキッチンの方へ）」

都　「子供だと思ってるのよ（と続く）」

■ダイニングキッチン

良子「会社でもやってるんじゃないかしら？」

都　「やるもんですか、そんな」

和彦「（ひとりテーブルで参考書をひらいてパンを食べている）」

良子「お兄ちゃんは（と椅子をひいてかけながら）知らん顔しちゃってェ」

和彦「うん？」

良子「お父さんがね」

都　「いいでしょ、もう」

良子「私のお尻すーって触ったのよ」

和彦「それで？」

良子「それでって、嫌じゃない」

和彦「どうして？」

良子「どうしてって——」

和彦「いいじゃないか、ケチケチ」

良子「お母さん、この人もいやらしいッ（と和彦をぶちに行く）」

三人、笑う。笑いの中で都「よしなさい、朝から」という。

竜彦の声「都」

■五回目の反復

竜彦「そんなこというなよ」

都　「——（行きかかる）」

竜彦「助けてくれ」

都　「——（一瞬立ち止るが、行く）」

■望月家・居間

掃除機をつかっている都。

■西洋屋敷・階段（夜）

灯りがついている。

明美の声「何処？（と二階で声がして現われ）下なの？いないの？」

竜彦の声「（眠っていたような声で）あぁッ（と応接間の方から聞える）」

明美「やだ、何処？（とおりて来る）」

竜彦の声「あッ――あ――ッ（とのびをする声）」

明美「（応接間の方へ）真暗らじゃない」

■応接間

パチンと灯りがつく。

竜彦「（ソファでころがって、白いカバーを蒲団代りに掛けていたのである。いまは起き上ったところ）ウ――ッ（まぶしい）」

明美「寒いじゃない。風邪ひくでしょう（とストーブへ行き）あら、これまた石油がないじゃないの（メーターを見る）」

竜彦「ああ（とごく日常的な声）」

明美「台所のは？」

竜彦「それだってまだ少しはつくだろう」

明美「つかないわよ。ゼロだもの、目盛り（と台所へ）じゃ、こっちつけるから、こっちいらっしゃい（と声だけになる）」

竜彦「ああ――」

■台所

明美「（帆立貝の貝柱をフライパンでいためている）」

竜彦「（つけたばかりの石油ストーブの前で、グラスにウイスキーを注いでいる）」

明美「ちょっと駄目よ。のんじゃ駄目（とガスを止め）かして。こっちかして（と行き、グラスとウイスキーをとりあげ、調理台に置き）そこ座って。パンとこれ食べるの（とフライパンの貝柱を、テーブルにあるレタスとパセリの盛ってある皿に盛る）」

竜彦「――（立っている）」

明美「座って（とフライパンを流しへ）」

竜彦「（ゆっくり椅子へ）」

明美「お酒ばっかりのんじゃ駄目よ。絶対一緒になにか食べなきゃいけないっていってるでしょ（と買って来た袋からフランスパンをとり出し、ちぎって皿にのせ）はい。パンも食べなきゃ駄目。スープものんで、それ（とインスタントのスープをカップにつくったものがテーブルにあるのを指し）あー、私も少しパン食べよう（とパンをちぎり、テーブルに数枚重ねてあった皿の一枚をとってのせ、椅子にかける）」

竜彦「（貝柱を食べている）」

明美「どう？　おいしい？」

竜彦「ああ」

明美「インスタントだけど、これ（スープ）結構おいしいのよ。罐詰のスープっていうのは、どういうわけかおいしくないけど、粉末のは、いけるのよ、わりと（とスープの位置を動かす）」

竜彦「（そのスープをとり、のむ）」

明美「（見ている）」

竜彦「あ——ッ」

明美「フフ、どうしたの？」

竜彦「なにが？」

明美「今日は、バカに素直じゃない」

竜彦「（苦笑）バカにってほどでもないだろう」

明美「ううん。さっきから全然さからわないわ。台所いらっしゃいっていえば来るし、ストーブ見てっていえば見てるし、お酒駄目っていえば渡すし」

竜彦「（苦笑）」

明美「どうした？」

竜彦「たまには、女のいうなりもいいもんだ」

明美「よくいうよ（と食べる）」

竜彦「（苦笑して、その明美を見る）」

明美「（その目を見て）なによ？（食べている）」

竜彦「いや——」

明美「うん？」

竜彦「俺なんかあんた、希望ないぞ」

明美「なによ、それ？」

竜彦「先行き、いいことないってことよ」

明美「だから？」

竜彦「来るな、あんまり」

明美「あんまりだって——そういうことというならね、絶対来るなっていってよ。あんまり来るな、じゃ迷うでしょ」

明美「（さり気なく思いきって）病院へ行ったんだってね」
竜彦「うん？」
明美「検査受けたんだってね」
竜彦「誰に聞いた？」
明美「民生委員の伊沢っていう人が」
竜彦「余計なことをいいやがって」
明美「なにいってるの。病院じゃ、一日も早く来いっていってるわ」
竜彦「――」
明美「三宅先生っていう人に、怒られたわ」
竜彦「（見る）」
明美「帰りなの、いま」
竜彦「――」
明美「病院の帰りよ」
竜彦「――」
明美「明日中にベッドあけてくれるっていってるわ。明後日の朝、入院よ」
竜彦「冗談じゃねえ」
明美「ほっとけば、失明するのよ」
竜彦「そんなことは分ってる」
竜彦「あいつと結婚しちまえ」
明美「あいつって誰よ？」
竜彦「あいつさ」
明美「やだ、どっから聞いたの？」
竜彦「（微笑）カマかけたんだよ」
明美「やだ」
竜彦「お前さんに、いいよる男がいないわけがない」
明美「嫉ける？」
竜彦「どんな男だ？」
明美「気になる？」
竜彦「ああ」
明美「嘘。分ってるわ」
竜彦「――（明美を見ている）」
明美「私なんか、どうでもいいんだもんね」
竜彦「――」
明美「ちがう？」
竜彦「どうでもよかないよ。しかし、俺なんかにかかずらってちゃ、ろくなことはない」
明美「似合わないことというじゃない」
竜彦「ああ。フフ、あんたが、やさしい人で、これでもついホロッとしたんだ」

明美「それをただ待ってるの？　一体、それで、なんの得があるの？」

竜彦「病名を聞いたかい？」

明美「聞いたわ。単純な視神経萎縮で、早く手術をすれば、すぐよくなるって」

竜彦「嘘をつくな」

明美「なにが嘘よ。なに思い込んでるのよ！」

竜彦「いいか。俺は、三つの病院を回ったんだ」

明美「誰がなにいったか知らないけど」

竜彦「悪性の腫瘍ってェ奴だ。それが、視神経をおかしてる」

明美「そうだとしたら、そんなこと本人にいう筈がないでしょ」

竜彦「本人にはいわんさ」

明美「じゃあ、誰にいったの？」

竜彦「兄貴さ。兄貴が呼ばれて、翌日行った」

明美「兄さんがいるの？」

竜彦「いるとも」

明美「そんな事一言も聞いてないわ。何処にいるのよ」

竜彦「ここにいるさ。ここへ看護婦から電話があった。沢田竜彦さんのお兄さんにな」

明美「だましたわけ？」

竜彦「眼鏡をかけて、生活に疲れた俺の兄貴が、弟の本当の病状をききにいった」

明美「どこの病院？　三宅先生、そんなことといってなかったわ」

竜彦「あそこじゃ、兄貴はまだうまれてなかった」

明美「嘘よ。病院が、そんな手にのるはずがないわ」

竜彦「そりゃあ買いかぶりってもんだ。現に、恋人とかなんとかいうだけで、お前さんに、なんでもしゃべったろうが」

明美「でも、他に誰もいないことを、あの民生委員の人が保証したし（ハッとする）」

竜彦「――」

明美「（しまったと思いながら）単純な病状をきくのに、資格なんていらないわ」

竜彦「苦しい嘘をつかなくてもいいんだ」

明美「嘘――じゃ、ないわ（と力弱くなる）」

竜彦「面倒な視神経の腫瘍だ。手術をすれば、腫瘍はとれても九十九パーセント失明しちまう」

明美「しないかもしれないわ。腫瘍もとれ、目も大丈夫で、万事うまく行く可能性だってあるわ」

竜彦「転移もなくな」

明美「そうよ。転移の心配するなんてバカ気てるわ。なに迷うことがあるの？　大体、ほっとけば、三ケ月かそこらで、見えなくなるのよ」

竜彦「明後日手術すれば、明後日見えなくなる」

明美「その代り、生命はたすかるわ。ほっとけば生命も危いのよ！」

竜彦「生命がありゃあいいってもんじゃねえ！」

明美「死んじゃえば元も子もないでしょう」

竜彦「三ケ月は見てられるんだ。この世の中を三ケ月は見てられる」

明美「そのあとはどうなるの？」

竜彦「死んじまうのさ」

明美「バカなこといわないで」

竜彦「なにがバカだ。長生きするだけが能じゃねえ。誰もが一日でも長く生きてぇと、ヒーヒー願ってると思ったら大間違いだ。見るだけ見て、もう生きてんのはそれで沢山てェ人間だって、この世にはいるのよ！」

明美「それでいいの？　それで本当にいいはずがないわ」

竜彦「――」

明美「いいはずがないわ。手術してよ。死ぬのほっとくなんてバカ気てるわ」

竜彦「――」

明美「手術してよ」

竜彦「――」

明美「（泣きたくなり）どうしよう――全部、かくしておかなきゃいけなかったのに」

竜彦「いいさ。こっちは、とっくに、知ってたんだ」

明美「手術してよ。してよ（と泣く）」

竜彦「――」

■ある建物（昼）

外国かと思うような洒落た建物を背景に、ファッション写真が撮られている。モデルは、明美である。キャメラマンが、ポーズをいくつか要求し、バシャバシャとシャッターがきられ、

キャメラマン「はい、衣裳替え。背景(バック)かえるよ（と一方へ走る）」

スタッフも急ぐ。スタッフは冬支度。明美は初夏

のファッションで、スタッフと逆行して素早く門の方へ。

メイキャップの女性「（驚ろいて）明美ちゃん」

明美「ちょっと待って、悪い（と走る）」

和彦「（門のあたりにいて、入っていいのかどうか迷って立っていたのが、明美が走って来るので、二、三歩前へ）」

明美「（来て）ごめんね、こんな所まで」

和彦「いえ」

明美「一緒にちょっと来てくれる（ともう急いで戻りながら、ついて来る和彦に）明日休みたいんで、みんなに無理いってるの。今日は、夜中まで、身体あかないのよ」

■ある部屋

更衣室として使っている。明美、女性スタッフに手伝われながら、着替えをして行く。ヘアデザイナーなども手を出す。ドアの脇でドギモをぬかれ立っている和彦。

明美「お父さんのところへ絶対に今日行って貰いたいの。事情は、こんなところで話すことじゃないんだけど（とヤリキレナイ声にちょっとなり）とにかく私じゃ手に負えないの。あの人は、バカなの。まるで子供なの」

和彦「（明美が脱ぎすぎるので、つい目をそらす）」

明美「ちゃんと聞いて」

和彦「聞いてます（と慌てていう）」

明美「あなたしかいないの。あなたしか、あの人がいうことをききそうな人いないの。明日どっかの試験ある？」

和彦「いえ」

明美「（すかさず）よかった」

和彦「でも、明後日は早稲田の試験が」

明美「大丈夫。今日と明日をくれればいいの」

和彦「今日と明日って——（困るな）」

明美「さんざん勉強したんでしょ。二日ぐらいやらなくたって大丈夫よ」

和彦「でも——」

明美「人の生命（いのち）がかかってるの」

スタッフの女性「ちょっと、困る（と明美の動きに声をあげる）」

明美「（仕方なく動きを止めて）あなたの、お父さんの生命がかかってるのよ」

■西洋屋敷・応接間

床にカメラが叩きつけられてころがっている。それを和彦が拾う。

竜彦「（窓から外を見ていて）そりゃあ、とんだ迷惑だな（と静かにいう）」
和彦「いえ——」
竜彦「あんたも、そう思うかい？」
和彦「そうって？」
竜彦「手術をしないのは、バカ気てるって」
和彦「——ええ」
竜彦「なぜ？」
和彦「だって、ほっとけば、病気はどんどん悪くなるし」
竜彦「——」
和彦「そりゃあ、見えてる間見ていたいって気持も分るけど、手術をしたって絶対に失明するってもんじゃないし」
竜彦「——」
和彦「三ケ月もたったら、病気はとりかえしがつかなくなるかもしれないし」
竜彦「——」
和彦「入院して下さい」
竜彦「——」
和彦「して下さい」
竜彦「どうだい？」
和彦「え？」
竜彦「ここにいると、あれがまたうるさい。明日にかけて、何処か行かないか？（と階段の方へ）」
和彦「——そんな」
竜彦「いやかい？」
和彦「あの人は、本気で心配してます。なんにも感じないんですか？　逃げるなんて、ひどかないですか？」
竜彦「ひどいね」
和彦「だったら」
竜彦「いうこときいて入院しろか？」
和彦「そうです。それの、どこがいけないんです？」
竜彦「俺は——病気を、受け入れることにしたんだよ」
和彦「受け入れる？」

竜彦「そうだ。あくまで病気に抵抗して、手術をして、どうでも生きようとするのも、一つのやり方だ」

和彦「——」

竜彦「しかし、神様かなにかが、死んじまう病気をくれたんなら、ジタバタせずに、おぼしめしのようにしようじゃないかと——」

和彦「助かるかもしれないのに」

竜彦「死ぬことを受け入れようとする人間がいてもいいじゃないか（静かにいう）」

和彦「ぼくは、生きている以上、なんとか生きようとする方が自然だし、当り前だと思いますけど」

竜彦「そんなにみんな、生きようとしてるかい？」

和彦「してると思うな」

竜彦「そうかねえ？　そんなに、みんないきいき生きようとしてるかねえ」

和彦「いきいき、とかそんなことといえば、ちがうかもしれないけど、普通は病気になれば、なおそうと思うし、死ぬのは嫌だと思いますよ」

竜彦「でも、みんな死ぬんだ」

和彦「そりゃそうだけど——」

竜彦「みんながみんな、嫌だ嫌だといいながら死ぬんじゃ情けねえじゃねえか。とうとう来たか、よし来た、死んでやろう」

和彦「そんな——」

竜彦「病院の冷たい廊下やスリッパの音や、白いベッドや、そういうものとは縁なしで、黙って死んじまおうとする人間がいたって不思議はない」

和彦「でも、そんなこと、平気で出来るもんかな？」

竜彦「平気じゃあない。だから、あんたと何処かへ気ばらしに行こうといった」

和彦「そんな——」

竜彦「海でもいい、山でもいい、何処かへ行ってみようじゃねえか」

和彦「いやです。そんなの、なんかふざけてます」

竜彦「ふざけちゃあいない」

和彦「生きようとしないなんて、よくないです」

竜彦「決まり文句をいうなよ」

和彦「怖いんですか？　手術が怖いんですか？」

竜彦「フフ、なぜそう俺を生かしたい？」

和彦「なぜって——」

竜彦「俺に生きて貰いたいかい？」

和彦「そりゃあ、ぼくの、もともとの、父親なんだし」
竜彦「二、三度逢ったきりだ。愛情だなんていうなよ」
和彦「あの人は、どうですか？　あの人は本気で、心から心配してます」
竜彦「一時のことよ」
和彦「そうかな？」
竜彦「俺なんざいなきゃいない方がいいんだ」
和彦「すてるんですか」
竜彦「へへ、うがったことをいうじゃねえか」
和彦「あの人は、愛してると思いますね」
竜彦「あれは若い。これから、どうにでもなる」
和彦「どうにでもって――」
竜彦「幸か不幸か、他にしがらみはない。そういう人間ぐらい、ジタバタするのは、やめようじゃねえかと思ったわけよ（とここまでに次第に階段に近くなっていて、階段を上りはじめる）」
和彦「嘘だな。そんなことで、どうして死んでいいなんて思えるのか、ぼくには分りませんね」
竜彦「行くかい？」
和彦「え？」
竜彦「何処かへつき合うかい？」
和彦「つき合いません。入院してくれるんなら、つき合います」
竜彦「そんな――ヒューマニズム溢れるような声を出すなよ。フフ（と上って行く）」
和彦「何処かって何処ですか？　何処へ行くんですか？」

■二階の廊下

竜彦「教えてやらねえよ。帰りな、坊や（と一室へ入って、ドアをバタンと閉める）」

■階段の下

和彦「あなたは大の大人です。そうそう世話をやききれませんよ。知らないよ、ぼくは。知りませんよ、ぼくは（シンとしている）――（どうしようかと思う）」

■電車の窓外風景

■希望ケ丘の道

ぐいぐい帰って来る和彦。

■望月家・和彦の部屋（夕方）

勉強している和彦。暗くなったのに気づき、ちょっと腹立たしい仕草でスタンドをつける。

■ダイニングキッチン（夜）

都、和彦、良子の夕食。前シーンからの和彦の気持に添った音楽続いて。

都　「（調理台の方に置いてある電気釜から、御飯のお替りをよそっていて）やあねえ、そんなの、手伝ったの？（明るく）」

良子「（食べていて）だってお母さん、ビラくばりって、すっごくみんな受けとらないのよ。電車つくでしょ、改札出て来るでしょ。ヨッコの兄さん、必死で、こうやって出すのよ。でも、十何人おりて来て二人か三人よ、受取るの」

都　「（椅子へ戻って）だって、そこの駅前で五百枚も六百枚も無理よ」

良子「だからもうヨッコの兄さん、泣きそうなのよ。これじゃ終電までかかっちゃうっていうから、私とヨッコと美代ちゃんと、それから飯山が来たから、飯山って（手招きして）あんた五十枚責任持つのよって（と笑う）」

和彦「（黙々と食べていて）お母さん（音楽、終る）」

都　「うん？」

良子「（話の腰折られて）なによ、いきなり」

和彦「ちょっと来て（と立って玄関の方へ）」

都　「どうしたの？」

良子「どしたの？」

■玄関

和彦「いいから、ちょっと来て」

都　「（来ながら）いいからって、御飯中になにいってるの？（と現われ）どうしたの？」

和彦「ちょっと――大事な話があるんだよ（とサンダルをはく）」

都　「なに？　どこ行くの？」

和彦「（外へ出て行く）」

都　「和彦」

■ダイニングキッチン

良子「（玄関の方を見ている）」

■表

和彦「（門のあたりに来て立ち止る）」

都「（出て来て）なに？（ドアを閉める）」

和彦「――」

都「なんなの？　寒いじゃないの」

■望月家・玄関（夜）

都「（外からドアをあけて入って来て、キリリと背後へ）いらっしゃい（とサンダルを脱ぐ）」

良子「（ただならない感じは分り）どうしたの？（とダイニングキッチンから来た位置でいう）」

都「いいの。なんでもないの（と階段を上りながら）和彦、いらっしゃい（と上って行く）」

和彦「（入って来る）」

良子「受験のこと？　願書出したんでしょ？」

和彦「なんでもないよ（ドアを閉め、上る）」

良子「いいじゃない、教えてくれたって」

和彦「（二階へ）」

良子「二階行くことないわよ。私の前でしゃべればいいじゃない」

都の声「良子は、ちょっと黙ってて。あとでいうから（和彦も部屋へ入った感じで、ドアが閉まる音）」

良子「――」

■和彦の部屋

都「（ドアを閉めた位置で、入って来て部屋の奥で背を向けている和彦に）いい？　全部忘れるの。いま、そんなことにかかずらってて、どうするの？　あんな人のこと、あなたが心配することないの」

和彦「でも、ほっとけば――」

都「ほっとけばいいの。いいじゃない、死にたいっていうなら、死ねば」

和彦「――」

都「あの人は、いつもそうなの。大げさなのよ。人騒がせなことをいって、周りをヤキモキさせたいの。ちっともかわってないわ」

和彦「ぼくは（ちょっとちがうと思う）」

都「病気になったら、黙って入院すればいいじゃない。なるべく周りに迷惑をかけまいとするのが、まともな人のやり方でしょう？　それを、あの人は、いちいち騒ぐのよ。自分の病気がさも大変なことのように。大変だと思ってるのは本人だけ。周りには、ひと事だっていうところが、あの人には分らないのよ」

和彦「――」

都「見栄っぱりなのよ。みんなと同じに、おどろいて入院したりしちゃあ男がすたると思ってるのよ。黙って、死を受け入れる？　いいそうなことだわ。やってみりゃあいいのよ。誰も感心なんかしないわ」

和彦「――」

都「一番いいのは、ほっとくことよ。あの人が、いくら気取っても、知らん顔すればいいの。そうすれば、はり合いがなくなって、裏口から病院へ入るわ」

和彦「――」

都「お母さん、自分のしてることに、うっとりしてるような人間て大嫌い」

和彦「ぼくは、そんな人じゃないと思うな」

都「そんな人なの。どこまで行ったって自分自分なの。その証拠に、今更逢いたいなんていえた義理じゃないあなたに逢おうとしたじゃない。それがいまのお母さんやこの家に、どれだけ迷惑かなんて考えないの。大人じゃないのよ」

和彦「――」

都「こんなことで、邪魔されちゃ駄目。お母さんも邪魔されないわ。あんな人に、この家、かき回されてたまるもんですか。忘れるの。いい？　一切、あんな人のことは忘れるの」

和彦「そんなもん？」

都「そんなもんて――」

和彦「昔は恋人だったんでしょう？」

都「若くて、本性が見えなかったのよ」

和彦「死ぬかもしれなくても平気？」

都「人が死ぬのを平気なわけはないわ。でも、特別あの人だからどうってことはないわ」

和彦「――」

都「なにをしろっていうの？」

和彦「――」

都「なにが出来るの？」

和彦「――」

都「いまのお母さんに（なにをしろっていうの？）」

ノック。

都　「（ビクンとして）はい」

省一「（通勤帰りの服装であっという間にドアをあけ）どうした？」

都　「ううん。なんでもないの」

和彦「なんでもないんだよ」

省一「なんでもないことはないだろう」

都　「（平静になろうとして）だって、なんでもないんだもの（なにか片付ける）」

和彦「ちょっと小遣いの臨時を頼んだんだよ」

省一「かくすなよ」

都　「かくしてないわ」

省一「飯の途中に外へとび出したそうじゃないか」

■階段

良子「（途中にいて上を見ている）」

省一の声「小遣い頼むのに、こんな事するか？」

■和彦の部屋

都　「ごめんなさい」

和彦「お母さん――」

都　「この子」

和彦「よせよ」

都　「早稲田、自信がないっていい出したの」

和彦「（省一に背を向ける）」

省一「今更、なにをいってるんだ。そんな気の弱いことでどうするんだ！　そんな事じゃ社会へ出ても、なんにもやっていけやしないぞ！」

■西洋屋敷・廊下

電話のベル。灯り。誰もいない。

■西洋屋敷・階段

明美、かけおりて来る。電話のベル。

■西洋屋敷・廊下

明美「（電話にとびつき）もしもし」

■公衆電話ボックス

都　「あ――新村さん――ですね？」

■西洋屋敷と公衆電話ボックスの電話のやりとり

明美「そうです」

都　「望月です」
明美「ああ、いまお電話しようかと思ったんです」
都　「家へ？」
明美「ええ。いま、ほんのいま来たんです。いままで仕事で。そしたら、あの人いなくて。もしかすると、息子さん、何処へ行ったか知ってるかしらって」
都　「そんなこと、家へ、電話で？」
明美「あ、勿論（御迷惑は分ってます）」
都　「今日も、和彦を呼び出したそうですね？」
明美「ええ（非常識ですけど）」
都　「どういうつもりかしら？」
明美「ええ――（そう思うの無理ないけど）」
都　「あんな人のことに、子供を巻き込まないで下さい」
明美「でも、あの人の気持動かせるの、お子さんぐらいしかいないんじゃないかって」
都　「とっくに、縁は切れてるの」
明美「それは分ってますけど」
都　「これでもいまの生活を大事にしてるの。余計な波風は、心から迷惑なんです。ほっておいて下さい（と切る）」
明美「――」
都　「――（電話ボックスから出る）」

■望月家への道

都、感情をふり捨てるように歩く。

省一の声「おい、和彦」

■望月家・玄関（朝）

省一「（靴をはきに行きながら二階に向い）ちょっと学校でも行って来い。一日部屋にいるから、妙なこと考えるんだ」
都　「（続いて出て来て）大丈夫。昨夜よくいったから」
省一「自主登校なんていやあ、学校行く奴はいないだろ。先生だって退屈してるよ。しゃべって来い、和彦（と出て行く）」

■ダイニングキッチン

良子「――」
都の声「いってらっしゃい」
良子「（なにか考えていて、ミルクをのむ）」

■和彦の部屋

和彦　「（洋服は着ていて、ベッドに仰向けになり天井を見ている）」

省一の声　「車で行きたいね、こう寒いと」

都の声　「駅まで送ろうか？（明るく）」

■望月家・門前

省一　「珍しいこというじゃないか（と門をあけながら振りかえる。嬉しい）」

都　「待ってて。いまキー持って来る（と戻る）」

省一　「いいよ、おい。この時間もう駅前込むよ」

■玄関

都　「だったら支店まで送ってあげる（と大声でいい、キーとりに行く）」

■門前

省一　「そういうこと気まぐれにいうなよ。送ってくれるなら、もっと寝坊したじゃないか」

■居間

都　「（ひき出しをあけてキーをさがし）ほんとね、じゃ、明日そうする。あー、ハンドバッグだったかな（と棚かなにかのバッグをとりに行く）」

良子　「（ダイニングキッチンで）どうしたの？」

都　「なにが？」

良子　「急に送るなんて」

都　「いいじゃない、たまには甘いのも（と笑ってバッグの中をさぐりながら玄関へ）」

良子　「へえ。甘いわけか（とパンを一口かじる）」

■道路

渋滞している。

■その中の望月家の車の中

省一　「やっぱり詰っちゃったなあ」

都　「どうする？」

省一　「どうするって、此処まで来ちゃっちゃ駅遠いしな。まいったなあ」

都　「車は、もう少し早く出ないといけないのねえ」

省一　「呑気なこといってんなよ。まじいじゃねえか。

八時半だぞ」

都「すけば十五分なんだけど」

省一「すきっこないだろ。いいよ、俺、駅へ走るからな（とドアをあけ）渡辺でも誰でもいいや、電話して、朝礼おくれるかもしれないっていっとけよ。お前、気まぐれに、変なこというからだよ（バタンと閉める）」

■道

省一「（走りながら）まったく、女房なんてのは、自分の気持で、急に、勝手なこと（と走って行く）」

■車の中

都「――（間あって）」

竜彦の声「（五回目の声）掃除して洗濯して飯つくって、退屈な亭主と暮して幸せなわけないじゃないか」

都の声「幸せだわ」

竜彦の声「だったら自分をごまかしてるんだ。思い込もうとしてるんだ！」

都「――（動かず一点を見ている）」

■望月家・玄関

良子「（階段を見上げて）お兄ちゃん」

和彦の声「うん？」

良子「（靴をはきに動いていて、大声で）私もう学校行くけど、三時にね、駅前のユーカリへ来てよね、ちょっと用があっから（と玄関のドアをあける）」

和彦「（自室のドアをあけ）なんだ、それ？」

良子「いいからいいから、三時なら、ちょっと息ぬいたっていいでしょ！（バタンと閉める）」

和彦「バッカヤロウ（と元気なく、良子には聞えない声で、しかし良子に向けていっている感じで）明日試験なんだぞ（目に力なく）息ぬいてる暇なんかあるか（といって、ドアを閉める）」

ニューミュージック風の歌流れて――。

■コーヒー店「ユーカリ」

和彦「（ドアを押して現われる）」

ウェイトレスの声「いらっしゃいませ」

和彦「（見回す。前に多恵子と来た店である。しかし、関わりのあるらしい人いないようで、ゆっくりあいた席へ行く。時計を見て、腰をおろす）」

ウェイトレス「いらっしゃいませ（と水を置く）」
和彦「コーヒー、下さい」
ウェイトレス「かしこまりました（とはなれながら）いらっしゃいませ」
和彦「（その声でドアの方を見る）」
多恵子「（正面を向いて立っている）」
和彦「――」
多恵子「（和彦の方は、まったく見ないで、ゆっくり歩き出す）」
和彦「（見ている）」
ウェイトレス「（気味悪そうに見ている）」
多恵子「（まったく和彦には目もくれず、しかし和彦の席の前まで来る）」
和彦「――やあ（と小さくいう）」
多恵子「（まだ和彦を見ないで、和彦の前の席へドスンと腰をおろす）」
和彦「フフ（なにかいおうとする）」
ウェイトレス「いらっしゃいませ（と水）」
多恵子「ホット」
ウェイトレス「かしこまりました（と去る）」
和彦「妹、なんにもいわなかったんだ。でも、なんか、あんたみたいな、気がしてたよ。なにか、用かな？」
多恵子「お前の、妹がよ」
和彦「うん」
多恵子「お前は、友達も、恋人も、いなくて、試験ばっかでよ」
和彦「（苦笑）」
多恵子「落込むと、一人で落込んで、誰もいねえからってよ」
和彦「フフ」
多恵子「ほんとに、誰もいねえのかよ？」
和彦「大学、入るまでは、仕様がないよ。時間ないしな」
多恵子「女も、本当にいないのかよ？」
和彦「いないよ」
多恵子「だらしねえじゃねえか」
和彦「フフ」
多恵子「妹がよ」
和彦「うん」
多恵子「女が励ましゃあ、ちっとは張り切るから、励ましてくれってよ」
和彦「頼んだわけ？（やや呆れる）」

多恵子「ああ」
和彦「バッカヤロ」
多恵子「そんな事はねえよ。妹は——悪くねえよ」
和彦「でも、わざわざあんたに」
多恵子「わざわざじゃねえよ」
和彦「——」
多恵子「わざわざじゃねえんだ」
和彦「どういうこと？」
多恵子「（水をのむ）」
和彦「しょっ中逢ってるわけ？」
多恵子「——」
和彦「そうなの？」
多恵子「そうじゃねえよ。ただ、なんか助けることあったら、いえっていってて、時々、逢うと、そういってたから、あの子、昨日逢って——それじゃあ、ためしに、ここで、ちょっと声かけてやってくれって——女に慣れてねえから、励ますと、きくかもしれねえって」
和彦「そんなこと、あいつ（ガキのくせに）」
多恵子「元気出せよ」
和彦「（その声がドキリとするほど真摯なので、思わず多恵子を見る）」
多恵子「（和彦を見られず）応援してっからよ」
和彦「ああ」
多恵子「めげねえで、ちゃんと、やって来いよ」
和彦「ああ。ありがとう」
多恵子「ヘッ。二枚目面すんじゃねえよ。これで、コーヒー代払いな（と千円札をポケットから出してほうり出したかと思うと、入口の方へ）」
和彦「いいんだよ、ちょっと（と千円札を拾って立ち上る）」
多恵子「（歩調ゆるめず出て行ってしまう）」
和彦「——」

■望月家・庭

良子「（庭の隅で球根を植えている）」
和彦「（家の外、かなりはなれて立ってその良子を見る）」
良子「（小さく植えている）」
和彦「（近づいて）おい」
良子「うん？」
和彦「なにしてんだ？」
良子「球根」

和彦「（近づき、小声で）バカ」
良子「うん？（と和彦の方は終始見ない）」
和彦「あんなのと、逢わせるな」
良子「だって、お兄ちゃん、私が励ましたって、感じないでしょ」
和彦「励ますって（そんな事いいんだ）」
良子「誰かいないかな、と思ったけど、お兄ちゃんを好きな女なんて、あいつしかいないもん」
和彦「バカ一杯いるよ。こっちが相手にしないだけだ」
良子「へえ」
和彦「（その良子を短く見ていて）余計なことすんな（微笑などはないが、良子を可愛いと思う）」
良子「（尚球根植えを休まず、間短くあって）分ったよ（と無愛想にいう）」
和彦「ちゃんと、受けるさ、明日は（といって家の方へ）」
良子「――（尚球根を植えている）」

■早稲田大学・受験風景

■試験場
鉛筆を走らせている和彦。

■望月家・ダイニングキッチン
床を雑巾がけしている都。チャイム。
都「はい（と大声で外に向っていい、インターフォンへ行き、受話器をとって）どちらさまですか？」
返事がない。
都「もしもし――どちらさまですか？（カチャカチャやり）もしもし（切り）おかしいなあ（まいるわ、仕事しているときに、という気持で玄関へ）」

■玄関
都「（来て）はい（返事がない）いたずら？（と独り言めいていって、サンダルをひっかけめにして、ドアをあけ、一瞬あって、バンとドアを閉める。顔色かわっている）」

■玄関の外
竜彦「（立っている）」

■玄関

都　「（息をつき、キッとなってドアをあける）」

■玄関の外

都　「此処へ来るなんて、なんて事？　一体なにを考えてるの？　帰って頂戴（ドアを閉める）」

竜彦「——」

■玄関

都　「——」

■玄関の外

竜彦「——（ゆっくり動いて帰って行く）」

■玄関

都　「——」

■玄関の外

竜彦「（門を出て行き、門を閉める）」

都　「（ドアをあける）」

竜彦「——（見る）」

都　「なんの用？」

竜彦「（普通の声で）逢いたくてね」

都　「（忽ち周囲が気になり、すぐひっこみサンダルをちゃんとはいて、ドアをあけたまま、門のところへ来て）何処にいたの？」

竜彦「うむ」

都　「新村、さん、さがしてたわ」

竜彦「分ってる」

都　「なにバカなことをしてるの？　手術が必要なら、手術をしたらいいじゃないの」

竜彦「ひとりだろ？」

都　「だから、なに？」

竜彦「上っちゃいけないか？」

都　「なにをいうの」

竜彦「疲れちまった」

都　「非常識なこといわないで」

竜彦「こんなとこでイチャイチャしゃべってると」

都　「イチャイチャしゃべってないわ」

竜彦「人目につくよ」

都　「病気だったら、粋がってないで、入院なさい。それだけ。さよなら（と玄関へ）」

竜彦「水を一杯くれないか」

都「（かまわず入ってドアを閉める）」

竜彦「――（はなれて歩こうとする）」

都「（ドアをあける）」

竜彦「（見る）」

都「玄関で、水、一杯だけよ（とドアをあけたまま中へ）」

竜彦「（してやった、という感じはなく、おだやかに玄関へ）」

■ダイニングキッチン

都「（コップに水を汲む）」

■玄関

竜彦「（ドアを閉め、息をつき、框に腰をおろす）」

都「（来て、膝をつき）どうぞ」

竜彦「ああ（とコップを受けとり）近所うるさいの？」

都「近所？」

竜彦「玄関で、水、一杯だけって、周りに、弁解してたじゃない（と水をのむ）」

都「――生活するっていうのは、そういうことなの。皮肉られたって、平気よ」

竜彦「敵意に、溢れてるね」

都「貰うわ、コップ」

竜彦「まだ残ってる」

都「ここへ来るなんて（立ち上り）信じられないわ。どんなに迷惑か分らないの？」

竜彦「まるでバイキンだね」

都「そうよ。はっきりいって、そうよ。あなた、和彦がうまれた時は、もういなかったのよ。和彦を一遍だって抱いたこともなかったのよ。今更、父親面する資格なんかないし」

竜彦「――」

都「逢いに来る権利なんか、これっぽっちもないわ」

竜彦「資格や権利で来たんじゃあない」

都「だったらそういうこと考えてよ。逢わす顔がないっていうのが、常識でしょ」

竜彦「一昨日から出歩いててね、じわじわ、誰より、あんたに逢いたくなった」

都「勝手なこといわないで」

竜彦「あの子じゃなくて、あんたにだ」

都「迷惑だわ」

竜彦　「――うむ」
都　「入院して、なおさなきゃ駄目じゃないの」
竜彦　「――」
都　「いい年して、子供みたいに」
竜彦　「なおさないことにしたんだ」
都　「そんなこというと、みんなが驚ろくとでも思ってるの？　下らないって思うだけよ。なに見当ちがいの見栄はってるのかしら？」
竜彦　「見栄で生命まで捨てるもんか」
都　「あなたなら、分らないわ」
竜彦　「（苦笑し）相変らず気が強いね」
都　「バカバカしい、早く帰って貰いたいからよ」
竜彦　「そういう、手きびしい声を聞きたくなったんだ。昔も、手きびしかったぜ」
都　「相手によるのよ」
竜彦　「へえ。今の旦那には、やさしいのかい？」
都　「あなたの知ったことじゃないわ。貰うわ、コップ」
竜彦　「いやだ」
都　「じゃあコップ持って帰りなさい。あげるから帰りなさい」
竜彦　「――」
都　「帰って」
竜彦　「写真が撮れなくなってね（立ち上る）」
都　「――（油断なく見ている）」
竜彦　「どうしてもシャッターが押せない」
都　「こないだ随分押してたじゃない」
竜彦　「ああ。あの時は、力がよみがえったような気がした。しかし、錯覚だった。つまらん写真だった」
都　「――」
竜彦　「（振りかえって都を見て）俺にはもう写真を撮る力がないんだ」
都　「（目を伏せ）どういうこと？」
竜彦　「たとえば、この玄関を撮るとする。昔は、たちまち、他の誰にも撮れない角度、光線、狙いを思いついたもんだ」
都　「――」
竜彦　「いまは駄目だ。どう撮ろうと、ありきたりになっちまう。俺じゃなきゃ撮れないというようなものを、つくり上げる力がない」
都　「――」

竜彦「ジタバタして、奇をてらい、細工をこらせばこらすほど、浅はかで見苦しいものしか出来ない」

都「――」

竜彦「目が悪くなって来た。視野がね、狭くなって来た。段々狭くなって、見えなくなっちまうという」

都「――」

竜彦「神様かなにかが、お前はもう年貢のおさめ時だといってるわけだ。キャメラマンの目を悪くするなんて、わりと露骨に引導を渡すじゃないか」

都「――」

竜彦「さからわないことにしたのさ。おおせの通りに、燃えつきて、消えちまうことにしたのさ」

都「目は、なおせばなおるかもしれないし、スランプは一時的なものかもしれないわ」

竜彦「――」

都「それを、勝手に見切りをつけて、自分を憐れんで、私にも同情しろっていうの」

竜彦「――」

都「可哀相な自分に、うっとりなんかしてないで、さっさと病院へ行きなさい。出来ることをやってから、見切りをつけなさい」

竜彦「――」

都「帰って」

竜彦「――」

都「二度と、来ないで」

竜彦「ガードの固いこった。俺をやりこめたつもりだろうが、あんたの寸法で俺を見てるだけのことだ」

都「どうでもいいわ」

竜彦「死なずにすまそうと、やれることはなんでもやって、あげくに敗けて、死んで行くなんてのは嫌なんだ」

都「――」

竜彦「生きるか死ぬかを選べるうちに、ちゃんと選んで、ジタバタしねえで、死んでやるんだ。そういう心意気は（カッと大声で）お前には分るめえッ（と一杯にドアをあける）」

良子が学校帰りの姿で立っている。

竜彦「――」

良子「（あとずさり）お母さん、百十番する？」
都　「いいの。そんなことしなくていいの」
竜彦「そうだよ、姉ちゃん（と門の方へ）なにかあると百十番てェのも、悪い癖だ。自分でやっつけるってェところがなきゃあいけない」
良子「（あとずさる）」
都　「その子をおどかさないで」
良子「（パッと脇へよけ）なに、この人、お母さん」
都　「押し売り。ただの押し売りよ」
竜彦「そうじゃあないよ、姉ちゃん」
都　「なにいうの」
竜彦「和彦の本当のお父さんだ」
都　「バカなこといわないで」
竜彦「この人の昔の男だ（と都を指す）」
都　「嘘よ。全部、嘘。でまかせ」
竜彦「（門を出ながら笑い）なにもかくすことはない。そのくらいで、こわれちまうヤワな家じゃあないんだろう？　ハハハハ」
良子「――（竜彦を見つめている）」
都　「――」

■西洋屋敷・玄関（夕方）

和彦、閉まっているドアをノックする。あけようとするが、あかない。

和彦「こんちは――こんちは（とノック）」

■望月家・表（夜）

情景。

■和彦の部屋

和彦「（机に向って椅子にかけていて、ベッドの方を向き）なに？」
良子「（パジャマにガウンで、ベッドに腰をかけて目を伏せている）」
和彦「誰が来た？」
良子「だから、お兄ちゃんの、本当の、お父さん」
和彦「家へ、来た？　ここへか？」
良子「お母さん、お兄ちゃんにも、お母さんから話すっていってたけど、どうせ話すなら、私が話したって同じでしょ」
和彦「それで、どうした？」

■階下・和室

蒲団の上で、風呂上りのパジャマで、あぐらをかいている省一。

その前に正座している都。

都　「なんでもないの。不意に来て、勝手なこというから、二度と来るなって追い返したの。それだけ。もう終ったこと」

省一「——」

都　「ただ、かくしておきたくないからいうだけ」

省一「——」

都　「気にしないで下さい」

省一「——」

都　「ビタミンE、まだでしょ？（と立ち上りかける）」

省一「なんだっていうんだ？　勝手なことって」

都　「——（腰をおろしながら）逢いたくなったから来たって」

省一「え？（あまりに非常識という思い）」

都　「冗談じゃないって、追い出してやったわ。だから、もう、本当に、心配ないの」

省一「そんなことといったって、もう来ないっていう保証はないだろう」

都　「そりゃそうだけど、絶対私、相手にしないし」

省一「そんな、お前。そいつのことは、とっくにちゃんとなってるっていったじゃないか」

都　「だから向うが無茶苦茶なのよ。十八年もたって、いきなり、来たんだもの」

省一「責任持てよな。今更お前、そんなのが来るなんて、思ってもいないじゃないか」

都　「——ええ」

省一「なんかあったら、俺、頭へ来ちゃうぞ。そんな、お前、そんなのないよ、お前」

都　「大丈夫よ。信用して、私を」

省一「まいったなあ。ほんとに、責任持てよな、お前！　まいったなあ（と男らしいところなく、当惑と腹立ちと不安で泣きたいような気持）」

■居間（朝）

掃除機で、ひとり掃除をしている都。

7

―行儀のいい大人だったら、　こうやって君と
逢うことも出来なかった」

■六回目の反復

良子「（あとずさり）お母さん、百十番する？」
都「いいの。そんなことしなくていいの」
竜彦「そうだよ、姉ちゃん。なにかあると百十番てェのも悪い癖だ。自分でやっつけるってェところがなきゃあいけない」
良子「（あとずさる）」
都「その子をおどかさないで」
良子「（パッと脇へよけ）なに、この人、お母さん」
都「押し売り。ただの押し売りよ」
竜彦「そうじゃないよ、姉ちゃん」
都「なにいうの」
竜彦「和彦の本当のお父さんだ」
都「バカなことといわないで」
竜彦「この人の昔の男だ」
都「嘘よ。全部、嘘。でまかせ」
竜彦「なにもかくすことはない。そのくらいで、こわれちまうヤワな家じゃあないんだろう？　ハハハハ」
良子「──」
都「──」

■メイン・タイトル

以下、クレジット──。

■望月家・表（夜）

タクシーが来て停る。

■ダイニングキッチンと居間

都「（ダイニングキッチンで家計簿をつけていて顔をあげる）」
良子「（居間でテレビを見ている）」
都「（小さく）お父さんかな（とごく日常的にいって立つ）」

■表

省一「（渡辺にささえられて、あとからタクシーから出る。べろべろに酔っている）」
渡辺「（タクシーの運転手に）悪いね、すんませんでした（という）」
都「（ドアをあけ）あら（と出て来る）」
タクシー去る。
渡辺「こんばんは（と省一をささえ直す）」

都　「やだ、お酒？」
渡辺「ええ。のもうのもうって」
都　「（省一を一方からささえながら）主人が？」
省一「（くずれそうになる）」
渡辺「課長、もう一息」
都　「重い」

■和室

良子「（襖をあけ、灯りのスイッチを入れ、急ぎ、省一の蒲団の掛け蒲団をめくり）やだわ、のめないのに、死んじゃうから」
都　「ほらお父さん、ちょっと自分で歩いて」
渡辺「はい、もう蒲団、課長、大丈夫」
省一「（手前の都の蒲団へ斜めに倒れこむ）」
良子「こっちィ！　こっちめくってあるのに」
都　「いいから、良子（と動いている）」
渡辺「ええ。ここで眠った方がいいです（と同じく省一の位置を直す）」

■玄関

はじめ誰もいなくて、
渡辺の声「（和室から小声で）いえ、ちょっと多めに渡しましたから（と出て来る）」
都　「渡辺さんが？（続く）」
渡辺「ええ、いいんです（と靴へ）」
都　「いけないわ、汚したのは、主人なんだから（と襖を閉める）」
渡辺「いえ、ほんとに、御馳走になりましたし」
都　「いまちょっと（お金）此処にないけど（とって来ようかとも思う）」
渡辺「ほんとに、いいんです」
都　「じゃ、明日主人によくいっておきますね」
渡辺「そんな。いくらでもないんですから」
都　「ごめんなさいね」
渡辺「いえ、あんなに酔うとは思わなくて」
都　「ねえ、二合ぐらいで（和室を見る）」
渡辺「お邪魔しました。お休みなさい（と一礼してドアをあける）」
都　「タクシー、待たしておけばよかったわね」
渡辺「いえ、ここからじゃ、ちょっと（と苦笑して外へ）」
都　「ああ、遠いのよねえ（と送りに出る）」

■表

渡辺「（門へ行きながら）ええ。五、六千円とられちまうから」

都　「ほんと。ごめんなさいね」

渡辺「いえ、電車まだ沢山あるし」

都　「ああ、赤ちゃん、お元気？」

渡辺「ええ。まだ泣くだけで」

都　「奥さん、もう――」

渡辺「ええ。普通にしてます」

都　「そう。でも、大変でしょ？　うまれると」

渡辺「ええ。こっちは、ほったらかしで」

都　「はじめは仕様がないわ」

渡辺「そう思ってます」

都　「すみませんでした」

渡辺「いえ」

都　「寒いのに、悪いわ」

渡辺「あの」

都　「え？」

渡辺「なにかあったんですか？（小声で）」

都　「なにかって？」

渡辺「いえ、課長が自分からのもうなんて（以下のやりとり声を小さく）」

都　「ほんとね。どうしたのかしら」

渡辺「車の中で」

都　「なにか、いってました」

渡辺「やばい、やばいって」

都　「やばい？」

渡辺「奥さんのことを」

都　「私のこと？」

渡辺「俺にはすぎた女房で、美人でって」

都　「なにそれ？」

渡辺「奥さんが何処かへ行ってしまうようなことを」

都　「行かないわ」

渡辺「そうですか」

都　「やあねえ」

渡辺「とにかく、課長、すごく奥さんにまいってて」

都　「どうかしら？」

渡辺「いいことですから申しました（一礼）」

都　「フフ（目を伏せる）」

渡辺「お休みなさい」

都　「どうも、ありがとう」

■玄関

和彦「(二階からおりて来た感じで外を見ている)」
渡辺の声「ごめん下さい（遠くなる)」
都の声「(夜なので控えた声で）お気をつけて」
和彦「――（和室へ近づく)」

■和室

良子「(蒲団をなんとかかけていて、和彦をチラと見て）ベロベロよ。やんなっちゃうわ」
和彦「(玄関の方を見る)」

■玄関

都「(入って来て、和彦を見て、仕様がないわね、お父さん傷ついてるのよ、という思いで微笑し目を伏せ、ドアを閉める)」
和彦「――（また父の方を見る)」

■和室

省一「(苦しそうに唸る)」
良子「やだ、どうした？　お父さん。苦しい？」

■西洋屋敷・前の道（昼）

和彦、グイグイと来る。

都の声「(前シーンのずり下りで）苦しいの？」
和彦「(通用門を入って行く)」

■玄関の外

和彦「(門の方から、ツカツカというような歩調で来て、玄関を見る)」

閉まっている。和彦、その方へ。

■階段と廊下

和彦「(来て）こんちは（と怒っているので低くキリリという)」

■応接間

和彦「(来る。竜彦、いない)」

■台所

和彦「(来る。竜彦、いない)」

■階段

和彦「（台所の方から来て、上を見て、のぼって行く）」

■二階へ上ったところ

和彦「（来て、どうしようかと迷い）留守、ですか？」
しんとしている。

和彦「（一番近いドアを見る。ノックをする。返事がない。
思い切ってノブを回してみる。回る。あける）」

■二階の一室

古畳の部屋である。万年床が敷かれ、服などが脱ぎ散らかしてある。しかし、なにより真先に目に入るのは、竜彦である。カーテンのかかった窓を背にして、パジャマとガウンの姿で、毛布にくるまり、深くうつむいて動かない。

和彦「（やっぱりいたな、という目でにらむ）」
竜彦「――」
和彦「こんにちは」
竜彦「――」
和彦「（やや大きく）こんにちはッ」
竜彦「――」
和彦「眠ってる、わけじゃないんでしょう？」
竜彦「――（動かない）」
和彦「顔を、あげなさいよ」
竜彦「――（動かない）」
和彦「なに、恰好つけてんですか？　返事ぐらいしたらどうですか？」
竜彦「――」
和彦「（不安になり）もしもし」
竜彦「――」
和彦「もしもし――どうか、したんですか？」
竜彦「――」
和彦「（近づく）」
竜彦「――」
和彦「（そっとしゃがみ、手を竜彦の鼻のあたりへのばす。
息をしているかどうか確かめようとするのである）」
竜彦「（いきなり）ウワーッ（と和彦の方へ大きく口をあける）」
和彦「（心からびっくりする）」
竜彦「ハハハハハ、おどろいたかい？（目は合さず、笑う）」
和彦「（カーッとなり立ち上り）ふざけんじゃねえよッ！」

竜彦「（こたえる、ウワ、こたえるよ、というようにややおどけて顔をそむける）」

和彦「ぼくは――あんたを――変ってるけど――無茶苦茶だけど――それなりに、えらいと思ってたんだ」

竜彦「――（そむけたまま）」

和彦「ぼくなりに、心配してたり、してたんだ」

竜彦「――」

和彦「家へ来るような人だとは思わなかったよ」

竜彦「――」

和彦「なんで妹の前で、本当の親だとか、昔の男だとか、そんなこといったんだ！」

竜彦「――」

和彦「父はショックを受けてるよ。父は――いい人だから、あんたみたいな人が出て来たんで、まいってるよ。なんで、そんな思いをさせるんだ！」

竜彦「――」

和彦「そういうことだけはしない人だと思ってたよ」

竜彦「逢いたくなったんだ」

和彦「でも逢いに行ける立場じゃないでしょう。十八年ほっといて、母のいまの家庭をこわす権利ないよ。十年ぼくを育てた父を、傷つける資格ないよ」

竜彦「おふくろに、いう事は似てらあ」

和彦「誰だってそういいますよ」

竜彦「世間の筋道でいやあ、たしかに逢えた義理じゃあない」

和彦「――」

竜彦「でも、逢いたくなっちまったんだ」

和彦「だったら、他の手段があったんじゃないですか？　家へ来て、妹の前で、あんなことということないでしょう！」

竜彦「他の手段ていうのは、どういう手段だい？こっそり逢えってことかい？」

和彦「――」

竜彦「亭主に内緒で、こっそり逢えってェのかい？」

和彦「いえ。そんなこともして貰いたくないね」

竜彦「じゃあ、どうしたらいいんだ？」

和彦「大体、母が逢いたがりませんよ。ぼくも、もう御免です」

竜彦「でも逢いたかったら、どうする？」

和彦「なんで急に、そんな風に。ほっといたくせに」
竜彦「多分、死んじまうせいだろうよ」
和彦「同情しませんね。なおそうとしないんだから」
竜彦「同情しろと誰がいった！」
和彦「そういう口調でしたよ！」
竜彦「俺は逢う。逢いたい奴には逢うんだ」
和彦「そんなことさせませんよ（と出て行く）」
竜彦「おい待てよ、おい！」

■階段の下

和彦「――（階段をおりて立ち止る）」

■階段の上

竜彦「試験は全部すんだかい？」

■階段の下

和彦「――（玄関の方へ）」

■西洋屋敷・門

和彦「（来て、出て、どんどん道へ）」
電話のベル。

■望月家・ダイニングキッチン

都「（流しで換気扇のファンを洗っていて、手を拭きながら電話口へ）もしもし、望月です」

■西洋屋敷・電話

竜彦「俺です。切らないでくれ」

■望月家・ダイニングキッチン

都「――」

■西洋屋敷・電話

竜彦「万事すまねえ。万事俺が悪い。しかし、逢いたいんだ。切らねえでくれ。切らねえで、ちょっと俺の話を聞いてくれ。人に逢いてェなんぞ、人にこうまで逢いてェなんてこと、ここ十年ばかりまったくなかった。魂があんた、魂がやせちまって、薄くなって、なんにせよ、強い気持になるってことがなかった。しかし、いまあんたに逢いたい。あんたの息子にも逢いてェ。色恋ぬきだ。三人で、火にあたりながら、なんかしゃべりてェ。切らねえでくれ。もしもし」

■望月家・ダイニングキッチン

都「――」

竜彦の声「もしもし聞えてるかい？」

■西洋屋敷・電話

竜彦「もしもし――とにかく、切らねえでくれて、ありがとう。あんただって、あんまりないんじゃない？　中年になってから、誰かに強く逢いてェ、義理も常識もねえ、逢いてェッなんて気持、ほとんどなくなっちまったんじゃないかね？　俺は実に、久し振りで、心が、たかぶっている。あんたに逢いてェとたかぶっている。切らねえでくれ」

■望月家・ダイニングキッチン

都「――」

■西洋屋敷・電話

竜彦「迷惑も非常識も分ってる。しかし、俺は、病気をなおさねえ。なおさねえから、きっと半年ぐらいでくたばるだろう。それに免じて、ちっとばかり、我儘を許してくれ。どうだい？　キンキンいい合うんじゃなくて、おだやかに、一遍だけ、三人で逢うことは出来ねえだろうか？」

■望月家・ダイニングキッチン

都「――（切ってしまう）」

■明美の部屋の前

和彦「ロタ島ですか？」

真弓「（明美の友人。留守を借りてる感じで）うん、ポスターとかって」

和彦「じゃ、帰るのは？」

真弓「しあさっての次ね」

和彦「そうですか。じゃ、すいませんでした（と、一礼する）」

真弓「親戚？」

和彦「いえ、そうじゃないです（と一礼してエレヴェーターの方へ）」

真弓「じゃ、なに？」

和彦「なにって――フフ（と行く）」

真弓「あのさ」

和彦「は？」
真弓「（出て）どういう人か知らないけど――」
和彦「ええ」
真弓「あの人、いま（近づき）仕様がないんだよね（エレヴェーターの方へ）」
和彦「仕様がないって？（と続く）」
真弓「売れてきたのに、変な男に惚れてて」
和彦「――」
真弓「知ってる？」
和彦「ええ、ちょっと」
真弓「自分でもいやんなったりしてさ。あんな男って、発つ前も少し荒れたのよ」
和彦「そうですか」
真弓「私、うち、所沢の先なもんだから、不便なのよ」
和彦「ああ（そうですか）」
真弓「泊めて貰ってるんだけど、ほんとそんな男忘れりゃあいいって、すごく思うわ」
和彦「――ああ（エレヴェーターあく）」
真弓「あんたの知ったことじゃないよね」
和彦「（エレヴェーターの中で）いえ」
真弓「ちょっと思ってたから」
和彦「ええ（分りますよ）」
真弓「さよなら」
和彦「さよなら」

■希望ケ丘の道
和彦、どんどん歩く。考える目。

■反復
竜彦「試験は全部すんだかい？」

■希望ケ丘の道
和彦、歩く。

■信用金庫・店内（昼）
働く人々、客など。
省一の声「それでお前、月間」

■渉外課
省一「（磯山へ）一億五千万、どうやって預金とるんだよ？」
磯山「はあ。でも、あんまりしつこくすると」

省一「渡辺よ」

渡辺「はい（磯山の他には女事務員以外は彼だけ）」

省一「京浜ファクト、ひとりで行ってくれ」

渡辺「ああ、そうですか」

省一「（背広をとり）冗談じゃねえよ。代替りで他所へとられねえように、葬式だってつきっきりだったんじゃねえか」

磯山「そうですけど」

事務の女性「課長、お電話です」

省一「なめられてんだよ。やらせるだけやらせて、お前（受話器をとり）あ、望月でございます——もしもし——もしもし」

■西洋屋敷・電話

竜彦「望月課長さん？」

■信用金庫・渉外課

省一「はい。そうですが」

■西洋屋敷・電話

竜彦「沢田ですよ」

■信用金庫・渉外課

省一「あ（誰か分らず、しかし分らないというのはまずいという判断が走り）ああ（と思い出した声で）ああ、どうもどうも、ハハハ」

■西洋屋敷・電話

竜彦「——（からかうようなところは全くない）」

■信用金庫・渉外課

省一「いやあ、ちょっと、ちょっとすみません、ちょっとお待ち下さい（と受話器をおさえ）おい、沢田さんて誰だっけ？（と女事務員と渡辺へ）」

渡辺「沢田？」

磯山「沢田？」

■西洋屋敷・電話

竜彦「——（暗い目）」

■信用金庫・渉外課

渡辺「課長、悪い癖ですよ、すぐ知ってるような声出して」

女事務員「八百屋の沢田さんじゃない？　スーパーの向うの」

省一「そうだよ（渡辺へ）気がつけ、早く（受話器へ）あ、すいません、お待たせいたしました、どうですか、あれから。青物はスーパー、関係ないようじゃないですか？」

■西洋屋敷・電話

竜彦「そう」

■信用金庫・渉外課

省一「いや、私なんかがのぞいても、やっぱり野菜はスーパーより八百屋さんが強いですよ、ハハハ」

■西洋屋敷・電話

竜彦「誰かとお間違いのようだが――もしもし――私は沢田、ってもんです」

■信用金庫・渉外課

省一「――（ショックを受けていて、受話器を耳からはなす）」

竜彦の声「もしもし」

省一「――（切ってしまう）」

渡辺「どうかしたんですか？」

省一「いや、いいんだ。行くぞ（と通用口の方へ）三時にゃあ帰るよ」

磯山「（続く）」

女事務員「行ってらっしゃい」

渡辺「いってらっしゃい」

■望月家・和室と居間の間の廊下（夜）

省一「（パジャマで和室の襖をあけ、居間の方へ）お母さん――（じれていう）」

都の声「なに？」

省一「（小さく）なにじゃないよ（居間の戸をあけ）もう十二時すぎじゃないか」

■居間

都「（床に座り、風呂上りらしくガウンを着て新聞を見ていて）うるさい？」

省一「うるさいって――うるさかないよ」

都「じゃ、なに？」

省一「なにって——なにってことはないだろう（と夜中であることの配慮のある声で怒って和室へ）」

都「とっくに寝たのかと思ってたわ」

■和室

省一「うるさいよう。人が、待ってるのに、ゆーっくり風呂入って、出たと思ったら新聞なんか見ちまって（と蒲団をかぶる）」

都「（居間から廊下へ現われ）やだ、待ってたの？（小さく）」

省一「うるせェ（蒲団の中でいう）」

都「（苦笑し、省一に近づき）だって、なんにもいわなきゃ分らないじゃない（と座る）」

省一「いったじゃないか」

都「いつ？」

省一「帰って来た時、玄関でお前のお尻こうやってやったろ」

都「だって、それだけじゃ」

省一「それだけじゃないだろ。今夜なっていったじゃないか」

都「今夜お風呂あるのかって」

省一「人からかうんじゃないよ。いいよ、もう（蒲団かぶる）」

都「分んなかったのよ」

省一「——」

都「ごめん」

省一「——」

都「だってお父さん、寝かかりそうな時に音たてると怒るじゃない」

省一「——」

都「ちゃんといってくれなきゃ分んないわよ」

省一「あいつのことは」

都「え？」

省一「あいつは、あれっきりだろうな？」

都「——ええ。あれっきりだわ」

省一「嘘つけ（と起きる）」

都「どうして？」

省一「いまのいい方は、嘘だ」

都「なにいってるの」

省一「お前（と泣きそうに急になり）裏切んなよな」

都「お父さん——」

省一「俺、裏切んなよな（と押し倒して行く）」
都　「――お父さん。どうしたの?」

■ある大学・入試風景
　和彦、隅で、ぼんやりしている。
都の声「御苦労さま」

■望月家・ダイニングキッチン（夜）
　都、良子、和彦の夕食。鍋もの。
良子「（ワインを少量入れたコップを持ち上げ）へへ、御苦労さまでした（と和彦のコップにあてる）」
都　「（手をのばして和彦のコップに自分のコップをあてる）」
和彦「まだね、どこも発表じゃないんだから（とのみ）ウエ」
都　「まずい?」
良子「ウー、嫌い、私も」
都　「（のんで）そうかな?　悪くないわよ」
良子「じゃ、私、やっぱり、お酒駄目だわ」
和彦「ウイスキーならいいんだけど」
都　「ま、いやならいやな方がいいわ。お母さん、貰う（とビンを自分の方へ）」
良子「それ、全部?」
都　「うーん、どうせ、お父さん、のまないし」
良子「やあよ、酔っぱらったら」
都　「酔っぱらうわよ。よーやっと、とにかく和彦の受験がすんだんだもの」
和彦「分んないよ、まだ」
都　「分んないことはないでしょ」
良子「どっか、ひっかかってるわよ」
都　「そうよ。浪人なんて冗談じゃないから」
和彦「そういうことはね、普通の家はいわないんだよ」
都　「じゃ、なんていうの?」
和彦「一年ぐらいの浪人は当然だとか」
都　「甘ったれるな」
良子「甘ったれるな」
和彦「やさしさってもんがねえんだから」
都　「ないない」
良子「ないない」
　和彦、苦笑。都、良子、笑う。

■信用金庫・通用口

井関「(出て来て)おう、寒い」
松本「お疲れさまでした(続いて)」
相川「お願いします(続いて出て来る)」
省一「(続いて)お休み(と出て来る)」
井関「のみたいのみたいのみたい(と寒がる)」
省一「家へ帰ってのめ、帰って」
松本「そういうことを課長はいうからなあ」
相川「やりにくい(と合いの手)」
省一「なにをいうか(目の前に立つ男にギクリとする)」
竜彦「こんばんは(と一礼)」
省一「(誰だか分らず)はあ?(不気味には感じている)」
竜彦「沢田です」
松本「(よくない相手なら私が、と)課長」
省一「いや、いいんだ。行ってくれ、みんな」
井関「でも」
省一「いいんだ。私用だ。御苦労さん」
松本「そうですか。じゃ」
省一「ああ。あんまりのむな、井関」
井関「はい。じゃ、お先に」
松本「お先に」
相川「お先に」
省一「ああ(と見送り、竜彦を見て)失礼。なんですか?」
竜彦「お疲れのところを(一礼)」
省一「いや、いいですよ(貫禄負けすまいとする)」
竜彦「車、そこに(と一礼して、行く)」
省一「(続く)」
竜彦「(振りかえり)回って下さい。すいません(といって運転席のドアをあける)」
省一「(助手席の方へ回る)」

■レンタカーの中

竜彦「(乗って、ドアを閉める)」
省一「(ドアをあけて、乗りこみ、ドアを閉める)」
竜彦「電話で御都合を聞こうと思ったんだが、切ってしまわれたんで」
省一「仕事ですよ、仕事中に、私的な電話は、困るんです」
竜彦「――」
省一「無作法はそちらでしょう。いきなり家内に逢いたいといって、家へ来たっていう。非常識極まりないじゃないですか」

竜彦「――」
省一「用事はなんですか？」
竜彦「こそこそ、内緒で逢うのは、よくないと思ったんでね」
省一「逢ってるのかい？」
竜彦「いや、これからのことですよ」
省一「これから？」
竜彦「一応、お目にかかって、了解をね」
省一「了解？　了解とはなんだい？　冗談じゃないよ、人の女房になんだっていうんだ？」
竜彦「――」
省一「逢うなんて断るよ」
竜彦「――」
省一「無理に逢おうとすれば、私の方は、警察とかなんとか、そういうことだって出来るんだよ」
竜彦「――」
省一「いや（自制して）こんな、トゲトゲしたいい方はしたくないが、あなたのしてることは、常軌を逸してないですか？」
竜彦「――」
省一「私をここで待ってるってことだって――何時から待ってたんです？」
竜彦「六時から」
省一「二時間半も――そんなことしなくたって、ちょっと面会とか、待ち合せる場合を決めるとか」
竜彦「そういう相手になってくれましたか？」
省一「だから電話は、忙しかったんです。私だって、なにも、子供じみてキーキーいってるわけじゃない。二時間半も、あなた」
竜彦「いやあ、時間はあるんでね。こうやって、座ってると、こうして、街をじっと見てるなんてことが、随分なかったってことに、改めて気がついたりね」
省一「そりゃ結構なことだが、私ら庶民には、そんな時間は、到底ない。二時間半も待ってるなんて、普通じゃないよ、あなた」
竜彦「たしかに普通じゃあない」
省一「それに、私の顔をどうして知ってるんです？　私は、あんたと逢ったことはないはずだ」
竜彦「一昨年の夏、二俣川でね、偶然、御家族四人でいるところを見た」

省一「一昨年――」
竜彦「かき氷を食べてらした」
省一「家内はあんたに気がついたのか？」
竜彦「いやあ、気がつきませんよ。ただ、私の方が、十、六年ぶりの都を――」
省一「都なんていわないでくれ。人の女房を、呼び捨てにするな」
竜彦「――」
省一「まあ、いい。ともかく、あんたは、常識はずれのことをしている。逢えてよかった。今後、バカなことはしないでくれ。一切、近寄らんでくれ（とドアをあける）」
竜彦「近寄りますよ」
省一「なんだと？　無茶苦茶いうな」
竜彦「ドア閉めて。お宅まで送ります」
省一「結構だよ（外に立って）あんたなんかに、家の傍までだって、来て貰いたくないよ」
竜彦「じゃあコーヒーでもつき合って下さい。話が途中です」
省一「なんだっていうんだ。なんで俺が、こんな目にあわなきゃならないんだ！（と車の上を叩く）」

■走る車の中

竜彦、運転している。省一、隣にのっている。

間あって、不安定な竜彦の運転に省一、気がつく。見る。

竜彦「いやあ、慣れないレンタカーでね。どうも右へ寄っちまう」
省一「右へ？　そんなの、うまくやってくれよ。冗談じゃないよ」
竜彦「おまけに、ここンとこ、目がひどく弱くなって」
省一「なにをいってるんだ。あんた、俺をからかってるのか？」

■走る車

不安定な運転。

■ドライブイン外観（夜）

■ドライブイン・店内

向き合っている省一と竜彦。水だけが置いてある。竜彦、両肘をついて、掌で顔をおおっている。

省一「大丈夫？（と無愛想にいう）」
竜彦「ええ。いや、代って貰ってよかった」
省一「当り前だよ。目が悪いのに、レンタカー借りるなんて、とんでもないよ」
竜彦「ああ」
省一「人をのせるなんて、言語道断だよ。こっちだって、まだ生命は惜しいんだよ」
竜彦「昼間は、こんなことなかったんだが」
省一「そりゃあ、昼と夜じゃ、光量が全然ちがうもの」
竜彦「ああ」
省一「置いていいとこまで、私が運転するから、あとは、電車かタクシーで帰りなさいよ」
竜彦「——ああ」
省一「用件、いって貰おうか」
竜彦「——」
省一「疲れてるんだ。長いのは迷惑だよ」
竜彦「二、三回でいい。奥さんを貸してくれないか」
省一「（カーッとなり）もう一度いってみろ」
竜彦「セックスじゃないんだ」
省一「（カッとなり）セックス（じゃないのは当り前だ！といおうとして自分の声の大きさに周囲を気にする）」
竜彦「話だ。話をするだけだ」
省一「断る」
竜彦「どうして？」
省一「どうしてって——」
竜彦「本来なら了解の必要もないことだ。しかし、誤解を招くと、彼女も迷惑だろう」
省一「あんたに、そんな権利はないよ。あんたは、いつから逃げ出したんだ。今更、話なんか」
竜彦「だから権利があるとはいっていない。頼んでる。彼女と話したい」
省一「なにを話す？」
竜彦「それは、その時になってみなければ分らん」
省一「なにも、人の女房連れ出して、しゃべることはないだろう」
竜彦「——」
省一「いくらだって、独りもんの女がいるだろう」
竜彦「女房は何故いけないんだ？」
省一「何故って」
竜彦「あんた以外の男とは話をしてもいけないのか？」
省一「そうはいってない」

竜彦「だったら、いいじゃないか」

省一「よくないよ。どこの世の中に、他所の男から、女房貸してくれといわれて」

竜彦「話をするだけだ」

省一「それだって、いい気持はしないよ。ましてや、前に訳ありだった男に、いい顔する奴はいないよ」

竜彦「そうやって、女房をうちに閉じこめとくわけか」

省一「とじこめちゃあいない」

竜彦「そのわりには大事にしてないんだろう？」

省一「余計なお世話だ。なにをいってる」

竜彦「いいじゃないか、話ぐらい」

省一「そんなに私は甘かないよ」

竜彦「どういうこと？」

省一「話ですみゃあいいよ。男と女の仲だよ。話だけと思ったけど、ついそれ以上になりましたって、あとでいわれたって、とりかえしがつかないだろう」

竜彦「なるほど」

省一「絶対に断る」

竜彦「しかし、あの人は、あなたの持ち物じゃない」

省一「しかし、君の持ち物では、もっとない。これでも、私は亭主だからね。女房のすることに意見をいうぐらいの権利はある」

竜彦「それは、そうだ」

省一「嫌だ。断る」

竜彦「うむ――」

省一「（思い出し）そうだよ。これは、同時に、あいつの意見でもあるんだ。あいつの気持でもある。あいつは、はっきりいったよ。こっちが聞かないのに、向うからいったんだ」

竜彦「なんて？」

省一「あんたとは、絶対に、二度と、口をききたくないとね」

竜彦「――」

ウェイトレス「大変お待たせいたしました。コーヒーでございます（と二つ置く）」

省一「議論は終りだ。ハハハ」

ウェイトレス「ありがとうございました。ごゆっくりどうぞ（と去る）」

省一「肝心なのは、結局本人の気持だ。仮に、私がいいといったって、本人が嫌だっていえば、どうしようもない」
竜彦「──」
省一「私の了解より、本人の意志でしょう」
竜彦「じゃあ、本人がいいといえば、かまわんですか？」
省一「いうわけがない」
竜彦「仮にいいといったら、文句はいわんですね？」
省一「無論、私が支配をしてるわけじゃないんだから」
竜彦「誤解していじめたりせんでしょうね？」
省一「嫌なことをいうなよ」
竜彦「それだけ聞けば充分です」
省一「しかし、いうわけがない。あんたと、話をしたいなんて」
竜彦「心配ですか？」
省一「失敬なことをいうな」

■走る車の中

省一「（運転している）──」
竜彦「いうのを忘れましたがね」
省一「いわないで結構」
竜彦「私は、長くないんですよ」
省一「──」
竜彦「じき死ぬんです」
省一「──」
竜彦「あなたに、迷惑をかけたとしても短い間です」
省一「──病気なんですか」
竜彦「お定まりの腫瘍ですよ」

■道

車、脇へ寄って停る。

■車の中

竜彦「なにか？」
省一「そういうことなら、話は別でしょう。ただ、逢いたい、とか、しゃべりたいとかいうのと、訳がちがう」
竜彦「──ありがとう」
省一「しかし、どうして知ってるんです？　普通は本人は知らないでしょう」
竜彦「ちょいとしたことでね」

省一「間違いかもしれない（車内燈をつけ）そんな風には全然見えないな。そういう人を知ってたけど、そりゃもう顔つきがちがうからね。あんたは、そんな風には見えない」
竜彦「――」
省一「病院、ひとっとこだけですか？　一軒だけなら、誤診てこともある」
竜彦「四軒、回ってね」
省一「――」
竜彦「みんな、同じ」
省一「そいつは、とんだこったけど」
竜彦「急に優しいんですね」
省一「そりゃあ、あんた、一大事だもの」
竜彦「何処でも早く手術をしなけりゃ、あぶないといわれた」
省一「ええ」
竜彦「で、考えて――私は、死ぬことにしたんです」
省一「手術をしないで？」
竜彦「そうです」
省一「そんな――そんなバカな。医者は手術をすすめてるんでしょう？」
竜彦「そう」
省一「それじゃ、なおるってことじゃないの。少くとも、なおるかもしれないってことじゃないの」
竜彦「そう」
省一「だったら、手術をしないって法はない」
竜彦「私の生命だ。死を選ぶ権利もある」
省一「なにいってるの。なにをいってるんだ。何処の世界に、生きられるのに、死のうとするバカがいますか」
竜彦「いくらでもいるでしょう。日本だけだって、年間の自殺人口は」
省一「そりゃあよくよくの人でしょう。生きたくても生きようがなくて、どうにもならなくて死ぬんでしょう」
竜彦「そうですかね」
省一「あんたみたいに、そんな、落着いて死ぬ奴はいないよ。誰だって、生きたいんだ」
竜彦「そんなに生きたいですか？」
省一「当り前だよ」
竜彦「そんなに、生きてるといいですか？」
省一「――少くとも、死ぬよりはいいよ」

竜彦「そうですかねえ」
省一「なにをいってるんだ。あんた、ふざけてるのか？　人の好意を、バカにするのか？」
竜彦「――」
省一「なんのことだか、さっぱり分らんよ、私には！」

■テレビの画面

お笑い番組。

■望月家・居間

テレビを見て笑っている和彦と良子。

■洗面所兼脱衣所

都「（戸をあけ、浴室の方へ）呼んだ？　お父さん」

■風呂場

省一「（不満そうに湯に入っていて）ああ」
都「（戸をあけ）なに？」
省一「三回も四回も呼んでんのに」
都「聞えなかったもの」
省一「邸宅じゃあるまいし」
都「なんですか？」
省一「いいよ、もう」
都「（微笑して）一緒に入れ？」
省一「そんなこといってないよ。自惚れんじゃないよ」
都「（笑って）失礼ねえ」
省一「いいんだ、もう。行けよ、行け」
都「呼んどいて、なにいってるの（と戸を閉める）」
省一「――（乱暴に湯を使う）」

■和室

十一時すぎ、もう子供たちも二階。省一は蒲団に入って背を向けている。都、蒲団の上でガウンを脱ごうとしていて、

都「あの人が？」
省一「――」
都「あの人が、お父さんのところへ？」
省一「――」
都「なんだって？」
省一「――」
都「なにをいったの？」

省ー「ほんとなのか?」
都　「なにが?」
省ー「じきに、死ぬって——」
都　「そんなこといったの?」
省ー「嘘か?」
都　「嘘じゃないと思うけど」
省ー「いい加減な話じゃないか（起きる）」
都　「なにが?」
省ー「治せるのに、治さないで、死ぬとかいって」
都　「そんなことまでお父さんに?」
省ー「生命をもてあそんでるよ。なんか、あいつは邪悪なところがあるよ。悪魔みたいなところがある」
都　「——」
省ー「人の好意を、せせら笑うような、人をバカにしたところがあるよ」
都　「——」
省ー「普通なら同情するよ。じきに死ぬっていやあ同情する。しかし、あの男には、俺は、そんな気にはなれない」
都　「——」
省ー「生きようとしていない。どうでもいいってェ顔だ。そんなのが、じきに死ぬからって、同情のしようもないよ」
都　「なんだっていうの?」
省ー「——」
都　「わざわざ、なにしに?」
省ー「勿論、お前の勝手だ」
都　「なにが?」
省ー「俺は留守ばっかりだ。お前が逢いたがりゃあ、止めようがない」
都　「私が、なぜ、あの人と?」
省ー「俺は、どこがいいか分らないね」
都　「いいなんていってないじゃない」
省ー「——」
都　「はっきりいったでしょう、なんでもないからって。向うが勝手に来て、追い帰したって。もう逢わないって」
省ー「あいつはまだ逢いたいっていってるよ」
都　「そんなこと知らないわ」
省ー「——」
都　「私に、そんな気はないわ」

省一「――」
都「お父さんに、なんだっていうの？」
省一「こっそり逢ってちゃ、気分悪いだろうから、一応了解をって」
都「勝手なこといってるわ。誰が逢うもんですか」
省一「――」
都「逢わないわ」
省一「――」
都「安心して」
省一「心配なんか、してないよ（横になって蒲団をかぶってしまう）」
都「――（微笑で、少年っぽいことをした省一の蒲団を見る）」
電話のベル、先行する。

■居間（昼）
ベル。良子、庭からガラス戸にぶつかるようにして上り、
良子「（受話器をとり）もしもし、望月です」

■公衆電話ボックス
竜彦「ああ、お姉ちゃんか」

■望月家・居間
良子「――（息をのむ）」

■公衆電話ボックス
竜彦「お母さん、いるかな？」

■望月家・居間
良子「――」

■公衆電話ボックス
竜彦「もしもし」

■望月家・居間
良子「こないだの人ね？」

■公衆電話ボックス
竜彦「そうだ。こないだの人だ。丁度いい。お姉ちゃんには、あやまらなきゃいけない」

■望月家・居間

良子「――」

■公衆電話ボックス

竜彦「こないだは、おどかして悪かった」

■望月家・居間

良子「そんなこと、軽くいわないでよ」

■公衆電話ボックス

竜彦「――（これはこれは、という感じ）」

■望月家・居間

良子「こんな電話迷惑よ。お母さんに電話なんかしないでよ」

■公衆電話ボックス

竜彦「――」

■望月家・居間

良子「もしもし、いいわね？　しないでくれるわね？」

■公衆電話ボックス

竜彦「心配？」

■望月家・居間

良子「そりゃそうよ。そうじゃなくたってうちは再婚同士だもの。知ってるでしょ？」

■公衆電話ボックス

竜彦「しっかりしてるんだなあ」

■望月家・居間

良子「別に。ただ、変な邪魔しないで欲しいのよ」

■公衆電話ボックス

竜彦「いま希望ケ丘の駅前にいるんだ」

■望月家・居間

良子「そんな近くに――」

■公衆電話ボックス

竜彦「そんな声出すなよ」

■望月家・居間

良子「だって」

■公衆電話ボックス

竜彦「そっちへは行かないよ」

■望月家・居間

良子「当り前よ」

■公衆電話ボックス

竜彦「その代り――」

■望月家・居間

良子「え？」

■公衆電話ボックス

竜彦「どうだい、アイスクリームでもおごるから出て来ないか？」

■望月家・居間

良子「私が？」

■公衆電話ボックス

竜彦「ああ。ユーカリって喫茶店が見える（と外を見ながらいう）」

■望月家・居間

良子「――」

■公衆電話ボックス

竜彦「もしもし」

■望月家・居間

良子「それ、とりひき？」

■公衆電話ボックス

竜彦「うん？」

■望月家・居間

良子「私が行けば、お母さんに逢わない？」

■公衆電話ボックス

竜彦「（可愛く思い）ああ、いいだろう。とりひきだ」

■望月家・居間

良子「（電話切る）」

■裏の物置き

良子「（戸をあけ、犬の鎖をとる）」

■表

良子「（横手から現われ、三十センチぐらいに短く持った鎖を、ビュッビュッと振り、それから、それを手に巻き、コートのポケットにつっこみながら道へ出て行く）」

■喫茶店「ユーカリ」（昼）

ウェイトレス「（コーヒーを一つ持って隅の良子と竜彦の席へ行き）お待たせいたしました（と良子の前へ置く）」

良子「──」

竜彦「（コーヒーを前にしている）」

ウェイトレス「ありがとうございました（と去る）」

竜彦「さあ。どうぞ（と微笑）」

良子「（うなずくが、手を出さない）」

竜彦「中学一年か」

良子「もうじき二年です」

竜彦「まだアイスクリームの方がいいのかと思ったんだが」

良子「──」

竜彦「大人なんだねえ」

良子「そういうこといわれても嬉しくないわ」

竜彦「そうか」

良子「別に大人になりたくないもん」

竜彦「なるほど」

良子「（仏頂面で）いただきます（とコーヒーを持つ）」

竜彦「砂糖入れなきゃ」

良子「（かまわずのみ、カップを置く）」

竜彦「にがいだろう」

良子「平気です」

竜彦「我慢して、のむことはない」

良子「おいしいわ」

竜彦「大分怒ってるね」

良子「──」

竜彦「そうか。私のことは、あのあと誰もいわないか」

良子「いわないけど、忘れたんじゃないわ。気にしてるわ。また来たら嫌だってみんな思ってるわ」

竜彦「――うむ」
良子「人の家、変にしないでよ」
竜彦「そうだね」
良子「――」
竜彦「あんな風に逢いに行ったのは、いけなかった」
良子「――」
竜彦「おじさんは時々行儀よくしてることが、とても嫌になっちゃうんだ」
良子「――」
竜彦「お行儀よく、君の家の平和を乱しちゃいけないと我慢してる。行けば迷惑だろうと我慢をしてる。でも、逢いたいな、と思う。話をしたいな、と思う。でも迷惑だな、と思う。そうやって我慢をしているうちに、そんな我慢がバカバカしくなる。なぜ、ちょっと話をしたいだけのことをそんなに我慢していなけりゃいけないのか？　腹が立って来る。逢いたい。しゃべりたい。でも、悪いな、と思う。だから、行った時には冷静じゃなくなってる。迷惑だから、帰りなさいなんて、お母さんにいわれるとカーッとなって、つい大声を出して、バカなことをいっちまう。あとで、後悔する」
良子「――」
竜彦「あやまりたいと思う。でも、電話をすると、また迷惑かな、と思う。迷いながら、ここまで来て、思い切って電話をした」
良子「――」
竜彦「すると君が出た」
良子「子供なのね」
竜彦「――」
良子「いい年をして子供なんだと思うわ」
竜彦「（笑って）その通りだ。しかし、大人になりたいとは思わないね。行儀のいい大人だったら、こうやって君と逢うことも出来なかった。常識をまもって、遠慮して、たった一人でいまも家にいるだろう」
良子「ひとりなの？」
竜彦「ああ、ひとりだ」
良子「――」
竜彦「来てくれて、嬉しいよ」
良子「――」
竜彦「女の子と、こんな風に話すなんて、はじめてなんだ」

良子「はじめて?」

竜彦「ああ」

良子「それ」

竜彦「うん?」

良子「もてないっていうこと?」

竜彦「(笑って)どう思う?」

良子「分らないわ。私は、いま、好意を持ってないから、普通の子がどう思うのか分らない」

竜彦「うむ。おじさんも分らない。もうちょっと年上の人を相手にしてたんでね。君ぐらいの子を知らないんだ」

良子「――」

竜彦「もてそうもないかな?」

良子「私は駄目」

竜彦「そうか」

良子「行くわ」

竜彦「うん?」

良子「約束よ。もう来ないで(と立つ)」

竜彦「ちょっと早い」

良子「時間のとりきめはなかったわ」

竜彦「短かすぎる」

良子「だって――」

竜彦「あと、一時間、つき合ってくれ」

良子「そんなにはいや」

竜彦「じゃあ五十分」

良子「三十分なら」

竜彦「じゃあ四十分だ」

良子「――」

竜彦「三十九分」

良子「――いいわ」

■テニスコート

練習をしている人々。それを金網越しに見ている竜彦と良子。

■希望ケ丘の道

二人、歩いている。黙っている。

■希望ケ丘・公園

二人、ベンチにいる。子供が遊んでいる。なるべく長く。

■バス停

新幹線が通りすぎて行く。バス停の傍で立っている二人。

良子「(時計を見て) じゃ。私、行くわ」

竜彦「(見て) ああ」

良子「(目を伏せ) 四十分たったし」

竜彦「ああ」

良子「もっと、しゃべるのかと思った」

竜彦「ああ」

良子「外へ出たら、ずっと黙ったまんまで」

竜彦「ああ。おじさんの話なんて興味ないだろうと思ってね」

良子「そうなの」

竜彦「気が弱くなったんだ」

良子「フフ (固いところのある微笑)」

竜彦「さよなら」

良子「じきにバス来るわ」

竜彦「ああ」

良子「さよなら」

竜彦「ああ――」

良子「(走ってはなれ、少し行ってふり向く)」

竜彦「―― (見ている)」

良子「(また走る)」

■望月家・和彦の部屋 (夜)

和彦「(ベッドにころがって、ヘッドホーンで音楽を聞いている。間あってドアへ) 誰?」

■和彦の部屋の前

良子「(パジャマにガウンで) 私」

■和彦の部屋

和彦「なに?」

良子「(あけて入りながら) またお兄ちゃんお風呂入らないって、お母さんいってるわ (と閉める)」

和彦「汗かかないもの、毎日入ることないよ」

良子「(置いてあるレコードジャケットを見て) やだ、ジョージ・ベンソン買ったの?」

和彦「輸入盤だよ」

良子「いくら? (と手にとる)」

和彦「二千円」

良子「安いけど、向うのは、日本語の解説ないからね（とベッドの端に座る）」

和彦「なんだよ？」

良子「うん？」

和彦「用かよ？」

良子「うん（とジャケットを見ている）」

和彦「なんだ？」

良子「――」

和彦「うん？」

良子「お兄ちゃん――」

和彦「うん？」

良子「こないだ来た人と、逢ってないよね？」

和彦「――（なんといおうと思う）」

良子「（目を伏せたまま）お兄ちゃんの、本当のお父さん――」

和彦「――ああ」

良子「逢いたいと思う？」

和彦「どして？」

良子「私なら、ちょっと逢いたいと思うから」

和彦「俺は――」

良子「うん？」

和彦「いまのお父さんでいいよ」

良子「――」

和彦「大体、ひどい奴だって、お前いってたじゃないか」

良子「それが、ちがうの」

和彦「ちがう？」

良子「いいすぎたと思って。それだけ（とドアの方へ）」

和彦「おい」

良子「ひどい奴だと思ってるんじゃ、可哀そうだから（パッと出て行ってしまう）」

和彦「――（間あって、出て行く）」

■和彦の部屋の前

和彦「（出て、良子の部屋のドアをあけようとする。鍵がかかっている）おい（ノック）良子（ノック）」

良子「（あける）」

和彦「（入って行く）」

■良子の部屋

和彦「（背中でドアを閉める）」

良子「（机の上のノートと教科書を通学カバンにしまう）」

和彦「なぜ、今になっていうんだ？」

良子「分んない」
和彦「もしかして、また逢ったんじゃないだろうな？」
良子「——」
和彦「そうかよ？」
良子「——」
和彦「うん？」
良子「（うなずく）」
和彦「いつ？　何処で？」
良子「話つけたのよ」
和彦「なんの」
良子「もう来るなって」
和彦「来たのか？　家へ」
良子「もう来ないわ」
和彦「なんて奴だ」
良子「そうでもないの。はじめは、ひどいと思ったけど、話してると、そうでもないの」
和彦「なに話したんだ？」
良子「——」
和彦「うちでか？」
良子「ううん」
和彦「お母さんは？」
良子「いなかった」
和彦「それで？」
良子「外を、歩いて、もう来ないでっていって」
和彦「うん」
良子「あとは、あんまり、話はしなかったけど」
和彦「うん」
良子「とても——」
和彦「うん？」
良子「淋しそうだったわ」
和彦「——」
良子「来られりゃあ、迷惑だけど、あのままひとりじゃ可哀相なような気もしたわ」
和彦「——」
良子「何処にいるか分れば、お父さんには内緒で、お母さんにも内緒で、お兄ちゃん、逢うといいな、と思ったわ」
和彦「——」
良子「わりと、いい人だったわ」
和彦「——いいよ（とドアをあけ）今更いい人だって仕様がないさ。迷惑なだけだよ（と出て行く）」
良子「——」

■良子の部屋の前
和彦「（出てドアを閉める）」

■反復
竜彦「試験は全部すんだかい？」

■和彦の部屋
和彦「（ベッドに仰向けになって、考える目で天井を見ている）」
音楽。

■庭（朝）
日曜日。省一、小さな庭を大事にしているという感じで、手入れをしている。
和彦「（居間のガラス越しにその父を見ている）」
省一「（手入れをしている）」
和彦「（ガラッと戸をあけ）お父さん」
省一「うん？」
和彦「キャッチボールやろうか？」
省一「うん？」
和彦「久し振りだし、試験終ったし、お父さんと、やりたいよ」
省一「そうだな。やるか、たまには（と立ち上る）」

■望月家・表
バシッと和彦のグローブに入るボール。
和彦、投げる。
省一、受けとめる。投げる。
和彦、受けとめる。投げる。
省一、受けとめる。投げる。
和彦、受けとめる。
キャッチボールをする父と子。

8

「こっちだけの勝手な思いだが、自分の一部が、和彦に受けつがれて、死んだあとも生き続けていると思うのは、安らぎだった」

■前回の映像で

省一「用件いって貰おうか」

竜彦「——」

省一「疲れてるんだ。長いのは迷惑だよ」

竜彦「二、三回でいい。奥さんを貸してくれないか」

省一「（カーッとなり）もう一度いってみろ」

竜彦「セックスじゃないんだ」

省一「セックス——」

竜彦「話だ。話をするだけだ」

省一「断る」

竜彦「どうして？」

省一「どうしてって——」

■メイン・タイトル

以下、クレジット。

■小猿がなにか食べている（昼）

■希望ケ丘の一画

散歩の途中の望月家の四人が、息をひそめて見ている。

良子「（小声で）何処かのが逃げたんだね」

和彦「そりゃあ野生のがいるわけないもんな」

省一「（掌をそっとのばしながら）ヒュヒュヒュヒュヒュ（と小さく口笛）」

都「来るもんですか」

省一「（かまわず）モンキ、モンキ」

良子「なに、それ？」

和彦「（クックッと笑う）」

省一「モンキ、おいで」

都「（笑っている）」

省一「モンキ、ほら」

都「そんなもん、来るわけ（ない、といいかかって）あら（と身をひく）」

省一「（小猿を抱いている）」

良子「ウワ（とおどろく）」

和彦「ギャ（と喜ぶ）」

都「よく（とおどろいている）」

省一「（得意で）そりゃそうさ。人徳だよ」

和彦「猿得（えんとく）」

良子「カワユイ」

都「人慣れしてるのね」

省一「何処だ？　お前。家何処だ？」
都　「キョトキョトして」
良子「すごい歯（など、これらは小猿の状態に即して、ある程度アドリブ）」
和彦「どうすんの、これ？」
良子「飼いたーい」
都　「駄目よ、世話するの、結局お母さんじゃないの」
省一「ウォッ（小猿逃げる）」
「アッ」「こら」「モンキ」などと、またつかまえようとして四人、小猿を追う。
竜彦の声「（前回の声）話だ」

■前回の反復
竜彦「話をするだけだ」
省一「断る」

■希望ケ丘・別の場所
和彦と良子、競争してあるところまで走る。和彦、やはり早い。二人、笑う。咳をしたりする。（猿とは無縁）。
その方へ歩いて行く省一と都。

都　「久し振りねえ。こんな風に、一家で散歩なんて」
省一「ああ」

■前回の反復
省一「絶対に断る」

■希望ケ丘・街の一画
たとえばハンバーガースタンドで、立ったままコーヒーでもいいし、たこ焼のようなものを一家で笑いながらつついているのでもいい。笑顔で楽し気な一家。

■前回の反復
省一「嫌だ。断る」

■望月家・居間（夜）
テレビを見ている四人。省一も、別に内省的な顔でなく、笑ったりしている。
省一の声「（前回の声）あいつは、はっきりいったよ」

■前回の反復

省一「あんたとは絶対に、二度と、口をききたくないね」

■和室

都「（眠っている）」

省一「（寝床で、その都を見ている）」

遠い電車の音。

省一「（ゆっくり、目を天井にやる）」

信用金庫の省一の声、先行して。

■信用金庫・渉外課（昼）

省一を中心に、渉外課の連中が集っている。省一、パンフレットをひろげて、いま信用金庫が力を入れているもののセールスをどうやるかについてレクチュアしている。その声、小さくなって、電話のベル。

■西洋屋敷・電話

誰もいない。ベルの音、二度。

■定食の食堂

昼時で賑わっている。その中で、渡辺と二人で飯を食べている省一。まだ、電話のベル。二度。

竜彦の声「はい」

■公衆電話ボックス

省一「あ、沢田さん？」

■西洋屋敷・電話

竜彦「そう」

■公衆電話ボックス

省一「望月です（間あって）ああ、こんにちは」

■タクシーのフロントグラス（夜）

暗い住宅地を行く。間あって。

省一の声「あ、そこだな」

■タクシーの中

省一「（地図を見ながら）そこを左折だね」

■タクシーのフロントグラス
左折する。

■タクシーの中
省一「住宅地はねえ、夜になると分んないよねえ」

■タクシーのフロントグラス
省一の声「ああ、いいんだ、この道で」

■タクシーの中
省一「そろそろ道に人が立ってることになってんだけど」
運転手「あれかな?」
暗い道に懐中電灯を持った竜彦が立っているのが、フロントグラス越しに見える。
省一の声「ああ、あれだ」
タクシー、忽ち竜彦の前に着く。
省一「ありがとう（と財布を出す）」

■西洋屋敷・門前の道
竜彦、立って待っている。
省一「（降りて）待ちました?」
竜彦「いや」
省一「二度ほど道ちょっと間違えちゃって（とかがんで運転手から釣りを受取り）はいありがとう。御苦労さん（竜彦に）寒かったでしょう」
竜彦「いや。どうぞ（と門の方へ）」
タクシー去って行く。省一、続く。

■門から玄関への道
竜彦「暗いんで、足元（と懐中電灯で省一の足元を照らす）」
省一「いや、大丈夫ですよ、見えますよ（と門を閉める）」
竜彦「ちょっと、玄関まで、あるんです」
省一「すごい、お宅じゃないですか」
竜彦「留守番です。それに、家ももうボロでね（と行く）」
省一「いやあ、土地だけだってたいしたもんだ。この辺はもう坪百万ぐらいするでしょう」
竜彦「さあ」

■玄関

竜彦「(戸をあけ、先に入りながら) どうぞ」

省一「静かな、いい住宅地だよねえ」

竜彦「(上りながら) 駅までが不便でね」

省一「そうですか？　地図の感じじゃそうも思わなかったけど (戸を閉める)」

竜彦「十五分ぐらいかな (と応接間の方へ)」

省一「そうでしょう。お邪魔します (と靴脱ぎながら) いやあ十五分で、都内でこれだけ樹が多けりゃ文句はいえませんよ」

■応接間

竜彦「(石油ストーブの芯をちょっと出しながら) ああ、コート着てて下さい。ストーブ一個なもんで、うすら寒くてね」

省一「(階段のあたりを見上げながら) いえ、私は大丈夫 (とコートを脱ぎながら) 寒いのには強くてね (と来て) なかなか立派なお宅だなあ。戦前でしょう？」

竜彦「そう。そのようです (と酒の仕度)」

省一「(戸を閉めて) どういう人ですか？　持主は」

竜彦「ドイツ人の、大学の先生でね」

省一「あ、私、酒やりませんから」

竜彦「そう」

省一「いや、お構いなく。そう、うんと薄いのつくって、おいといて下さい」

竜彦「コーヒーかなにか」

省一「いやあ、いいんです。それ、薄く、どうか。ハハ、そうですか、大学の先生ですか (椅子を指し) いいですか？　ここ」

竜彦「ああ、どうぞ。もう年でね」

省一「そうでしょう」

竜彦「息子がドイツで会計士のようなことをやってて」

省一「ああ、子供は、ドイツでねえ」

竜彦「そう。かみさんも亡くなって」

省一「一人で、ここに？」

竜彦「そう。で、ま、一年だけ、あっちで暮してくるって」

省一「そりゃあしかし、此処を売り払えば、ドイツで悠々と暮せるでしょう」

竜彦「さあ、そこンとこは、私には分らないが、来年の夏には帰って来るといってね」

省一「そうですか」

竜彦「向うで、倒れて、死んじまうのもいいなんていってたが」

省一「いくつですか？」

竜彦「八十いくつだろうけど」

省一「そうですか」

竜彦「四、五年前、公園で知り合ってね」

省一「へえ」

竜彦「姿がいいんで、写真を撮ったら怒ってね」

省一「ああ、外人ていうのは、そういうことうるさいから」

竜彦「いいじいさんで」

省一「なんか目に浮ぶなあ」

竜彦「フフ（と酒をのむ）」

省一「いや、私の方から逢いたいなんて、妙な話ですが――」

竜彦「いえ」

省一「なんか、気になってね」

竜彦「そうですか」

省一「フフ、あなた、脅かすもんだから」

竜彦「え？」

省一「いや、じきに死ぬなんていって。フフフ」

竜彦「フフ」

省一「（間）嘘、ですよね？」

竜彦「そんな嘘はいいませんよ」

省一「――」

竜彦「――」

省一「ひとりで、此処で？」

竜彦「ええ」

省一「そうですか（とのみ）いや、つまり、ここンとこ、少し考えましてね」

竜彦「ええ」

省一「せんだっての、私の、返事に間違いは、まあ、ないんだが」

竜彦「――」

省一「ただ、逢って話したい、というのに、多少、頑なだったか、というような気もしましてね」

竜彦「――」

省一「和彦が――生まれた時には、もうあなたはいなかったそうだし、どの程度息子というような気持があるものか、見当がつきませんけど、生物学的には、たしかに父親なんだし、逢いたいと思う気持を嘘ともいえない」

竜彦「――」

省一「かくれて逢わずに、正面から私に頼んでいらしたのを、ただはねつけるのも考えてみりゃあ、男気がないというか――フフ、思い直すような気持がありましてね」

竜彦「――」

省一「ここで一人じゃ、そりゃ淋しいでしょう」

竜彦「――」

省一「結婚は、一度も？」

竜彦「ええ」

省一「まあ、その分、自由を楽しんだんでしょうが――。フフ」

竜彦「――」

省一「私なんか平凡な人間で、とても一人だなんてのは駄目でね。女房、子供を抱えちまう」

竜彦「――」

省一「そうなりゃあ、出るもんは出るし、小遣いも情けないように少なくて、病気だ学校だと、いっつもなんかある」

竜彦「――」

省一「たまには一人になりたいと思う。一人で、マンション住いで、女なんか連れ込んでね。ハハ」

竜彦「（苦笑）」

省一「しかし、結局は、そんなことも出来ない。あくせく働いて、ロマンチックなことも一向にない。ただ、家族がいる。お父さん、なんて、子供が甘えたりする。そういうことが、慰めでね」

竜彦「――」

省一「ま、つまり強い人だなあ、こういうところでひとりで暮してるっていうのは」

竜彦「強く、ないから、あなたに頼んだ」

省一「いや、しかし、弱い人間は病院に行くんじゃないかなあ。病気承知でほっとくなんて」

竜彦「あのベッドが嫌いでね。廊下も匂いも食事もスリッパの音も、医者も看護婦も弱くてね」

省一「そんなことで、あなた（苦笑）」

竜彦「私はあなたの奥さんと逢いたいといった」

省一「同時に、息子にも逢いたいでしょう？　いや、というより、つまり息子と一緒なら、一度、何処かで夕食でも食べたらいいと思ったんです」

竜彦「——」
省一「正直いうと、それなら安心という気持もないじゃない」
竜彦「——」
省一「私のところへ来たのは、よくよくのことでしょう。いや本当によくよくのことか確かめたいような気持があって——」
竜彦「——」
省一「納得しました。ここに一人というのは淋しい。こういっちゃあなんだが、家族にかこまれている私が、一日ぐらい我慢するのは、仕様がない」
竜彦「——」
省一「日をいってくれれば、家内と和彦に、あなたと逢うようにいいましょう」
竜彦「それは、ありがとう」
省一「いいえ、気になってね。同じ男として、あなたの気持も分らなくないような気がして」
竜彦「明日、どうです?」
省一「ああ、二人の都合さえよければ、いいんじゃないかな?」
竜彦「じゃあ、明日、五時頃にでも、此処へ来るようにいって下さい」
省一「此処が、いいかな?」
竜彦「洋食の出前でもとります」
省一「そう」
竜彦「そいつは、わざわざ、御親切に」
省一「いやあ」
玄関の方で、戸のあく音。
省一「(その方を見、竜彦を見る)」
竜彦「(反応なくウイスキーをのむ)」
足音がして、
明美の声「どなたか、いらしてるの?(ドアがあく)」
省一「ああ(と挨拶をしようと、中腰)」
明美「(誰だか分らず)こんばんは」
省一「はあ、どうも(と立って一礼)」
明美「珍しいじゃない、お客様なんて(ドアを閉める)」
竜彦「あんたも、しばらくだな」
明美「フフ、ちょっとね(淋しい真顔になり、省一に)あ、掛けて下さい」
省一「はあ(と、掛けながら)もう、私は」
明美「(提げて来た買い物袋をあけながら椅子のひとつへ

行き）お酒のさかなみたいなもの、買って来なかったな」

省一「いや、もう、そんな――」

明美「いるかいないか分らなかったし（と袋の中をさぐりながら）」

省一「お構いなく、どうか」

明美「電話かけりゃあ、来るな、なんていって」

竜彦「――」

明美「よくあんなこといえるわね（ともう省一を半分忘れている）」

竜彦「おい」

明美「お酒なんか、なぜのむのよ？　お酒どころじゃないでしょう！」

竜彦「よせよ」

明美「もう来るの、よそうと思ったわ。勝手で。気を揉まして（と泣きたくなり、省一に）ごめんなさい」

省一「いえ」

明美「心配するの、バカバカしくて」

竜彦「分った。客がいるんだ」

明美「でも、来ちゃったわ。やっぱり来たくて、来ちゃったわ（と泣く）」

省一「あの、じゃ、私は」

竜彦「そうですか。悪いな（と立つ）」

省一「いえ――」

竜彦「じゃ、明日、待っています」

省一「はあ。じゃ（とドアの方へ）」

竜彦「駅、分るかな」

省一「ええ。地図見たし、そこまで行けばタクシーあるだろうし」

竜彦「いや、なかなか、どうかな」

省一「いいんです。御心配なく。ごめん下さい（とドアをあけて出る）」

竜彦「ありがとう（玄関へ行こうとする）」

省一「いや、いいんです、分るから」

竜彦「そうですか」

省一「さよなら（とドアを閉める）」

■応接間の前

省一「（ドアを閉めて、玄関へ行こうとする）」

明美の声「なによ、何処行ってたのよ（と泣き声で抱きついて行く音）」

竜彦の声「おいよせよ。まだ、そこに（キスをしたらしい）」
その影がドア越しに見える。
省一「（玄関へ）」

■玄関

省一「（来て）なんだってんだ、まったく。一人だ一人だとかいってて（と靴をはきかける）」

■西洋屋敷・門

省一「（小走りに来て）あんな、若い、いい女がいるくせに。畜生！（と道の方へ）」

■望月家・居間（夜）

都　「（アイロンをかけている）」
省一「（パジャマにガウンで、その傍にかけて、ブスリとしている）」
都　「フフ、なあに？（と手を動かしている）」
省一「――」
都　「お茶でも入れる？」
省一「いいよ」
都　「もうちょっと待って（と尚やっている）」
省一「（都の手元を見ていて）なんだ（と小さく不満そうにいう）」
都　「え？」
省一「下着じゃないか」
都　「そうなの。おそく干したもんだから、しめっぽくて」
省一「そんなもん、一晩おきゃあ乾くよ」
都　「ついでだから（と手を休めないで）」
省一「――」
都　「二、三枚だもの」
省一「明日、五時に、和彦と、彼ンとこへ行ってやれよ」
都　「え？」
省一「五時だよ、明日、彼の家だ（立つ）」
都　「彼って？」
省一「分るだろ。沢田、氏だ（和室へ）」
都　「どうして？」
省一「親子にはちがいないんだ」
都　「だって――」
省一「逢いたがってるのに逢わせないほど、俺も心は狭くない（と和室へ）」

都「なんか、また、あの人いって来たの？（声はおさえめに、アイロン置く）」

■和室

省一「いって来やしないよ（と蒲団をめくって座る）」

都「（来ながら）だったら」

省一「（ガウンのポケットから手書きの地図をとり出してほうり）これが地図だ。世田谷の道は、分りにくいからな。曲り角、気をつけて行って来いよ」

都「――（その地図を拾う）」

省一「身体が悪くて、ひとりきりだっていう、自業自得にはちがいないが、そういう時は淋しいもんだ」

都「また逢ったの？」

省一「絶対逢わせないって、頑張ってるのも大人気ない」

都「いいのに――」

省一「いいのにじゃないよ」

都「どうして？」

省一「和彦のことを考えてみろよ。和彦の実の親だろうが」

都「――」

省一「一遍も逢わせなくていいのか？」

都「――（実は逢っていることを知っているが、いうわけにもいかない）」

省一「一遍ぐらい、逢わせておくべきだと思った」

都「（うなずく）」

省一「どんな、暮しをしてるかと、下見といっちゃあなんだが、行ったんだ」

都「（うなずく）」

省一「たしかに、淋しそうで、あれで身体が本当に悪かったら、そりゃあ、昔の縁にせよ、誰かに逢いたがっても無理はない。二人が行くことを約束した」

都「（うなずく）」

省一「ところが、女がいるんだ」

都「（見る）」

省一「若い女が、もうまるで自分の家みたいに上って来て、べたべたしちまって」

都「お父さんの前で？」

省一「よくもまあ淋しそうな顔ばっかり出来たもん

だよ」

都　「――」

省一「モデルかなんか知らないが、若い、綺麗な、お前（口惜しい）」

都　「だったら行くことないわよ」

省一「そうはいくかよ」

都　「どうして？」

省一「約束をしたんだ。女がいるなら、よすなんていえるか？　問題が全然ちがう。息子に逢わせよう、といったんだ」

都　「だったら、和彦だけ行けば」

省一「そうはいかないよ」

都　「いいじゃない」

省一「ヤキモチやいて女房を行かせないようだろ！」

都　「そうかしら？」

省一「一遍きりだ。行って来いよ。あいつのいう通りなら、あまり長くないんだ。逢っといてやれよ」

都　「――」

省一「それだけだ（とガウンを脱ぎ、置いて、蒲団に入る）」

都　「――」

掃除機の音、先行して。

■望月家・居間（朝）

ひとり掃除をしている都。

■ある店先（昼）

ぺこぺこ頭を下げて立ち去ろうとしつつ、笑っている省一。

■望月家・ダイニングキッチン

昼の仕度をしている都。

電車の音、先行して――。

■電車・窓外風景（夕方）

■電車の中

都と和彦、乗っている。

電話のベル。

■望月家・居間

良子「（電話に出て）もしもし、望月です」

■信用金庫・渉外課

女事務員と省一しかいない。

省一「（声をひかえながら）ああ、お父さんだ。お母さんたち、出掛けたか？」

■望月家・居間

良子「うん。三時四十分ぐらい」

■信用金庫・渉外課

省一「そうか。お父さん、今日、五時で帰るからな」

■望月家・居間

良子「いいよ、私ひとりで」

■信用金庫・渉外課

省一「ああ、しかし（小声で）お父さんも、たまには早く帰りたい」

■望月家・居間

良子「だったら、いいけど」

■信用金庫・渉外課

省一「なにか買って行くか？」

■望月家・居間

良子「ううん、お母さんが」

■喫茶店

小さな店。その隅で、コーヒーを前にしている都と和彦。

良子の声「ビーフシチューつくってったから、大丈夫。うん――うん――じゃあね、待ってる（と切る）」

和彦「（その間、黙っていて、腕時計を見て）まだ、いい？」

都「（自分の腕時計を見て）十分あれば行くでしょう」

和彦「うん。正確に五時なら、まだ、五、六分いいけど」

都「正確に行こう（さらりという）」

和彦「（どういう意味かと母を見て、目を伏せ）いいよ」

都「――今更、あなたもも
う逢ってるって、お父さんにいえなくて、こんなことになっちゃったけど」

和彦「嫌？」
都「え？」
和彦「（目を合せず）逢うの、嫌なの？」
都「嫌ってわけじゃないけど――」
和彦「でも、面倒くさいような、いい方ばっかりするから」
都「フフ。だって、いまの家にとっちゃ、やっぱり、困る人だし」
和彦「――」
都「喜んで逢いに行くってわけにはいかないわ」
和彦「本当にそう？」
都「なに、それ？」
和彦「ぼくは、また逢えると思うと、ちょっと嬉しいよ」
都「――」
和彦「そりゃお父さんはいい人だけど、お父さんにはないもの、あの人持ってるし――ぼくは嫌々じゃないよ」
都「そう」
和彦「――」
都「その方がいいわ。あなたが嫌がったり軽蔑したりしてるんじゃ、お母さんやっぱり情けないし、その方が嬉しいわ」
和彦「――うん」

■西洋屋敷・門前

和彦「（来て通用門をあけ、入る）」
都「（続いて入り、門を閉める）」

■西洋屋敷・台所

竜彦「（魔法瓶に薬罐から湯を入れていて、門の方を見て、慌てて入れる）」

■玄関の表

和彦と都、来る。

竜彦の声「ああ、いらっしゃい」
和彦「（都をちょっと見てから）こんばんは（とやや大声でこたえる）」

■玄関

魔法瓶を提げた竜彦が台所の方から来て、

竜彦「（笑顔で）正確だね、いらっしゃい」

和彦「(戸をあけていて) こんばんは」
都「こんばんは」
竜彦「ああ。上ってくれ (と応接間の方へ)」

■応接間の前

竜彦「(来て) 暖房してるんでね、ドアを閉めるけど、あけて入って (といいながら中へ)」

■玄関

都「(入ってドアを閉める)」
和彦「(上って、自分の靴を揃える)」
都「―― (靴を脱ぐ)」
竜彦の声「(先行して) お父さんに我儘をいった」

■応接間

竜彦「(二人の前に茶を出しながら) 二、三回でいい、公明正大にね、逢わせてくれないかって」
和彦「(うなずく)」
都「(茶に対して会釈)」
竜彦「一回だけだといわれた。ま、それでもいい。お父さんは、私を見ぬいている。深くつき合う相手じゃないとね。甘い顔を見せると、平和な家庭に波風(なみかぜ)を立てかねない」
都「――」
竜彦「一回だけというのは、きびしいが、たしかに三、四回がいいとこだろう。家庭なんてものとは似合わない男だ」
和彦「――」
竜彦「そういう人間が、ともあれ、こんな夜をあたえられたことを、お父さんに感謝してる」
都「――」
竜彦「(苦笑し) まるで演説だね」
和彦「(つき合って微笑)」
都「(つき合って微笑)」
竜彦「どうだい? 少しのんでもいいのかな? (と都にきく)」
都「ええ。少しなら」
竜彦「(苦笑し) しおらしいことをいうようになっちまったね (とかすかに毒があり、それ以上に失われた都の奔放(ほんぽう)さへの哀惜があって立ち、別のテーブルの端へ酒をつくりに行く)」
都「――」

竜彦「水割りかな？」

都　「ええ」

竜彦「君は（和彦に）どうする？」

都　「この子は、まだ」

和彦「少し、貰います」

都　「大丈夫？」

竜彦「大丈夫大丈夫。都さんが用心深いことというなよ」

都　「だって（と苦笑）」

竜彦「（酒をつくりながら）坊や、そのナプキンをとってくれ（とテーブルの料理の上にかかっている何枚かの紙ナプキンを顎で示す）」

和彦「はい（と行く）」

竜彦「これでもね、料理は全部、私がつくった」

都　「全部？（とそのテーブルの方へ）」

和彦「（ナプキンをとって行く）」

竜彦「ぶっきらぼうでやくざな料理ばっかりだが」

都　「あらァ」

竜彦「独りもんが中年になるとね、いつの間にか、そんなもんをつくるようになっている」

都　「おどろいた」

竜彦「（笑って）歳月という奴だね」

都　「ほんとね（和彦へ）おいしそうじゃない」

和彦「うん」

竜彦「さあ、これはお母さん、これは坊やだ（酒のグラスを示す）」

都　「坊や、なんてやめて（とりに行く）」

竜彦「（自分の酒をつくりながら）じゃなんていう？」

都　「和彦でいいわ（和彦に）ねえ」

和彦「（自分のグラスをとり）うん」

竜彦「（酒をつくりながら）そうか。いや、呼び捨ても悪いような気がしてね」

都　「フフ、図々しいくせに、変なところで遠慮するのよね」

竜彦「変なところなもんですか（と立ち上り）坊やが、俺の一番の弱味だよ（と和彦を見る）」

和彦「――（表情に困って目を伏せながら苦笑）」

都　「――フフ、そういえば、そうだけど（と感慨あっていう）」

竜彦「今夜は、よく来てくれた（乾杯のようにグラスを上げ）ありがとう（といって、のむ）」

和彦「――（のむ）」

都　「——（のむ）」

省一の声「ウワ」

■望月家・ダイニングキッチン

省一「（帰宅したばかりの感じで）すごい花じゃないか」

ダイニング・テーブルに、すごいといっても数が多いだけの安物の花が大きめの花瓶に生けられて置かれいる。

良子「（前掛け姿で、鍋のビーフシチューの火をつけながら）小さい花束買いに行ったらさ、あのおじさん、くれちゃったのよ。三百円でいいって」

省一「そりゃあ、安いや（上衣ぬぐ）」

良子「都合のいいときばっかり、お母さん頼んでるからって」

省一「まあ、そうだな。そのくらいしてもいいだろう（と居間の方へ上衣を置く）」

良子「あ、お風呂湧いてるけど入る？」

省一「だって、飯出来てるんだろ？」

良子「出来てるわ」

省一「じゃ飯食おうよ。お前だって腹へってんだろう？（とダイニングキッチンへ）」

良子「いいわよ。待ったって」

省一「食おう食おう。良子と二人っきりなんて、何年ぶりだ？　楽しく食おうじゃないか（と流しで手を洗う）」

良子「お父さんて、言葉悪いね。食おうだの、腹へっただの、食べよう、お腹がすいたって、いって貰いたいわ」

省一「少し、お母さんに似て来たな、お前」

良子「それで拭かないで。ふきんじゃないの」

省一「分りましたァ、お嬢さまァッ（とはしゃいで敬礼して笑う）」

良子「（仕方なく苦笑する）」

■西洋屋敷・応接間（夜）

料理はまだ残っているが、一段落という印象。

三人とも酒のグラスを持ち、黙っている。

竜彦「——そうか」

都　「え？」

竜彦「社員は、やっぱり低い利子でねえ」

都　「（うなずき）銀行なんか、もっといいらしいけど、そういう制度がなかったら、あんな家持てなかったわ」

竜彦「角地（かどち）で、陽当りもいいだろう？」

都「うん。フフ、あれ、急でね（と和彦を見る）」

和彦「うん」

都「野毛でレストランやってる人なんだけど」

竜彦「うん」

都「税金すごく滞納しちゃって、ほっとくと押えられて競売でしょう。それじゃあ時価の半分ぐらいになっちゃうからって、売り急いでたの」

竜彦「抵当か」

都「そう。信用金庫はそういう情報すぐ入ってくるから、お父さん、こりゃあ安いって、急いで私たちを車に乗っけて見に行ったのよね」

竜彦「じゃ、家建ってたの？」

都「うん。でも、建って一年半ぐらいだったかな」

竜彦「そう」

都「サラ金なんかが入ってると怖いけど、税務署が押さえてるなら税金払えばいいんだし、うちの人、そういうことはくわしいから」

竜彦「いろいろ特典があるんだな」

都「ううん。このくらい。あとはもう帰るのおそいし、銀行なんかよりもっと細かく商店の人とつながってないといけないでしょう。商売ぬきで、いろいろつき合わなきゃならなくて」

竜彦「そうか」

都「和彦なんか嫌だもんね」

和彦「（苦笑）」

竜彦「なにやりたいんだい？」

和彦「――ええ（と曖昧）」

都「分らないのよね。どうせ、どっかつとめるようになるんでしょうけど、この頃は入る大学で、入れる会社、かなり決っちゃうし。まだね。フフフ」

竜彦「そうか」

和彦「――（目を伏せている）」

都「明後日、一つ発表があるんだけど」

竜彦「そう」

都「なんとか浪人しないですみそうよね」

和彦「分んないよ」

都「大丈夫よ。国立のかなりのところだって入れるはずだったんだもの。落合先生だって、まず大丈夫だって（竜彦に）高校の先生なんだけど」

和彦「そんな話、もういいよ（ちょっといらついていう）」

都「いいじゃない」

和彦「家がどうの、学校がどうの、そんなこと、こちらは興味ないよ」

都「そうかもしれないけど」

竜彦「興味を持て、とお母さんは私にいってるんだ」

都「（否定しない。かすかな苦笑）」

和彦「（その母を見る）」

竜彦「家をどうやって手に入れたか、金はどうしたか、学校の合格発表はどうなっているか。そういうことを、細細と心配して行くことが、生活して行くことだ、とお母さんはいってる」

都「（目を伏せている）」

和彦「（その母を見る）」

竜彦「子供を育てるということは、そういうことだ。ありきたりだろうとなんだろうと、三度三度の飯をつくり、金を算え、掃除をし、着るもんの心配をしていかなきゃあ、子供なんて育つもんじゃない。そうお母さんはいっている」

都「――（目を伏せている）」

竜彦「こんなところで、自分ひとりのことだけを考え、並の人間とはちがうようなつもりでいる私に、子供を育てて生きて行くということは、こういうことだ、といってるんだよ」

和彦「――」

竜彦「ありきたりがなにが悪い？　無数のありきたりに耐えなければ、子供なんて育てられない。生活というものは、平凡でありきたりなもんだ。それを批評する資格なんて、あんた（自分を指し）にはない。聞きなさい。いやでも聞きなさい。どうやって、安い利子でお金を借りたか。どうやって、家を見つけたか。私は、そういう細細したことに立向って、ここまで和彦を育てて来た――そうお母さんはいってるんだ」

都「――」

竜彦「（都へ）ちがうかな？」

都「フフ、そんなに恨みがましくじゃないけど、そういう気持があることは事実ね」

和彦「――」

竜彦「私に反駁(はんばく)する資格はない」

都「いいのよ。なんでもいって。そこまで分ってくれてるなら、反論されてみたいわ」

和彦「(そんな風にしゃべる母をはじめて見た思いで母を見る)」

竜彦「いやあ——議論をする気はない。楽しくというわけにはいかないだろうが、もう少しのんでくれ。和彦」

和彦「はい」

竜彦「——椅子の背に、もたれないか」

和彦「(自分の固い姿勢に気づき) ああ」

竜彦「都さんも」

都「はい (ともたれる)」

竜彦「(苦笑し) 他人行儀は仕方ないが、一晩だけだ。哀れと思って、せめてくつろぐ芝居を (とグラスをあげ芝居めいていい、のむ)」

都「——(のむ)」

和彦「——(のむ)」

良子の声「へえ。あんなとこにお店出来たの」

■望月家・ダイニングキッチン

いつものテーブルの位置に、省一と良子が腰掛け、ケーキを食べている。

省一「ああ、ちょっと甘すぎるな」

良子「そうね。この頃は、もうちょっと洒落てないとね」

省一「仕様がないな。うちはそういう野暮な店に金を貸してるんだからな」

良子「いってやったら?」

省一「うむ、明日でもまた寄ってみるかな」

良子「そういう時、どうなの?」

省一「どうって?」

良子「お金貸してれば、お父さんやっぱり大きい顔するわけ?」

省一「そんな、いやらしかないよ」

良子「でも向うは、課長さんとかいうんでしょう」

省一「そりゃまあ、立てようとはするさ」

良子「ケーキなんか出す?」

省一「そりゃあケーキ屋なら、そのくらいはするさ」

良子「じゃ、おそば屋ならおそば?」

省一「いちいち食べてられるかよ」

良子「そういう時のお父さん見たい」

省一「どうして？」

良子「天王町で、うちの近所回ったことあったじゃない」

省一「ああ、支店長とな」

良子「そうよ。私、四年生ぐらいだったかな。回るのついて歩いてさ」

省一「ああ、春江ちゃんとなあ」

良子「そう。途中で、やめたのよ」

省一「そうか」

良子「よそうって公園行っちゃったわ」

省一「どうして？」

良子「あんまりお父さんペコペコするんだもの」

省一「（苦笑）」

良子「どうぞ、よろしく。どうか、どうかって、すごかったじゃない」

省一「ひどいことというなよ」

良子「あれだけなのよ」

省一「なにが？」

良子「お父さんが仕事をしてるの見たの」

省一「そうか——」

良子「お金貸してさ、ちょっと威張ってるとこ見たいわ（と食べる）」

省一「（苦笑し）そりゃあ——こっちも見せたいね。いやあ大体お父さん、ペコペコなんてしてるもんか。関内だって、戸塚だって大和ン時だって、お父さんが肩入れしたから助かったなんて店いくらでもあるんだ。ペコペコどころじゃないよ。望月さん相談のってくれ、これ持ってけって大変だよ。その証拠に、幸福堂の長男お父さん名前つけたろ」

良子「大和の？」

省一「そうだよ。あのうち行ったら大変だよ。この店がいまあるのは、望月さんのおかげだって、そりゃあもう下へもおかないよ。おばあちゃんなんか、手ェ合しちゃって、神様だよ、お父さん」

良子「へえ」

省一「見せたいなあ、そういうとこ」

良子「ほんと」

二人、笑って——。

■西洋屋敷・応接間

静かである。

竜彦「(都を見て) 強いね」

都　「ううん。ほとんど、のまないから」

竜彦「そう」

都　「のまないと弱くなるでしょ。もう、限界って感じ (と微笑してグラスをテーブルに置く)」

和彦「――(殆んど氷も少なくなっているグラスをのみ干す)」

竜彦「(二人に、きり上げましょう、といわれているように感じ) フフ、呼んどいて、一向に、面白くないね」

都　「フフ、面白いってわけにもいかないわ」

竜彦「そう。無論そうだ。どうだい (和彦に) もう一杯、薄いの、のまないか」

和彦「ええ」

都　「四杯目よ」

竜彦「大丈夫 (と和彦のグラスをとり) フフ、俺の子なら、強いはずだ」

都　「――」

和彦「――」

竜彦「フフ、やなことをいったね」

都　「――(かすかに、ううん)」

竜彦「(酒をつくりながら) いや (と静かに語りはじめる) どうシャッターを押しても、自分には、もう力のある写真は撮れない」

都　「――」

竜彦「独自の絵が撮れない」

和彦「――」

竜彦「撮る対象を愛する力も、なくなっちまった」

都　「――」

竜彦「そう――思い知ってね」

和彦「――」

竜彦「カメラを叩き売って、ごろごろしてた。なにかに深く執着することもない。好奇心なんてものも、持てない」

都　「――」

竜彦「好奇心なんて、あんた、誰かにそれを話すとか撮った写真を見せるとか、そういう欲がなきゃ湧くもんじゃない」

和彦「――」

竜彦「そんな頃、視神経に腫瘍があることが分った。

ほっとくと死ぬよ、といわれた。しかし、平気だったね。潮時だと思った。誰も、いないしね。仕事に、希望もない。死んでもいい、と思った」

都「――」

竜彦「女が――あの若いのが、気をつかってくれてね。前にあんた、子供がいるっていってたって――。どうさがしたのか。この子を連れて来た」

和彦「――」

都「――」

竜彦「こりゃあ、衝撃的だったね。フフ、逢った時は、どうということもなかったが。酔ってたからね」

和彦「（うなずく）」

竜彦「あとで、ジワジワきいて来た。俺に、あんな息子がいる」

都「――」

竜彦「そういういい方は、勘に触るかもしれないが」

都「いいのよ」

竜彦「――嬉しいんだね」

和彦「――」

竜彦「死ぬのをとどめるようなものはなにもないと思っていた。自殺をする気はないが、病気で死ぬなら、さからうまいと思っていた。しかし、やっぱり内心、自分が、アワみたいに、ある日あとかたもなく消えちまうことは、淋しかったんだね」

都「――」

竜彦「こっちだけの勝手な思いだが、自分の一部が、和彦に、受けつがれて、死んだあとも生き続けていると思うのは、安らぎだった」

和彦「――」

竜彦「和彦が来ると、なにか、説教めいたことをいっている。ある人間が、なにについて悩んでいるかを知れば、そいつの程度が分る、とかね。フフ、なにか、こう教えようとするんだね」

和彦「――」

竜彦「少しでも、自分の影響をあたえたい、などと思っている」

都「――」

竜彦「そりゃあ虫がいいってもんだ。影響を――あたえるほど逢う資格はないやね」

和彦「――」

竜彦「こうやって二人と夕飯が食えたなんてのは、多分、恵まれすぎってもんだろう」

都　「――」

竜彦「お父さんに、礼をいわなきゃいけない」

和彦「――」

竜彦「今日は、いろいろに考えてね。面倒なことは一切いうまい。三人で唄をうたうのもいい。踊りまくるのもいい。いやいや、静かにモーツァルトなんてェのはどうだ？　なんてね」

都　「――」

竜彦「お母さんのいう通りだ。あんた方は、楽しがるわけにはいかない。そう簡単に、打ちとけられる相手じゃあない」

都　「音楽、あるの？」

竜彦「そう。音楽なら、いいね。黙りがちな時間を埋めるには、俺のおしゃべりより、モーツァルトの方がいいに決まっている（とカセットの方へ行く）」

都　「そんなこといってないわ」

竜彦「（動きを止める）」

都　「唄が、よければ唄ってもいいわ。少し、回って来たし」

竜彦「そして、そろそろ失礼するわ、か」

都　「あまりおそいと心配するし」

竜彦「――」

都　「唄って、どんな唄？」

竜彦「変りゃあ変ったもんだ」

都　「――」

竜彦「あの亭主が心配するか！　勝手に心配させときゃあいい！」

都　「なにをいうの」

竜彦「下らん家庭を大事にすりゃあいい！」

和彦「――」

竜彦「一体、お前らの暮しは、なんだ！」

都　「どうしたの？　急に」

竜彦「和彦」

和彦「（おどろいている）」

竜彦「和彦！」

和彦「はい」

都　「どうしたの？」

竜彦「どうせ、どっかに勤めるか？」

和彦「――」

竜彦「どうせ、たいした未来はないか？」

都「――」

竜彦「バカいっちゃいけねえ。そんな風に見切りをつけちゃいけねえ」

和彦「――」

竜彦「人間てものはな、もっと素晴しいもんだ」

和彦「――」

竜彦「自分に見切りをつけるな」

和彦「――」

竜彦「人間は、給料の高を気にしたり、電車がすいてて喜んだりするだけの存在じゃあねえ」

都「――」

竜彦「その気になりゃあ、いくらでも深く、激しく、ひろく、やさしく、世界をゆり動かす力だって持てるんだ」

和彦「――」

竜彦「偉大という言葉が似合う人生だってあるんだ」

和彦「――（うなずく）」

竜彦「あんな親父と似た道を歩くな！」

都「よして――」

竜彦「親父に聞いてみろ！　心の底までひっさらうような物凄え感動をしたことがあるかってな！」

都「あなたは、あるの！」

竜彦「自分をみがくんだ。世界に向って、俺を重んじよ、といえるような人間になるんだ。家庭が幸せなら、事足れりなんていうようなあんな奴の（ように――）」

都「あの人をバカにしたような事をどうしていえるの」

竜彦「いくらでもいえるぞ」

都「あなたは、なに？　ただのろくでなしじゃないの！」

竜彦「奴は、ろくでなしでさえないんだ」

都「勝手なことをいわないで。あの人の好意で、こうやって、いま三人でいるのよ！」

竜彦「お人好しは、徹底的に俺をはねつけることが出来ないだけだ」

都「なんてことを――」

竜彦「一回ぐらい逢わせた方が気持が安まるのよ。自分をいい人だと思うことも出来る。ああいう手合いは自分を悪人にすることさえ出来ないんだ。誰かに悪く思われてるなんてことに耐えられないんだ」

都　「下司のかんぐりね。あなたの人柄が分るだけよ」

和彦　「――」

竜彦　「バカに奴には点が甘いじゃねえか」

都　「甘くなんかないわ。あなたなんかよりよっぽど誠実で」

竜彦　「よっぽど誠実？　ありゃあ誠実なんてもんじゃねえ。気が小さいだけだ」

都　「あなたは（一体、なにをしたの？）」

竜彦　「あんたを愛してるか？　あんたをあいつは愛しているか？」

都　「そう（思うわ）」

竜彦　「愛してるわけがねえ。ああいう男が、人を愛するなんてことが出来るわけがねえ。自分のことばっかりよ。心ン中のぞいたら、安っぽくて、簡単で、カラカラ音がしてるだろうぜ」

都　「帰るわ」

竜彦　「和彦」

都　「余計なことをいわないで」

竜彦　「適当に生きるなんてことを考えるな。体裁のいい仕事について、女房貰って、子供つくって、平和ならいいなんて、下らねえ人生を送るな」

都　「どこが下らないの」

竜彦　「（都へ）お前の亭主のような連中が、こんなちっぽけな魂しか持ってねえことは、あんたも百も承知だろうが。その上奴らはそれでなにが悪いとひらき直っている」

都　「和彦（帰るわよ、とコートをつかんで玄関へ）」

竜彦　「あいつがあんたを愛しているもんか。うんざりしながら便利につかってるだけだ」

和彦　「（玄関へ）さよなら」

竜彦　「（追いながら）本当にいいものも、本当に美しいものも、奴らは知らねえ。感じる力がねえ」

■玄関

竜彦　「いっとくが、あんたは、あんな奴で満足してるわけがねえ。奴は一遍でも、自分の魂の安っぽさに悩んだことがあるか？　少しでも、魂を豊かにしようと、自分をきたえたことがあるか？　悩んでることは、月給だの身体の調子だの、天気の具合なんてことばっかりだろうが」

都　「（邪魔され、抗いつつ靴をはき）私は、あの人を愛してるわ」

竜彦「ハハハ」

都　「あの人を誇りに思ってるわ（と出て行く）」

竜彦「誇りに？」

和彦「もういいです（と泣きそうになりつつ竜彦をとどめ）さよなら（と、とび出して行く）」

竜彦「奴を、誇りに思ってる？　ハハハ、あんな奴を」

■門への道

小走りの都と和彦。

竜彦の声「どうやったら誇りに思えるんだ！」

■西洋屋敷・玄関

竜彦、突然はげしい頭痛におそわれる。

ウーッと、身体をなげ出すようにして、頭をおさえる。

電車の音、先行。

■電車の中

都と和彦、それぞれの思いで、黙って乗っている。

■西洋屋敷・階段の下

竜彦、頭痛に、ころがる。

■電車の中

都と和彦——。

■西洋屋敷・電話のところ

竜彦「（電話をひき倒すようにして、ダイヤルに指をつっこむ。回す）」

■電車、激しく走り去る

■明美の部屋の外

明美「（コートをつかんで、とび出して激しくドアを閉め、靴をちゃんとはきながら、鍵をかけようとする）」

■西洋屋敷・廊下

竜彦、頭痛に、ウォーッと叫ぶ。

■明美のマンション前の道
キーッと明美の車、とび出して、走る。

■明美の車の中
明美「――」

■電車の中
都と和彦――。

■西洋屋敷・応接間
竜彦、苦しむ。

■走る救急車

■走る明美の車

■明美の車の中
明美、運転している。

■西洋屋敷・応接間
都の使ったグラスも、和彦のつかった食器もなぎ倒して、苦しむ竜彦。

9

「人のために生きたいが、どうしても自分本位になっちまう、そう思ってる奴の方が、多分目がさめている」

■八回目の映像で

竜彦「いっとくが、あんたは、あんな奴で満足してるわけがねえ。奴は一遍でも、自分の魂の安っぽさに悩んだことがあるか？　少しでも魂を豊かにしようと、自分をきたえたことがあるか？　悩んでることは、月給だの身体の調子だの、天気の具合なんてことばっかりだろうが」

都「私は、あの人を愛してるわ」

竜彦「ハハハ」

都「あの人を誇りに思ってるわ（出て行く）」

竜彦「誇りに？」

和彦「もういいです。さよなら（とび出して行く）」

竜彦「奴を、誇りに思ってる？　ハハハあんな奴を」

小走りの都と和彦。

竜彦の声「どうやったら誇りに思えるんだ！」

竜彦、頭痛に襲われる。

明美が、部屋からとび出す。

竜彦、頭痛。

とび出して走る明美の車。

救急車。

苦しむ竜彦。

■メイン・タイトル

以下、クレジット・タイトル――。

■病院・表（昼）

若い男（明美のマネージャー）が運転する乗用車が着くと同時に、助手席のドアをあけて真弓が急ぎおりながら、

真弓「ほんとに来ないで。私ひとりで連れて来るから」

■病院・廊下Ａ

真弓、小走りに行く。

■病院・廊下Ｂ

入院病棟。急ぎながらだが、今度は病室の名札を見ながら行く真弓。入院から二日がたっている。

ノックの音、先行。

■個室

眠っている竜彦の傍で、丸椅子にかけて深く首をたれていた明美、ドアの方を見る。泣いていた顔。

真弓「（すぐドアをあけ）あ（こんちは、というように、うなずく。大変ね、という感じもある）」

■病室前の廊下

明美「（病室から急ぎはなれるようにつき当りの窓の方へ）」
真弓「——（続く）」
明美「（窓まで着き）ひどい顔よ。行けないわ」
真弓「すっぽかすのは、まずいわよ」
明美「いいの」
真弓「仕事来なくなるよ」
明美「平気」
真弓「谷くん下にいるの。力づくでも連れてくってっいってるわ。待てっていって待たしてるの」
明美「（やりきれなく目のあたりを掌で拭く）」
真弓「顔を見せるだけでもいいわよ。撮れるか撮れないかは向うの判断にまかせばいいわ」
明美「病気だっていってよ」
真弓「嘘ってバレるじゃない。みんな事情知ってるし、行くだけは行ってあやまっちゃった方が感じがいいよ」
明美「——」
真弓「ほんとにモデルやめる気あるの？　やっと売れて来たんじゃない。看病ったって、なにすることあるの？　そんなことで、仕事棒にふるほど純情？　バカバカしいじゃない」
明美「（急に泣き声がこみ上げそうになり、それを気が強く掌で押さえる。しかし漏れる）」
真弓「——（小さく）手おくれってこと？」
明美「（こたえたくなく廊下を戻る）」
真弓「明美」
明美「（立ち止る）」
真弓「今日明日とかそういうこと？（と傍へ行って小さくきく）」
明美「行くわ（とエレヴェーターの方へ）」
真弓「私、残ってようか？」
明美「いいわよ。やることは、別にないのよ（としっかりしようとしながらどんどん歩く）」

■病院・個室

竜彦「（目をあいている。廊下の気配にゆっくりドアの方を見る）」
真弓「（そっとドアをあけ、竜彦が起きているので、小さく）あ。フフ、こんちは」

竜彦「よう」

真弓「（おさえてはいるが、実は急いでいて）おぼえてます？　前に竜土町のバーで、明美と（といいながら入って、明美のハンドバッグをとる）」

竜彦「ああ、逢ったね」

真弓「明美、秋のＣＭの撮影なんです。迎えに来たの。バッグ忘れたっていうんで、とりに来たんです」

竜彦「そう」

真弓「眠ってると思ってたわ（とドアへ行き）あ、これ渡したら、私、代りにいましょうか？」

竜彦「いや、いいよ」

真弓「そうですか。じゃ、一日かかると思うけど（と微笑して出ようとする）」

竜彦「ああ（なにかいいたい感じある）」

真弓「いるもんなにかあります？」

竜彦「いや、ただ――」

真弓「ええ――」

竜彦「あんなに泣いたあとで、撮れるかな？」

真弓「分らないけど、行くだけ行ってみます。フフ」

■スタジオ・メーキャップ室

明美「（濃いメーキャップの途中で、激しく斜め背後にいる真弓の方を振り向き）なんていった？（確認）」

真弓「だから（ひるみながら）あんなに泣いたあとで」

明美「あんなにって――」

真弓「撮影出来るのかなって」

明美「あの人ずーっと眠ってたのよ。私が泣いたの、知ってるわけないわ」

真弓「でも、そういったもの。あんなに泣いたあとでって」

明美「眠ったふりしてたわけ？（と強くきく）」

真弓「そうじゃないの？　だって」

明美「ちょっと病院電話かけて来る（とドアの方へ）」

真弓「駄目。もう、みんな怒ってるんだから。これ以上待たすと、ヤバイわよ（とはばむ）」

明美「だってあの人、どう思った？　私が泣いてるのを見て、どう思ったと思う？（とやりきれなく、出ていこうとする）」

真弓「電話で釈明なんかすりゃあ、余計変に思うわよ。何処もいきゃあしないんだから、夜までにうまい言い訳考えた方がいいわよ」

明美「――（迷う）」

真弓「戻って（と強引に椅子へ）よくないよ。男のことでとり乱してるの、みんなに見せるの、よくないよ（と小声でぴしりとたしなめる）」

ノックの音。

メーキャップの女性「はい」

谷くん「（ドアをあけ）どうかした？」

真弓「どうもしない。あと五分（とドアへ急ぎ行って押し出してドアを閉めながら）まかしといてよ」

明美「――（メーキャップされている）」

真弓「（ドアの向うに）御機嫌とってて（と低く叱るようにいい、鏡の中の明美を見る）」

明美「（メーキャップされながら、真弓を見ている）」

真弓「フフ（と苦笑し）私がなんで、ヤキモキしなきゃなんないのよ（と傍の椅子をひいて腰掛ける）」

明美「真弓」

真弓「うん？」

明美「言い訳考えた方がいいっていったね？」

真弓「うん――」

明美「なんの言い訳よ？」

真弓「なんのって、何故泣いたか、いわなきゃならないでしょう？　あの人が、どう思ったか心配だって、いまいったじゃない」

明美「真弓はどう思ったの？」

真弓「どうって――」

明美「言い訳って、どういうことよ？」

真弓「だって、明美が泣くなんて、余程のことかと思ったのよ」

明美「――」

真弓「もう、手おくれとか、そういうことなのかなと思って」

明美「――」

真弓「ちがうなら、いいけど」

明美「病院の看護婦さんとこ、電話してくれる？」

真弓「いいわよ」

明美「三病棟の四階」

真弓「わかった」

明美「様子、見てって」

真弓「かけとく。大丈夫。あんた入ったら、すぐかける（立っている）」

明美「――（メーキャップされている）」

電話のベル、先行して――。

■望月家・居間

電話のベル。浴室の方から、ゴム手袋をとりながら都、急ぎ来て、受話器をとり、電話のあることを予期した声で、

都　「はい。あ、お父さん――」

■公衆電話ボックス

省一「どうだった？」

■望月家・居間

都　「うん。さっき、大学の傍から電話があって」

■公衆電話ボックス

省一「うん」

■望月家・居間

都　「なかったって」

■公衆電話ボックス

省一「そうか」

■望月家・居間

都　「まだ二つあるし、東大入って、私立落ちた人だっているんだし」

■公衆電話ボックス

省一「ああ、一つぐらい落ちたって、どうってことはないさ。大げさに慰さめたりするなよ（と切る）」

■望月家・居間

都　「――急に切るんだから（と切る）」

■西洋屋敷・玄関の表

和彦「（戸をあけようとしてあかず）こんちは（と小さくいい、やや大きく）こんにちは」

■明美のさまざまなショット

ＣＭのショット。美しく。明美の目のアップ。唇のアップ。横顔。手。足もと。突然、全身。それらの映像に、スタッフのごく日常的な「ちょっと、暗部そのくらいね？」「シェードいいかい、賢治」

「はい」「メーキャップ、もう一回見なくていいね？」「はい」「さあ、そろそろ行こう」

CMの音楽（化粧品といった感じのロマンティックなメロディで）明美、哀愁のある目をゆっくり（スローモーションでもいい）一方へあげて行く。それに従って歓喜が、こみあげて来る。笑顔になって行く。

明美の声「（まだ音楽はあって）いつよ？（と衝撃を受けた声）」

■スタジオの狭い廊下（夜）

明美「（撮影時の姿で、後ろから来る真弓を振りかえって）いつ知ったの？　そんなこと」

真弓「（明美の剣幕におびえ）四時すぎ」

明美「じゃあ、四時間もたってるじゃないの」

スタッフ二人「（狭い廊下を追い越しながら）お疲れさま」

真弓「（救われたように）お疲れさまでしたァ」

明美「お疲れさまでした（とメーキャップ室の方へ）」

真弓「谷くん、すぐ病院行って、さがすからって電話があって」

明美「何処さがすっていうの？　あの人のとこ、私しか知らないじゃない」

真弓「だけど、撮影中に、いなくなったなんていえば、また明美大変になっちゃうじゃない」

キーッと車の音、先行する。

■明美の車、走る（夜）

■明美の車の中

明美「（ひとり運転している）」

■西洋屋敷・玄関までの道

明美「（小走りに門をあけて、玄関へ）」

■西洋屋敷・玄関の表

明美「（来て立ち止る）」

玄関の中に、灯りがついている。

明美「――（行く）」

■西洋屋敷・階段の下

明美「（来て、応接間を見る）」

閉まったドアの向うに灯り。

明美、ドアまで行き、思い切ってあける。

■応接間

竜彦「（セーター姿で、明美を見ていて）よう（と椅子にかけている）」

明美「なんてことするの？　病院脱け出すなんて、いい加減にしてよ（ドアを閉める）」

竜彦「これに懲りて、俺の世話なんかやくな」

明美「やかないわ。やくもんですか」

竜彦「――それでいい」

明美「なにがいいのよ。子供みたいなことしないでよ（とややはなれた椅子へ乱暴に掛ける）」

竜彦「病院が嫌いだ」

明美「誰だって嫌いよ。治さなきゃならないから我慢してるんじゃない」

竜彦「手おくれは、いいじゃないか」

明美「なにが手おくれよ」

竜彦「手術をしないことになった」

明美「しなくても治るからよ」

竜彦「それで、あんたがどうして泣く？」

明美「ほっとしたからよ」

竜彦「――」

明美「勝手に見当つけないでよ。入院してれば――どんどん、よくなるわ」

竜彦「――」

明美「先生が、そう保証したわ」

竜彦「ありきたりなことをいうなよ」

明美「本当だもん」

竜彦「水くさいね」

明美「なにを疑ってるの？」

竜彦「気安め言われて――」

明美「気安めじゃないわ」

竜彦「病院で死ぬ身になれよ」

明美「なんのこと？　死ぬとかなんとか」

竜彦「こっちを向けよ」

明美「（横顔を竜彦に見せたまま）嫌なの。疲れて、ひどい顔だから。渋沢っていう奴、最低ね。当ったCMが二つ三つあったからって、あんなに舞上って巨匠面することはないわ」

竜彦「――」

明美「知ってるでしょ。渋沢っていう奴」

竜彦「――」

明美「そんなに見ないでよ」

竜彦「助からない奴を病院に、とじこめて、なんになる」

明美「勝手に決めないでよ。助からないなんて、そんなことをいって粋がらないでよ」

竜彦「無理をするなよ。そんな無理をしなくていいんだ（優しくいう）」

明美「（やりきれない）」

竜彦「俺のことを、もう少し知ってると思ってたぜ」

明美「（指を噛む）」

竜彦「嘘をついて、いたわってくれなくてもいいんだ」

明美「――」

竜彦「本当のことを言ってくれていいんだよ」

明美「――」

竜彦「――」

明美「でも、病院にいなきゃ駄目なのよ（静かにいう）」

竜彦「どうして？」

明美「痛みが、また来るし、点滴に鎮痛剤混ぜるのが一番効くっていうし、点滴なんて、此処じゃ出来ないでしょ」

竜彦「どのくらいで死ぬんだ？」

明美「そんなこと分らないわ」

竜彦「かくすなって（いってるじゃないか）」

明美「かくしちゃいないわ。先生だって分らないっていってたわ。大体、もっとひどいことになってるって、先生思ってたのよ。今まで、痛みが来なかった方が不思議だって」

竜彦「――」

明美「だから、思いがけないことは、もっと起るかもしれないわ。あんた悪運強いから、投げないで、治そうとすれば治るかもしれないわ」

竜彦「運がなかった時は、どうなる？」

明美「そりゃ痛みが、どんどん来て、目だって、目だって（涙がこみ上げ）知らないわよ。私（と泣く）」

竜彦「――明日、医者に逢って来よう」

明美「――（泣いている）」

■希望ケ丘・駅前・情景（昼）

■喫茶店「ユーカリ」

ウェイトレス、隅の和彦のところへコーヒーを持って来て、

ウェイトレス「お待たせしました（と置く）」

和彦「（本を閉じる）」

多恵子の声「ホット」

ウェイトレス「（身体を起こし）は？」

多恵子「（傍に立っていて）ここに座るから、ホット」

ウェイトレス「（気味が悪く、うなずいて、去る）」

多恵子「（低く）なんだよ、よけて行くなバカ（とウェイトレスの方へ独り言めいていい、和彦を見ないで、その前の席へ掛ける）」

和彦「（当惑するが）——やあ」

多恵子「（目を伏せたまま）落ちたって聞いてよ」

和彦「妹？」

多恵子「そうじゃねえよ」

和彦「誰よ？」

多恵子「一杯いるさ。落ちたなんていうのは、喜んで教えるさ」

和彦「まだ二つあるし、どうってことないよ」

多恵子「——明後日だろ」

和彦「え？」

多恵子「次の発表だよ」

和彦「ああ、明後日としあさってと続けてね」

多恵子「（知っている、うなずく）」

和彦「よく知ってるな」

多恵子「自惚れんじゃねえよ」

和彦「フフ、どういうことよ」

多恵子「分ってて聞くなよ（と外を見る）」

和彦「（砂糖をとりながら）学校、もう終り？」

多恵子「——（外を見ている）」

和彦「早いじゃない（と砂糖入れる）」

多恵子「説教してるつもりかよ？」

和彦「説教？」

多恵子「サボったに決ってるじゃねえか。わざとらしく聞くなよ」

和彦「（苦笑）」

多恵子「（和彦を見て）オレが、どうしようと関係ねえだろ」

和彦「そうでもないさ」

多恵子「お前がオレとつき合うかよ？」

和彦「え？」

多恵子「お前大学入って、中学で就職するオレとつき合うかよ?」

和彦「そういう風に考えたことないな」

多恵子「だったら考えろよ。大学行った奴は、中学だけの女とは、つき合わねえんだ」

和彦「そうかな」

多恵子「恋愛は自由とかいったって、ちゃんと差別してやがんだ」

和彦「それは、ひがみだと思うな」

多恵子「じゃ、俺とつき合うかよ?」

和彦「それと、この、問題とは、ちがうと思うけど」

多恵子「フン（とポケットへ手を入れる）」

和彦「俺は、中学出だからどうなんて思ってもいないよ」

多恵子「（くちゃくちゃの煙草の箱をぽんとテーブルへほうる）」

和彦「なによ?」

多恵子「のみな」

和彦「俺——」

多恵子「みろ。お前なんか、短大かなんか出た、キレイキレイを相手にするに決ってんだ」

ウェイトレス「お待たせしました（と多恵子の水とコーヒーを持って来る）」

和彦「——」

多恵子「——」

ウェイトレス「ありがとうございました（と、去る）」

和彦「（煙草をとって、一本とる）」

多恵子「（見ている）」

和彦「（くわえる）」

多恵子「（ライターをさし出し、つける）」

和彦「（すう。むせて咳が出る）」

多恵子「（けろりと、おかしがって笑う）」

和彦「（笑ってしまう）」

多恵子「（笑っている）」

横に明美が立つ。

明美「（和彦に）こんちは（笑顔ない）」

和彦「あ」

明美「（多恵子にも）こんちは」

多恵子「（うなずく）」

明美「（和彦へ）待った?」

和彦「いえ、こっちが勝手に（と立ち上り）早く来たんです」

■明美の車、走る

■明美の車の中

明美「（運転している）」
和彦「（その横にいて）どんなことですか？」
明美「どうしよう？」
和彦「え？」
明美「どっかで話さなきゃならないんだけど」
和彦「ええ」
明美「今晩から、私、沖縄へ行くの。行きたくなんか全然ないんだけど、前からの約束で、仕様がないの」
和彦「ええ——」
明美「それだって、モデルやめる気なら、すっぽかせるんだけど、やめて私、一人で、なにやって食べて行けるか、分らないし」

■喫茶店「ユーカリ」

多恵子「（調理場に近いところに立っているウェイトレスに、コップを持ってみるみる近づき、水をかける）」
ウェイトレス「なにすんのよッ！」
多恵子「ひとのこと笑いやがって」
ウェイトレス「笑ってないわ」
多恵子「笑ったよォ、笑いやがって（とコップ叩きつけて、つかみかかって行く）」
ウェイトレス「やだッ！」

■明美の車の中

停っている。サングラスで前を向いている明美の横顔を、ちょっとショックを受けた顔で和彦、見ている。

■道

車を停めてもいい場所に、明美の車、停っている。
和彦の声「じゃ、どうにもならないんですか？」

■明美の車の中

明美「（うなずく）」
和彦「手術をしても仕様がないってこと（ですね？）」
明美「（うなずく）」
和彦「で——」
明美「そのこと本人、知ってるの」

和彦「（うなずく）」

明美「前から、そんなこと平気だっていってたでしょ？」

和彦「ええ――」

明美「じきに、死ぬんだ、なんて、すぐいって」

和彦「ええ」

明美「気取り屋だから、死ぬことになって、とり乱したりするの癪（しゃく）なのよね」

和彦「（うなずく）」

明美「先手を打って、死ぬ死ぬっていって、死ぬことに慣れようとしてたのよ」

和彦「――」

明美「本当は、人一倍こわいのよ。臆病なのよ」

和彦「じゃ、いま」

明美「――」

和彦「まいってるんですか？」

明美「そう思うわ」

和彦「へえ――（口の中で）」

明美「かくしてるけど――辛うじて、かくしてるけど（水くさいのよ）」

和彦「（うなずく）」

明美「病院へ行って、絶対入院しないって、先生をおどかしたらしいの」

和彦「（うなずく）」

明美「どうせ死ぬなら、いいだろうって。鎮痛剤よこせって」

和彦「（うなずく）」

明美「あの人、そういう時怖いでしょ？」

和彦「（うなずく）」

明美「先生、仕様がなくて、のみ薬の鎮痛剤あげたらしいの」

和彦「（うなずく）」

明美「それが、効くうちは、いいんだって。すぐ、そんな薬じゃ効かなくなって、入院しなきゃ、どうにもならなくなって、そうなったら、もう、あっという間に、終りだろうって」

和彦「（うなずく）」

明美「ひとりで、あの家にいるわ」

和彦「（うなずく）」

明美「いま、行ける？」

和彦「ええ」

明美「前まで送る。七時に羽田なの（と短く涙声になり、エンジンをかける)」

■西洋屋敷・応接間

床に顔を押しつけ、うちひしがれた竜彦。通用門をあける音。入って、閉める音。ギクッと竜彦、目をあける。

■西洋屋敷・玄関への道

和彦の靴が歩く。

■西洋屋敷・応接間

竜彦「(慌てて起き上るが、すぐさまとりつくろえない思いで、女のような泣き声めいた声をあげ、どうしようかと、とり乱す)」

■西洋屋敷・玄関

和彦「(玄関のドアをあけ、そんな竜彦に逢う気構えの間短くあって)こんにちは——(間)——こんにちは」

竜彦の声「(明るく)誰?」

和彦「——和彦です」

竜彦の声「ちょっと待ってよ。あ、いや、上ってくれ、応接間だ」

和彦「——はい(と靴を脱ぐ)」

足音がして、竜彦、毛布を背負うようにして、服の破れなどをかくして現われ、

竜彦「すぐ戻る。掃除してたんで、ひどい格好なんだ(と階段を上りながら)応接間にいてくれ(と、上って、二階の戸の開閉)」

和彦「——(その明るさに、意表をつかれて、二階の方を見る)」

■応接間

ドアをあけて、さっぱりとした服装の竜彦が「よう」と微笑して入って来て、ドアを閉める。もう誇張したような陽気さはない。平静を努めている。

和彦「(立ち上って)こんにちは(と一礼)」

竜彦「ああ。大丈夫かい?」

和彦「は?」

竜彦「こんなとこへ来ると、お袋さんに、叱られるんじゃないか?(と椅子にかける)」

和彦「内緒です」

竜彦「――そうか」
和彦「あの。なにがいいか分らないんで、コーヒー、ひいて貰って、買って来ました」
竜彦「そうか」
和彦「パーコレーターあったと思って」
竜彦「ああ、古いのがな、台所行くか（ともう廊下に向っている）」
和彦「はい（と立つ）」

■台所

竜彦「（アルコールランプにマッチで火をつけ）なんとか足りるだろう（とパーコレーターにセットする）」
和彦「ええ」
竜彦「外国人は、頑固だね。日本人なら、とっくに、こんなもの捨ててるだろう（と棚へ罐をとりに行く）」
和彦「ええ――」
竜彦「クッキーだ（と蓋をあけ）これはまだ、たっぷりある（とテーブルに置く）」
和彦「ええ（と一礼）」
竜彦「こういうもの、好きかい？」
和彦「ええ、わりと」
竜彦「そうか。いや、どういうものが好きか、見当がつかない（と腰掛ける）」
和彦「フフ」
竜彦「食べなよ」
和彦「ええ。いただきます（とクッキーをとる）」
竜彦「（見ている）」
和彦「フフ、なんか、食べにくいな（と口にいれる）」
竜彦「フフ、俺なんかもね」
和彦「ええ」
竜彦「たまに酒やめると、甘いもんが欲しくなる」
和彦「そうですか」
竜彦「もっと、こってりしたもんの方がいいのかな？」
和彦「いえ、この頃は、あんまり甘いのは、みんな好きじゃないみたいです」
竜彦「そうか――」
和彦「――ええ」
竜彦「――」
和彦「フフ、元気そうですね」
竜彦「そうかい」
和彦「ええ。そういう風に見えます」

竜彦「しかし、彼女から聞いてるんだろう」
和彦「（竜彦を見られず）あ」
竜彦「行ってやれと、いわれたんだろう？」
和彦「――（答えに迷って息をつく）」
竜彦「そのくらいは、分る」
和彦「でも、そうじゃなくても、ここへ来ようと思ってました。いえ、この間テスト落ちて、その日、此処へ来たんです。でも、お留守で、きっとその時、病院だったと思います」
竜彦「――そう」
和彦「ぼくあの、母と来た時、あなたが、ぼくに、なにか影響をあたえたいっていってたこと、とてもあの、頭に残って、もっと話聞きたいと思いました」
竜彦「――」
和彦「というより、もう、ぼくは、あなたの影響を受けていると思いました。そのこと、いいたいと思いました」
竜彦「――」
和彦「あなたに逢う前、ぼくは受験のことしか考えていませんでした。なんだかんだいったって、いい大学へ入らなきゃ負けだと思ってました」
竜彦「――」
和彦「そして、いい会社へ入らなきゃって」
竜彦「――」
和彦「でも、人格的にちゃんとしようとか、精神を高めようとか、そういうことは不思議なくらい考えませんでした」
竜彦「――」
和彦「人のためになろうとか、社会のためになにかしようとか、そういうことは、自分でも変な気がするけど、考えませんでした」
竜彦「――」
和彦「自分のことばかり――それも、大きなことをのぞんでいるんじゃなくて、体裁のいい会社へ入って、ほどほどの位置まで行けばいい、と思ってました」
竜彦「――」
和彦「自分に見切りをつけるなっていわれた時、ショックでした。偉大って呼ばれる人生だってあるんだっていわれて、本当に、そうだな、と思いました」

竜彦「――」

和彦「そういう立派な生き方は、自分とは関係ないような気がしていたけど、ぼくだって、その気になれば、ぼくなりに、どんな生き方だって選べるんだって思いました」

竜彦「――」

和彦「といったって、さしあたって、なにしていいか分らないけど、自分のことだけ考えて、趣味を大事にしたり、そういうことだけで、一生を終りたくないと思います。なにかのために、生きたいと思います」

竜彦「――」

和彦「そんなこと、当り前なのかもしれないけど、ぼくは、あなたと逢うまで、気がつきませんでした」

竜彦「――」

和彦「大学へ入ったら、とにかく、自分のためじゃないこと、誰かのためとか、なにかのためになることをしたいと思ってます」

竜彦「水をさすわけじゃないが」

和彦「――ええ」

竜彦「そういうことを思っている人間は、とかく嫌味なもんだぜ」

和彦「――（うなずく）」

竜彦「自分はいい生き方をしている。それにひきかえ周りの奴は、なにをしてる！　そんな風に思って、みんなを教育しようとしたりする」

和彦「そんなことはしません」

竜彦「いいかい？」

和彦「ええ」

竜彦「人間は、結局自分のことばかりよ」

和彦「そうでしょうか」

竜彦「そう思って丁度いいんだ。俺は人のために生きてるなんて、そんなことを本気で思ってる奴は、大ざっぱな野郎だ」

和彦「（うなずく）」

竜彦「人のために生きたいが、どうしても自分本位になっちまう、そう思ってる奴の方が、多分目がさめている」

和彦「（うなずく）」

竜彦「しかし、あんた――」

和彦「（は？　という顔）」

竜彦「病気の見舞いがうまいな」

和彦「いえ――（そんなつもりで）」

竜彦「たいそうな影響をあたえたようで、暫くいい気持だったぜ」

和彦「お見舞いでいったんじゃありません」

竜彦「まあ、いいさ」

和彦「いえ。ぼく、さっきから、おどろいてます」

竜彦「うん？」

和彦「どうして、そんなに平然としてられるのか？　ぼくなら、きっと、気が狂いそうになってると思うし、とってもコーヒーなんか、いれてられないと思うし」

竜彦「――」

和彦「えらいと思います」

竜彦「――」

和彦「本当です」

竜彦「のもう」

和彦「はい」

■望月家・浴室（夜）

都　「（普段着で、ガラッと戸をあけ、感情をおさえて入って来、蓋をあけ、プラスチックの棒で湯をかきまわす）」

和彦「（脱衣場に立って、都を見る）」

都　「（湯加減を見て、ガスを止め、蓋をする）」

和彦「いっとくけど、お母さんに行って貰いたいとか、そんなこといってんじゃないんだよ（声をおさえている）」

都　「（背を向けたまま、うなずく）」

和彦「ただ手おくれが、はっきりしたってこと。あんまり、長くないってこと」

都　「――」

和彦「そのことを、自分であの人知ってるってこと」

都　「――」

和彦「耳に入れといた方がいいと思って」

都　「（うなずく）」

和彦「前からあの人、そんな事いってたし、今更驚ろかないだろうけど」

都　「――」

和彦「どうする？　行ってやる？」

都　「――もう、充分逢ったし、お母さんが行ったって、どうってことないし、いいんじゃない（とまた蓋をあけ、かき回す。その動きは平静だが、二度湯加減を見ているのである。手を止める）」

和彦「うん（とダイニングキッチンへ）」

都　「――」

■ダイニングキッチン

和彦「（ドキリとする）」

良子「（冷蔵庫をあけたまま立っていて）どうかした？　あの人（と、閉める）」

和彦「なんでもないよ（と階段の方へ）」

良子「（――追って行く）」

■階段

良子「（来て、小声で）なによ？　かくすことないじゃない」

和彦「（階段の上で）かくしちゃいないよ（と上る）」

良子「（階段を上りながら）じゃ、いいなさいよ。二人で、こそこそしゃべんないでよ」

■階段の上

和彦「（自室のドアをあけていて）なにいってんだ」

良子「（来て）お父さんも私も、ちゃんと了解して、二人で逢いに行ったんじゃない。今更なんか、かくさないでよ」

和彦「かくすって別に――」

良子「お父さんに、いうから」

和彦「（良子の手にしている一リットルの紙パック牛乳を別に見なくて）牛乳しまって来いよ（と部屋へ）」

良子「大丈夫よ、寒いから（と、入って行く）」

■ダイニングキッチン

都　「（脱衣場の方から来る。立ち止る）」

音楽は次のシーンにも流れて。

■階段の下（時間経過）

省一「（勤め帰りの服装で二階に向って）和彦、ちょっと来い（と明るくいって、コートを脱ぎながら居間へ）」

都　「（続きながら）どうしたの？」

■居間

省一「（コートを椅子にほうりながら）鶴見の支店の帰りにな、支店長とコンピューターやったんだ」

都　「コンピューターって？」

省一「占いだよ、コンピューター占い」
都「お父さんが？」
和彦「（来て）なに？」
良子「（続いて来て）どうしたの？」
都「ううん、占いだって」
省一「バカ、あたってんだよ、見てみろこれ（と脱いだ上衣の内ポケットから、たたんだ四枚の紙を出し）性格なんて、ぴったりだよ。これが良子だ」
都「四人のやったの？」
省一「いいだろ、たいした金じゃないんだ。和彦（と和彦の分を渡す）」
都「そりゃいいけど」
省一「見てみろ、お母さんの」
都「うん？（と受取る）」
省一「我が強くて亭主を尻に敷くから気をつけろって」
都「ほんと？（と笑いながら見る）」
良子「ウワ、当ってる（自分のを見ていていう）」
省一「（気が好く微笑し）そうだろ？」
和彦「まいったな（と見ながら笑う）」
省一「和彦のもぴったりだ」
都「なんだって？」
和彦「え？（と、苦笑しつつまだ見ている）」
省一「いや、目玉はな、かしてみろ、これなんだ（と和彦のをとり）八三年あなたは？　っていうところだ」
良子「なに？」
都「和彦の八三年？」
省一「いいか、おどろくな。前半に、小さなつまずきがあります」
良子「当ってる」
都「で？」
省一「しかし、すぐそれをつぐなう幸運がやって来ます」
良子「いいじゃない」
都「へえ（とその紙をとる）」
和彦「そんなことといったって――」
省一「いやあ、ちょっとこりゃあドキンとしたね。他のところがわりと当ってるだろ。そして、ちゃんと、つまずきがあって、次にってんだから、あッなんて、お父さん、でっかい声出しちゃったよ」

都　「ほんとね」
良子「面白い（と一緒にのぞいていて笑う）」
省一「大丈夫、大丈夫。こりゃ合格だ和彦（と、立って洗面所の方へ）ぐっすり眠れ」
和彦「（苦笑で、しかし明るく）無茶苦茶だなあ」

■望月家・表（昼）

大沢が自転車で一方からやって来る。楽しそうである。前々シーンからの音楽、ずれ込んで終る。

大沢「（自転車をおり、チャイムを押しながら大声で）こんちは」
都の声「（インターフォンから）はい」
大沢「あ、大沢です。すいません」
和彦「（ガラッと二階の自分の部屋の窓をあけ）おう」
大沢「よう。俺と一緒だってな。びっくりしたよ」
和彦「（憂鬱だが、気持を励まして微笑し）ああ」
都　「（ドアをあけ）いらっしゃい」
大沢「あ、こんちは。いま学校いったら、ぼくと同じ大学だっていうんでふっとんで来たんです」
都　「そう。おめでとう」
大沢「はい。ありがとうございます（と一礼）」

■居間

大沢「（興奮してるのでサッサと入って来て、後ろから続く都へ）いや、ぼくなんか、ぜんぜん彼と一緒だなんて思ってなかったんで、嬉しいです」
都　「そうね」
大沢「同じ経済だし、近所のよしみで、よろしくお願いします」
都　「ほんとね。どうぞ（椅子をすすめる）」
大沢「はい（と座る）」
都　「発表、昨日だったでしょう？」
大沢「ええ」
都　「今日、学校へ行ったの？」
大沢「昨日も、行ったんです。今日もなんとなく行ったら、おそくなって、望月が合格したっていうって来たって」
都　「そう」
大沢「あ、おかまいなく、どうぞ」
都　「ええ（二階へ）和彦。なにしてるの（と、声大きくいう）」

大沢「いいんです。もう勉強しなくていいし、こっちは、のんびりしてますから」

都「あの子だって同じ、昨日はおそくまで十何枚だかレコード聞いたとかいってたわ（と階段の方へ）」

大沢「ぼくは、親父と酒のんじゃって」

■階段の下

都「和彦。なにしてるの。大沢くん、喜んで来てくれてるんでしょ」

■階段の上

和彦「（ドアをあけ、ちょっといらついて低く）いま行く」

■階段の下

都「（和彦の気持察して）和彦（と小声でたしなめようとする）」

和彦「（ドドッとおりて来ながら明るく）悪いなッ。ちょっとエア・チェックのテープひっくりかえしてたんだ（と居間へ母を無視して大声でいいながら行く）」

■居間

大沢「（Vサインを出しながら）よッ（と立ち上る）」

和彦「（明るく、手をさし出し）やったじゃないの」

大沢「やったわよ、あんた（と激しく握手しまくる）」

和彦「（一緒に、負けずに握手した手を振って笑う）」

■階段の下

都「――（目を伏せる）」

■階段の上（夜）

良子「（和彦の部屋をノックし）お兄ちゃん」

和彦の声「うん？」

良子「（ドアをあけ）お父さんが、ちょっと来いって」

■和彦の部屋

和彦「（ヘッドホーンつけてベッドにいて、とりながら）なに？（と起き上る）」

良子「知らないわ。私は二階に行ってろだって（とベッドに腰かけ）なにいってんのよ」

■和室

風呂上りでパジャマで蒲団の上にあぐらをかき、都が、その首筋を背後から揉んでいて、

都「やあねえ、ここが凝るのよくないのよ」

省一「仕様がないだろ」

都「血圧高いんだから、脳卒中になっちゃうから」

省一「やなこというな」

和彦「(ドドッと階段をおりる音あって、戸があき)なに?」

省一「ああ。来いよ」

和彦「(入って戸を閉める)」

都「(揉みながら省一に)なんなの?(と私も知らないのよ、と和彦にいう感じでいう)」

省一「いいよ、もう」

都「はい。じゃ、おまけ(と省一の頭の両側を強くおさえて、ゆすり)はい、終り」

省一「あぁッ(と溜息)」

和彦「(正座して)なに?」

省一「ああ」

都「はい(と省一にガウンを着せかける)」

省一「(ガウン着ながら)なにも、そう改まるなよ。あぐらかけよ」

和彦「(苦笑)あらたまったわけじゃないけど(とあぐらになる)」

省一「いや、昨日から、いろいろ考えてたんだけどな」

和彦「うん」

省一「つまり——」

和彦「——」

都「——(省一を見ている)」

省一「こういういい方は、なんだが、結局すべり止めの、一つだけ受かった訳だよな」

和彦「——うん」

省一「ま、あそこだって落ちる奴は一杯いるんだから、勿論お前はよくやったよ」

和彦「(力なく)そんなことないけど」

省一「ただ、親馬鹿かもしれないが、お前は、一橋や早稲田の政経が固いっていわれてたんだ」

和彦「——」

省一「共通一次の頃まで、あの大学は考えてもいなかったろう?」

和彦「——」

省一「念のためっていうんで願書出したけど、正直いって、あそこしか受からないなんてことは、

お父さん、考えていなかった」
和彦「――」
省一「ずばりいうと、あそこじゃお前、就職大変だぞ」
和彦「――」
省一「いいとこは、入社試験も受けられない」
和彦「――」
省一「こりゃあ、一生の問題だからな」
和彦「――」
省一「どうだ？　浪人して、来年、国立狙ってみないか？」
和彦「――」
省一「今年はお前、実力を発揮出来なかったと思うんだ。そのまま、いってみりゃあ三流大学へ入って、三流の会社へ入りゃあ、一生そのままだからな」
和彦「――」
省一「ここは、多少つらくても、一年浪人して、もうちょっといいとこ狙った方がいいんじゃないか」
和彦「――」
都　「（目を伏せている）」
省一「どうだ？」
和彦「――」
省一「折角、ホッとしている時に（いいたくはなかったが、といいかける）」
和彦「どうして大学で一生が決まるのさ？」
省一「そりゃあお前」
和彦「（カッと）入った会社で、どうして一生が決まるのさ？」
都　「和彦」
和彦「ぼくは、そんなことで一生が決っちゃうような――（立ち上り）そんな安っぽかないよ」
省一「いや、そりゃあな」
和彦「親なら、いうべきだよ。大学が悪くたって、へえ、あんな大学からあんなにすごい奴が出て来たのかって、そういわれるような奴になれって、そのくらいのこというべきだよ（パッと階段へ）」

■階段の下

良子「（いきなりあけられて、よける）」
和彦「（勢いで少し上って）いい大学だのいい会社だ

の、そんなことムカムカするよ」

都　「（現われ）和彦（きびしくいう）」

和彦「問題は人間だろ」

都　「よしなさい」

和彦「人間として、どんな奴になるかってことが問題じゃないのかよ！（と怒鳴ってかけ上る）」

都　「（すぐ追う）」

■和室

省一「（はじめての激しい和彦の反撥に打ちのめされている）」

良子「（ただ、なにかいたわりたくて）お父さん（と励ますようにいう）」

■和彦の部屋

都　「（激しくドアをあけ、入って、激しく閉め）なにいってるの？　えらそうに」

和彦「ぼくはでもそう思うね！」

都　「立派な口きく資格ないわ」

和彦「資格ってなにさ」

都　「お母さんは、知ってるのよッ」

和彦「なにをさ？」

都　「あなた昨日から、ずーっと、お父さんと同じこと考えてたじゃないッ」

和彦「——」

都　「そのくらい分るわよ」

和彦「——」

都　「大沢君と同じ大学しか入れなかったこと、すごく恥だと思って、ずーっと浪人しようかどうか考えてたくせに」

和彦「——」

都　「いい大学に、こだわってないって、そんなこと、よく言えるわ」

和彦「——」

都　「あやまんなさい、お父さんに」

和彦「——」

都　「おりてって、あやまりなさいッ」

和彦「たしかに、ぼくは、そういうこと考えてたよ」

都　「そうよ。ずっと考えてたわ」

和彦「でも、それじゃいけないとも思ってたよ。問題は、どう生きるかってことだって、そういうことも考えてたよッ（泣かんばかりにいう）」

都　「（和彦の剣幕に、ドキリとする）」
和彦「お父さんとは、ちがうよッ（とドアへ突進する）」
都　「（よけながら）和彦」
和彦「（ドアをあけ、階段へ）」

■階段の下

和彦「（ドドッとおりて来る）」
良子「（お兄ちゃん、と口の中でいい、おどろいている）」
和彦「（和室に向い）人間として、立派なら、どこにいたって、なにやったっていいんだって、そのくらいのこといってみろよ！（と玄関へ行き、スニーカーを摑んで、靴下のまま、外へとび出して行く）」
都　「和彦！」
良子「お兄ちゃん、どこ行くの？」

■和室

省一「――（両手をつき、ショックに耐えている）」
和彦の閉めるドアの音、激しく。

■希望ケ丘の道

和彦、セーターのまま走る。泣きながら、走る。まだスニーカーは握ったままである。

■希望ケ丘・早朝の情景

■望月家・和彦の部屋

和彦、いない。その部屋を、ガウンを羽織った都、見ていて、ゆっくり、ドアを閉める。遠い電車の音。

■階段の上

良子「（自室のドアをパジャマ姿であけ）帰った？」
都　「（振りかえり）ううん」
良子「あそこかね？　あの人ンとこ」
都　「（しゃべりたくなく）いいの（寝なさい、というように階段をおりかける）」
良子「他に行くとこある？」
都　「そりゃ。泊めてくれる友達ぐらいあるわよ（とおりて行く）」
良子「そうかなあ？」

■階段の下

都　「いいから寝なさい。まだ、六時前よ（と半分あいている和室へ)」

■和室

省一「(寝床で、目をあいている)」

都「(入ろうとして、それに気がつき)ごめんなさい。おこしちゃった?(と小さくいって入り、閉める)」

省一「いや。そうならいいけど――」

都「なにが?」

省一「だから――父親のところへ行ったんならいいけどな(と蒲団をひき、横を向いてしまう)」

都「(その省一を見て)よくないわ。そうだったら、あの子いけないわ」

省一「いけないことはないさ。ともかく父親なんだ」

都「父親じゃないわ。父親は――お父さんしかいないわ」

省一「――」

電話のベル、先行――。

■西洋屋敷・廊下

電話のベル。誰もいない。

■階段

上で、ドアをあける音がして、足音。

おりて来る竜彦。

電話のベル、鳴っている。

■望月家・居間

午前九時頃。

都「(受話器を持ち、呼び出し音、聞いている)」

■西洋屋敷・廊下

竜彦「(階段をおりて、電話へ行き、とる。ツーといっている)」

■望月家・居間

都「(切った受話器から手をはなし、前掛けをはずしながら、和室へ)」

■電車の窓外風景

■電車の中

都「――(乗っている)」

■横浜・道

トックリのセーターの首の折りかえしをあげて、顔半分をあたため、身体をこすりながら、やや早足で歩いている和彦。さりげなくハンバーガースタンドの前で食べている二、三人の方に一回転しながら目をやって、行く。

■西洋屋敷・玄関への道

すでに通用門の中にいる都。立ち止っていて、ゆっくり、玄関の方へ歩き出す。

なにか声が聞えたように思ったのである。

立ち止る。

竜彦の声「(すすり泣き)」

都　「――(ゆっくり、また二、三歩歩いて、玄関の方を見る)」

■玄関の表

竜彦がポーチの柱につかまるようにして膝まずき、一方の手を噛むようにしてすすり泣きをおさえつつ、しかし、ふるえるように声が出てしまう。打ちひしがれた姿である。

掃除をしようとしたのか、竹ぼうきが投げ出されている。

嗚咽する竜彦。

胸つかれて立ちつくす都。

10

「現実は甘くないって、おどかすだけの親なんて情けなかないかな？」

■九回目の反復

西洋屋敷・玄関への道。都、ゆっくり玄関の方へ歩き出す。立ち止る。

竜彦の声「(すすり泣き)」

都「——(ゆっくり玄関の方へ)」

ポーチで、嗚咽を押さえている竜彦。

胸つかれて立ちつくす都。

■メイン・タイトル

以下、クレジット・タイトル。

■西洋屋敷・台所(昼)

竜彦「(顔を洗っている。タオルで拭く。気持を落着け、出て行きかけて、玄関の方を見る)」

■玄関の表

都、目を伏せて立っている。

■玄関の中

竜彦「(台所の方から来て、都の方は見ずに)どうぞ(と応接間の方へ。さり気なくだが、角を曲る時に、壁に手をやる。ひどく二重に見えて来ているのである)」

都「(現われる)」

■応接間

竜彦「(ちょっと倒れた椅子につまずきかけ、その椅子をおこす)」

都「(その姿を廊下で見ている)」

竜彦「(さっぱりと)とんだところ(泣いているところ)を見られちまって、いささかうろたえている。入ってくれ(と注意しているのを感じさせないようにして奥へ)」

都「(気持とても優しくなっていて、しかしまだ竜彦への傾斜は抑制しようという気持もあって)和彦が、来てるんじゃないかと思って、電話したの」

竜彦「二階にいてね、おりて来て、受話器とったら、切れてた」

都「そう」

竜彦「どうかした?」

都「(うなずく)」

竜彦「試験は?」

都「一つだけ、うかったわ」

竜彦「そりゃあ、よかった」
都「来なかった？」
竜彦「ああ」
都「昨夜も？」
竜彦「昨夜？」
都「一晩、帰って来なかったの」
竜彦「そう。来なかったが――（一晩ぐらい、と思う）」
都「こういうことなかったのよ」
竜彦「しかしうかったんなら、多少ハメはずしても
いいじゃないか」
都「（うなずく）」
竜彦「さがし歩くほどのことかな？」
都「主人と衝突したの。はじめてなの」
竜彦「――」
都「あの年頃で、父親と衝突するのは、普通なの
かもしれないけど、ほんとうの親子じゃない
し、あの子は、おさえていたんだと思うわ」
竜彦「――」
都「昨夜、急に大声でさからったの」
竜彦「――」
都「いってることは、あなたがいいそうなこと」

竜彦「――」
都「だから、とび出してここへ向ったと、きっと、
主人、思ったわ」
竜彦「――」
都「私は、そう思いたくなかった。いまの父親と
争って、此処へ来るんじゃ、あんまり気持踏
みつけでしょ」
竜彦「――」
都「ただ、他にあてがないし、やっぱり此処かな
と――」
竜彦「（急に、発作的に、強く両手で顔をおさえる）」
都「（ドキンとして静かに）どうかしたの？」
竜彦「いや」
都「痛むの？」
竜彦「そうじゃない（と手をはなす）」
都「無理しないで」
竜彦「いや――大声で、どうかしたって？」
都「え？」
竜彦「いや、和彦が――」
都「ええ（聞いていなかったのか、と思う）」
竜彦「フフ、そりゃあ、心配だが――」

都　「（見ている）」
竜彦「電話、出たんだが、切れちゃってね」
都　「辛そうだわ」
竜彦「フフ、なんでもないのさ。痛くもかゆくもない。へへ（と声少しふるえる）」
都　「（目を伏せる）ごめんなさい。和彦から聞いてるの。手術しないで、帰ったって」
竜彦「そうかい」
都　「和彦どころじゃないわよね」
竜彦「そんなことはない。僭越だが、俺も、心配したいね。どうしたって？」
都　「――」
竜彦「ちょっと、聞いてなかったんだ」
都　「横になった方がいいみたい」
竜彦「いや、フフ、まったく、あんたには見せたくないが、ほんの少しね、いま、怖がってる」
都　「――」
竜彦「死ぬのを怖がってる。すぐ、ねじ伏せるがね（と両手で顔をおおう）」
都　「――」
竜彦「（ゆっくり自分をとり戻しながら）お茶でも、いれようか」
都　「欲しいなら、いれるけど」
竜彦「いや、へへ、おいれしたいと思っただけだ」
都　「――（かぶりを振り）ほんとに、痛くはないの？」
竜彦「ああ――」
都　「――」
竜彦「そりゃないよな」
都　「え？」
竜彦「いや、そこらの奴らとはちがうなんて、生意気いって生きて来て、なにをしたかといやあ、ロクでもない写真を何百枚か残しただけ。そりゃあ、中には何枚か、いまでも悪くない、と思うのもあるがね。それにしたって、たかが写真だ。その上、死ぬのが怖くてガタガタしてるんじゃ、なにひとつ取り得はない。その辺の誰彼と同じだ。いや、誰彼より、ひどい。誰彼さんは、親孝行したり、子供を苦労して育てたりしている。そんなことも俺はしていない。このまま死ぬんじゃ、まさしくろくでなしの末路だ。それじゃああんまりだ。せめて、死ぬのを怖がらず、受け入れたい。無論、ほんとうは——自分をきたえ直し、豊かで鮮やかで力がほとばしるような写真をとりたい。しかし、もうそんな時間はない。だったら、堂々と死ぬしかない。ありきたりじゃあなく死ぬぐらいしか、俺のやれることはない」

都　「——」

竜彦「それも下らんなどといわないでくれ」

都　「——（うなずく）」

竜彦「へへ、追いつめられちまったよ」

都　「私に——出来ること、ない？」

竜彦「（見る）」

都　「——」

竜彦「あるとも」

都　「——」

竜彦「——（ゆっくり都の方へ）」

都　「——」

竜彦「——（傍まで行き、抱きたいという思い溢れ、ゆっくり両手を上げて行く）」

都　「——（いい、と思っている）」

竜彦「——（辛うじて抑制し、背を向けて、はなれる。ちょっと、つまずいたりする）」

都　「——」

竜彦「あるとも——一つだけ、頼まれてくれ」

都　「——」

竜彦「俺がおびえて、泣いてたなんて、和彦にはいわないでくれ」

都　「——いわないわ」

竜彦「（うなずく）」

■大和あたりの飲食店街（夜）

■レストラン・レジ周辺

省一「（外からドアをあけ）こんばんは」

ウェイター「いらっしゃいませ」

省一「（控えめな声で）電話しといた望月だけど」

主人「（四十代。レジの奥から現われ）ああ、課長、いらっしゃい（控えめに）」

省一「あ、こんばんは」

主人「（店の奥をさし）見えてますよ」

省一「そう。すいませんね、勝手な時ばっかり」

主人「いえいえ、課長には、本当にお世話になってるんだから」

女将「（コック場の方から）あら、課長、いらっしゃいませ」

省一「あ、どうも。こないだは、磯山がなんか（主人の方へも）随分勉強して貰ったそうで」

主人「そんな」

女将「息子さんですって（と小さく店の奥の方を見ていう）」

省一「あ、ええ」

女将「可愛いわァ」

主人「バカ、可愛いって年じゃないよ」

省一「いやあ」

女将「おたのしみだわ、あんないい息子さんで」

主人「ああ（小声で省一へ）うちのと比べるとね」

省一「なに、おっしゃいますか。へへ」

■個室

四、五人のための小部屋である。水とメニューを前にして、ひとり腰かけている和彦。昨夜、とび出した時の姿である。

省一の声「で、あの、こちら？」

主人の声「え、そう」

女将の声「ごゆっくり、どうぞ」

省一の声「ええ。ありがとうございます」

ノックの音。

和彦「（ドアを見て）はい」

ウェイター「（ドアをあけ省一の方へ）こちらでございます」

省一「あ、どうもどうも（と現われ）おう（と和彦にいって入って来て）ああ、こりゃあいいや（とコートをぬぎながら、ウェイターに）悪いね、二人でこんないい部屋つかっちゃって」

ウェイター「いいえ（と隅のワゴンの上の水差しからグラスに水を汲む）」

省一「待ったか？」

和彦「ううん。五分ぐらい」

省一「そうか（と椅子をひき、かけながら）うちへ電話したんだってな」

和彦「うん」

省一「お母さん、ほっとしてた。うんと御馳走くって来い、なんていってた（と笑う）」

和彦「（目を伏せて、苦笑めいて微笑）」

ウェイター「（おしぼりと水のグラスを置く）」

省一「ああ、どうもどうも（とおしぼりをとり）あ、とりあえず、ワインの小瓶とさ、スモークサーモンかなにかあるかな？」

ウェイター「ございます（メニューを持って来て）どうぞ（とひらく）」

省一「いやいや、酒弱いもんだから、あんまりいい客じゃないんだが（和彦に）お前、なんか決めたか？」

和彦「うん。ハンバーグのトロピカルっていうの」

省一「そんなお前、こういう所へ来て、ハンバーグなんて悲しいこというなよ」

和彦「でも、なにがいいんだか」

省一「ステーキ行こうじゃないか、ステーキ」

和彦「いいよ」

省一「これ、三百っていうの彼にね、私は二百でいいや」

和彦「ぼくも二百グラムでいいよ」

省一「若いのが、なにいってる」

和彦「でも——」

省一「いいんだ（とウェイターに）スモークサーモンとワインね」

ウェイター「かしこまりました」

省一「あ、スープなんかとるか」

和彦「いいよ。充分だよ」

省一「じゃ、ともかく、ワインをね」

ウェイター「少々お待ち下さい（と一礼して去る）」

省一「フフ、いいんだぞ、金は気にしなくて」

和彦「そんなんじゃないよ」

省一「（小声で）いや、此処はな、随分お父さんの決断で（と金のしるしに指で丸をつくり）助けたんだ。まともに勘定をとりやしないよ。ハハハ」

女将「（ノックしながら）ごめんなさい（とすぐあける）」

省一「あ、はい（とちょっと慌てる）」

女将「ワインは、あの、ボルドーとか、そういうところの方がいいかしら？」

省一「いや、私は、こういうの、まったく駄目。知識ない。おまかせします」

女将「あんまり辛くないのね？」

省一「そうね。両方、いけないくちだから」

女将「分りました。少々お待ち下さいね（と去る）」

省一「フフ、いや、和食にしようと思ったが、和食だと一部屋とって、酒をとらないと恰好つかないだろ？　ワインの小瓶ならいいが、日本酒二、三本持って来られるとな」

和彦「（微笑で、うなずく）」

省一「まったく夕食っていうと、酒をのまない人間は、気をつかっちまうよ。フフフ」

和彦「（うなずいて微笑）」

省一「どうした？　昨夜」

和彦「（うなずく）」

省一「何処、泊った？」

和彦「深夜喫茶」

省一「そうか――そんなとこ、よく知ってたな」

和彦「歩いてたら、あったから」

省一「そうか」

和彦「――」

省一「心配したぞ」

和彦「（うなずく）」

省一「電話、よくくれた」

和彦「（うなずく）」

省一「お前と、あんな風に、揉めたの、はじめてだからな。どう、仲直りしようかと一日考えてた」

和彦「（うなずく）」

省一「電話があってほっとした」

和彦「――（うなずく）」

省一「いや、お前のいうことは正論だよ。たしかに、いい大学へ入るばかりが能じゃない。こんな三流大学から、こんなすごい奴が出て来たって、そういわせりゃあいいことだ。大学にこだわることはない」

ウェイター「（ノックして、あけ）お待たせしました（と小さくいう。ワインである）」

省一「ああ（和彦を見て）いまの若い奴にしちゃあ骨のあることをいうよ。見どころあるぞ（と笑い、ウェイターのあけるワインを見て）あれ、それ小瓶か？」

ウェイター「いえ、ボルドーの小瓶がございませんで」

省一「だったら、他のでいいのに」

ウェイター「いえ。これは、主人からのサービスでございます。どうか、おのみいただくようにと」

省一「そりゃあ悪いなあ」

和彦「（微笑）」

省一「こりゃあ二人で酔っちまうぞ、こりゃあ。ハハハハ」

■夜の道

タクシーが走る。

省一の声「(酔っている) 和彦、おい、こら」

■タクシーの中

省一「(酔って、横の和彦をにらみ) 恰好いいこというな」

和彦「(酔っていない) うん」

省一「三流大学で、ぬきん出りゃあいいだと？　ヘッ。笑わせんじゃねえよ」

和彦「――」

省一「ぬきん出るなんて事が簡単に出来ると思うのか？　簡単じゃあないから、いい大学へ入って、ハクつけて、なんとかしようとみんな思ってんだ」

和彦「――」

省一「現実は。そう甘かないよ。そうお前、恰好よく行くもんか。三流大学出りゃあ三流会社、そして三流の人生よ」

和彦「――」

省一「そりゃあ、中には、何処にいたって一流だっていう奴もいるだろう。しかし、そんなのは、一万人に一人よ。俺たち凡人とは関係ねえよ」

和彦「――」

省一「現実は、そんな甘かあないんだ (ドスンと背もたれへもたれ目を閉じる)」

和彦「――」

省一「(目を閉じている)」

車の外の風景。

和彦「(静かに) 一万人に一人なら、その一人になろうとしちゃあいけないかな？ (省一は見ない)」

省一「(目を閉じている)」

和彦「現実は甘くないって、おどかすだけの親なんて情けなかないかな？ (間あって、ゆっくり省一の方を見る。ギクリとする)」

省一「(目をあけて、聞いていた顔)」

和彦「フフ (まずいな、と目をそらし) 眠ってるかと思ったよ」

省一「(目をあけたまま)」

和彦「―― (窓の外を見ている)」

■望月家・ダイニングキッチン（朝）

都、目玉焼をつくっている。

省一「（食卓でコーヒーをのみかけて手を止め）帰りの電車って（軽いショック）あの男のところへ、行ったのか？」

都「行ったって、別に——」

省一「わざわざ行くことはないじゃないか」

都「電話をかけたのよ。だけど出なかったの」

省一「だったら行くのか？　もうあいつとは逢わない約束じゃないのか」

都「和彦をさがしたのよ」

省一「和彦は、行ってなかった」

都「だから、ほっとしたわ。ほっとしたって話じゃない」

省一「わざわざ、あんな所まで行くなんておかしいじゃないか」

都「でも、他にあの子が行きそうな所思いつかなかったし」

省一「あいつのところなら行きそうなのか？　一回だけってことで、あの時行ったんじゃないか」

都「勿論そうだけど——ことによるとって思ったのよ（おだやかに）」

省一「一体お前らは、なんだと思ってるんだ（と立って、背広を着にかかる）」

都「なんだって——」

省一「和彦は、人をバカにしたようなことをいう。あの男の口真似みたいなことをなッ（悲しく淋しくあたってしまう）」

都「——」

省一「お前は、口実をつくって、逢いに行く」

都「そんなんじゃないわ」

省一「どうせ俺は、つまんない男だよ（と玄関へコートを持って急ぐ）」

良子「（起きて来て大声で入口に立っていて、急いで身をひく）」

都「お父さん」

■玄関

省一「（来て靴をはきながら）行きたきゃ行けよ！　そんなに、あいつがいいなら行け！」

和彦「（階段のおりかけで省一を見ている）」

省一「和彦、俺のいうことが下らないなら、あいつのところへ行きゃあいい！」

都　「お父さん、待って！　お父さん、どうかしてる」

省一「（もうドアをあけていて、一瞬われにかえるが）どうも、してるもんか！（ととび出す）」

和彦「お父さん」

■玄関の外

省一「（門の戸をあけている）」

和彦「ぼくは、行かないよ。行かなかったじゃないか」

省一「――（しかし、やはり心は向うだという思いもあり、すねた気持で、立ち去る）」

■玄関

都　「――」

良子「（その後ろに、はなれて立っている）」

都　「やあねえ（と和彦の背に小さく淋しくいい、振りかえって良子に微笑し）行く気なんかないのに（と淋しく微笑してダイニングキッチンへ）」

良子「（その都を見、和彦を見る）」

和彦「（ドアを閉める）」

良子「（明るく）お父さん、すねてるのよ。ほら、あの人、ちょっと恰好いいじゃない。お父さんさ（と都の方へ行きながら）」

■ダイニングキッチン

良子「あの人に比べると、貫禄ないしさ、ニコニコしちゃったりして、安っぽいところあるから、ひがんでるのよ」

都　「（目玉焼のところにいる）」

良子「（目を伏せ、さっぱりと、だが淋しく）分るわ、私（冷蔵庫へミルクを出しに行く）」

都　「お父さん、負けないわ、あの人に」

和彦「そうだよ、いい人だし、真面目だし、公平だし、やさしいし」

良子「無理してる（明るく）」

和彦「無理なもんか」

都　「そうよ。いい人ってことじゃ、お父さんにかなう人いないわよ」

良子「ちょっと、つまんないけどね（とかげりなく、ふざけた口調でいう）」

和彦「そう。ま、多少な（と調子合せる）」

都　「多少ね」

三人、それぞれの思いで笑う。

■西洋屋敷・門前（午後）

良子、通学の仕度で立っていて、ちょっと気おくれがするのを、気をとり直して門をあけ、入る。

■玄関への道

良子「（いたんだ家の外観を見ながら）ウワ、すごい家（と小さく独り言をいい、玄関の方へ曲りかけてドキンとする）」

■玄関の表

枯木を持って庭の方へ行こうとして振りかえって人の現われるのを待っていたという姿勢で竜彦、立っていて、

竜彦「（短く、目がよく見えずに、確かめる感じある）」
良子「こんちは（一礼する）」
竜彦「ああ、お姉ちゃんか（微笑）」
良子「（苦笑して、うつむく）」
竜彦「焚火してるんだ、来ないか（と庭の方へ）」
良子「――（続く）」

■庭

竜彦「（つまずいて、ころぶ）」
良子「（来て）大丈夫？」
竜彦「ああ、大丈夫。へへ、ころんじゃあいけないね（と立つ）」
良子「（ひどい病気なのだと聞いているので、いたましく思い、ささえてあげようとするが、手をのばすだけで触れない）」
竜彦「ここは、お兄ちゃんにでも、聞いたかな？（焚火へ）」
良子「いいえ。自分でルートたどって――」
竜彦「ルート？」
良子「新村明美さんに聞けば分るっていわれて、電話したら、友達とかいう人が出て、沖縄へ行ってるって」
竜彦「ああ。これ（和彦がかつて腰かけた切株）へかけるといい」
良子「（来て）悪いけど、娘だっていっちゃったわ」
竜彦「娘？」
良子「そんなことでもいわないと、教えてくれないと思って、実は、おじさんのかくれた娘だって」

竜彦「へえ（くわれる）」
良子「おどろいてたわ」
竜彦「そりゃそうだろう」
良子「とっても大事なことで急用だっていったら、本当は知らないことになってるんだけどって、教えてくれたわ」
竜彦「（苦笑して）簡単だね」
良子「ほんと。ちょっと拍子抜けしちゃった」
竜彦「フフフ」
良子「（焚火を見て）そうか」
竜彦「うん？」
良子「前に、お兄ちゃん、うちの庭で突然焚火をはじめたことあったの」
竜彦「そう」
良子「此処で、焚火したのね、二人で」
竜彦「ああ」
良子「だけど十二月よ。あの頃から逢ってたわけ？」
竜彦「――うむ」
良子「今年になってからだと思ってたけど」
竜彦「（話をかえたくて）なに？」
良子「え？」

竜彦「急用で大事なことって？」
良子「口実。そんなの別にないわ」
竜彦「そうか」
良子「ただ、ちょっとね」
竜彦「うん？」
良子「――」
竜彦「なに？」
良子「お母さんとお兄ちゃん、もう此処へは来ないわ」
竜彦「――」
良子「お父さん、ちょっとひがんじゃってるの」
竜彦「うん？」
良子「おじさん、なんとなく恰好いいとこあるでしょう？」
竜彦「そうかな？」
良子「そういわれると嬉しい？」
竜彦「嬉しいね」
良子「フフ、お父さん、劣等感ていうのかな、お母さんやお兄ちゃんが、おじさんの方がいいと思ってるんじゃないかって、すねてるの」
竜彦「そうか」

良子「そんなことないって、お母さんもお兄ちゃんもいってるの。お父さんは、めったにいないくらいいい人だって」

竜彦「──」

良子「いい人にはちがいないけど、あんまりいいすぎると、しらけるわよね。フフ」

竜彦「フフ」

良子「とにかく、そういう状態だから、二人とも、此処へは来られないの」

竜彦「いいんだ。もう来ないってことだったんだから」

良子「でも、一人っきりなんでしょう?」

竜彦「ああ」

良子「病気なんでしょう?」

竜彦「ああ」

良子「なんだか可哀そうだわ」

竜彦「──」

良子「私が此処へ来るなんて、お父さん思ってないし。ちょっと来たの」

竜彦「そう。ありがとう」

良子「ううん。邪魔かもしれないけど」

竜彦「邪魔なもんか。とびはねたいほど嬉しいよ」

良子「じゃあ、とびはねて」

竜彦「フフフ」

良子「(笑う)」

■西洋屋敷・応接間

良子「(お盆に紅茶茶碗と砂糖壺をのせて台所の方から、ドアをあけ)ここかな?(台所の方へ)ソファのあるお部屋ね?(と大声できく)」

■台所の前

竜彦「(紅茶ポットを持って、さり気なく壁に手をあてて歩きながら)ああ、そうだ」

■応接間

良子「(お盆を持って入って来て、テーブルへ置きに行きながら)ウワ、なんか古くさくて、いい感じ(と竜彦の方へいう)こういう家って、私、はじめてだわ。テレビのおっかないのに出て来るのみたい。ギギーッなんていって、すごい顔した男が(とドアの方を見て息をのむ)」

竜彦「（ポットを持って、上目づかいでにらんでいる）」

良子「やだ。そっくり」

竜彦「（笑う）」

良子「ほんと（と笑って）おじさん、こういう家に似合ってる。どっか性格悪いんじゃない？ハハハ」

竜彦「（笑いながら）レモンがないが」

良子「いいわよ。うちなんか、しょっ中ないわ」

竜彦「クッキーも、なくなってね」

良子「気にしないで。私も、なんにも買って来なかったんだから」

竜彦「（ポットを持って注ごうとするが、思いとどまり）注いでくれないか」

良子「やるわ（とポットをとる）」

竜彦「無器用でね、大抵、少しこぼしちまう」

良子「やあねえ（注ぎながら）相当ね、それも（と笑う）」

竜彦「うん（と笑う）」

良子「うちのお父さんは、すごく器用なのよ。小さい頃、おもちゃなんか、どんどん直しちゃうし、テレビも湯わかし器も、すっごくうまくはずして直しちゃうのよ」

竜彦「すごいな」

良子「フフ、いろいろちがうもんね、人間て」

竜彦「ああ」

良子「お砂糖いくつですか？」

竜彦「二つ」

良子「（入れながら）変な気がするわ」

竜彦「うん？」

良子「この人が、お兄ちゃんのお父さんだなんて」

竜彦「フフ」

良子「どんな風だろう？　こういう人がお父さんだったら」

竜彦「フフフ」

良子「やりにくそう（と自分のカップをかき回す）」

竜彦「そうだね。君のお父さんの方が、ずっといい」

良子「親としてはね。男としては、ちょっとまたちがうと思うけど」

竜彦「いや、男としても、立派だ」

良子「立派って感じじゃないけど」

竜彦「さっきから、お父さんの偉さを感じてるよ」

良子「感じてるって？」

竜彦「君を通して感じてる」

良子「フフ、見ないで、そんな目で」
竜彦「お母さんがちがうのに、ちっともそういう影がない」
良子「それは少し買いかぶり。時々ひがむの。だって、お兄ちゃん受験だったでしょう。わりと大事にされたりするから、変になっちゃったわ」
竜彦「そう」
良子「ま、ムッチャクチャ落ち込むってことはないけど、それをいうなら、お父さんよりお母さんじゃないかな」
竜彦「うむ」
良子「どうして、あんな人、捨てたんですか？」
竜彦「フフ」
良子「悪かったのね、きっと」
竜彦「（笑ってしまう）」
良子「いただきまァす（といってのむ）」

■望月家・和彦の部屋（夜）

和彦「（机にかけていてドアからベッドへ行く良子を見て）行って来た？」
良子「うん（とベッドにころがる）」
和彦「どうやって？」
良子「電車と歩き」
和彦「バカ。どうやって、あの家、分った？」
良子「いろいろね」
和彦「いろいろって？」
良子「いいじゃない。代りに行ってあげたのよ」
和彦「どうしてた？」
良子「面白かったわ」
和彦「面白いって？」
良子「病気が悪いの、よく分らなかったわ」
和彦「そうか」
良子「いろんな事いってしゃべったわ。紅茶をのんで。お米をといであげたわ」
和彦「──そうか」
良子「行かない？」
和彦「え？」
良子「内緒で二人で行こうよ。お父さんバカみたいよ。いいじゃない、逢ったって」
和彦「そうはいかないよ」
良子「どうして？」
和彦「お前だって、結婚して、相手が他の女に逢いに行ったら、いい気持しないだろ」

良子「お兄ちゃんは、お父さんの奥さんじゃないじゃない。お母さんは分るよ。でも、お兄ちゃんは、逢いに行ったっていいと思うわ」

和彦「駄目だよ」

良子「どうして？」

和彦「お父さんが嫌がってるんだ」

良子「だから内緒で」

和彦「いいよ。いま、そういうことしたくないんだ。お父さんが、嫌がってることしたくないんだ」

■ダイニングキッチン

省一「（ステテコにネクタイはずしたワイシャツ姿で、お茶漬をかきこんでいる）」

良子「（同じ食卓で頬杖をついて、父を見ている）」

都「（ダイニングキッチンで急いで、つけものを刻んでいる）」

省一「いいよ、もう。今頃刻んだって間に合わないよ」

都「待ってよ、ちょっと」

省一「だから、いらないっていってるだろ。この佃煮で沢山だよ（とかき込む）」

都「お新香ないかっていうから」

省一「（食べ終え良子に）なに見てんだ？　早く寝ろ、明日学校だろ（と立って茶碗と箸を流しへ置いて）勝手に刻んで、不満そうな顔するなよ（と都の方は見ないでいって風呂場へ行き、バタンと戸を閉めて、脱ぐ）」

良子「まだ怒ってるわけ？（と都に小さくいう）」

都「フフ、二、三日は仕様がないわ（と小声で、明るくいって微笑して、片付ける）」

良子「（その母を見、父を見て）なにが立派よ」

■西洋屋敷への道（午後）

また学校の帰りの仕度で歩く良子。今日は、ケーキを提げている。

■西洋屋敷・廊下

掃除機を使っている竜彦。ハッと気配で、玄関の方を見る。

良子「（笑顔で立っていて）こんにちは」

竜彦「よう」

良子「上っちゃったけど、声かけたのよ（玄関で、というように玄関を指し）こんにちはって」
竜彦「（スイッチを切り）そりゃあ、失敬した」
良子「ケーキ、買って来たの」

■台所

竜彦「（食卓に向っていて、良子に）本当だよ（とケーキの半分を別の皿に移して良子の方へさし出す）」
良子「本当にひとつ食べられない？」
竜彦「半分ぐらいがいい」
良子「どうして？　そういう我慢よく出来る」
竜彦「そりゃあ大人になると（とコーヒーカップをとろうとして、指がうまくあたらず、慎重に）好みがかわるからね（と指を入れる）」
良子「（思わずその指の動きを見ていて）どういうこと？」
竜彦「うん？」
良子「目が悪いって聞いてたけど」
竜彦「いやあ、よく見える。君の顔もね」
良子「顔もって、そんなこというほど見えないわけ？」
竜彦「そういう、陰気くさい話はよそう。話してみても、仕様がないことだ（とコーヒーをのむ）」
良子「（見ている）」

■応接間

竜彦「（椅子へドスンと座り）勿論だよ。なにか好きなものがあるということは素晴しいことなんだ」
良子「ロックとマンガでも？」
竜彦「そうさ。なんだっていいんだ。なにかを好きになって、細かな味も分って来るということは、とても大切なことなんだ。そういうことが、魂を細やかにするんだ。マンガでもロックでも、深く好きになれる人は、他のものも深く好きになれる」
良子「（うなずく）」
竜彦「一番はずかしい人間は、下らないとかいって、なにに対しても深い関心を持てない人間だ。そういう人の魂は干からびている。干からびた人間は人を愛することも物を愛することも出来ない」
良子「（うなずく）」
竜彦「たとえば、ビールの蓋やジュースの蓋を子供が集める。それは、はたから見れば下らない。そんな暇があったら勉強した方がいい、と大人は思うだろう」

良子「（うなずく）」

竜彦「しかし、ちがうんだ。肝心なのは、夢中になっているということなんだ。なにかに、深く心をそそいでいるということなんだ。それが心を育てるんだ。それに比べたら勉強が出来るなんてことはつまらないことだ」

良子「（うなずく）」

竜彦「なにかを深く好きになることが必要だ。しかしそれは、ほうっておいて出来ることじゃない。好きになる訓練をしなきゃあいけない」

良子「（うなずく）」

竜彦「マンガが好きならマンガでもいい。ただ、気持のままに読み散らしているのではいけない。細かな魅力を分ろうとしなければいけない。すると、誰のがチャチで、誰のがいい味だというようなことが分って来る。もっと深い味が欲しくなる。それはもうマンガでは駄目だということになったら、他のものを求めればいい。その分、君の心は豊かになっている」

良子「——」

竜彦「好きなものがない、というのはとても恥しいことだ。なにかを無理にでも好きにならなければいけない。若いうちは、特に、なにかを好きになる訓練をしなければいけない」

良子「——」

竜彦「なにかを好きになり、夢中になるというところまで行けるのは、素晴しい能力なんだ。物や人を深く愛せるというのは誰もが持てるというものじゃない、大切な能力なんだ。努力しなければ持つことの出来ない能力なんだ」

良子「——」

竜彦「——（我にかえり）いい方が、むずかしかったかな？」

良子「ううん」

竜彦「——そう」

良子「途中から——（目を伏せて）私に、話してたんじゃないでしょう？」

竜彦「（見て）どうして？」

良子「お兄ちゃんに、話してるの分ったわ」

竜彦「フフ（優しく）そんなことはないよ」

良子「逢いたい？」

竜彦「――いいんだ」
良子「お母さんには、どう?」
竜彦「いいんだよ。君に、ずっと話してたさ」
良子「(目を伏せている)」
竜彦「一人でばかりいるんでね。聞き手があると、おしゃべりになる」
良子「(涙を拭き、すすり上げる)」
竜彦「どうした?」
良子「分んない(といい、声を出して泣いてしまう)」
竜彦「――」

■望月家・居間(夜)

都「(アイロンをかけている)」
良子「(傍で、別に都を見るというのでなく、腰を下ろしている)」
都「なんなの? どうしたの?」
良子「――」
都「また、おどかす子がいるの?」
良子「お母さん(考えの中でいう)」
都「うん?」
良子「お兄ちゃん、ほのめかすぐらいにしかいわないんだけど」
都「なにを?」
良子「あの人、病気どうなの?」
都「あの人?」
良子「お兄ちゃんのお父さん――」
都「――」
良子「目が悪いって――それだけ?」
都「どうして?」
良子「聞きたいの」
都「どうして?」
良子「どうしてでも聞きたいの」
都「まさか、良子、あの人と?」
良子「逢わないわ。逢わないけど、どうなの?」
都「――」
良子「どうなの?」
都「知らなくていいの」
良子「――」
都「家とは関係ない人だもの」
良子「そのいい方で感じるわ。あの人、とっても悪い病気なんでしょう?」
都「そんな――」

良子「そうじゃないかと思ってたの（と立つ）」
都「良子」
良子「いいの。おやすみなさい（と階段の方へ）」
都「良子」
チャイムの音。

■玄関

良子「（来てドアを見る）」
都の声「あけてあげて、お父さん」
良子「（考えている目のまま、ドアへ行き、鍵をあけ、ドアをあける）」
省一「なんだ、良子か」
良子「お帰りなさい（笑顔なく階段の方へ）」
省一「またお母さん、ゴミのバケツ出しっぱなしだったぞ（と入ってドアを閉め鍵をかける）」
都の声「お帰りなさい」
省一「（靴を脱ぎながら）みっともないじゃないか」
良子「（階段を二、三段上ったところで立っていて）お父さん」
省一「うん？」
良子「明日、ちょっと、話があるわ（と目は合せず、真顔でいい、二階へ）」
省一「話？　なんだ、話って。おい」

■良子の部屋

良子「（ドアをあけ、入りながら灯りのスイッチを入れ、ドアを閉める）」

■希望ケ丘・朝の情景

早朝である。

■玄関と階段

和室の戸をあけて、パジャマにガウンの省一が、そっと現われる。二階を見る。

■階段の上

省一、上って来て、良子のドアを見、ノブを回す。

■良子の部屋

省一「（あける）」
良子「（まだ眠っている）」
省一「（ドアを閉め、良子の傍へ行き）良子、良子（とゆする）」

良子「（ハッと）うん？（しかし、目がよくあかない）」

省一「いや、なんだか、気になってな」

良子「なにが？」

省一「なにがって、お前、話があるっていったじゃないか」

良子「何時？」

省一「七時ちょっとすぎだ」

良子「日曜じゃない」

省一「そりゃそうだが」

良子「一日あるじゃない（と蒲団にもぐる）」

省一「ああ――フフ、お父さんも年かな。目がさめちまうんだ。十時頃まで寝ていようと思ったんだが（と立ち上る）」

良子「――」

省一「どうだ？　今日あたり、天気もよさそうだし、みんなで元町あたりまで行くか？　中華街で夕飯食べてもいいしな」

良子「――（動かない）」

省一「（薄く苦笑して、ドアをあける）」

良子「お父さん」

省一「うん？」

良子「あの人の病気のこと、お父さんどのくらい知ってるの？」

省一「あの人って」

良子「沢田っていう人。重いこと知ってるの？」

省一「どうして？」

良子「知ってるの？」

省一「ああ」

良子「死にそうなことも？」

省一「ああ。しかし――」

良子「死にそうなの？　あの人、ほんとに死にそうなの？（起き上っている）」

省一「良子」

良子「なんだか、私、そんなような気がして仕様がなかったわ」

省一「お前――」

良子「だったら、逢わしてあげりゃあいいじゃない。お母さんやお兄ちゃん、どんどん逢わしてあげたら、いいじゃない」

省一「どうした？」

良子「一回だけなんて、ケチなこといってないで、どんどん逢いに行けっていってよ」

■玄関と階段

都　「（ガタンで和室の戸をあける。良子の声に、何事かと思ったのである）」

■良子の部屋

省一「お母さん、逢いたいっていってるのか？」

良子「いってなくたって感じるわ。死にそうなら、逢いたいと思うわよ」

■和彦の部屋の前

和彦「（良子の声に、ドアをあける）」

■良子の部屋

省一「（その和彦を見て）なにをいっている。お父さんは、すべきことはした。それ以上してやる義理はない」

良子「そうかもしれないけど」

省一「大体、迷惑をこうむってるんだ。和彦を見ろ。和彦が、妙なことになったのは、あいつのせいじゃないか。あいつが、つまらないことをふき込んだからだ」

良子「つまらないっていうけど」

省一「もういい。お父さんは、考えたあげくにそうしてるんだ（と外へ出ていってドアを閉める）」

■和彦の部屋の前

和彦「——（ドアをあけた形で省一を見ている）」

省一「なんでも自由だなんていってたら、家みたいな家族は、すぐぶっこわれちゃうよ（と和彦を見ないでいって階下へ）」

良子「（ドアをあけ）自信がないんじゃない」

和彦「（よせ、というように）良子」

良子「お父さん、自信がないから、逢わせないのよ（バタンとドアを閉める）」

■階段と階段下

省一「（おのれという感じで、二段ほど上り、すぐおりる）」

都　「（ほぼ同時に）良子。なにいってるの」

省一「（ドドッとおりて、都に）なにも良子に、逢いたいなんていうことはないだろう（とダイニングキッチンへ）」

都　「いってないわ」

■ダイニングキッチン

省一「（流しへ行きながら）いってなくて、どうして良子があんなこといい出すんだ（タオルをとり、水で濡らす）」

都　「分らないわ」

省一「お前らが、ほのめかしたんだ。だから良子は、思いつめたんだ。逢いたきゃ逢えよ。逢いたきゃ逢いに行けよ」

都　「逢いたくないわ。そんなこと、一言もいってないし、ほのめかしたつもりもないわ」

省一「血圧この頃高いんだからな。カッカさせるなよ。脳血栓になっちまうじゃないか（とタオルを額にあて）日曜に、日曜の朝から、なんだっていうんだ！（と情けなくて、泣きたい思い）」

■二階・良子の部屋の前

良子「（ドアをあける。セーターを着かかっている。着ながら階下へ）」

和彦「（階段を二段ほどおりたところで下を伺っていて）良子（おりて行こうとするのを腕をつかんで）やめとけ、もう」

良子「はなして（とふり払っておりる）」

■居間

カーテンをあけて都、良子の足音の方を見る。

■ダイニングキッチン

省一「（足音の方を見る）」

良子「（現われ、目は合せず）あいつだなんて、よくいえると思うわ。あいつなんていわれて、お兄ちゃん、どういう気がすると思うの？」

和彦「そんなことといいんだ」

良子「向うは、お父さんのこと、立派だっていったわ。男として立派だって」

省一「――（じゃあ――）」

都　「逢ったの？」

良子「逢ったわ。お母さんもお兄ちゃんも遠慮して逢わないから、私が行ったのよ」

省一「なにをいってる」

良子「向うはお父さんをほめてるのよ。お父さんは、あいつだなんて悪口いって、随分ちがうじゃない」

都「いつ逢った？」

省一「どうやって逢ったの？」

良子「癪じゃない。向うの方が素敵だなんて口惜しいじゃない」

省一「そんなお前——」

良子「しっかりしてよ。お父さん。しっかりしてよ（と玄関へ）」

省一「バカモン。俺はしっかりしてるぞ」

都「どこへ行くの？」

■玄関

良子「（スニーカーをつっかける）」

和彦「どこ行くんだ、こんな朝」

良子「そんなこと分らないわ（と鍵をあけて、とび出す）」

和彦「良子」

バタンと閉まる。

都「和彦。追いかけて」

和彦「だって、ぼく、こんな恰好で」

都「お母さんだって、そうでしょ！」

和彦「良子！　ちょっと待て（と二階へ行く）」

都「どうするの？」

和彦「着替えて行くよッ！」

■希望ケ丘の道A

良子、どんどん駅の方へ歩いて行く。

■望月家・表

和彦「（自分のコートと良子のコートを持って、とび出して、どっちへ行こうかと迷い、駅の方へ走る）」

■希望ケ丘の道B

良子、どんどん歩く。

■希望ケ丘の道A

和彦、走る。

■望月家・ダイニングキッチン

ひとり、ぽつんといる省一。

■希望ケ丘の道C

良子、どんどん歩く。

■希望ケ丘の道B

和彦、さがしながら行く。

電話のベル、先行。

■望月家・居間とダイニングキッチン

電話のベル。省一は、ダイニングキッチンで、さっきの姿のまま動かない。

和室の方から都、着替えて普段着になって急ぎ来て、受話器をとり、

都　「（和彦からだという予感あって）もしもし」

■公衆電話ボックス

和彦「（良子をつかまえて押しこんだ形で受話器を持っていて）あ、ぼく。いま、良子、つかまえたよ」

良子「――」

和彦「駅前だよ――うん――でも、帰るの嫌だっていってるんだ」

■望月家・電話

都　「いやって。ちょっと良子にかわって」

■公衆電話ボックス

和彦「いいよ。もう少し外にいて、それから帰るよ」

良子「――」

和彦「気にしないで――ああ、大丈夫（と切る）」

■望月家・居間とダイニングキッチン

都　「（切って）駅前で見つけて、もう少し、歩いてから帰りますって」

省一「（打ちのめされていて）俺の何処が悪い？」

都　「悪くないわ」

省一「地道に働いて、家族のためを思って」

都　「良子が悪いわ」

省一「しっかりしろとはなんだ」

都　「よくいうわ、私が」

省一「あっちは、ひとりで勝手に生きて、好き放題して、いまは働いてもいない」

都　「わかった（と慰めるようにいう）」

省一「それで素敵だなんて、どうしていえるんだ」

都　「お父さんの方が、素敵よ」

省一「調子のいい事いうな」

都　「本当だもん」

省一「俺は自分勝手なことは、なにひとつしてないぞ。いつだって家族のことを考え、仕事で手を抜いたこともない。真面目に、正直に、誰に恥じるところもなく働いて来た」

都　「そうよ」

省一「それで、あっちが素敵だなんて、そんなこといわれて、たまるもんかッ（と泣きたい）」

■希望ケ丘駅近くの場所

腰をおろして、パンと罐入りのホットコーヒーを持っている和彦と良子。

和彦「子供だよ、お前は」

良子「そうだもん、仕様がないわ」

和彦「あんなことといえば、お父さん、すごいショックだぞ」

良子「自分だって、出てったくせに」

和彦「そりゃあ——」

良子「人のことばっかいわないでよ」

和彦「俺はちゃんとあやまったぞ」

良子「次の日の夜ね」

和彦「それから、たいして時間がたってないんだ。今度はお前じゃ、お父さん可哀そうだろ」

良子「じゃあ、どう思う？」

和彦「なにを？」

良子「お父さんと、あの人と、どっちが魅力ある？」

和彦「そりゃあ」

良子「お父さんなんていわないでね」

和彦「お父さんだ」

良子「嘘よ。私、ずっとあっちの方が魅力あったわ。帰って来て、お父さん見ると、やんなっちゃったわ。ゴミのバケツのことなんか文句いって、逢うななんて、威張っちゃって」

和彦「一緒に暮してりゃあ、いいとこばっかりは見えないよ。はなれている人間と、比べるのが無理なんだ」

良子「そうかな？　お兄ちゃんだって比べたから出てったんじゃない？」

和彦「——（そうだ、と思う）」

良子「しっかりしろっていいたくなるわよ。仕様がないわよ」

和彦「――」

良子「行こう（いますぐ、という意ではない）」

和彦「うん？」

良子「あの人のところ行こう」

和彦「なにいってる」

良子「お父さんに遠慮なんかしないで、逢った方がいいわよ」

和彦「そんなのは駄目だっていったろ」

良子「それでいいの？」

和彦「いいよ。いま、俺があの家へ行くなんて、無神経もいいとこだろ」

良子「だから駄目なのよ」

和彦「なにが？」

良子「お兄ちゃんは、すぐいい子になりたがって」

和彦「いい子なんて関係ないよ」

良子「非難されてもいいから行くなんてとこないじゃない。いっつもお父さんの顔色を見て」

和彦「顔色なんていうな。顔色なんて見ないぞ」

良子「逢いたきゃ行けばいいのよ」

和彦「こういう時には、逢わないっていうのが、男の仁義ってもんだ。分んねえのか、女には！（と立って行く）」

良子「仁義ってなによ？　急に似合わないこといわないでよッ」

■望月家・居間とダイニングキッチン

テレビがついている。ソファに横になって、心そこになく、ただ目を向けている省一。

都、目玉焼をつくっている。

■西洋屋敷・応接間

ひざまずいて、両手を組み、祈るように、動揺や恐怖に耐えている竜彦。

■希望ケ丘の道D

歩く和彦。ややはなれてついて行く良子。

早春のきざし。歩く二人。

11

「本当の好意、本当の愛情じゃなきゃいやなんだ、なんて思ってた」

■十回目の反復

省一「俺の何処が悪い?」

都「悪くないわ」

省一「地道に働いて、家族のためを思って」

都「良子が悪いわ」

省一「しっかりしろとはなんだ」

都「よくいうわ、私が」

省一「(ここを声にして、竜彦の映像を入れ)あっちは、ひとりで勝手に生きて、好き放題して、いまは働いてもいない」

省一「(少しとんで)俺は自分勝手なことは、なにひとつしてないぞ。いつだって家族のことを考え、仕事で手を抜いたこともない。真面目に、正直に、誰に恥じるところもなく働いて来た」

都「そうよ」

省一の声「それで、あっちが素敵だなんて、そんなこといわれて、たまるもんかッ」

■メイン・タイトル

以下、クレジット——。

■望月家・玄関と階段(午前中)

都「(洗面所の方から、たとえば髪にピンを止めながら、やや外出着っぽい姿で来て階段の上へ、はずんだ声で)良子たちは仕度いいのかな?」

■良子の部屋

良子、ベッドにころがっていて、それを見下ろしているジャンパー姿の和彦、

和彦「(すぐ大声で)いいよ、すぐ行く!」

■和室

都「(入って来て、居間の方へ)お父さん、せめてズボン替えて下さい(と洋服箪笥をあける)」

■居間

省一「(セーター姿で、椅子にがっかりしたように腰掛けて)無理に行くことないよ」

■和室

都「(省一と自分のコートを出しながら)行きたいの。家族で横浜、歩きたいの」

■良子の部屋

和彦「（良子の腕をひっぱり）いいから立てよ」

■居間

都「（ズボンとセーターの着替えは、前に椅子にかけてあり、いま、その傍へ二人のコートをかけながら）ほら、ズボン替えてったら。それじゃあ、仕様がないでしょう（とズボンをとって、省一の膝へ押しつけるように置き、ダイニングキッチンへ）」

省一「良子もいやがってるんだ」

■ダイニングキッチン

都「（湯沸し器の元栓を締めながら）嫌がってないわ。いま、おりて来るわ。家中で元町と中華街なんて、すごく久し振りじゃない。嫌がるわけないでしょう」

■良子の部屋

和彦「（良子の腕にジャンパーを片方だけ入れたところ）ほら、こっちだ（ともう一つの方も入れさせる）」

良子「（ふくれた顔で、従う）」

和彦「いいか？　これ以上、お父さんに不満そうな顔するな。こっち向け（と後姿の良子の肩を押し）お父さんが、どんな気がしてると思うんだ？　自分の娘に、自分より」

■竜彦の映像

和彦の声「あの男の方が魅力があるなんていわれて」

■良子の部屋

和彦「どんな気がすると思うんだ？」

良子「――」

和彦「あやまんなくていいから、機嫌よくしろ。来るんだ（とドアをあけようとする）」

良子「（目を伏せたまま）お兄ちゃんは気にならないの？」

和彦「――（ドアをあけて、手を止める）」

良子「死にそうなあの人ほっといて、一家で楽しくしてりゃいいの？」

和彦「お父さんは、するだけのことはしたよ（と出て行く）」

良子「――（行く）」

■山下公園のスケッチ

■元町

四人、歩いている。都と和彦は明るく、省一と良子は浮かない顔。

■回想・良子といる時の竜彦

■中華街

同じく歩く四人、どの店にしようかとのぞいてみたりする和彦。都。浮かない顔の良子と省一。

■回想・省一との時の竜彦

■伊勢崎町あたり

車が入れない道に、椅子がおかれている。それに腰をおろして、ぼんやりしている省一。その前に立つ和彦。

省一「(気がついて) うん?」

和彦「(微笑で目は合せず) まだ当分決まらないよ (と隣の椅子にかけ) 一緒に来ると絶対こうなんだから」

省一「(苦笑して、淋しく) まあ、たまには仕様がないや」

■女性向けの洋服店

良子向けのスカートの吊るされたコーナーで、都、二、三点をもって、更に一点を選んで、

都「ちょっと待ってなさい。これなんかもいいんじゃない? (良子にあててみる)」

良子「―― (浮かない顔をしている)」

都「いいわよ。じゃ、これとこれと、二つだけはいてみようか? (もう一つもあてる)」

良子「いいけど――」

都「じゃ、持ってて (と二点を良子に持たせて、他のを元へ戻す) えーと (と二ヶ所程に戻す間あって、心を決めたように) 良子」

良子「なに?」

都「良子が、あの人のこと気にしてくれてるの嬉しいけど――もういいの」

良子「――」

都「お父さん、出来ることはしてくれたわ」

良子「――」

都「これ以上はいいの。いま、お母さんが一番大事なのは、良子やお父さんとの生活だもの。無理はしたくないの」

良子「――」

都「機嫌直して、少し笑って。四人で歩くなんて、久し振りじゃない。良子がふくれてちゃ、お母さん、つまらない」

良子「――」

都「いいわね？」

良子「――」

都「（はじめて良子を見て）うん？」

良子「（照れくさそうに、ちょっと微笑して）うん（と目は合せず、うなずく）」

■伊勢崎町あたり

ウインドウ・ショッピングをしながら歩く四人。良子は、都がなにかいうと、つき合って笑顔になるが、省一は、みんなと歩く速度を合せているだけで、依然として浮かない顔。

■望月家・表（夜）

都の声「お父さん、見て」

■和室

都「（居間の方から戸をあけて）どう？　良子（と良子をちょっと前に出す）」

良子「（セーター、ブラウス、スカートで父の方は見られずに、苦笑めいたものを照れくさく浮べて立つ）」

省一「（すでに敷いてある蒲団の自分の分を二つ折りにして、帰った時のままころがっていて、良子の顔は見ず、服のあたりを見て）うん（まあ、いいじゃないか、という顔を辛うじてする）」

都「これ、セーター五千四百円。スカートが二千九百円で、ブラウスが二千五百円よ。このスカートなんて、二千九百円には、見えないでしょう？」

省一「（起き上りながら）分らないね、俺には（と玄関の方の戸へ）」

都「掘り出しもんよ」

省一「ま、せいぜい安い物さがしてくれよ。甲斐性ないからな（と出て、戸を閉める）」

都　「なにいってるの」

■階段

省一「魅力とやらもないからなッ（上って行く）」

■和彦の部屋

和彦「（ヘッドホーンをつけていて、ドアの方を見る）」

■階段の上

省一「（良子の部屋をあけて、入る）」

■和彦の部屋

和彦「（良子の部屋の方を見ている。ドアの閉まる音）」

■和室

都　「（苦笑気味に、しかし哀しさもあって）お父さんも、大人じゃないんだから」

良子「（居間へ）」

都　「ねえ。折角、良子が仲直りしようとしているのに（と居間へ）」

■居間

良子「（ドスンと腰掛ける）」

都　「（来て、静かに）お父さん、すごくショックだったのよ。誰だってショックだと思うな」

良子「――」

都　「お父さん、魅力あるじゃない。お母さんは、あるな」

良子「――」

都　「意地の悪いようなところないし、明るいし、責任感もあるし、会社でだって結構人気があるらしいし、顔だってまあまあじゃない」

良子「――」

都　「私達を捨てて、勝手な事なんて絶対しないと思うし、そういうのお母さん魅力だな」

良子「――」

都　「そりゃあそういう人は、強い個性とか、そういうものはないと思うし、ダンスが下手だったり、恰好悪いところもあるけど、でも、一生懸命家族のために働いてくれてるし、良子をとても大切に思ってるし――素敵じゃないなんていっちゃ、可哀そうなんじゃないかな？」

良子「そう思うけど——」

都「だったら、ごめんて、いって来なさい。ほんとは素敵だって」

良子「だけど——」

都「うん？」

良子「お母さんは、それでいいの？」

都「いいって？」

良子「お父さんが機嫌直せば、あの人のことは、どうでもいいの？」

都「フフ、良子も、大きくなったね（と嬉しく涙ぐむような気持と、あの人のことは諦めているのよ、という淋しさのまざった思いでいう）」

良子「長くないなら、なるべく逢っといた方がいいに決まってるじゃない」

都「——」

良子「私は、そりゃあ、お母さんたちが、あっちばっかり行ってたら、嫌だけど——仕様がないじゃない（涙）」

都「——ありがとう。良子が、そんなこと、いうなんて。おどろいた——（と涙）」

■二階

省一「（良子の部屋のドアをあける）」

■和彦の部屋

和彦「（ベッドに腰をかけていて、敏感にその方を見る）」

ノック

和彦「（パッと立ってあけ）なに？」

省一「（あまり早くあいたので、ちょっと目を伏せ）ああ」

和彦「良子、またなんかいってるの？（と机の方へ行きながら）気にすることないよ。素敵とかなんとか、タレントじゃあるまいし、関係ないよ」

省一「（その間に入ってドアを閉め）——行って来いよ」

和彦「何処へ？」

省一「あの家さ」

和彦「いいよ。行きたくないよ」

省一「そんなこというな」

和彦「大体、お母さんと行った時、喧嘩して帰って来たんだよ。もういいよ。ほんとに、いいんだよ」

■居間

都「いいの。もう、ちゃんと逢ったんだし」

省一「――」

良子「――」

都「あの人も、これ以上の期待はしてないわ。私には、この家が、大事。この家と、みんなが大事。いいの、もう」

良子「――」

省一「だったら、好きにしろよ。とにかく、俺は止めない（和室の方へ行く）」

良子「――」

省一「（出て行きかけて立ち止まり）良子」

良子「うん？」

省一「他にお父さん、なにが出来る？（和室へ去る）」

良子「――」

都「良子のいうこと、ちゃんと考えてくれたのよ。返事しなきゃ悪いわ」

良子「――」

都「そうじゃない？」

良子「（うなずき、立って和室へ）」

■和室

良子「（来て）――（父を見る）」

省一「――（背を向けて、座っている）」

良子「――ごめんね」

省一「――」

良子「（二階へ）」

■階段の下

和彦「――（立っている）」

良子「（それを押して、どかすようにして二階へかけ上る）」

■居間

都「――（良子の部屋のドアの閉まる音）」

■良子の部屋

良子「（ドアを閉めた形で立っている）」

■電車の窓外風景（午後）

■西洋屋敷・玄関までの道

良子、通学帰りの仕度で玄関へ。

良子の声「こんにちは」

■西洋屋敷・階段の下

良子「（応接間の方から、戻って来て、二階を見て）こんにちは」

返事がない。良子、ゆっくり上って行く。

■西洋屋敷・二階

良子「（上って来て）こんにちは（返事がない）いませんか？」
竜彦の声「ああ（と目がさめた声）」
良子「（そのドアを見て）こんにちは」
竜彦の声「あー（と目をさまそうとしている）」
良子「鍵あいてたから、いると思って」
竜彦の声「入って」
良子「はい（とドアをあける）」

■竜彦の部屋

竜彦「（ベッドで、疲れ果てた顔で微笑）」
良子「（ギクリとして、小さく）こんにちは」
竜彦「ああ」
良子「どうか、しました？」
竜彦「いやあ——（微笑し）おいで」
良子「（うなずき、入ってドアを閉める）」
竜彦「よく来てくれたね」
良子「何処か、痛いの？」
竜彦「大丈夫だ。夜起きててね」
良子「（うなずく）」
竜彦「昼間、眠くなった」
良子「（うなずく）」
竜彦「もう、充分寝たから、元気だ」
良子「そう」
竜彦「フフ」
良子「ちょっと窓あけていい？」
竜彦「ああ、どうして？」
良子「（窓をあけ）くさいわ、この部屋」
竜彦「フフフ」
良子「洗濯とか、お風呂とか、どうなの？」
竜彦「三、四日ね」
良子「三、四日だけ？」
竜彦「ああ。こう見えてもね、おじさんは、わり合い綺麗好きなんだ」
良子「そうかなあ」
竜彦「洗濯屋には、よく持って行くんだ。ここんとこ、少しサボった」

良子「（ちっとも起きようとしないので）起きられない？」

竜彦「起きる」

良子「いいの、起きなくていいの」

竜彦「いや（というが動かない）」

良子「誰かいないの？　世話する人いないの？」

竜彦「いないんだ」

良子「新村さんていう人はどうなの？」

竜彦「パタリと来ない」

良子「連絡してみるわ」

竜彦「いいんだ」

良子「どうして？」

竜彦「来るなって——いっちまった」

良子「喧嘩？」

竜彦「いやあ（起き上りながら）誰だって、こんなとこ来たくないじゃないか」

良子「そうかな？」

竜彦「（上半身起こし）先回りしていってやったのさ」

良子「でも——私だって、そうそう来られないし」

竜彦「勿論だ」

良子「お兄ちゃんやお母さんたちも来るかどうか分らないわ」

竜彦「（ベッドからおり立ち）ああ」

良子「でも、それ、お父さんのせいじゃないのよ。お父さんは、とっても男らしく、此処へはいつでも行けっていったの。でも、お兄ちゃんもお母さんもいいっていうの。でも、来たくないからそういってるんじゃないの。お父さんに、甘えちゃ悪いと思ってるの。二人とも、無理してるの」

竜彦「——」

良子「だから私が来たんだけど——やれること、たかが知れてるし、一人で此処にいるの、いけないんじゃない？」

竜彦「コーヒーでも入れよう（ドアの方へ）」

良子「なんとかすべきよ。このままじゃ、気になって仕様がないわよ」

竜彦「買い物だけ、頼める人いると、いいんだがね（と出て行く）」

良子「——（パッと出て行き）」

■階段の上

良子「いるわ。さがすわ」

■和彦の部屋（夜）

和彦「ベッドから？」

良子「そうよ。ベッドから起きられないの。行くべきよ。お兄ちゃん、行くべきよ」

和彦「飯なんか、どうしてるんだ」

良子「今晩は、つくって来たわ。カレーライスだけど」

和彦「起きられない病人に、カレーかよ？」

良子「だから明日の午後行ってよ。お兄ちゃんが頼んだことにして、人が行ってるから（ドアの方へ）」

和彦「俺が頼んだ？」

良子「いいから、行ってよ（とドアをあけ出る）」

和彦「なんの事だ？　人って？」

良子「だから私が――いろいろ考えて頼んだの（とドアを閉める）」

和彦「おい（と行ってあける）」

■和彦の部屋の前

和彦「（バタンと閉まった良子のドアをあけようとして、あかず）おい、なにを頼んだ？　誰に頼んだ？」

■良子の部屋

良子「行ってみりゃあ分る（いってから可笑しくなって、笑ってしまう）」

■西洋屋敷・玄関への道（午後）

和彦、来て玄関へ。玄関を見て立ち止る。

■玄関の表

多恵子「（ガラス戸を雑巾がけしている）」

和彦「――あ、君か――」

多恵子「（手を止め、ゆっくり見て）あんたの頼みじゃ仕様がねえよ。安心しな。毎日、来てやるから（と雑巾をゆすぐ）」

和彦「（良子を思い）あの野郎（と小さくいい）でも、君、こんな時間学校じゃないの？」

竜彦の声「いいじゃないか」

和彦「（見る）」

竜彦「（庭の方から来た形で立っていて）どうせ勉強はしないんだ。短い間、ここで働くのも悪くはない（とゆっくり歩き出す）」

和彦「起きてていいんですか？」

竜彦「ああ、このとおり（と手をのばして、ポーチの柱に触ろうとして、届かず、更に歩いて届く）」

和彦「（思わず、それを見ている）」

竜彦「へへ。しごいてやるぜ、姉ちゃん」

多恵子「関係ねえよ。俺は、こいつ（和彦）の頼みを聞いてるんだよ」

和彦「いや、ぼくはそんなこと――」

竜彦「結構結構。なんでもいいから、しっかり働いてくれよ。久し振りのつっぱりは気持がいいぞ。ハハハハ（バケツを蹴とばして、よろけて地面に手をつく）」

和彦「あ（と手を出すが、触れない）」

竜彦「へへ、バケツ、忘れてた。ハハハハハ」

■電車の窓外風景（夕景）

■電車の中

和彦「――」

多恵子「（向き合って立っている）」

和彦「くどいみたいだけど、あんな遠くまで、毎日行くなんて、よくないよ」

多恵子「いいよ」

和彦「問題になるよ」

多恵子「ならねえよ。とっくに学校は投げてるよ」

和彦「でも――」

多恵子「頼んでおいて、ごたごたいうなよ」

和彦「だから、それは妹が」

多恵子「頼んだには、ちがいねえだろう！（周りの人、おどろいて見る）」

和彦「そうだけど――」

多恵子「気にするんじゃねえよ（と淋しい目で窓の外を見る）」

和彦「（それ以上いえずに）――うん」

■望月家・脱衣場（夜）

良子「（セータースタイルで）ハハハ（と逃げるように入って来て、閉めようとする）」

和彦「（その戸をおさえて）面白半分によく出来るな（声はおさえている）」

良子「面白半分じゃないわよ。暇があって、熱心にやってくれるの、あいつが一番じゃない（セーターを脱ぐ）」

和彦「あんなのに借りつくったら、どうなるんだよ」

良子「借りぐらいなによ。親のことでしょ。お礼をいうべきよ、私に」

和彦「冗談じゃねえよ」

良子「（ブラウスを脱ぎかけていて）やだ（と和彦をつき）出てってよ、いやらしい」

和彦「いやらしいって——」

良子「人がお風呂入るの、見ないでよ（と押し出して、戸を閉める）」

和彦「ペチャパイが一人前のこというな」

■ダイニングキッチンと居間

都　「（和室の方からミシンを持って来て）そんなこといわないの（と食卓に置く）」

良子の声「こっち見ないでよ」

和彦「見るか、バカバカしい」

都　「（ミシンの蓋をとりながら）身体のことはいっちゃ駄目。冗談でも傷つくんだから」

和彦「考えすぎたよ（と居間へ）」

都　「そんなことないわよ。こないだも下半身デブっていってたでしょ。ずっと気にしてたから」

和彦「あいつだって、俺の唇、ボテボテって（椅子へかける）」

都　「男はいいでしょ」

和彦「そんな勝手な話があるかな」

都　「そうね。この頃は、男も顔だからね（と和室へ、なにかとりに行く）」

和彦「——」

都　「（ミシンのための、裁断を終えた布を持って来ながら）その点では、お母さんのおかげで、随分得してるんじゃないかな？（とミシンへ行き、布をひろげたりしている）」

「ウワッ、熱い！　熱い、お風呂、お母さん」と良子の声。

都　「ごめん。ちょっとうっかりしてたの」

良子の声「だったら蓋あけといてくれればいいのに」

都　「ごめーん」

和彦「（その間に口調を変える気持になっていて）お母さん」

都「うん？」

和彦「こんなこと、もういいっていわれるかもしれないけど――」

都「なに？」

和彦「それだって、冷たいとは思わないけど」

都「――（竜彦のことか、と思う）」

和彦「あの人、相当悪いよ。廊下歩くのに、壁に手をやってるよ」

都「――」

和彦「明るい顔つくってるけど、入院まで、あまり時間ないんじゃないかな」

都「――」

和彦「ぼくは、時々、行ってみるよ。困ったら、電話くれっていっちゃったよ（と階段の方へ）」

都「――（充分に間あって――）」

■西洋屋敷・玄関

明美「（酔っていて、荒っぽくドアをあけ、ころがるように座りこむ）こんばんは」

■応接間

竜彦「（毛布にくるまって、ころがっていて目をあける）」

■階段と廊下

明美「（はじめ声で）どうしてる？　フフ、まだ意地張ってる？（現われ）フフ（と応接間のドアをあける）」

■応接間

竜彦「（身体起こし椅子にかけていて）よう」

明美「フフ、しぶといじゃない。お元気？」

竜彦「ああ、元気だ」

明美「フフ、可愛気ないね（とドスンと椅子にかける）」

竜彦「フフ」

明美「なによ、それ？　バカにしたような顔しないでよ」

竜彦「めずらしいね」

明美「――（顔をそむける）」

竜彦「めったに、乱れないのに」

明美「ヘッ、乱れると来たか。フフ、お言葉が、お綺麗で、ございますこと」

竜彦「——」
明美「これはね、乱れてるんじゃないの。荒れてんのよ」
竜彦「——」
明美「荒れてなくて、こんなとこへ来ますか」
竜彦「沖縄だったね」
明美「沖縄？」
竜彦「だろう？」
明美「ああ、あんなの三日よ」
竜彦「——」
明美「へへ、帰って来りゃあ、此処へ来ると思ってたわけ？」
竜彦「——」
明美「たいした自信」
竜彦「——」
明美「どうでもいい筈だったんじゃないの？」
竜彦「——」
明美「ちがうの？」
竜彦「——」
明美「私のこと、待ってた？」
竜彦「——」
明美「私が買って来る食糧、待ってたか——へへへへへ」
竜彦「——」
明美「——」
竜彦「どうしたい？」
明美「どうした？　どうしたって——あんたの、知ったことじゃないわよ」
竜彦「——」
明美「志摩半島行ってたの」
竜彦「——」
明美「遊び」
竜彦「——」
明美「誘う人あってね」
竜彦「——」
明美「悪い？」
竜彦「悪くない」
明美「——」
竜彦「——」
明美「愛想がないね」
竜彦「フフ」
明美「人をバカにして」

竜彦「――」
明美「いうことききかないで」
竜彦「――」
明美「私だって考えるよ」
竜彦「――」
明美「すっごくいいお天気で、あんたのことなんか、思い出しもしなかったわ（逆であることが分る）」
竜彦「――」
明美「――」
竜彦「――」
明美「そんなところにいないでよ」
竜彦「――」
明美「何処か行っちゃってよ」
竜彦「――」
明美「（涙ぐんで）目ざわりったら、ありゃしない」
竜彦「――」
明美「――来るんじゃなかったよ。来る気なんか、もうなかったわ」
竜彦「――」
明美「病気、なおそうとしないなんて、ひどい侮辱だよ。お前に未練なんかないって、いわれてるようなもんじゃないか」
竜彦「――」
明美「私も人がいいね。それでも、いい顔しちゃって」
竜彦「――」
明美「あんた、なに？　なによ、あんた。人の気ィひかないでよ」
竜彦「――」
明美「（涙）」
竜彦「――」
明美「（涙）」
竜彦「帰りな」
明美「――」
竜彦「（急に立ち上り、見えない目で、やむを得ず、ちょっと足元をさぐりながら、よろけながら、しかし、急いで明美の傍へ立ち）帰るんだ（と腕をつかむ）」
明美「なによ」
竜彦「二度と来るんじゃねえ」
明美「痛い」
竜彦「男をくわえて、遊び歩いてやがって、気まぐれに来て、勝手なことをぬかすな（とひっぱる）」
明美「ちょっとォ（椅子が倒れる）」

■階段と廊下

竜彦「（ドアをあけ、ぐいぐいひっぱる）」
明美「あんた——」
竜彦「——（ひっぱる）」
明美「痛いよ（ころぶ）」
竜彦「——（かまわず、ひっぱる）」
明美「——あんた」

■玄関

竜彦「（明美をかまわず押し出そうとする）」
明美「なによ、無理して」
竜彦「二度と来るんじゃねえ（と追い出し、靴をほうる）」
明美「（よろけて、靴をよけ）ちょっと（とドアへ）」
竜彦「（ドアを激しく閉める）」
明美「（あけようとする）」
竜彦「（押さえて、鍵をかける）」
明美「なんの真似よ（ドンドン叩き）あけなさいよ。あけてよ（と叩き、あけようとし）あけなさいよ！（と叩く）」

■階段と廊下

竜彦「（来て、よろけるように階段に腰をおろす）」
明美の声「（ドアを叩き）あけてよ！　あんた、あけてよ！（と叩いている）」
竜彦「——（その声に耐えている）」

■台所（昼）

多恵子「（味噌汁のために大根を手際よく千切りにしている）」
竜彦「（カツをつくるので、ボールに卵を割って落していて、多恵子の庖丁の軽快さに思わずその方を見て）慣れてるね（と微笑）」
多恵子「（ニコリともしない）」
竜彦「家でやってるのかな？（と手は休めない）」
多恵子「——」
竜彦「いまの中学三年で、それだけ出来る子は少ないだろう」
多恵子「（手を止め）機嫌とるなよ。大根刻めたって仕様がねえよ（とまた動く）」
竜彦「フフ、機嫌をとってるわけじゃない。あんたは、御不満だろうが、俺の若い頃を思い出すんだ」
多恵子「——」

竜彦「ほとんど口をきかなかった。ききたくないわけじゃない。先生とでも誰とでも、気楽に軽口をたたける奴が羨やましいと思った。しかし、自分には到底そういうことが出来ない。こわばっちまう。人とうまくつき合うのが、むずかしい。相手はどうせ俺のことなんか、どうとも思ってないだろう。すぐそんな風に思っちまう。両親亡くしてあっちこっちで邪魔にされてたんだ。中学の頃は小田原の在の遠い親戚のパーマネント屋に厄介になってた。学校から帰ると、洗濯をよくした。店の白衣とか前掛けとか、まだクリーニングになんか出さなかったんだ。たらいでね、洗うんだ。それから、夕飯の仕度だ。これもガスなんてのはなくてね、薪(まき)で飯をたいた。おかずは、見習いの女の子が、暇見て、つくりに来る。忙しい時は、それも俺がつくった。今考えれば、ひどいお菜だ。ハハハ」

多恵子「――」

竜彦「コールドパーマというのが、流行り出した頃でね、それに使う液を、一升瓶持ってよく小田原へ買いに行った。くさいんだ。道で、気にくわねえのと喧嘩してね、それぶつけたら、瓶がわれて、そりゃあ大変なにおいでね。五、六人いた向うも逃げ出したが、こっちも逃げ出した」

多恵子「――」

竜彦「だから勉強も出来なかった。丁度あんたと同じ頃、先生がね、廊下で、おい沢田って呼んだんだ」

多恵子「――」

竜彦「お前、卒業したら、どうするんだ？　って。相談に来ないじゃねえかって」

多恵子「――」

竜彦「今考えれば、おかしいが、そん時俺は、とても意外だったんだ。先生が俺のことを気にかけている。それが、すごく意外だった。担任の先生だ。そのくらいの心配は当り前だ。しかし、そういう風に思えなかった。いつも、俺なんかいないみたいにしてたからね。はいッ、なんてね。嬉しくて、舞上った。高校なんてとんでもない、といわれているが、出来たら、どっかへ住み込んで定時制へ通いたいって、夢中でしゃべった。ところが、教師は、特別俺のことを心配して聞いたわけじゃない。そうか、じゃあ、決めたら連絡に来い、とかね。明るく、さっぱりと、事務的に打ち切りやがった。そうか、仕事として聞いたわけか、と水をかけられた気持でね、また自分ン中へとじこもっちまう。厄介な子供で、自分でも、持て余してた。なんとか、ほどよく、ピリピリしないで、みんなとつき合えねえかと思ってた。しかし一方で、誰とでも明るくつき合う連中を、鈍感だとも思ってた。他人の気持に鈍感で、物事を、なにひとつ深く考えず、相手が本当に自分に好意を持ってるかどうかなんて事が気にならなければ、そりゃあ明るくなれるだろう。俺はそうはいかない。あんな安っぽい奴らとは、ちがうんだ、という気持があった」

多恵子「——」

竜彦「本当の好意、本当の愛情じゃなきゃいやなんだ、なんて思ってた」

多恵子「——」

竜彦「そんな奴は、嫌われちまう。しかし、一向に性格変らないでね。とうとう、この年まで、すねっぱなしだ」

多恵子「——」

竜彦「そのわりには、よくしゃべるね。え？　ハハハ」

多恵子「——（ただ調理している）」

■庭

多恵子、洗濯物をとり込んでいる。

■階段のあたり

竜彦「（手すりかなにかの、とれかかった飾り物を、不自由な目で修理している）」

■庭

多恵子、洗濯物をとり込んで、玄関の方へ来る。

■玄関の表

都「（玄関のドアへ近づきかけていて、足音で、庭の方を見る）」

多恵子「（来て、ハッとする）」
都「（あ、と思う）」
多恵子「（目を伏せ、洗濯物に顔をかくすようにして、玄関へ）」
都「ちょっと、訳が分らないけど」
多恵子「（ドアをあける）」
都「あなた、三枝——」
多恵子「（かけ上る）」
都「三枝さんね（と追う）」

■玄関

多恵子「（逃げるように、台所の方へ）」
都「どうして？　どうして、あなた、此処に？」
竜彦の声「どうかした？」
都「いえ——ごめんなさい、いきなり」

■階段

竜彦「いらっしゃい」

■玄関

都「こんにちは（台所の方を見て）いまの子、ちょっと知ってるような気がして」

■台所

多恵子「——」

■階段

竜彦「（立ち上がり）ああ、知ってるかもしれないね」

■玄関

都「じゃあ、家の方の子？」
竜彦「（来ながら）だったら、いけない？」
都「でも、どうして？　どうして、ここに」
竜彦「そんなに騒ぐことかな？」
都「だってあの子、中学生よ。まだ、学校あるし、何故ここにいるの？」
竜彦「働いてくれてる」
都「そんな——中学生を、学校へやらないで？　そうなの？」
多恵子「（バタバタと足音をさせて来て）学校にしゃべったら、ひでェからな（とコートとかばんをかかえたまま、靴をひっかける）」
都「だって、みんながさがしてるんじゃない？　こんな遠くで、びっくりしたわ。どうして、一体」

多恵子「さよなら（ととび出して行く）」

竜彦「また来いよ」

都「――（多恵子の走り去る音を聞く間あって）あなた、時々訳分らないけど――」

竜彦「（目を伏せる）」

都「なんなの？　中学生を――」

竜彦「連れ込んで、なにをしたかか？」

都「そんなことは思わないけど、あの子どういう子か知ってるの？」

竜彦「あんたは、知ってるの？」

都「そりゃあ、家の近くじゃ、札ツキのグループの、それも一番手におえない子で（いいかけるのを）」

竜彦「やめてくれ（と壁をつたって、応接間の方へ）」

都「良子に怪我させて、一時、どうしようかって」

竜彦「やめねえかッ」

都「――」

竜彦「ＰＴＡのおばんみたいな口をきくなよ」

都「（苦笑して）ＰＴＡのオバンにはちがいないわ」

竜彦「（都からは見えないところまで行っていて）いやらしかったぜ」

都「そんな――そんな事いわれたって」

竜彦「俺はあんたが、自分を殺して生きてると思ってた」

都「――」

竜彦「横浜を風切って歩いてた都さんが、信用金庫の旦那と、満足してるはずねえと思ってた」

都「――なんの話、いきなり」

竜彦「いろんな気持をおさえこんで、なんとか平凡な亭主とつき合ってると思ってた」

都「――」

竜彦「とんだ誤解のようだ。押さえなきゃならない情熱なんて、とっくに跡かたもない」

都「――」

竜彦「中学生だから、どうだとか、頭の固い、下らん口をきいて」

都「――」

竜彦「昔のあんたは、もっと人を見る目が、柔らかだったぜ（と哀切さが横切って、応接間へ）」

都「――」

■応接間

竜彦「（椅子に倒れこむように座り）あんたのいう通りだ。人間は変るね（と腹立たしくいう）」

都「（ゆっくり、玄関の方から現われる）」

竜彦「――」

都「いきなり、ひどいことをいうのね」

竜彦「――」

都「そりゃあ、変るわ。あなたの気に入るようにしてたら、生きてられないわ」

竜彦「――」

都「あなただって、こんなところで、まるで追いつめられてるみたいじゃない」

竜彦「――」

都「変るわ、そりゃあ」

竜彦「――」

都「でも、ひらき直ってるんじゃないのよ。淋しいとも思ってるのよ」

竜彦「――」

都「随分ジタバタしたし、今もしてるわ」

竜彦「――」

都「――」

竜彦「来てくれ」

都「――」

竜彦「もっと、こっちへ来てくれ」

都「――（遠い竜彦を見る。哀しさのある目）」

竜彦「すまなかった」

都「――（淋しい微笑）」

■応接間

都、窓辺に立つ。鳥の鋭い声。竜彦は、さっきの椅子に掛けたまま。

都「あなたが、私のいまの暮しを、バカにしたようなことをいうから、対抗上、幸せだとか、ちゃんとやってるとか、強調しちゃうけど、平凡な生活だって、そんなに単純じゃないわ」

竜彦「――」

都「ひとりで、むなしくて、たまらない時もあるわ」

竜彦「――」

都「主人が、つまらない人に思えて叫び出したい時もあるわ」

竜彦「――」

都「何処かへ行っちゃいたいとか」

竜彦「——」

都「フフ、でも、わりと周りの奥さんより、我慢強いみたい。連れ子同士ってこともあるけど。しっかりしてないと、子供なんて、すぐ変になるから」

竜彦「——」

都「愚痴はいわないことにしてるの」

竜彦「——」

都「それと、一つには、あなたなんかと、かなり好き放題なことをしたでしょう。その思い出っていうのかな、そんなのに支えられてるところあるわ」

竜彦「——」

都「たいしたことはないのよね。好き放題っていったって、心の底から夢中になって無茶をやったなんて、油壺でモーターボート盗んだ時だけかな」

竜彦「——」

都「まして、この年になって、いまの暮し捨ててみたって、たいしたことないって、諦めちゃうところあるわ」

竜彦「——」

都「つまらないオバンだって、いろいろ、揺れてるのよ」

竜彦「台所、行こうか（と立つ）」

都「台所？」

竜彦「ウイスキーがある（行く）」

都「昼間から、いやだわ」

竜彦「昼間がなんだい」

都「酔うの困るわ。五時には帰っていたいし」

■階段と廊下

竜彦「（来て）淋しいこというなよ。一日ぐらい、昔に帰るのもいいじゃないか」

都「無茶をいわないで」

■玄関

竜彦「無理に無茶をいってるのさ。無理にでもいわなきゃ、こびりついた殻はとれやしない。まず（身体からなにかをむしりとるような仕草で）主婦であることを忘れる」

■台所の前

竜彦「（来ながら、またなにかをむしりとる仕草で）子供のいることを忘れる（更に）亭主を忘れる（一方の手で壁を伝って、台所へ）」

■台所

竜彦「そして、耳を澄ます。自分がなにをしたいか？本当には、なにを求めているか？やっぱり子供の成長か？　家庭円満か？　亭主の優しさか？金か？健康か？それとも若さか？ひとりになることか？恋か？若い男の肌か？外国旅行か？いまとはまったくちがう人生、別の男との別の人生か——（芝居振りで此処までいい、都が来ないのに気づき、日常的な口調で）なにしてる？（と台所の外へ出る）」

■台所の前

都　「（ややはなれて立っていて、薄く、淋しく苦笑）」

竜彦「どうした？」

都　「変わらないわね」

竜彦「（苦笑し）おいで（と台所へ）」

都　「——（戸口まで来て）昔もよく、そんなことやってた」

■台所

竜彦「（ウイスキーをとりながら）昔は、つき合ってくれた」

都　「もう駄目（と苦笑）」

竜彦「そんなこというなよ（グラスを注意深くとりながら）昔のあんたと——もう一回、バカ騒ぎがしたい」

都　「——」

竜彦「（グラスを二つテーブルへ置きながら）都さんが、ただ、スーパーの特売を気にかけ、子供の成績や亭主のボーナスで一喜一憂してるだけじゃあ、あの頃のつっぱりはなんだったんだ（静かにいう）」

都　「だから、いったでしょう」

竜彦「人は変るか？　そういっちまえば、おしまいだが、昔のあんたは、自分をなんとかしようとしていた、自分をきたえようとしていた、どうせ人生こんなもの、なんて、訳知りになることを嫌ってた」

都「だって、いまの生活で、なにが出来る？　どう変えようがある？　毎日をなんとか、ちゃんとやって行くだけだって、結構大変なのよ」

竜彦「そんな決まり文句はききたくないね（とグラスにウイスキーを注ごうとして、ウイスキーをややずれて近づける）」

都「（思わず、その方に目が行く）」

竜彦「変えようは（いくらでもある、といいかけて、テーブルにウイスキーをそそいでしまう）」

都「――あ」

竜彦「やっちまった。ハハ（とウイスキー瓶を置き）悪いね、ふきん」

都「（もう動いていて、ふきんをとり、拭く）」

竜彦「（間あって）のもうよ、一度ぐらい、のんだくれたっていいじゃないか」

都「――（拭いている）」

竜彦「（その手をおさえるように握る）」

都「――」

竜彦「――」

都「――」

■望月家・表（夜）

■居間とダイニングキッチン

テレビが九時台の番組をやっている。

それを見つめて動かない和彦。

ウォークマンをつけて、食卓に肘をついている良子。

良子「（じっとしていられず、ウォークマンをはずし）お兄ちゃん、もう十時だよ」

和彦「分ってるよ（とふくれていう）」

良子「どうする？　お父さん帰ってくるよ」

和彦「いいじゃないか（とテレビを止めて）秘密でもなんでもないんだ」

良子「でも、今日行ったこと、お父さん、多分知らないよ」

和彦「いえばいいさ（と階段の方へ）」

良子「おそすぎるじゃない」

■階段

和彦「（来て）仕様がないだろ、かけたって出ないんだから」

良子「もう一回かけてよ（来て）なんかあったかもしれないし」

和彦「自分でかけろよ（と上りかける）」

良子「二階行かないでよ。やあよ、お父さんに、私がいうの」

和彦「（おりて、ダイニングキッチンへ）もともと、お前が、行けっていったんじゃないか」

良子「（ついて行きながら）お見舞いに行くぐらい」

■ダイニングキッチン

良子「自由に、っていったのよ。こんなに、長く行ってていなんていわないわ」

和彦「（紙のメモを見てダイヤルしている）」

良子「連絡なしなんてはじめてよ。絶対夕飯どうしろって電話あるじゃない。なんかあったのよ」

和彦「（耳に受話器あてている）」

良子「――出ない？」

和彦「（まだ耳にあてていて）ああ」

良子「あの人、倒れて、病院に行ったのかもしれないね」

和彦「――（まだ耳にあてている）」

良子「病院、知ってる？」

和彦「（切り）病院からだって電話出来るじゃないか（と階段へ）」

良子「どうするの？」

■階段

和彦「病院知ってる人にかけてみる（と二階へ）」

良子「かけるって、電話でしょ？」

和彦の声「番号だよ」

良子「新村っていう人？」

和彦の声「いるといいんだけどな（と手帖を持っておりて来る）」

■ダイニングキッチン（時間短くとんで）

和彦「（受話器を耳につけている。呼び出し音）」

良子「いないね」

和彦「ああ」

チャイム。

良子「あ」

和彦「（切る）」

良子「はい（と玄関へ）」

■玄関

良子「どっち？　お母さん」

和彦「（来る）」

省一の声「お父さんだ」

良子「（すぐ鍵をあけ、あけ）お帰りなさい」

和彦「お帰りなさい」

省一「なんだ？　二人で（と笑顔で）どうした？」

良子「うん――」

省一「なんだ？」

和彦「（明るく）なんでもないかもしれないんだよ。もう、その辺歩いてるかもしれないんだけど」

省一「歩いてるって、お母さんか？」

和彦「（目を伏せ）うん」

良子「――うん」

■道

望月家の車が走る。

■車の中

省一「（運転している）」

良子の声「私一緒に行く」

和彦の声「ぼくも行くよ」

省一の声「なにいってるんだ。二人は家にいるんだ。行きちがいになるかもしれないじゃないか（と車へ急ぐ口調でいう）」

省一「――」

■望月家・居間とダイニングキッチン

動かない和彦と良子。

■道

省一の運転する車が走る。

12

「自分を克服して、自分以上のものになろう
と、はりつめているように見えた」

■十一回目の映像で

竜彦「のもうよ、一度ぐらい、のんだくれたっていいじゃないか」

都「（拭いている）」

竜彦「（その手をおさえるように握る）」

都「――」

竜彦「――」

都「――」

夜の道を望月家の車が走る。

運転している省一。

■メイン・タイトル

以下、クレジット・タイトル。

■西洋屋敷・表の道（夜）

省一の運転する車、来て停る。ライト消え、省一おりて、屋敷の方を見てドアを閉める。

■玄関への道

省一、通用門をあけ、入って、閉める。

■玄関の表

省一、来る。玄関は暗いが、階段の方の灯りが漏れている。

省一、ゆっくり近づき、声をかけようとして、妻の不倫を思い、あけた口を閉じながらうつむき、ドアを見、手をのばしてドアをあけようとする。ドアは鍵がかけられていず、細くあく。

省一、中を見ると、妻の靴が、揃えて上った形で、その片方が倒れている。

やはりいるのだ、病院へ行ったわけではないのだ、と思う。そっと中へ。

■階段の下

省一「（玄関の方から現われ、応接間の方を見る）」

応接間のドア、閉められていて、灯りがついている。

省一「（唇をかみ、激情がこみあげるのをおさえながら、音をひそめてドアに近づき、ノブに手をのばし、思い切って、ゆっくりあけて行く。ハッとする）」

■応接間

ソファにかけた都が、省一の方に目を向けているのである。すまない、という思いと、こうするしかなかったという思いをこめて見つめている。省一、その目の率直さにすぐ目を下に向けると、都の膝を枕にして、竜彦が背を向け、ちぢまるように動かない。

省一「(カッとなって都を見る)」

都「(怒るのは分るわ、というように受けとめてうなずき、でも、ごめんなさい) 眠ってるの (と小さくいう)」

省一「(つい声は小さくだが) 眠ってるって、なんだそれは、それはなんだ (とカーッとなり) 人の女房がすることかッ!」

都「分ってるけど (と竜彦の起きる方を気にするので)」

省一「(哀しく、カッとなり、交通巡査のように両手を振って) はなれろ! そこの二人、はなれろッ (と大声になる)」

竜彦「(ピクッとし、ためらうところなく身体を起こし都と並んで座り、それから両手で顔をおおい、こするようにして頭をはっきりさせようとする)」

都「——(目を伏せている。しかし、省一に対して挑戦的ではない)」

省一「一体なんの真似だ? 眠って、ひとの女房の、膝枕で、眠って (と声震える)」

竜彦「すまない (と皮肉なところなく)」

都「なにもなかったのよ」

省一「なにもないことがあるかッ、現にいま抱き合ってたじゃないか。お前、そいつの頭に手をやって、まるでもう (母親か恋人のように、と続けられずに、そばの椅子の背を摑んで) ウーッ (とつきとばすようにする)」

竜彦「私が悪い——無理にいてくれと頼んだ」

省一「(都へ) 何処へ行った?」

都「何処へ?」

省一「和彦や良子が、心配して、何度も電話した」

都「(分っているわ、というように) ええ」

竜彦「私が出ないでくれ、と頼んだ」

省一「出ないでくれ?」

竜彦「——すまない」

省一「(都に) 頼まれりゃあ、いう事をきくのか? 子供が、事故じゃあないか、なんかあったんじゃないか、と気を揉んでるのは分るだろう。お前の心配だけじゃない (竜彦へ) 病気が重くなったんじゃないかって、子供はね、あんたのことも心配したんだ！（都へ）出ないって法はないだろう！」

都　「（その通りね、とうなずく）」

省一「（竜彦を見て）普通じゃないか。あんた本当に病気なのか？　仮病じゃないだろうなッ」

竜彦「――（うつむいている）」

都　「（省一を傷つけないように、しかし、もういいでしょ、というように）仮病なんかじゃないわ」

省一「だったら、いいのか？　だったら、他の男を膝へ抱いてもいいのか？　冗談じゃないよ。帰るんだ（と廊下へ行きかけ、振りかえって）帰るんだ、早く立て！（と消える）」

都　「――（ゆっくり立つ）」

竜彦「――」

省一「（ドドッと戻って来て）電話を借りるよ、子供たちが心配してるんでね（と怒った声でいって消える）」

都　「（ドアの方へ歩いて行く）」

竜彦の声「ありがとう」

都　「（立ち止る）」

竜彦「（目は伏せたまま）すまなかった」

都　「（小さく）ううん」

■階段と廊下

省一「（電話をかけていておだやかに父親らしく）ああ、心配ない。大丈夫だ。お母さんといま、帰る（都の方を見て）ああ、良子はもう寝なきゃ駄目だぞ――」

都　「（廊下へ出て、竜彦を見る）」

竜彦「――（目を伏せて動かない）」

省一「いいから寝るんだ、明日学校で大変だよ」

都　「（ドアを閉める）」

省一「とにかく帰って話す。なんでもないんだ（と切る）」

都　「――」

省一「（都を見て、憤懣の顔よみがえり、なんだバカ、という気持で、玄関へ）」

都　「――（続く）」

■応接間

竜彦「――（動かない）」

■望月家の車の中

省一、運転し、隣に都。

省一「どういったら、いいんだ？」

都「――」

省一「和彦たちに、なんていうんだ？」

都「――」

省一「いい訳考えておけよな（とプリプリしている）」

都「――（間あって、うなずく）」

■望月家・玄関の表

良子「（中からドアをあけ）お帰り（なにがあったのか聞きたくて眠っていない）」

■玄関

居間の方から、和彦来て立ち止る。

省一の声「なんだ、まだ起きてたのか？」

良子「（中へ戻りながら）大丈夫だもの」

省一「（続いて現われながら）一時だぞ、もう。明日どうするんだ、寝ろ寝ろ」

和彦「お帰り」

省一「おう。まったく、こっちも明日お前、本社で報告だっていうのに、頭はっきりしなかったら困るよ（と上着を脱ぎながら居間の方へ）」

都「（入って来て）ただいま（とおだやかに、しかし疲れていて）ごめんね、心配かけて」

良子「そんなのいいけど」

和彦「どうかしたの？　あの人」

都「話すわ、居間で（とドアを閉め、鍵をかける）」

■居間とダイニングキッチン

省一「（ダイニングキッチンでワイシャツを脱ぎかけていて、居間の都へ）なにもこれからしゃべることはないだろう」

都「でも二人とも気にしてるし」

良子「そうよ。聞きたいわ（と椅子にかける）」

省一「風呂へ入りたいんだよ、風強くて一日ほこりまみれだったんだ（と風呂場の戸をあけて入って行く）」

都「じゃ、お父さん入ってて。二人にいえばいいことだから」

良子「そう。関係ない、お父さん」

和彦「（いろいろに思えて、母の顔を見て腰をかける）」

都「関係ないってことはないけど（と椅子の一つに腰掛けようとダイニングキッチンの方から戻って来る）」

省一「（戻って）いいよ、俺も聞くよ（と和室へ、シャツとステテコで急ぎながら）俺だって、ちゃんと聞いてるわけじゃないし、子供には気をつけて口をきいてくれよな（と寝間着とガウンを持って戻って来る）」

良子「適当にいえってこと？」

省一「うるさいぞ、良子は。大人には大人の世界があるんだ。全部子供にしゃべるわけにはいかないことだってあるんだ（と寝間着を着る）」

良子「そりゃ分るけど」

都「そんなことないの。全部話せるわ」

和彦「――」

省一「（ガウンを着にかかる）」

都「みんなに心配かけて悪かったけど、簡単なことなの」

良子「――」

都「お父さんが、お見舞いぐらい、してやれっていってくれたでしょ。長くない人だし、ちょっとのつもりで、昼間行ったわけ」

省一「――（紐をむすんでいる）」

都「帰らないでくれっていうの。もう少しいてくれって」

省一「――」

都「目が、とても悪くなっていて、コップにお酒が注げないの。こぼしちゃうの」

良子「（うなずく）」

和彦「――」

都「そんな時、一人でいたくないって気持、分るような気がしたの」

省一「（腰をドスンとおろす）」

都「（省一の不満を感じて）勿論、一人でいるのは自業自得だし、私がいてあげる義理もなにもないんだけど」

良子「ううん（私でもいてやるな、と思う）」

都「そういう筋道ぬきにして、いてやりたくなったの」

省一「そりゃあまあいいよ。でも、だったら、電話で連絡ぐらいしたらいいじゃないか。連絡しないまでも、かかって来たら出たらいいじゃないか」

都　「(うなずく)」

良子「いたわけ？　ずっと」

都　「(うなずく)」

良子「じゃ、どうして（出なかったの）？」

和彦「(なにか際どい話になるような気がして）いいよ、もう」

省一「そうだ、もういい。寝なさい（と立ち）和彦も寝なさい（と風呂場の方へ）」

都　「あの人が、お母さんをつかまえてたの」

省一「そんなこと、よくお前、子供に」

都　「あの人、お母さんに、しがみついていたの」

良子「――」

和彦「――」

省一「(都に普通じゃないものを感じ）よせよ、もう（ちょっとひるんでいう）」

都　「でも、それ、いやらしいことじゃないのよ。あの人、とっても自分をおさえていたけど」

和彦「――」

都　「目が見えなくなること、死ぬことが、急にもう、こみ上げるように怖くなったのよ。お母さん、力になってあげたかった」

省一「あの男はね、治るかもしれない時にも、えらそうな事をいって治しに行かなかったんだ。今更、お前、怖いはないだろう」

都　「そうだけど、目の前で怖さに圧倒されてるのを見れば、なんとかしてあげたくなるんじゃないかな（和彦を見る）」

和彦「(目を伏せる)」

都　「お母さん、はなれて見てるなんて事出来なかった。口で慰さめるだけなんて出来なかったの。とっても自然に、お母さんの方から、抱きしめてあげたの」

良子「――」

省一「聞きたくないね（と自制しながら）なにが悪いって口振りだが、お前が俺だったら、どうする？　他の女を、俺が、抱きしめてやったなんて、ぬけぬけいったら、どうする？　平気か？」

都　「きっと平気じゃないわ」

省一「見ろ。だったら、そんなことぬけぬけいうなよ」

都　「でも、お父さん見たでしょ？　私があの人を抱いてあげてるのを」

省一「そんなこと、子供の前で」

都「だって、いやらしいことじゃないんだもの。ちゃんとしておきたいの」

省一「そっちがいやらしくなくたって、向うは分るもんか。大体、お母さんが男だったら、どうだ？　あの男は抱きつくか？　女だったから抱きついたんだ」

都「そうだとしても、いいと思ったの。励ましてあげたかったの。ジタバタしないで死ぬんだって、胸を張ったんなら、最後まで張り通しなさいって、励ましたの。そりゃあ、今更、怖がるなんておかしいとか、そういうことはいくらだっていえるけど、人間て、そう思うようにはいかないし、つきはなして、帰るなんてこと出来なかったの」

良子「――」

都「電話のベルが鳴っても、あの人、しがみついてるの。まるで、はなしたら、溺れるように」

省一「なにもそうくわしくいうことはないだろう」

都「私、それひきはがして、立って行けなかったの」

省一「もういい」

都「そういう時でも、一度結婚したら、他の男性には、触ってもいけないのかしら？」

省一「下らないこというな（と風呂場へ）」

都「下らなくないわ。私、随分自分を縛ってて、あの人の不幸に、率直になれなかったわ。自然に、やさしくなれなかったわ（と立っている）」

省一「結婚してりゃあ、当然だよ（と戻って来て）誰にでもやさしくされてたまるか。俺だって、自分を縛ってる。結婚ていうもんは、そういうもんだ。今夜のことは、もういい。二度と、よしてくれ（と風呂場へ行きかけ）早く寝ろ、子供は（と行く）」

和彦「――」

良子「――」

都「（その二人を見て）そういうことなの。なまじかくすと、いろいろに思うでしょう？　だから、少し乱暴だけど、全部聞いて貰ったわ」

良子「（うなずく）」

都「お父さんが面白くないのも、よく分るけど、お母さん、他に、どうしようもなかったの」

和彦「――」
都　「寝て頂戴」
良子「（うなずく）」
和彦「（うなずく）」

■脱衣場

省一「（脱ぎかけたまま都の声を聞いていた感じで、シャツを脱ぐ）」

■西洋屋敷・門（午後）

良子「（通用門をあける）」
和彦「（続いて後ろに立つ）」
良子「（学校帰りの仕度である。歩きはじめる）」
和彦「いいな」
良子「うん？（と振りかえる）」
和彦「怖がったことなんて、聞いてないふりするんだぞ」
良子「わかってるわ（と行こうとした時）」
多恵子「（玄関の方から現われる）」
良子「あ」
多恵子「（にらむような顔で来て）来るなよ。此処はいいんだ」
和彦「いいって――」
多恵子「まかしとけよ」
良子「だって――」
多恵子「面倒は俺が見るから、来るなよ。帰れよ」
和彦「いいんだよ、そんな」
多恵子「誤解すんなよな。お前のためにやってるんじゃねえんだ。帰れよ。帰っていいんだ」
和彦「――」
良子「どうして――」
竜彦の声「お姉ちゃん」
多恵子「（はっとする）」
竜彦「（足元に気をつけながら）なにいってる？　誰だい？（と現われる）」
多恵子「なんでもねえよ」
竜彦「（和彦たちの方を見て）和彦たちか？（よく見えない）」
和彦「そうです」
良子「こんにちは」
竜彦「よく来た。丁度いい、みんなでお茶をのもうじゃないか（と微笑でいい、戻って行く。ちょっと平衡を失ってよろける）」

多恵子「（サッと行ってささえる）」

竜彦「へへ、大丈夫だ。大丈夫（と尚しっかり歩こうとして去る）」

和彦「――（胸をつかれている）」

良子「――（歩き出す）」

和彦「――（歩き出す）」

■台所（午後）

多恵子「（紅茶のポットに薬罐の湯を注いでいる）」

良子「（紅茶茶碗を四つ食卓へ並べている）」

和彦「（それにティースプーンを置いて行き、砂糖壺を置いたりする）」

竜彦「（食卓の椅子に腰をかけていて、多恵子を見ていて）そうか。フフ、このお姉ちゃんは、俺とよく似てる」

多恵子「（薬罐をガス台へ置く）」

竜彦「（ポットの）蓋をして二分ほど待つんだ」

多恵子「（ポットの蓋をする）」

竜彦「（良子と和彦に）さあ、掛けてくれ。うまい紅茶を御馳走するぞ」

和彦「ええ（と微笑して椅子をひく）」

良子「――（掛ける）」

多恵子「（ポットを押さえて、立って待っている）」

竜彦「フフ、俺と似て、この子（多恵子）も性格が悪い（と微笑）」

多恵子「――」

竜彦「すぐ周りを蹴散らそうとする。周りは分っちゃいねえと決めこむ」

多恵子「――」

竜彦「こんなボロ家で、一人でいる男の気持を分るのは、自分だけだと思い、自分だけで面倒を看てやると決める」

多恵子「――」

竜彦「フフ、嬉しいが、そう頑固になることもない。好きな坊やまで追っぱらうことはない」

多恵子「別に――」

竜彦「ああ、俺もよくそういったもんだ。別にね、どうせね――フフ、しかしそう先手を打って諦めることはない。なあ、坊や。この子と恋仲になる可能性だってなかあないよなあ」

多恵子「余計なこというなよ」

竜彦「ハハ、そうやって返事をさせないところもよく似てる。返事が怖い。しかし、いい返事を誰よりも求めてる」
多恵子「そんなんじゃねえよ」
竜彦「いいだろう、注いでくれ」
多恵子「――」
竜彦「注いでくれ」
多恵子「（良子を見て）お前、注げよ（とポットを押しつけようとする）」
良子「（軽く）いいよ」
竜彦「いやあ（と止め）あんた（多恵子）が注げ」
多恵子「――」
竜彦「注いでくれ」
多恵子「――」
竜彦「注いでくれよ」
和彦「――」
良子「――」
多恵子「（ポットを持つ）」
竜彦「そうだ。あんたは、まだ若い。人とつき合うスタイルをかえることは、いくらだって出来る」
多恵子「（注ぎはじめる）」

竜彦「いまのあんたは、つっかかった口しかきけない。人と口をきくと、すぐつっかかっちまう。無論本当につっかかりたいならかまわんが、本心は、もっとなごやかにしゃべりたい。そういう時もあるんじゃないか？　本当の気持が表に出ない。どうしても、ねじくれちまう」
多恵子「――」
竜彦「俺も、そんなことじゃ随分苦労した。自分をもて余した。いまだに、そういうところがある」
多恵子「――」
竜彦「だから、あんたを見てると、一緒に楽しく、騒ぎたい」
多恵子「――」
竜彦「ああ、いい匂いだ。やってくれ。砂糖はあるね？」
和彦「あります」
竜彦「俺のは――（さり気なく、さがす）」
良子「ここ、です」
竜彦「ああ、近すぎて分らなかったぜ。ハハハ」
和彦「（その竜彦を見ている）」
良子「――」

多恵子「お砂糖入れる？（ドキリとするほど、優しくいう。目は伏せている）」
和彦「（ハッと見る）」
良子「（見ては悪い気がする）」
竜彦「あ、俺のことかい？」
多恵子「うん」
竜彦「ああ、入れてくれ。三つ四つ、たっぷりと入れてくれ」
多恵子「一つにしときな（入れる）」
竜彦「フフ、心づかいって奴かな？」
多恵子「ああ」
竜彦「そりゃあ、嬉しいね。フフ」
和彦「（微笑）」
良子「（微笑）」
多恵子「（微笑）」

■望月家・玄関（夜）

省一「（帰って来て、靴を脱ぎながら）泊っていいか？」
都「ええ」
省一「なにいってるんだ。いい加減にしろよ（と居間の方へ）」
都「（反対されるのは分っていて、柔かく）私は、いいっていっちゃったの（と続く）」

■居間

省一「明日良子は学校じゃないか。いいわけないだろ！」
都「あっちからまっすぐ行くっていうの」
省一「そんなお前、なんだっていうんだ？　昨夜はお前で、今日は子供だ。俺をお前らからかってるのか？」
都「そんな」
省一「そういうことはさせなかったじゃないか。お前、ビシビシいってたじゃないか。どうしたんだよ？」
都「だから（と静かに説明しようとする）」
省一「一軒の家なんて、勝手をはじめたら、すぐぐずぐずだよ。お前も泊る気だった、今度は子供か？　冗談じゃないよ。電話しろよ、帰って来いって電話しろよ。俺は迎えになんか行かないぞ。人の仕事をなんだと思ってんだ。くたびれて帰って来て、女房がいなかったり、子供がいなかったり、なんで奴にそんなサービスすることがあるんだ?」

都 「聞いて、お父さん」

省一「黙って電話すりゃあいいんだ」

都 「長くないの」

省一「そんなことは分ってる。だから見舞いがいかんとはいわないよ。しかし、夜までいることはないだろ」

都 「帰りにくいの。私が、そうだったみたいに、とても帰りにくいのよ」

省一「どうせ奴は魅力があるさ」

都 「一人でしょ、帰ると、あの家に一人かと思うと」

省一「だからって、ずっと泊ってるわけにはいかないんだ。けじめがなくて、どうするんだよ」

都 「いいと思ったの。そういうことがあってもいいって」

省一「いいわけないね」

都 「けじめもそりゃあ大事だけど、けじめを守って、ちゃんと帰って来るより泊りたくなったっていう、あの子たち、いい子だと思ったの」

省一「――」

都 「それ叱って、帰ってらっしゃいっていうの、嫌だったの」

省一「自分が連れ戻されたあてつけか」

都 「そんなんじゃないわ」

省一「帰れっていうんだ。どっちみち、明日の朝は帰るんだろ。それなら夜だって帰れるはずだ」

都 「――」

省一「いい機会だよ。同情なんてものは、どこまでも出来るもんじゃない。可哀そうだからって、その辺の野良犬を全部拾って来るわけにはいかないのと同じだ。けじめをおぼえさせるいい機会だよ。よくいってやるよ」

都 「その通りよ、全部その通りだけど、その通りいかない時もあっていいんじゃないかって思うの。思わず野良犬を拾っちゃうってこと、あってもいいんじゃないかな?」

省一「それでも飼えっこなきゃあ拾わないのが大人ってもんだ。そういうけじめを教えるのが親のすることだろう」

都 「(省一の台詞の間に、玄関に音を聞いた気がして、その方を見て)門があいたわ」

省一「門が？」
都「（玄関へ）」

■玄関

都「（来て、ドアの向うに気配感じて）はい？」
和彦の声「あ、ただいま」
良子の声「ただいま」
都「なに？ 帰って来たの（とドアへ行き鍵をはずす）」
良子の声「（都の台詞直結で）帰れっていわれちゃったの」
都「（あけて）だったら、電話くれればいいのに」
和彦「タクシー呼んでくれちゃったんだよ」
都「あら、聞えなかった」
和彦「その下で、おりたから」
都「どうして？」
和彦「もう一人いたんだよ」
都「もう一人って、あの子？ また」
省一「（現われ）お帰り」
和彦「ただいま」
良子「ただいま」
省一「（淋しく）もう少し早く帰って来いよ（と和室のドアをあける）」
和彦「——」
良子「——」
省一「（和室へ入って、ドアを閉める）」
都「（そのドアを見ていて）ほんとね。お父さん、帰って来て、二人ともいないと淋しいのよ（静かに和室のドアをあけ）お父さん、お茶のもう。四人でのもう」

■和室

省一「（洋服簞笥のドアをあけた形で立っていて）ああ、のむか（とワイシャツを脱ぎはじめる）」

■西洋屋敷・二階の部屋

ドアがそっとあく。あけたのは、明美である。灯りをつけたまま、ベッドで眠っている竜彦。部屋は、キチンと綺麗に片付いている。
明美「（入って、ドアを閉める）」
竜彦の声「誰？」
明美「（振りかえり）誰って（そんなに見えないのか、と思う）」

竜彦「(笑って枕に頭を落し) こいつは失敬 (と目を閉じる)」

明美「そんなに——見えないの?」

竜彦「(目を閉じたまま) ああ、こうやってると、まるっきりだ」

明美「バカいわないで (と近づき) 目をあいて」

竜彦「困るね (目をあくが明美は見ずに) あんたはいないもんだって、わり切ったのに (と見る)」

明美「見えるの?」

竜彦「見えるとも」

明美「(目をそらし) こないだ、あんたに追い出されて。無論無理にああやってくれたの、分ってるよ。でも、あれにのっかっちゃおうかと思ったわ (座る)」

竜彦「それでいいさ」

明美「出来ないよ」

竜彦「どうして?」

明美「一人でこうやってるあんた、ほっとけないわ (ベッドに頬をつける)」

竜彦「ボランティアか?」

明美「気になって仕様がないの」

竜彦「いかんね。売り出しのモデルに、死にかけの俺は似合わない」

明美「フフ、本当いうとね、ちょっと悪くないな、と思ってるの」

竜彦「うん?」

明美「私、わりと自分中心でしょ?」

竜彦「そうかな?」

明美「そうなの。此処へ来るんだって、来たいから来るんで、来たくなければ来ないわ」

竜彦「うむ」

明美「来たくないと思ったの。病院を脱け出すし、勝手ばっかりいってるし、もう来たくないって。いいとこなんにもないんだもの」

竜彦「うむ」

明美「そういう風に思うとね、私わりと冷酷なのよ。パッと、どう思われたっていいやってところあるの。気持、コントロール出来るの。思い出したくないことは思い出さないっていう風に」

竜彦「うむ」

明美「でも——今度は、それがうまく行かないの。来たくないし、あんたのことなんか忘れたいのに、うまく、コントロール出来ないのよ」

竜彦「――」

明美「来たくないのに、来ちゃったの」

竜彦「御挨拶だね（あたたかく微笑）」

明美「フフ、自分の中に、コントロール出来ない情熱があるなんて、はじめてなの」

竜彦「――」

明美「こういうの惚れてるっていうのかな？」

竜彦「頼みが三つある」

明美「なに？」

竜彦「なるべく来るな」

明美「まだ、いってる」

竜彦「病人に惚れると、くたびれる」

明美「フフフ（と苦笑）」

竜彦「くたびれて、惚れてるんだかなんだか分らなくなる」

明美「――」

竜彦「あんたのような女には、惚れて貰いたい。世話なんか、やいて、気持こわさないでくれ」

明美「――出来ればね」

竜彦「どうせ仕事忙しいんだろう？」

明美「うん」

竜彦「仕事を断らなきゃいいんだ」

明美「うん」

竜彦「こっちは、息子やらなにやら、結構頼める」

明美「そう？」

竜彦「部屋もよく片付いてるだろう？」

明美「うん。どうしたのかと思って」

竜彦「恵まれすぎだ」

明美「フフフ、そういうことをいうかねえ（死期が近いという思いが湧く）」

竜彦「まったくだ（と苦笑）」

明美「あと二つは？」

竜彦「ああ。一つは、三宅先生に、なんとか、注射を貰って来て貰いたい。のみ薬じゃ、段々、きかなくなってる」

明美「入院したら（いたましい思い）」

竜彦「したくないの、分ってるだろ？　どうせ死ぬんだ。頼むよ」

明美「（目を伏せ）いいわ」

竜彦「もう一つは」

明美「うん」

■夜の道
明美の車、走る。
竜彦の声「そろそろ外へ出るのも限界でな。ドライブがしたい」

■車の中
運転する明美。横の竜彦。
明美の声「いいよ」
竜彦の声「うんと人くさいところへ行きたい」
明美の声「いいよ」
湧き上るディスコサウンズ。

■モンタージュ
六本木あたりの夜の雑踏。
ディスコサウンズを後方に押しやる演歌。
池袋あたりのキャバレーの看板。呼び込みの声。
パトカーの音。
写真集「フラッシュアップ」の数枚。
新宿高層ビル。新宿駅構内。
人々――。

■西洋屋敷・階段と廊下（午前中）
電話のベル。応接間で、つまずく音あって応接間のドアがあき、竜彦、毛布をかけた姿で、ちょっとさぐりながら、電話へ来る。もう、ほとんど見えない。
竜彦「（受話器をとる）」

■公衆電話ボックス
多恵子「（足で、ドアを押さえてあけられまいとしながら）
あ、多恵子。私、多恵子。分る？」
鈍感そうな中年の女教師と五十代の男の教師が、ボックスをノックしたり、ドアをあけようとしている。

■西洋屋敷・電話
竜彦「ああ、分るよ」

■公衆電話ボックス
多恵子「行けなくなったの。これから、中学最後の補導だとよ。富士のよ、富士の裾野で鍛えるんだとよッ（と今までの低い調子とうってかわって、悲鳴のようにいう)」

■西洋屋敷・電話

竜彦「そうか」

■公衆電話ボックス

多恵子「絶対抜け出すからよ。絶対俺、ぬけ出すからよッ」

強引にドアがあけられる。

■西洋屋敷・電話

多恵子の声「待ってろよなッ(切れてしまう)」

竜彦「――(ゆっくり切る)」

「こんちは」と玄関で、省一の声。そこに竜彦がいることが分ってて、届く声でいう。

竜彦「(見る)」

省一の声「望月です」

■玄関

省一「(ドアから半身入れた形で、電話の声聞いていて、終るのを待って声をかけたのである)こんにちは」

■応接間(時間短くとんで)

竜彦「(あいたドアにぶつかるようにして入って来て)どうぞ(と明暗をたよりに椅子へ行くので、またぶつかったりする)」

省一「(それを見ながら現われ)いや、急に、伺って(いいながら竜彦の動きに胸をつかれている)」

竜彦「かけて下さい(と自分もかける)」

省一「大分――いけませんね」

竜彦「いやあ――思ったより、悪運強くて――なんとか、やってますよ」

省一「仮病じゃないのか、なんていっちまって、――後味わるくてね」

竜彦「いやあ」

省一「しかし、女房が他所の男、膝に抱いてりゃあ、誰しも多少とも興奮するでしょう」

竜彦「しますよ、そりゃあ」

省一「子供が、明日学校があるのに、十一時近くまで帰って来なけりゃあ、怒っても仕様がないでしょう」

竜彦「私が悪いんで」

省一「そんなことをいいに来たんじゃないんです」

竜彦「――」
省一「私は、あなたの病状を気にするゆとりがなかった」
竜彦「いやあ」
省一「家内も子供も、いってみりゃああなたの病状を見て、いつもとちがったことをしちまったのに、そういうことには頭がいかず、連れ戻したり腹を立てたりして」
竜彦「秩序を守るっていうのは、そういうところがありますよ。いちいち、あれこれ気持を考えていたら、しめしなんかつきやしません」
省一「いや、実は、私はそう思ってる。当然のことに腹を立て、当然のことを叱ったまでだと思ってる」
竜彦「――」
省一「しかし、なんかひとりで悪役みたいになっちまって」
竜彦「（苦笑）」
省一「ふいと、あなたの病状が気になってね。外回りの足をのばして、伺ったんです」
竜彦「それは（どうも）」
省一「私が見えますか？」
竜彦「――」
省一「見えるんですか？　わり合い、本気で聞いてるんです」
竜彦「明暗、程度です。そこにいらっしゃることは分る」
省一「そうですか――」
竜彦「しかし、馴れた家で、痛みもなんとか、おさえている。金も多少あります。一人で、いられないわけじゃない。あなたにも、奥さんにも、余計な迷惑をかけました」
省一「いや――」
竜彦「もう、御迷惑をかけないといいたいが、出来たら、坊やには、二、三度逢いたい」
省一「いいですとも」
竜彦「急に逢ったもんでね。私も、多少自分を失ったところがある」
省一「――」
竜彦「いい子だし、あなたが羨やましかった」
省一「――」
竜彦「性急（せっかち）に、影響をあたえたいと思った。あなたにも、見苦しくからんだところがある」
省一「——」
竜彦「あなたのよさを見ようとせず、鋭く、つまらんところばかりをつつこうとした」
省一「——」
竜彦「そういうことを、出来たら修正したい。欠点を鋭く指摘して、人にはずかしい思いをさせるなんて事は、実に下劣なことです。素晴しいのは、誰にも、はずかしい思いをさせないような人格だ。そういうことをいいたい」
省一「——」
竜彦「私は、ことによると、反対の印象をあたえてしまっている。気をひきたかった。あの子に、強い印象をあたえようとして、大げさな口をきいた」
省一「——」
竜彦「貴様らは骨の髄までありきたりだなどとわめいた」
省一「——」
竜彦「たしかに、私には、ありきたりなものへの嫌悪がある。ものを深く考えようとせず、ありきたりな口をきき、ありきたりな楽しみを求め、自分ではなにひとつ新しくはじめようとはしない人間を嫌う気持がある。しかし、言葉で非難すべきではなかった。そんなのは下劣です。自分を棚に上げている。自分にも、いくらでも、ありきたりなところがあるのに」
省一「——」
竜彦「フフ、すいません」
省一「いや」
竜彦「目が見えないせいか、ふいと一人でいるような気になっちまう」
省一「——」
竜彦「なにか、勝手なことをいっていました」
省一「いや、私には、よく分らないところもあるが、和彦に、いってやりたいことがあるなら、どうかいって下さい。私なんかあなた、子供に是非いいたいことなんて、実にない。勉強しろ、とか、そんなことじゃ社会へ出てのして行けないぞとか、そんなことしかいえない。それ以上のことはなにもいえない」
竜彦「一緒に暮してれば、それでいいんです。私は、はなれているし、これからもっとはなれちまうから、言葉がいるんです」

省一「――（間）」

ポケットベルが鳴る。

省一「（慌てて止め）あ、失礼。いや、仕事中なんでね。呼び出しがかかりました。電話借りていいですか？」

竜彦「どうぞ」

■電話のところ（時間短くとんで）

省一「（電話をかけていて）あ、俺だ。うん、うん、そんなもん黙ってちゃ駄目だよ――ああ――ああ」

■応接間

竜彦「――（ポツンと腰掛けている）」

省一の声「（はなれて聞える）じゃあ、俺がいってやるよ。俺が、いまかけてやるよ」

■電話のところ

省一「ああ――ああ――分った（と切る。自信に満ちた上役の声から転換して、竜彦へ）すいません、もう一本、都内かけさせて下さい（と普通の声）」

■応接間

竜彦「どうぞ（とおだやかに）」

■電話のところ（時間少しとんで）

省一「（客相手の声）ああ、望月です。いやいやいや、まいったなあ、清川さん。そりゃあ、ありませんよ。いじめ。いじめですよ、そんな。そんな、うちみたいな」

■応接間

竜彦「――」

省一の声「弱小信用金庫をいじめないで下さい。ハハハ」

竜彦「（目に涙が浮んでいる）」

■電話のところ

省一「（へつらった感じで電話をしているが、音楽で聞えない）」

■応接間

竜彦「——（省一の一生懸命な、平凡といえば平凡な生活者の働き方に、胸をうたれている）」

■電話のところ

省一「（笑って、電話をかけている）」

■応接間

竜彦「——」

■望月家・ダイニングキッチン（夜）

一家四人で、鍋を食べている。

なんとなく笑顔なく、言葉もなく、食べている。

音楽、続いて——。

■テレビの画面

九時か十時の土曜日の番組。

■居間

ぼんやり見ている省一と良子。

■ダイニングキッチン

都、食卓で、家計簿をつけている。

■和彦の部屋

ベッドにころがっている。

■望月家・和室（深夜）

都は眠っている。省一、床の中で目をあいている。

■反復・西洋屋敷

竜彦、省一の前で、つまずく。

■望月家・和室

省一「（目をあいている）」

■反復・西洋屋敷

竜彦「（夢中で半ば独白のようにしゃべっている）」

■望月家・和室

省一「（目をあいている。音楽、終る。間あって、都を見る）」

都　「——」

省一「都。お母さん（起き上り）おい、都（とゆする）」
都「（ハッと）なに？」
省一「明日の日曜、家中で、あの家へ行こう」
都「あの家？」
省一「一家で押しかけて、あの家へ住んじまおう。短い間だ。あの家で暮すんだ」
都「なんのこと？」
省一「（興奮がこみ上げて来て、立ち上って、階段へ）」

■階段の下

省一「（上へ向い）和彦、良子。ちょっと起きろ。ちょっと話がある、起きろ（と上って行く）」

■西洋屋敷・玄関の外（朝）

省一「（ドアをノックして）ごめん下さい。お早うございます。ごめん下さい」
背後に、都、和彦、良子がいる。
明美の声「はーい」
省一「（ハッとする）」
都「お父さん（やっぱり、こういうことが、と思うが非難はしない）」
良子「ほら、だから都合聞いた方がいいっていったのよ」

■玄関の中

明美「（ガウンで）どちらさま？」
省一の声「いや、あの、望月といいますが」
明美「あ、はい。いま（と鍵をはずし、あける）」
省一「いや、こりゃあ、どうも」
都「すみません」
和彦「お早う、ございます」
良子「お早うございます」
明美「お早う。どうぞ」
省一「いや、こりゃあ、いい年をして、実は、間の抜けたことを考えて」
竜彦の声「誰？（と二階からいう）」
明美「あ、望月さんのところの御一家なの」
省一「いや、ごめんなさい。私は、その、昨夜、いろいろ考えて、自分としちゃあ、実に、思い切ったことをしようと思ったんです。きっとあなたは喜んでくれると思って」

■階段

竜彦「(壁を伝っておりて来る)」

省一の声「しかし、こりゃあ、あの、一人よがりだったようで」

■玄関の中

省一「まったく、はずかしいことで、失礼します」

■階段

竜彦「ちょっと待って」

■玄関の中

明美「待って下さい」

■階段

竜彦「(明美に)望月さん一家っていったね?」

明美「ええ、みなさんで」

■玄関の中

省一、都、和彦、良子、半ば外にいるが、見える。

■階段

竜彦「(明るく)なんですか? みんなで来てくれるなんて」

■玄関の中

省一「いや」

■階段

竜彦「上って下さい。どうぞ、上って下さい」

■玄関の中

省一「いや、私は、実に突飛というか、しかし、本気で考えたんです。家内もあなたを一人にしにくいといった、子供たちもそういった、私も、昨日帰る時そう思った。だったら、押しかけて、一家で、住み込もうと思ったんです。普通じゃあないっていやあ普通じゃあないが、あなたを目の敵にして、家をまもってるより、いいと思った」

竜彦「――」

省一「なんか、ふりかえると、キーキーいって、あなたを追っぱらうことばかり考えていたようで」

竜彦「そんなことはない」

省一「家じゃあ、急に、私がこんな事をいい出したんで、どうかしちまったんじゃないかって、思ってます。いいから来いって、連れて来たんです」

明美「上って下さい」

竜彦「そう。上ってよ」

省一「いや、女性がいるってことをうっかりしてました。まったく、人騒がせなことで、すみませんでした」

竜彦「泊って下さい。みんなで、泊って下さい」

都　「――」

竜彦「実はこの人（明美）も、昨夜来て、住み込むっていい出したんです」

省一「それなら尚更」

竜彦「いや。よかったら、みんな、いて欲しい。私の一生に、こんなことはなかった。泊って下さい」

省一「どうする？　お母さん」

都　「お父さんが、決めて（低くいう）」

省一「いや、しかし、無茶苦茶っていうか――」

竜彦「嬉しいな。みんなが、泊ってくれたら嬉しい。和彦とも、良子ちゃんとも、ゆっくり話が出来る」

省一「ええ、しかし（明美を見る）」

明美「どうぞ、上って下さい。どうか」

省一「――」

竜彦「どうぞ、お願いだ」

省一「じゃあ、一泊だけでも、そうさせて貰うか」

和彦「うん」

良子「うん」

都　「ええ」

■スーパー

和彦と良子が、買い物をしている。

■西洋屋敷・外回り

金槌で、修理をしている省一。

■階段と廊下

掃除機を使っている都。

■応接間

立って、窓の外を見ている竜彦。

■二階・廊下

竜彦の部屋から、明美、外出着で現われ、下を見て、明るい顔をつくってドドッとおりて行く。

■階段と廊下

明美「（おりて、都へ）すいません」

都「はい（と掃除機を止める）」

明美「じゃ、あの、これから、仕事に行って来ます」

都「行ってらっしゃい」

明美「フフ、なんか、こんな風変りなのって、どういう顔していいか分らないけど」

都「ほんとね（微妙である）」

明美「七時頃には帰れると思います」

都「だったら食べないで帰って来て」

明美「ええ」

都「行ってらっしゃい」

明美「フフ、こんなこと出来るなんて、御主人、素敵ね（と玄関へ）」

都「──」

■外回り

省一、トントン修理をしている。

■庭

焚火。それをかこむ竜彦、都、省一、和彦、良子。

和彦の声「本当に、それは思いがけない一日だった。こんな事があるなんて、つい昨日まで思ってもいなかった。そして、それを、常識の範囲以外のことは決してしないだろうと思っていた今の父が、やろうとしたことが嬉しかった。なにか、とても世界が、ひろがったような気がした」

■応接間

竜彦と和彦、良子。

和彦「（ナレーションのトーンをつなげて）たとえば、アフリカの何処かへ一人で行って、土地の人のために働くとか、そういう人を、ぼくは、自分とは関係がない、特別な人だって、どうしても思ってしまって、自分は、平凡で、普通の人生を歩くだろうって、そういう風にどうしようもなく思ってしまうんだけど、今日みたいなことがあると、人ってその気になれば結構意外な事だってやれるっていうか。そんな気がして」

竜彦「昨日、お父さん、そこで仕事の電話を二本かけたんだ。会社と、お得意さんへね」

良子「（うなずく）」

竜彦「声を使いわけて、お得意さんには、一生懸命愛想よくしていた。それ聞いてて、ああ、こうやって、お父さんは、和彦と良子ちゃんを育てて来たんだな、と」

和彦「――（うなずく）」

竜彦「その上、私のことも、こうして考えてくれた」

良子「――」

竜彦「こりゃあ、かなわない」

和彦「――」

竜彦「君たちに、きいた風なことをいう資格はないと思い知ったよ」

和彦「そんなこと、ありません。父が今日みたいなことをしたのも、あなたがいたからで、そうじゃなかったら、こんな無理は決してしなかったと思うし、対抗上つっぱったってところ、絶対あると思います」

良子「そう思うわ」

竜彦「（可愛く思い）そう思うか」

良子「おじさんの話、とても面白かったし、もっと聞きたいと思うわ」

竜彦「いやあ、おしゃべりは終りだ」

和彦「何故ですか？」

竜彦「お父さんは、なにもいわずに、こうやって、自分の奥さんの昔の男、しかも傲慢で身勝手な男のところへ家中(うち)を連れて、やって来てくれた」

和彦「――」

竜彦「おしゃべりじゃ、対抗出来ない。こっちも行(おこな)いでこたえるしかないが、出来ることはもう、ジタバタしないで、なんとか落着いて、死ぬぐらいしかない」

良子「――」

和彦「――」

竜彦「今日は、来てくれて、本当に、嬉しいよ」

■外回り

省一、また金槌を使っている。

和彦の声「父は居場所がないように、外へ出ては、金槌を叩いて、何処かを修理していた」

■台所

都、夕食の仕度。

和彦の声「母も、父に気兼ねするのか、台所へ入ったきりで」

■応接間

レコードを聞いている竜彦、和彦、良子。

和彦の声「三人で、応接間で何枚もレコードを聞いた。沢田さんは――もう、ほとんどなにもいわなかった」

■玄関（夕方）

多恵子「（荒々しくドアをあけ、汚れた服で、大声で）おじさん、逃げて来た！　逃げて来たよ、おじさん！（とせい一杯明るく大声でいう）」

■応接間の窓（夜）

外へ灯りが漏れている。

和彦の声「だからその夜は、七人の夕食になった」

■応接間

テーブルや椅子を脇へ移し、新聞紙をひいたりして、みんな床に座って、鍋を囲んでいる。

和彦の声「みんな明るかった。無理にでも明るくしていようという風だった。そう。みんな無理をしていた。それが、とても、よかった」

■唄う五人を短く

和彦の声「明美さんが、まず唄いはじめ、次がぼく、その次が良子、それから、彼女（多恵子）、そしてとうとうお母さんも唄った。もっとも、お母さんは長いこと唄わなかったので、歌詞が続かず、半分ぐらいはハミングだった。みんなで、なんとか、なごやかに盛り上げようと一生懸命だった」

■唄う竜彦と省一

和彦の声「そして、クライマックスは、二人の父のデュエットだった。今の父は、一瞬もしらけた顔など見せず、せい一杯陽気に振舞った。沢田さんも、目が見えず、間もなく死んで行くことなど、毛筋ほども見せなかった。ぼくには、二人が、頑張って自分を越えようとしているように見えた。自分を克服して、自分以上のものになろうと、はりつめているように見えた」

■希望ケ丘の家並（朝）

しんとしている。

和彦の声「そして、はりつめた糸が切れたように、翌朝沢田さんは倒れ、そのまま意識は戻らずに、二日後の三月二十二日に病院で息をひきとった」

家並を丘の上で見ている望月家の四人。

和彦の声「それもぼくには、沢田さんの意志の力のようにも思えるのだった」

■望月家・居間（昼）

掃除機を使っている都。

和彦の声「わが家は何気ない毎日だった。でも、この三ケ月が」

■竜彦と都との映像

和彦の声「なんでもないはずはなかった」

■竜彦と和彦との映像

和彦の声「少なくとも、ぼくは変らなければならないと思った」

■望月家・門前

カーポートで車の水洗いをしている和彦。

和彦の声「あるがままに、自然に生きるのではなく、無理をして自分を越えようとする人間の魅力を、忘れたくないと思った」

良子「（カーポートへの蛇腹のアルミ・シャッターを水洗いしていて）あ、お兄ちゃんは、人がここにいるのに！（とホースの水がかかって叫ぶ）」

和彦「向うを先にやれっていったろ」

良子「お母さん、お兄ちゃん、ホースで水かける！」
　都、居間のガラス戸をあけ、
都　「和彦。いい加減にしなさい」

■商店
　省一、頭をかいて笑っている。

■西洋屋敷の玄関の表
　ひとり、明美が腰をかけている。

■望月家・表
　和彦、シャッターを洗っている。
　ホースで車を洗っている良子。
　都、玄関脇の植込みをととのえている。

■竜彦の映像
　印象的に数カットあって。

■希望ケ丘・情景
　四月が、もう近い。

「早春スケッチブック」・スタッフクレジット

スタッフ

プロデューサー——中村敏夫
演出——富永卓二、河村雄太郎
音楽——小室等

制作

プロデューサー補——本田邦宏
演出補——鈴木恵悟
記録——石塚多恵子

美術

美術プロデューサー——的場忠
デザイン——山本修身
美術進行——金子隆
大道具——鈴木康之
装飾——久保田善行
持道具——梅沢博
衣装——望月俊展

メイク・アップ——飯田典代
視覚効果——安部正
タイトル——川崎利治
スチール——島田和之

技術

技術——秋場武男、杉山久夫
映像——皆川慶助
撮影——森田修、金久保達郎、金涌博行、下田博
音声——津田晴夫
照明——横山硯鋭
録画——森田繁夫、白井恒
編集——小泉義明
音響効果——篠沢紀雄

編成——重村一
広報——月井武志

春日原まで一枚

ＲＫＢ毎日放送・制作　東芝日曜劇場　一九七四年二月十七日放送

「我慢しすぎてるお父さんの傍で、あなたも
なにか我慢してるの見るとお母さん、たまら
なくなるのよ」

■佐伯家・居間（夜）

タイトル。

プレハブ2ＬＤＫの安新築の家。

ブラームスの交響楽四番のレコードが四楽章を終りかけている。

ソファでウイスキーをのんでいる利夫。

水割りに、胡瓜とチーズぐらい。

その低めのテーブルの半分を占めて、久子（45）が家計簿をひろげソロバンをはじいている。

久子はカーペットに座蒲団を敷いて横座りでテーブルに向っている。

利夫は大人になりきれないような所のある幼稚化時代の中年男であり、久子は年下にも拘らず、年上のような余裕と、母親のような口調がある。

レコード、終る。

久子「（チラと利夫を見る）」

利夫「（一点を見て、酒をのむ。暗い顔）」

久子「（また見て）お父さん」

利夫「うん？」

久子「どうかした？」

利夫「うん？」

久子「（苦笑して）レコード」

利夫「あ、ああ（とすぐプレーヤーの方へ行く）」

久子「ウン、聞いてると思って口きかないであげたのに」

利夫「聞いてたさ（レコードは丁寧に扱う）」

久子「そうかしら（とソロバンを見て書きこむ）」

利夫「いいだろ、別に（レコードしまっている）」

久子「そりゃいいけど——ああ、もっと聞くんならオーケストラじゃない方がいいわ」

利夫、キャビネットの前にきて、他のレコードをかけようとして物色する。

利夫「まだ十時半じゃないか」

久子「ううん、静かな方が落着くっていうこと」

利夫「またすぐ近所気にするんだから」

久子「そんな事じゃないわよ」

利夫「土曜の夜ぐらいほっといて貰いたいね。隣りだって、いま頃から寝ちまうわけじゃないだろ」

久子「静かなのって言っただけじゃないの」

利夫「いいよ、もう（子供みたいにふくれる）」

久子「（苦笑して）かけてよ」

利夫「やっとアパート出たって言うのにまた隣り隣りだ」

久子「すぐスネるんだから」

利夫「スネてんじゃない、怒ってんだ」

久子「（苦笑して）あ、あれがいいわよ。ブロックフレーテの、なんとか言う人いたじゃない。フランク・ブリッテンだっけ？」

利夫「（ソファにかけ）フランス・ブリュッヘンだよ」

久子「あの人のいいじゃないの、かけてよあれ」

利夫「やだよ」

久子「（苦笑して）ウン。ふくれて」

利夫「いくらこの家が安建築だって、一戸建なんだぞ。さもアパートと同じだみたいに隣りばっかり気にすることはないんだ」

久子「そんな事言ってないじゃないの」

利夫「ここへ越したら、土曜日はレコード思い切って聞こうって、楽しみにしてたの知ってるじゃないか、よくオーケストラはよせなんて言えるよ」

久子「（苦笑で）ひがみよ、あなた」

利夫「（ソファへ横になり）寝ろよ、もう」

久子「寝ろって、そんな――」

利夫「いいから先寝ろよ」

久子「勝手言ってる（と苦笑）」

利夫「――（背中を向ける）」

久子「私だって土曜日はホッとするのよ、そんなに早く寝たくないわ」

利夫「（背中のまま）俺だって一人でいたい時があるんだ」

久子「どうかしたの？」

利夫「――」

久子「なんかあったの？」

利夫「うるさいなあ」

久子「（母親のように）うるさいなんてひどいじゃない。邦男だって、まだ帰ってないし、十時半から私だけ寝ろって言ったって」

利夫「じゃあいいよ（とおき上り）俺が寝るよ（と夫婦の部屋の方へ）」

久子「お父さん」

利夫「（入って、バタンと戸を閉める）」

久子「お父さん（と立上り）どうしたの？　なに怒ってるの？　お父さん」

■ＤＫ・寝室・廊下・邦男の部屋（夜）

時間経過。

半纏を寝間着の上に着た久子、邦男の部屋をのぞいていて戸を閉め、夫婦の寝室の方へ来る。

久子「（細くあいている戸襖から中へ）お父さん（と低く）あなた」

利夫「（寝室で眠っている）」

久子「（仕方なくＤＫの灯をつけ、食卓のイスにすわる）」

利夫の声「まだ寝ないのか？」

久子「あ、起した？」

利夫、おきてくる。

利夫「なにしてんだ？」

久子「ううん、（と廊下まで出て）一度ウトウトしたんだけど、邦男まだ帰って来ないのよ」

利夫「鍵持ってんだろ？」

久子「でも二時よ。電車だってないわ。もう」

利夫「友達ンとこでも泊ってくるんだろ」

久子「そんな友達いないじゃない。あの子」

利夫「そんな事は分らないさ。土曜日だぞ、ほっときゃいいさ」

久子「泊るなら電話ぐらいよこしたっていいのに」

利夫「二十四だぞ、邦男は（とトイレの方へ）」

久子「こんな時間まで帰らないことないじゃないの」

利夫「（トイレの中へ入って）娘じゃないんだから（と戸を閉める）」

久子「お酒だってそんなにのめないし、こんな遅くまで、いるところがないと思うけど（とトイレの前に立っている）」

利夫の声「いるとこはいくらだってあるさ」

久子「でも邦男はそういうとこ行く子じゃないじゃない。二時すぎまで遊んで来たことなんかないじゃないの」

利夫の声「過保護だよ、お前は」

久子「だって（とトイレをはなれる）」

利夫「十代じゃあるまいし、お前みたいに心配してたら、あいつはモヤシになっちまうぞ（ドアを開け出てくる）」

久子「お父さんはすぐほっとけほっとけっていうけど」

利夫「二十四の男を、どう心配しろって言うんだ……痴漢の心配か？（部屋へ）」

利夫につづいて久子も部屋へ。

久子「ウン。お父さんなんか、あの子が小学校の頃から、ほっとけほっとけじゃないの。成績悪くたって、なんにも言わないし、いつだって知らん顔してるんだから」

利夫「夜中にくだらないこと言うなよ。眠いんだ、そこ閉めてくれよ。閉めろよ、起きてんなら」

久子、動かない。

久子「子供のこと、ちっとも考えてくれないんだから。仕様がないから私がいろいろやれば、過保護だなんてケナすんだから」

利夫「わかったよ（と蒲団かぶる）」

久子「いくら二十四だって、あの子は、普通の子より身体弱いし、電車がなくなっても帰って来なきゃ心配するの当り前でしょ？　そんなおかしい？　私」

利夫「――」

久子「おかしい？」

利夫「――」

久子「ウン。都合が悪いと黙っちゃうんだから（ハッと玄関の方を見る）」

玄関の鍵をあける気配。

久子「どうぞ眠って下さい。（と閉め、玄関へ）邦男？（夜中だから低目に）」

邦男「（目をそらしている）――」

久子「お帰り」

邦男「（うなずく）」

久子「どうしたの？　こんな遅くまで？」

邦男「（首を振って靴を脱ぐ）」

久子「電車もうないでしょう？　駅前かなんかにいたの？」

邦男「（首を振り、上って自分の部屋の方へ）」

久子「タクシー？　二日市から？」

邦男「（首を振る）」

久子「お酒のんでるようでもないわね？」

邦男「（うなずく）」

久子「どこにいたの？　今頃まで」

邦男「――」

久子「大人なんだから何処にいたっていいけど、こういうことなかったから、あなた」

利夫「（出て来て）おい」

邦男「（パッとドアの中へ入り閉めてしまう）」

久子「邦男（と小声で）」

利夫「いい加減にしないか」
久子「だって——」
利夫「だってじゃないよ。男がおそく帰って来て、ごちゃごちゃ言われるのは一番やなんだ。どこにいただの、どうやって帰って来ただの（と、また部屋へ戻りながら）勝手じゃないか、そんなこと。いちいち母親がきくことじゃないよ」
久子「めったにないことだから」
利夫「だから尚更ほっといてやったらいいんだ。嫌味なんだ、お前のは」
久子「——」
利夫「寝ろよ。早く、夜中に、冗談じゃないよ（と蒲団をかぶる）」
久子「——（邦男の部屋を見る。閉ったままのドア）」

■邦男の部屋

（電気はついていない）

邦男、自己嫌悪、屈辱感、喪失感で、泣こうとするが、うまく泣けず、なにかを摑んで、へたへたとしゃがみこむ。

■佐伯家・表（朝）

軒を接した隣家、狭い庭。
シーツが干してあり、垣根ごしに隣家の主婦時江（42）と話をしている久子。
時江「（笑い声があけひろげで気さくである）へえ。旦那があのレコード聞くの？　高級じゃないのォ」
久子「うるさかないかと思って」
時江「ううん、いいわよう、土曜日ぐらい」
久子「音を大きくしないと聞いた気がしないらしくて」
時江「ステレオってそういうもんらしいじゃないの」
久子「ええ」
時江「でもまあおどろいたわァ。息子さんかと思ったら、旦那の方だなんて」
久子「レコードだけが趣味なもんだから」
時江「素敵よう、お宅、いくつ」
久子「私？」
時江「ううん、旦那」
久子「八になったとこ」
時江「四十八で、クラシック聞いてるなんていいじゃないの。私のなんか、テレビで流行歌聞くぐらいで、全然だもの」
久子「（低く）でもいろいろ言う人がいるのよ」
時江「あら、なんて？」
久子「五十近くなって、ブラームスだなんておかしいとか（低く）」
時江「あーら、どうしておかしいか分んないわ、私」
久子「ええ――」
時江「うちはそういういやらしいこと言わないわよ。ま、しょっ中じゃ困るけど、土曜日ぐらいいいわよ。気にしなくたって」
久子「すいません」
時江「ううん、お互い、やっとローンでこんだけの建て売り買った仲じゃないの、仲良くやってかなくちゃ。折角の一戸建が住みにくくなっちゃうもの」
久子「ええ」

■ＤＫと居間

利夫、寝起きで食卓について新聞ひらいている。
時江の声「とにかくザックバランになんでも話し合ってさあ、隣同士だもの。楽しくやんなきゃ損しちゃうもの（ハハハハ）」
邦男「（来て）お早う（と洗面所へ行く）」
利夫「おう」
邦男「（水をくみ、うがい）」
隣の亭主の声「おいこら、いつまでしゃべってんだよ、うおめえは」
時江の声「まあ、なんて言い方よう。はずかしいじゃないの（と笑って行きかけ）じゃあ、ごめんなさい」
久子の声「（隣へ）すいません、長々」
時江の声「ううん、私だもの（と笑って去り）なによ、あんた、でっかい声で」
久子「（ＤＫに戻りながら）あら、邦男起きた？」
邦男「うん」
利夫「俺も起きてるけど（と明るく皮肉）」
久子「あら、あなたは知ってるわよ」
利夫「その割にゃあ、長いおしゃべりだよ」
久子「だって、これからずっとお隣さんだもの、素気なくばかりは出来ないじゃないの」
邦男、食卓の前にきてつったっている。

利夫「どうした、邦男？」
邦男「うん？（明るく）」
利夫「二日酔じゃないのか？（と一枚新聞を）」
邦男「のまないもの（と新聞を受けとる）」
利夫「のまないで、なにしてたんだ、あの時間まで」
邦男「いいよ、そんなこと」
利夫「おう（と顔をからかうように見る）」
邦男「え？」
利夫「お前、やっと出来たな？」
邦男「か、関係ないよ」
久子「なにが出来たの？」
利夫「そりゃ恋人さ、なあ」
久子「恋人？」
邦男「か、関係ないよ。やだな、お父さんは（と明るく言って、瞬間、感情をかくせなくなり、パッと立って行く）」
利夫「おい（と見送る）」
邦男「（トイレへ入ってしまう）」
利夫「（笑って）ま、そんなとこだろ」
久子「じゃあ、女の子と電車がなくなるまでいたの？」
利夫「（笑って）そんなこと俺が知るか。しかし、恋人がいたって、ちっとも不思議はないさ、なあ邦男」
久子「そりゃ不思議はないけど」
利夫「女親はショックか？（と笑う）」
久子「ううん、そんな楽しそうに帰って来なかったもの」

電話のベル。

利夫「誰だ、日曜の朝に」
久子「（受話器をとり）佐伯でございます、あ、お早うございます。いえ起きております」
利夫「（立って行く）」
久子「少々お待ち下さい（受話器を渡しつつ）吉川さん」
利夫「（電話へ）お早う、なんだい？（と気軽に）うん？——ああ——ああ（笑い）いいんだよ。もう、決まったんだから——え？ そりゃそうだが、会社ってものはそうそう正しいことばかり通りゃしないさ——え？ 組合がなんで、そんな心配するんだい？ ぼくはこれでも会社側だよ。管理職のはしくれだよ、組合にそんな心配されたら立場がないじゃないか、冗談じゃないよ。――断るよ。余計なことしないでくれ。私が自分で決めた事だ、詰腹でもなんでもない。そういう好意は困るね。――ああ組合抜きでも断るよ。失敬、切るよ。（と切る）」

久子「（利夫を見ている）」

利夫「（ちょっと痙攣的に笑い）余計なことを朝から」

久子「なんですか？」

利夫「休みだっていうのに、うるさい奴だ」

久子「組合って、春闘かなんか？」

利夫「そんな相談、管理職にする訳ないだろ？」

久子「じゃ、なに？」

利夫「お前が気にすることじゃないよ」

久子「だって、気にするわ、なんだか」

利夫「仕事の事だ、口出さないでくれ」

邦男「（ドアを開け出て来て、目を伏せ閉める）」

久子「（その二人を見て）二人して――なんにも言ってくれないんだから（と淋しく台所に向う）」

利夫「（新聞を手荒くひろげる）」

邦男「――（椅子へかける）」

■パチンコ屋（夜）

利夫、パチンコをしている。

■佐伯家・邦男の部屋（夜）

邦男、ドアに背を向けた形で机に向い、顔をふせている。

邦男、急にギクリとして、ドアの方を見る。

ドアを半分あけて久子が立っている。

邦男「なに、お母さん――（少し非難の匂い）」

久子「ううん、リンゴむいたから、食べに来ないかと思って」

邦男「（うなずき）行くよ、いま（と背を向ける）」

久子「紅茶がいい？　コーヒーがいい？」

邦男「日本茶がいいな（と背を向けたまま）」

久子「じゃ、来て（と微笑して去る）」

邦男「（顔を手でおおう）」

■居間とＤＫ（夜）

久子、ＤＫのテーブルで、急須にお茶の葉を入れる。

邦男、現われ、目を落し来る。

久子「お店のこと、この頃しゃべらないわね」

邦男「（明るくしようとして）うん」
久子「今頃って、時計屋さんどうなの？」
邦男「特別どうって事ないよ（ソファへ）」
久子「御主人、外交ばっかり？」
邦男「そうでもないけど、宝石扱ってるからやっぱりいない時が多いよ」
久子「じゃ、修理は、あなたが中心？」
邦男「好きだから、いいよ」
久子「身体が心配よ、一日中背中まるめて、細かなものいじってるんでしょう？　なんか運動しなくていいかしらと思っちゃうわ」
邦男「平気だよ」
久子「若いからいいけど——」
邦男「うん——」
久子「さ、此処へいらっしゃい、はなれていないで」
邦男「いいよ、此処で」
久子「いいよって、持って行くだけお母さん手間じゃないの」
邦男「お、お母さん」
久子「うん？」
邦男「ぼ、ぼくの部屋あける時、ノックぐらいしてくれないかな」
久子「（手が止る）」
邦男「急にお母さん、いたんで、おどろいたよ」
久子「（改まり）ノックしたのよ」
邦男「そ、そう？」
久子「返事がないからあけたのよ」
邦男「——そう」
久子「邦男、なにがあったの？」
邦男「な、な、なんにも、ない、よ」
久子「嘘おっしゃい、ノックも、ドアをあけたのも気がつかなかったじゃないの。なんにもないなんて、お母さん思えないわ」
邦男「お、お母さんと関係——」
久子「関係ない？」
邦男「（うなずく）」
久子「どうして、お母さんに、なんにも教えてくれないの？　お母さん、いやらしい？」
邦男「（母を見る）」
久子「（激して来て）昨夜（ゆうべ）、あなたのこと心配してたら、お父さん、お母さんを嫌味だっていったわ。そりゃそうかもしれない。あなただって大人なんだから、遅く帰ろうと、どこにいようと自由よね。でも、お母さん、あなたやお父さんの事心配しちゃいけないの？　心配すると嫌味なの？　お母さんだって、あなたたちが、かくさないで、なんでも話してくれれば、しつこく聞きやしないわよ。だけど、あなたもお父さんも、お母さんになんにも話してくれないじゃない。あなたもなんかあったようだし、お父さんも心配事があるようだわ。でも、なにもお母さんには教えてくれないじゃないの」

邦男「――」

久子「（気持を押えて）お父さんもあなたもなんか聞くと――関係ない関係ないって言うんだもの」

邦男「――（うなずく）」

久子「昨夜、なにがあったの？」

邦男「――」

久子「やっぱり話すの嫌？」

邦男「（首を横に振り）き、きっぷを」

久子「切符？」

邦男「（うなずき、明るく笑顔になろうと努めながら）この頃、な、なおってたんだけど、ま、また、どもっちゃってね（と笑う）」

久子「（うなずく）」

邦男「駅で、切符買おうと思ったら、か、かすがばるまで一枚って言うのが、どうしても言えないんだ（と笑う）」

久子「それで？」

邦男「かって言うと、つまっちゃって、そのあとが、どうしても出て来なくて駅員が何処だ何処だって聞くんで、そうすると、余計出て来なくて、笑われて、とうとう、切符買わないで、歩いて家まで帰って来たんだよ」

久子「何処から？」

邦男「――」

久子「だって二日市からなら定期でしょう？　切符買う必要ないじゃないの。何処へ行って、何処から歩いて来たの？」

邦男「――」

久子「聞きすぎ？」

邦男「（首を横に振る）」

久子「あなたの吃るのは、このところ殆んど気にならないくらい治ってたじゃないの。そんな、駅の名前も言えないほど言葉が出ないなんて、なんかあったとしか思えないわね。どんなことがあったの？　問いつめてるわけじゃないのよ。お母さん、あなたの心配したいのよ。お母さん、あなたにも、お父さんにもうるさがられて、つまらなくて仕様がないのよ。きっとヒステリィね。少し（と顔を押さえ）あなたが悩んでるなら、お母さんも悩みたいのよ（と泣いてしまう）」

邦男「（こんな母がやりきれなくもあり哀れでもあり、すまなくもある）——お、お、お母さん」

■利夫の会社・資財課（昼）

■課長の机をひき払う仕度をしている利夫
　以下、数シーン、音楽だけで

■邦男のつとめる時計店（昼）
　修理室で、孤独に修理をしている邦男。

■喫茶店（昼）
　席から立上る久子、ドアの方へ一礼。やって来る吉川（27）挨拶をし、席へつく。

■利夫の机
　利夫、課長の札を雑巾で拭って行く。

■喫茶店
　うなずいて聞いている久子。これに利夫のひきはらう仕度の姿がだぶって——。

■佐伯家・寝室（夜）
　いきなり久子が平手打ちされる。打ったのは利夫である。まだ通勤着を着がえている途中の姿。

利夫「仕事のことには口を出すなと言ったじゃないか（女性的な怒り）」

久子「ただ事じゃないと思ったのよ、実際、ただ事じゃないじゃありませんか」

利夫「吉川君がなにを言ったか知らんが世渡りというものは、あいつの言うように単純にはいかないんだ」

久子「吉川さんは、お父さんのことを本当に心配してるわ」

利夫「見当ちがいなんだ」

久子「そうかしら？　いまのままじゃお父さんの不名誉になっちゃうんでしょう？」

利夫「だから、どうしろって言うんだ、部長のせいだと言いはれって言うのか」

久子「それが事実なら当然じゃないの」

利夫「だから、単純だって言うんだ。俺がいまの立場で部長と喧嘩したらどうなると思うんだ。やっぱり左遷だろうが。同じ左遷なら部長の失敗を背負ってやった方が、あとあとのためになるってことぐらい分らないのか。部長は恩に着てるよ」

久子「ずっと恩に着るかしら？　すぐ忘れてこのことの失敗は、もともとお父さんのせいだってことになっちゃうんじゃないの？」

利夫「吉川君がそういったのか？」

久子「ええ」

利夫「あいつにそれがどうして分るんだ——いま部長が失脚してみろ、専務から、係長クラスまで、部長の系列のものは総倒れになるんだ。俺が失敗を背負いこんでやれば部長は安泰だよ、重役コースの最右翼だ。重役まであと一歩なんだ」

久子「その時あなたは部長？」

利夫「そんな言い方はやめろ、誰がそんな甘いことを考えるもんか」

久子「じゃ、なに？」

利夫「少くとも、停年後の就職先には困らない筈だ」

久子「それだけ？」

利夫「それだけとはなんだ、停年後の仕事があるかないかは大変なことじゃないか」

久子「じゃあ、いまの会社にいる限り、お父さんは、左遷されっぱなしというわけ？」

利夫「そんなことは分らんさ、しかし、あれだけの取引先をしくじったんだ」

久子「お父さんが、しくじった訳じゃないでしょう」

利夫「しかし罪を着てやったんだ。部長にしたって、そうそう簡単に俺をもとに戻す訳にはいかんだろう」

久子「何故そんな罪を着てやったんですか？」

利夫「それが世渡りってもんだよ」

久子「そうかしら？　無理矢理部長さんが罪を着せたんじゃないの？」

利夫「もう沢山だ（とＤＫへ）」

久子、ＤＫの入口にきて

久子「私は、なにがあっても黙ってるしかないんですか」

利夫、冷蔵庫からビールをだしながら

利夫「そうだよ、お前は黙ってりゃあいいんだ。男の仕事に口を出すなよ。世間も知らん癖に、えらそうな事を言うな」

久子「――」

邦男「ただいま」

久子「あ、お帰りなさい」

久子、気のない返事。

邦男「どうかした？」

久子「ううん（と行く）」

邦男「（見送る）」

■居間とＤＫ（夜）

時間経過。食後、ブラームスの室内楽。ソファに並んで聞いている邦男と利夫。

久子は食器を戸棚へ片付けている。

■佐伯家・表（朝）

邦男「（ドアを開け）いって来ます」

利夫「行って来るよ（と機嫌よく出て行く）」

久子「いってらっしゃい」

ブラームスが続けて流れていて――

■庭（昼）

隣の時江としゃべっている久子。

大笑い。

■居間・寝室（夜）

テレビを見ている邦男と利夫と久子。

ブラームス。ここまで流れて、中断。テレビのショウ番組の音と交替。利夫と邦男、笑っている。久子も笑おうとするが笑えず、目を伏せる。

邦男「（気がついて）どうしたの？　お母さん」

利夫「（見て）どうした？」

久子「（微笑して）ううん、ちょっといい？」

利夫「うん?」
久子「ちょっとテレビ止めていい?」
利夫「どうした?」
邦男「――」
久子「ごめんなさい、ちょっと。(テレビ消す)」
邦男「頭いたい?」
久子「ううん――」
利夫「なんだ?」
久子「お父さん。お父さんは、私に黙っていればいいって言ったけど――」
利夫「またそんなことか」
久子「ううん。お父さん、ありがたいと思ってるのよ、お父さんは、会社行けば、いやな思いをしてるでしょうに、私はこうやっていれば、平和だし」
利夫「その話はやめろって言ったじゃないか(と立って夫婦の部屋へ)」
久子「私もしないつもりだったわ」
利夫、夫婦の部屋へいきながら
利夫「そんなら、するなよ」
久子「――」

邦男「どうしたの?」
利夫「余計なこと邦男に言うんじゃないぞ」
邦男「どうしたの?(と久子へ)」
久子「――」
邦男「(母を見る)」
久子「邦男」
邦男「うん?」
久子「あなた、この間、切符を買おうとして、どうしても駅の名前が言えなかったって言ったわね」
邦男「(うなずく)」
久子「お父さん、邦男ね」
邦男「お父さんに言うことないよ」
久子「聞いて貰いたいの」
利夫、部屋で腕枕してねころんでいる。
利夫「――」
久子の声「この間の土曜日、福岡でお友達と逢ってたんですって」
邦男の声「お母さん――」
久子「別れて帰る時、平尾の駅でね、春日原(かすがばる)まで一枚って言おうとして、どうしても吃っちゃって、カって言うだけで、あとが出て来なかったんですって」

邦男「――」

久子「それで、とうとう切符買わないで二時間以上も歩いて、家まで帰って来たんですって」

利夫「――」

邦男「――」

久子「この頃、殆んど吃ることなかったのに、そんなに言葉につまったなんてお母さん、邦男になんか」

邦男「なんにもありゃしないよ」

久子「ううん、分るわ、お母さん、あなたがなにか辛い思いをしたの分るわ。じゃなけりゃ、そんな風に、吃るわけがないじゃないの」

邦男「――」

久子「あなたは、なんにも話してくれないけど、辛い思いをしてるのは分るわ」

利夫「そんなら黙っていたわってやりゃあいいじゃないか。お前にあたり散らしてるわけじゃあるまいし、なにが不満だって言うんだ」

久子「不満はないわ。でも二人で並んでレコード聞いたり、テレビ見たりして辛い思いをまぎらしてるの見てるの、たまらないのよ」

利夫、起ち上って

利夫「勝手なことを言うなッ」

久子「邦男、邦男が我慢してることは、我慢するしかないこと？」

邦男「――」

久子「お父さんの我慢も、本当に我慢するしかないことなの？」

利夫、居間の入口近くまで、くるが

利夫「うんざりだ。人が、ほっとしてる時に（と出て来て、玄関の方へ）」

久子「お父さん――」

利夫「俺は、女がそんなえらそうな口を利くのが一番きらいなんだ。人をバカにするなッ（と出て行く）」

久子「――」

久子、立ち上りかかるが、とどまる。

邦男「――」

久子「そうね。お母さん、きっと嫌らしいわね」

邦男「――」

久子「でも、いま、お父さんに我慢して欲しくないの。お父さん、部長さんに失敗の責任をかぶせられたのよ。お父さんに、ちっとも罪のないことをよ、それでも、お父さん、生きて行くっていうのはそういうもんだって、抗議もしないで、罪を背負っちゃったのよ。いま、懲罰ということで、平に格下げになってるの」

邦男「――」

久子「こんなことを黙ってなきゃいけないのかしら？　黙って我慢して、ブラームス聞いてるしかないのかしら？　お母さんやめることになったってかまわない。そんなひどいことを、黙って我慢することはないって、世間知らずかもしれないけど、どうしても、そう思っちゃうの」

邦男「――」

久子「邦男も、我慢しすぎないで頂戴、我慢しすぎてるお父さんの傍で、あなたもなにかに我慢してるの見るとお母さん、たまらなくなるのよ」

邦男「（立つ）」

久子「どうしたの？」

邦男「お父さん、つれて来るよ。あの格好じゃ、寒いよ、外は（と夫婦の部屋の方へ）」

久子「（うなずく、邦男が、自分の言葉をどう思ったかは分らない）」

■パチンコ店

利夫「（パチンコをしている）」

邦男「（少しはなれて見ていて、ゆっくり近づく）」

利夫「（パチンコをしている）」

邦男「お父さん」

利夫「（手を止める）」

邦男「（ジャンバーをさし出す）」

利夫「（邦男の方は見ないで、うなずく）」

■屋台（夜）

電車の音。

線路のそばの屋台。

二人ともコップ酒をのんでいるが、利夫はちびりちびり、

邦男「お父さん」

利夫「――」

邦男「お母さんから、くわしく聞いたよ」

利夫「ああ（とうなずく、目は伏せている）」
邦男「濡れ衣着ちゃったんだってね」
利夫「お母さんは、会社というものを知らないからな」
邦男「ぼくも知らないけど、ぼくはお父さんの立場分るよ」
利夫「そうか？」
邦男「お母さんの言うように、単純にはいかないよね。理屈に合わなくたって我慢してなきゃならない時だってあるよね」
利夫「お前も、そういう思いをしたことあるのか？」
邦男「そうそう自分を通してばかりはいられないさ」
利夫「そうか——」
邦男「ぼくはお母さんが、ひどいと思ったよ。我慢してるの見たくないなんてそんな言い草ないよ。誰だって我慢したくて我慢してるわけじゃないんだ」
利夫「お前は、なにを我慢してるんだ？」
邦男「たいしたことじゃないよ」
利夫「——」
邦男「（目を伏せ）お父さんと同じだよ」
利夫「そうか——」
邦男「ぼくは、お父さんがレコード聞くのよく分るよ。せめて、家へ帰っていいレコードでも聞かなきゃ、やり切れないじゃないか」
利夫「（邦男を見つめている）」
邦男「（目を伏せたまま）二人で並んでレコード聞いたり、テレビ見たりして辛い思いを我慢してるのがたまらないだなんて、お母さん、よく言えると思ったよ」
利夫「お母さんは、お父さんが歯がゆいんだろう」
邦男「ぼくは分るよ。ぼくは世間が、そうそう甘くないって知ってるよ。時には我慢出来ないことでも我慢しなきゃならない時があるの知ってるよ」
利夫「（うなずく）」
邦男「お父さん、もういっぱいのもうよ」
利夫「——」
邦男「お父さん」
利夫「邦男」
邦男「うん？」
利夫「お前は、なにを我慢してるんだ？」

邦男「――（目を伏せる）」
利夫「お父さんにも言えないか？」
邦男「言っても仕様がないことだよ」
利夫「そうか」
邦男「のもうよ、お父さん、もういっぱい」
利夫「いや、今日はやめとこう、お母さんの悪口は、もう言うな（と立ち上る）」
邦男「――」
電車が、通って行く。

■佐伯家・寝室（夜）
久子、蒲団を敷いている。

■利夫の会社・ある課（昼）
活気のない課内の隅で利夫、書きもののペンを止めている。少し、また書くが、止め、ゆっくりペンをおき、決心の色をかため、立ち上り、歩き出す。

■廊下へ出てからも長く

■佐伯家・DK（夕方）
夕飯の仕度をしている久子。玄関のあく音で「はーい」と言って玄関の方へ。
久子「（明るく）あら、お帰りなさい。早いんですね、今日は」
利夫「（顔色わるく）ああ」
久子「（フライパンを気にして急ぎ戻りながら）ああ、お風呂入れますよ、ちょっとつけないと、ぬるいかもしれないけど」
利夫「ああ（と来て、ソファへ気落ちしたように腰を落す）」
久子「あら、なんだか疲れてるみたい」
利夫「ああ（と頭をのけぞらせて寄りかかる）」
久子「どうかした？」
利夫「うむ――」
久子「（苦笑して）すぐどうかしたって聞いちゃうわ」
利夫「邦男はどうした？」
久子「どうしたって、別に――」
利夫「七時頃には帰るか？」
久子「帰るでしょう、なんにも言ってなかったから」
利夫「そうか――」
久子「なに、邦男？」

利夫「いや、邦男が帰って来てから話すよ」
久子「（暗い気持になり）会社で、またなんかあったの」
利夫「ああ」
久子「なに？　顔色悪いわ」
利夫「いやあ（と笑ってみせ）着替えちまおう（と立上り部屋の方へ）」

■ＤＫ・居間

時間経過。邦男が食事を終りかけている。お茶を入れている久子。ソファで動かない利夫。

邦男「（両親の空気に）なんか――」
久子「うん？」
邦男「変だね」
久子「そう？（と微笑し）お父さんもお茶のみますか？」
利夫「いや、いい」
久子「（お茶を邦男に出し）あなたの食べ終わるのを待ってたの」
邦男「なに？」
久子「お父さんが、なんか話があるんだって」
邦男「ぼくに？」
久子「お母さんと、二人にらしいわ」
邦男「（父を見て）どうしたの？　お父さん、また、ひどい事されたの？」
利夫「（苦笑して）いや、別になにもされちゃあいない」
久子「――もう邦男、終ったわ」
利夫「ああ（と立上り、テーブルの方へ来てすわり）今日、お父さんは部長に逢って、そのあと社長とも逢って来た」
久子「社長さんに？」
利夫「邦男」
邦男「うん？」
利夫「昨夜、お前は、お父さんの立場がよく分ると言った」
邦男「（うなずく）」
利夫「お前も、我慢していることがあるといったな」
邦男「（うなずく）」
利夫「たしかに、我慢しなければならないことはある。言いたいことを言って生きて行けるほど世間は甘くない」
邦男「（うなずく）」

利夫「ただ、お父さんはな、中学を出て、勤めはじめた頃から、いつも世間は甘くない、甘くない、とばかり考えていた」

邦男「（うなずく）」

利夫「だから大抵の事は我慢して来た。腹を立てないようにして来た。レコードで、気をしずめて来た、といってもいい」

久子「――」

利夫「子供は、親に似るもんだな、お母さん」

久子「（顔を上げる）」

利夫「昨夜、邦男は世間は甘くないと言ったよ」

邦男「――」

利夫「いつの間にか、お父さんと同じことを考えて、なにかを我慢しているんだな、と思った」

邦男「――」

利夫「考えてみれば、邦男が長い間吃っていたのは、お父さんのせいかもしれない。お父さんの、世間へのおびえや、気の小ささが、邦男にうつったのかもしれない」

久子「いやだわ、お父さんがそんな事言うの」

利夫「昨夜、何度も、お前の言ったことを考えていた」

久子「言いすぎたわ、後悔してるの」

利夫「いや、そんな事はない。ほんとうに我慢しなければいけないのかって、何度も昨夜、考えていたんだ」

久子「――」

利夫「邦男。お父さんは我慢しないことにしたんだ」

久子「え？」

邦男「（顔をあげる）」

利夫「遅すぎたが、今日部長に、あの件についての責任はお父さんは負わないことにした、と言って来た。本当のことを、部長の責任だということを社長に話すと言って来た」

久子「お父さん（小さく）」

利夫「社長にも、はっきり、自分には責任がないということを言って来た」

久子「それで？　それで、あなたどうなるんですか？」

邦男「――」

利夫「どうなるか分らん。まさか馘にも出来んだろう」

久子「社長さんは、なんて？」

利夫「よく分った、といった」

久子「それだけ?」

利夫「ああ、結果がどうなるかは明日(あした)にならなければ分らない。しかし、言うことだけは、おそすぎたが、お父さんは言って来た」

久子「そう」

利夫「(苦笑) 緊張しすぎてな。気持が悪くなった。明日どんなことを言われるかと思うと、吐きそうになる」

久子「それであなた、顔色わるかったの (と夫の勇気をほめたい気持が湧く)」

利夫「気が小さいのは治らんな、そうそう」

邦男「そう」

利夫「邦男が、なにを我慢してるのか知らんが、お前も、お母さんの言う通り本当に我慢するしかないことなのかどうか、もう一度考えてみないか? 男が、レコード聞いて、気をまぎらせてるのは、あんまり見よいもんじゃないからな」

久子「(ううん、と首を振り) 私、単純かも知れないけど、お父さんが馘になってもいい。お父さんが、部長さんや社長さんに、自分の気持をはっきり言ったのがよかったと思うわ」

利夫「(苦笑して) これが身の破滅かもしれないぞ」

久子「そんな事ないわ」

利夫「邦男」

邦男「うん?」

利夫「(笑って) お母さんにいいとこ見せたくてな、お父さんは、とんでもないことしちまった気分だ (と笑う)」

久子「(ううん、と首を振る)」

邦男「(立上る)」

利夫「どうした?」

邦男「終電までには帰るよ (と玄関の方へ)」

久子「何処行くの?」

邦男「お父さんの真似だよ、ぼくも。言うだけは言ってみるよ」

利夫と久子見ている。

■高林家・座敷(夜)

床の間に結納の品。廊下から入ったところに邦男、床の間を見つめて座っている。

裕子の母の声「裕子、ちょっと待ちなさい (と低く廊下で）」

裕子の声「私のお客さんじゃないの（と低く）」

裕子の母の声「長いことはいけませんよ、大切な時なんだから、早目に帰っていただくようにね」

裕子の声「よして、お母さん（と低く強く）」

足音、近づいて障子あく。

邦男「（見上げる）」

裕子「いらっしゃい」

邦男「（うなずく）」

裕子「（明るくしようとして）なに、そんな所にいて。どうぞ（上座）こっちへ来て下さい。おかしいわ、お客さんが」

邦男「（うなずき、上座まで行かず、しかし近づきながら）結納すませたんだね」

裕子「ええ――」

邦男「あ、あ、あの――」

裕子「おめでとうって言って下さるの」

邦男「（激しく首を横に振る）」

裕子「（ハッとして）どういうこと？」

邦男「お、お、おそすぎることは分ってるんだ」

裕子「――」

邦男「ぼ、ぼくの、う、うちは金持ちじゃないし、ぼくは、時計屋のつとめ人だし、じょ、じょ、常識から言って、ぼくが、君、とつ、つり合うとは、どうしても思えなかった」

裕子「――」

邦男「ぼ、ぼくが、き、きみを欲しいと言っても、反対されて、とても、うまく行くわけがない、と思った」

裕子「――（目を伏せる）」

邦男「ぼ、ぼくは、じ、じ、自信がなかった」

裕子「私は待ったのよ」

邦男「（うなずく）」

裕子「あなたは、とうとうなにも言わなかったのよ」

邦男「け、結婚するの、やめてくれないか」

裕子「（見つめる）」

邦男「（激しく見つめ返す）やめてくれ。ぼ、ぼくが、御両親に話す。おそすぎたのは、わ、わるいが、ぼくは、やっぱり、君が他の奴と結婚するのは、いやだ」

裕子「――」

邦男「うんと言ってくれ、うんと言ってくれ」

裕子「（見つめている）」

邦男「ぼ、ぼくは、ぼくなんかって、すぐ思って、すぐ劣等感が湧いて、すぐ諦めることばかり考えて――それが、ぼくの欠点だ。ぼくは、そのために、き、きみを、に、にがすところ、だった。ぼ、ぼくは、ぼくの欠点を、克服する。ぼ、ぼくは、絶対に、君をは、はなさない。（それは異常なくらいの激しさで、吃り、吃り、その吃りを一つ一つ克服する強さで言う）」

裕子「（見つめている）」

邦男「あ、あらためて、御両親には話す。今日は、き、きみの返事が欲しい。ゆ結納を、と、とり消す、と言ってくれ。ぼ、ぼくの、ぼくの、ぼくの――お、お嫁になる、と言ってくれ、お嫁に、なるって」

裕子「（涙が溢れる）」

邦男「いいね？ いいね？」

裕子「（涙を溢れさせたまま邦男を見ている）」

邦男「ど、どうなんだ、ぼ、ぼくについてくるのか？ ついて、くるのか？」

裕子「（うなずく）」

邦男「（嬉しく、激しく、うなずく）」

裕子「（顔をおおってしまう）」

邦男「（嬉しく、しかも、疲れて、ハアハア息をし、涙が出て来て、顔が歪んだり、いろいろになってしまう）」

■佐伯家・居間（夜）

電話のベル、顔を見合わす二人。利夫、本をよんでいる。久子、編みものをしている。

久子「（行き、受話器をとり）もしもし」

■公衆電話ボックス（夜）

邦男「あ、お母さん」

■佐伯家・居間と公衆電話（夜）

久子「どこにいるの？ どこへ行ったの？」

邦男「お母さん、ぼく、ぼくも、お母さんにいいとこ見せたくてね」

久子「え？」

邦男「お父さんに負けちゃいらんないよ」

久子「なにをしたの？ 何処、いま？」

邦男「お父さんに言って、ぼくも、我慢ばかりしちゃあいないよって」

久子「（うなずき）うん、お父さんにかわろうか？」

邦男「いいよ。すぐ帰るから。もう平尾の駅前なんだ」

久子「平尾？」

邦男「ああ。いまから、電車に乗って帰るよ」

久子「そう」

利夫「どうしたんだ？　邦男」

久子「なんだか分らないけど――」

邦男「お母さん」

久子「うん？」

邦男「もう、ぼく、叱らないよ」

久子「そう？」

邦男「じゃ、すぐ帰るから。大切な話があるから（と切る）」

久子「邦男。もしもし」

邦男「――」

利夫「なんだって言うんだ」

久子「ちっとも分らないけど、いいことらしいわ」

利夫「うん？」

久子「お母さん、もう、ぼく、叱らないって言ったわ」

利夫「そうか」

久子「あなたの、真似をしたのよ。私にいいとこ見せたいですって」

利夫「（笑って）バカヤロウ（と軽く言って笑ってみせる、薄く）」

■平尾駅・出札口

邦男「（来て立つ、すぐには言わない。じっと、少しはなれ、出札口を見ている。ふりかえり、微笑し、目を返す）」

出札口の駅員、バカじゃないか、と思って見ている。

邦男「（ゆっくり近づき）切符を下さい」

出札口の駅員「え？」

邦男「切符を下さい」

出札口の駅員「どこまで？」

邦男「（微笑して）春日原（かすがばる）まで一枚」

邦男、胸をはって、改札口をぬけて行く。

■ホーム（夜）

電車が入ってくる。

邦男のり込む。

電車出て行く。

「春日原まで一枚」キャスト・スタッフクレジット

キャスト

佐伯利夫――藤田まこと

久子――左幸子

邦男――小倉一郎

高林裕子――望月真理子

時江――北川湛子

平尾駅出札係――成松 守

スタッフ

プロデューサー――渡瀬一男

演出――東 義人

山田太一セレクション

早春スケッチブック

二〇一六年十二月十七日　初版発行
二〇二三年十二月二十五日　二刷発行

著者　山田太一

発行者　清田麻衣子
発行所　合同会社里山社　〒八一二-〇〇一一
福岡市博多区博多駅前二-十九-十七-三一二
電話　〇八〇-三一五七-七五二四
FAX　〇五〇-五八四六-五五六八

印刷・製本　中央精版印刷株式会社

ISBN 978-4-907497-04-0 C0074